U0857652

沉思中的莫言

莫言研究硕博论文选编

2013年4月27日，莫言与山东大学文学院研究生合影

2013年4月27日，莫言在山东大学与弟子合影

莫言研究书系
总主编　张华

Anthology of Theses and Dissertations on Mo Yan

莫言研究硕博论文选编

程春梅　于红珍　主编

山东大学出版社

图书在版编目(CIP)数据

莫言研究硕博论文选编/程春梅,于红珍主编.
—济南:山东大学出版社,2013.7
(莫言研究书系/张华总主编)
ISBN 978-7-5607-4826-9

Ⅰ.①莫… Ⅱ.①程… ②于… Ⅲ.①莫言—文学研究—文集
Ⅳ.①I206.7-53

中国版本图书馆 CIP 数据核字(2013)第 162418 号

责任策划:马　新
责任编辑:董付兰　刘森文
封面设计:牛　钧

出版发行:山东大学出版社
社　址　山东省济南市山大南路 20 号
邮　编　250100
电　话　市场部(0531)88364466
经　销:山东省新华书店
印　刷:山东新华印务有限责任公司印刷
规　格:720 毫米×1000 毫米　1/16
18.25 印张　2 插页　345 千字
版　次:2013 年 7 月第 1 版
印　次:2013 年 7 月第 1 次印刷
定　价:35.00 元

本书系

“莫言与山东经济文化强省建设研究成果”之一

《莫言研究书系》编委会

《莫言研究书系》总序

◇张　华

我们谋划编辑出版《莫言研究书系》可谓由来已久。

早在1986年，创刊《青年思想家》杂志的时候，我们就注意到了当时的青年先锋作家莫言；1988年，由《青年思想家》杂志牵头，在莫言的故乡山东高密召开了全国首次莫言文学创作研讨会，会后出版了全国第一部《莫言研究资料》(山东大学出版社出版)；同时，莫言成了《青年思想家》的栋梁作者，他写故乡的许多短篇作品集中发表在《青年思想家》里。2000年后，莫言被聘为山东大学教授和研究生导师，更成了我们重要的教学科研合作导师……与莫言交往二十多年，可谓知根知底，友情笃厚，持续关注。我们一直想编辑出版一套莫言研究系列丛书。

近三十年来，海内外研究莫言的论文和专著众多，从表层到深层，从宏观到微观，从文学领域延伸至边缘学科，研究的视角不断拓展，研究的水平也不断提高。这些研究成果对莫言小说的创作主体、审美意识、主题内涵、艺术风格、人物形象与意象、语言特色等都有广泛的探索，在影响研究、比较研究、叙事学研究等领域也提出了诸多有价值、令人耳目一新的见解和观点。莫言是从山东高密走进他的文学世界的，他笔下的"高密东北乡"是一个"文学的幻境"，也是一个"中国的缩影"。他说："我努力地要使那里的痛苦和欢乐，与全人类的痛苦和欢乐保持一致，我努力地要使我的高密东北乡的故事能够打动各个国家的读者，这将是我终生的奋斗目标。"(莫言《小说的气味》)因此，莫言是山东的，是中国的，也是世界的。莫言获得诺贝尔文学奖之后，国内外一股

"莫言热"正在持续升温。无论是大众读者还是研究者,都在以更大的热情和更新的眼光去欣赏、解读、探索莫言的文学世界。特别是在研究者中,将在已有研究基础上,出现更多更新的理论、方法、范畴和观点。无论是什么,有一点是可以肯定的,那就是以一种更加宏阔的"世界眼光"去审视、解读莫言的文学世界。

正是基于以上想法,我们现在推出这套《莫言研究书系》。这个书系的作者群,既邀请了莫言的家人和莫言的学生们加入,也有国内外重要的研究学者,这无疑拓宽了莫言研究的视界,丰富了第一手研究资料。我们希望面向大众读者和研究者两个群体,给他们提供各自或共同感兴趣的作家生活点滴和作品阐释。我们努力在本套书系的可读性和学术性之间找到某种恰当的结合点。

《莫言研究书系》是一个包容国内外研究莫言成果的集中地,是一个开放的书系。首先推出的第一批书是:《莫言研究三十年》、《莫言弟子说莫言》、《乡亲好友说莫言》、《莫言研究硕博论文选编》、《海外莫言研究》、《莫言与世界》、《世界文学视域下的莫言创作研究》等七种。敬请方家指正。

本书系是个开放的书库,今后还将陆续推出莫言研究的其他成果,欢迎国内外学者加盟支持!

(张华,山东社会科学院党委书记、教授、博导,
原《青年思想家》杂志第一任社长)

莫言研究三十年硕士博士论文写作述评(代序言)

◇于红珍

莫言创作至今已三十余年。综观莫言的创作历程,他真正引起评论界的关注是从1985年的成名作《透明的红萝卜》开始的,此后莫言研究一直热度不减。即使在莫言创作一度沉寂的日子里,文学评论界对其作品的关注、研究也没有停止过。莫言创作真正进入高校成为硕士、博士论文的研究对象始于1997年,截至2012年,十五年的时间里,专论莫言的硕士论文有158篇,博士论文有9篇。第一篇硕士论文《论莫言小说词语的超常搭配》1997年出自杭州大学的殷相印,第一篇博士论文《沸腾的土地——莫言论》是华东师范大学的廖增湖博士于2004年完成的。

将莫言研究的百余篇硕士、博士论文梳理一番会发现,最突出的特点是对热点问题把握得非常准确。诸如民间立场与资源、叙事研究、狂欢化、生命意志等领域是学子们集中关注的焦点,而他们在研究中又力求独辟新径,从对热点问题的梳理中找到研究空白点。其次,论文多对莫言创作进行整体研究,对莫言创作作全方位把握和解读,给人高屋建瓴之感。再次,论文文本解读细腻,不少论文的理论阐释和运用也都达到专业批评的高度,充分显示了学子们的学术研究能力。另外,值得注意的是硕博论文拓展领域的广泛性,论文作者不仅仅局限在中国现当代文学专业,而是包括文艺学、比较文学、语言文字学、外国文学、英语、日语等不同专业和领域,他们以自己的专业学识投入到对莫言创作的关注中。这些研究成果丰富和拓展了莫言研究的领域,同时也为后来的研究者奠定了良好的基础。在此我们不妨选择一些颇具代表性的论文,"管中窥豹"审视一下学子们的研究状况。

民间:丰富? 还是遮蔽?

莫言打造的"高密东北乡"世界扎根于乡村,所以自这个文学世界进入人们的视野起，“寻根”、“乡土”、“民间”等词纷纷成为对莫言文学世界的指称，而其中“民间”研究更是后来居上，蔚然成风，且大有成为阐释莫言创作的万能钥匙的倾向。在这批论文中，不包括行文中笔涉“民间”的论文，专以“民间”作为切入点的就有20余篇，从莫言民间写作、民间立场、民间文化与资源及民间的价值意义等方面全方位阐释莫言的“民间”化创作，极大地丰富着莫言的“民间”研究，可以说是最有分量的一部分。复旦大学徐闫祯的博士论文《莫言民间叙事的原型与祭仪特征》，将目光转向深深扎根于莫言民间世界里的“原型”与“祭仪性”特征，并认为这才是莫言民间精神面貌的核心。通过梳理东西方祭仪的不同类别和特征，论文指出莫言民间叙事的祭仪性。论文先论述以“根底”为特征的三种原型——历史观、泛神论、地母神——的内涵与祭仪性，随后探讨屠杀与餐宴意象的意义及狂欢祭因素，最后则从莫言的原型与祭仪性特征中归纳总结出“边缘精神”。最终指出，以“根底”为特征的原型，带有强烈的“他者性”，莫言的叙事便是由“他者”所唱的酒神颂歌。每当某一社会遇到困境而迷惑的时候，社会就能从这种原型和民间“祭仪”中发现能量并获得重生。论文述论结合，见解独到，对莫言民间研究的挖掘深入。

同样是探索莫言“民间”世界的发现与建构，吉林大学杨枫的博士论文《民间中国的发现与建构》，立足莫言“作为老百姓写作”的民间立场，指出莫言创作中与“边缘”对话的“变形视角”美学、迥异的民间叙事伦理、“游民”的民间镜像以及基于民间的现代性的反思，是莫言发现和建构民间中国的努力和尝试，论文对此一一作了令人信服的阐释。如，论文通过对中国文学乡土小说的梳理，基于现代性的反思，来反观莫言“民间”的意义。作者指出，莫言从知识分子式的启蒙话语中抽身而出，以看似古怪和鬼魅的叙事来完成对现代性去魅以及同质化的反思。而这种反思，可以从莫言对城与乡的对峙、人与鬼的纠缠、革命与血缘的转换与替代中发现。也正基于这三个方面，莫言冲破主流意识形态，以对现代性的反思性揭示民间社会中的自由、个性和千姿百态。作者认为，这才是莫言之“民间”所特有的意义。论文中用互文性对莫言的历史诗学、用镜像理论对小说人物、用人类学对农民游民的辨析也是鞭辟入里。整篇论文思路明朗，结构清晰，又不失厚重，对理论的运用融会贯通，游刃有余。

以上两篇论文以其厚重和深度深化和丰富了莫言“民间”研究。张志云的硕士论文《齐鲁民间文化的当代转换与新文学传统的重构——莫言创作的民间文化形态研究》则在另一个角度丰富了莫言民间话语的研究。如果说以上两文均是深入“民间肌理”探讨莫言“民间”的发现与建构，那么张文则是试图从外部来触摸“民间”话语。作者在论文中不仅仅止于对民间叙事形态的分析，而是探讨莫言民间叙事的诗学特征与齐鲁民间文化之间的关系，探究莫言如何实现对齐鲁民间文化的转换，论文还从新文学传统的建构中来定位莫言的民间叙事和民间伦理的价值。

论家喜欢用“民间化”的叙述来评判莫言的小说，认为莫言的“民间化”是跟“意识形态化”相对立的一个概念。但是这有“陌生化”莫言的危险，也可能反倒遮蔽莫言笔下的文学世界。华东师范大学廖增湖博士就提出过这种看法。在其博士论文《沸腾的土地——莫言论》中，他就指出，从小说创作的本原的角度看，莫言也许不是采取一种“对立”的态度，而是一种回归的态度。所以作者摒弃“民间”这一具有含混性和蛊惑性的概念，立足于“土地”与“乡村”，并回到对莫言乡村世界的描绘中。作者以“风景”切入，通过与“十七年文学”及新时期文学中的风景描绘的比较，指出莫言笔下风景的独特。在这片风景中，杂草和香花共生，美丽和丑恶相存，爱和恨缠绕，好与坏同体。除了对莫言的风景分析精辟到位，作为莫言研究的第一篇博士论文，廖文的形式别开生面，论文第一章是《莫言传》，第五章是作者精心搜集和整理的莫言作品目录大全，这都为后来的研究者走进莫言的精神世界以及更加方便、更加全面地把握莫言文学创作的整体风貌奠定了良好的基础。而形式的别开生面并没有掩盖内容的深刻厚重，作者深入透彻、精妙绝伦地分析了莫言“吃”的美学和“吃”背后的历史和现实内涵，并剖析了莫言的“文学草根共和国”。行文中，作者对莫言作品的整体把握、对整个文学史的宏观驾驭能力、睿智独特的微观发现能力以及对理论知识信手拈来的渊博都让人称道。这也是目前论文中论述最全面、内涵最丰富的一篇论文。

启蒙还是“反启蒙”？进步还是落后？

“民间”是否会遮蔽对莫言的研究暂且不论，但“民间”的确会引起对莫言创作混杂乃至截然不同的认知。莫言对现实有一种“介入精神”，很多年前莫言就说过，自己还是“现实主义”大旗下的一名小喽啰。他在自己的创作实绩中也时时呈现着自己对现实的关怀与“介入”精神。如何来看待莫言的“介入精神”？他如何用自己的艺术勇气去触及历史深处敏感之地，让历史真实与文学真实达到一种平衡？批评又是如何来界定他的这种创作观念和立场的？而事实上，恰恰因为莫言的“民间立场”反倒使得人们对莫言的“介入精神”有不同的见解。虽然这并不是学子们直接关注的热点，但几乎所有的论文都会把莫言对历史、现实的关注与反思以及对莫言创作内涵的追问贯穿于字里行间。而其中几篇论文则试图对这一问题作深入探讨，并提出有创见性的解答和诠释。

“启蒙”是界定作家“介入精神”的常用词，那莫言是不是“启蒙”作家？

2002 年，山东师范大学刘红在其硕士论文《从鲁迅到莫言——中国封建文化吃人意象的精神阐释》中对这一问题作了最早的触及。作者将莫言的“吃人”意象与吃人意象的开创者与深入挖掘者鲁迅进行横向比较。论文指出鲁迅与莫言在对中国封建文化“吃人”意象的精神阐释上具有传承性，并归纳指出两者在“吃人”主题、注重对人的内在精神的剖析、通过“吃人”意象表现现代性的思考等方面具有共同点。很显然，作者将莫言与启蒙大师并置，是认同莫言的“启蒙”精神，但作者却又指出莫言秉持的是一种民间立场，与鲁迅启蒙的精英立场不同，他是“反启蒙”，以此把莫言的“反启蒙”和鲁迅的启蒙区分开来。无独有偶，在《苦难·欲望·反启蒙——莫言的民间叙事》一文中，李艳艳硕士同样认为莫言向民间、历史的开掘，具有反启蒙的鲜明色彩。作者指出，莫言对理性的拒绝与感性的崇尚、对现代文明的排拒与原始生命力的呼唤和对未来的忧患和历史膜拜中，体现了对传统启蒙叙事主题和价值的颠覆。

当然，上面两文的认识与莫言秉持的“作为老百姓写作”的“反启蒙”立场是一致的。但在《启蒙与莫言小说》这一硕士论文中，兰州大学的朵辉贤却恰恰认定莫言的所谓“反启蒙”立场是一种真正的“启蒙”。论文结合康德“彻底的启蒙观”以及福柯启蒙观对这一问题加以阐释。他用康德的启蒙观来观照“五四”启蒙、20 世纪 80 年代启蒙与真正的启蒙所存在的差距，认为真正的启蒙精神首先应该建立在对自我深刻反省的基础之上，恰在这一点上，莫言作了必要的补充，体现出与真启蒙精神的契合之处。

莫言又是如何切入历史，把握历史的命脉的？莫言在开掘历史、反思人性的大部头作品里，无一例外地选择了家族文学的形式。人民大学程艳芳的硕士论文《莫言长篇家族小说对传统民间的现代反思》即着眼于莫言的长篇家族小说。论文通过细读莫言的三个长篇文本指出，莫言独特的叙事与家族文学的形式选择，通过时间上的延伸扩大了作品的时空跨度，创造出历史纵深感和历史复现的真实感，使得莫言的作品切入中国的文化命脉，深入历史深处，反思民族最为敏感、却一向被遮蔽的诸多主题。

那么莫言在对历史的书写中，透露出怎样的历史意识呢？武汉大学的朱宾忠在其《莫言与福克纳比较研究》的博士论文中，让莫言与福克纳展开跨越时空的对话。这这场对话中，作者专章探讨莫言与福克纳的家族历史叙事，并论及两位作家历史观的问题。作者认为，和多数西方知识分子对历史进步的态度一样，福克纳对于历史的进步抱着一种疑虑的而不是反对的态度，他不是一个死抱住过去不放的人，也不是一个踊跃欢迎新时代的人。而莫言的历史观则是对传统的、民间的秉承和回归，虽然这种回归也含有对当下进步历史观否定和反叛的意味，但这种历史观是消极、退化的历史观，对于过去全盘肯定，一味讴歌。海南师范大学颜水生在《传奇悲剧寓言——莫言的历史意识》的硕士论文中，专论莫言的历史观，有着不同的认识。他深入解析莫言“种的退化”所深蕴的内涵，指出莫言在 20 世纪 80 年代提出的“种的退化”主题具有丰富的历史内涵：隐喻了中国近几百年孱弱的历史原因，“种的退化”体现了莫言的基本历史观念，也反映了他对历史的深度思考。莫言凭借着对“种的退化”主题的表现来思考民族的出路。

当然，依然有论者坚持认为，莫言的小说更多的是一种文学真实。在其硕士论文《心灵的回归与精神的超越——论莫言小说中的虚构》中，东北师范大学的宫健运用沃尔夫·冈·伊瑟尔的虚构理论——想象、现实、虚构三元合一的结构——剖析莫言创作中文学真实与历史真实的关系。作者引入莫言小说中的虚构对象，即乡土记忆、民间与历史，指出莫言通过回归乡土记忆，找寻一种心灵的现实，把对现实的思考和想象融合，进而达到虚构的升华，使创作与心灵达成统一。而莫言对民间与历史的思考，是将历史与当下、与现实、与理想融为一体的跨越时空的虚构。

人物形象的深入研究

莫言一直是站在“人”的立场写人，走进莫言小说，扑面而来的也是一个个鲜活的人物形象。研究莫言创作自然离不开对人物的研究和分析。这批论文或从人物形象分析入手揭示莫言创作的文化内蕴、审美特点，或由人物进一步勘探作家创作心理，在人物形象的开掘上取得了可喜的突破。其中，对莫言笔下的家族形象、女性形象以及农民形象都有很精辟的分析。首先是对莫言家族人物群像的关注。作为莫言在山东大学的第一任弟子，齐林泉在其硕士论文《论莫言创作》中，对莫言“文学共和国”的三类家族形象——食草、食肉、食灵家族——的分析丝丝入理。作者认为，在莫言笔下，“吃”联系着三个家族。三个家族中，食草者是那些顺从或抵抗屈辱与在恐惧中挣扎的平民形象；食肉者是承受和转嫁屈辱及在恐惧中存活的显贵形象；食灵者则是在制造恐惧与品尝孤独中堕落的人君形象。可贵的是，作者并没有停留在对人物的分析上，而是进一步对食草、食肉、食灵三类家族人物作伦理和哲学层面的思考。分析指出，食草家族对应受刑者，食肉家族对应观刑者，食灵家族对应执刑者。此论文不失为莫言研究早期学位论文中一篇论述精到的文章。同为莫言弟子，作为女性的王美春则聚焦于莫言笔下的“女儿国”，她在硕士论文《莫言小说中的女性世界》中，对莫言笔下的各类女性作了细致的归类与划分：有野性奔放的女子，有大地之母，有幻魅般的女性，有失意追求的苦涩女性，也有勇于担当的大女子。作者认为，莫言长长的女性画廊寄托着莫言的女性观。如果说，王文更多地从感性形态类型化莫言小说中的女性形象，那么中山大学的高泓在其硕士论文《性别视界下的莫言家族小说》中，则把莫言的小说文本置放在西方女性主义批评视野下进行解读。论文对莫言文本中“女家长”形象的塑造作了深入探讨，认为莫言对“女家长”主体性的塑造乃是一种虚假的建构。莫言小说中“悍妻懦夫”的结构模式及其产生的深层的心理原因也是作者关注的焦点。论文充满着问题意识，尤其是在对莫言小说女性形象的分析中，打破了多数评论者将莫言女性形象塑造划归为女性崇拜或女性亵渎的简单二元划分，并继续追问：女性在莫言重构家族谱系的创作活动中处于什么地位？在文本中，女性形象又是如何承担着作者所预设的叙事功能和政治功能？

活跃在莫言“高密东北乡”文学世界中的“农民形象”，自然也引起关注。在硕士论文《莫言的农民观及其小说中农民形象的塑造》中，上海师范大学的梁玫对莫言小说中的农民形象依照所处的历史时期划分为三种类型：抗战时期的农民英雄形象；“十七年”农业合作化题材中的农民形象、改革之初从困惑中走出来的新一代农民。论文通过对这些农民形象类型及其嬗变轨迹的整合、梳理和对中国农民形象独特的文化内涵及其审美特征变化脉络的考察，对莫言笔下的农民形象进行了具体细腻的分析。杨枫在论文《民间中国的发现与建构》中，则别开生面地将莫言小说中的农民形象进行重新界定。他认为，作为负载了超量指涉的能指“农民”的命名实际上无法统摄莫言小说中的人物。通过辨析农民在古今语境中的社会概念，他指出莫言小说中那些有着游民习气的农民已经是非传统意义上的农民。由此作者采用了人类学中的“游民”概念，并根据民间人物性格的不同对游民作了暴民、义民、刁民、愚民、艺民等性格类型的划分。作者认为莫言将与知识分子和农民迥然不同的游民提到一个新的高度，从文学层面“发现了另一个中国”，而莫言的民间立场和小说的民间性正是在此得到了最大程度的体现。廖增湖博士在其博士论文《沸腾的土地——莫言论》中对莫言小说中人物形象及其背后的深蕴的见解亦是新奇而深刻。另外，山东大学的兰传斌在其硕士论文《斗争哲学与农民人格精神的书写》中，不仅着力于分析农民形象，更将其上升到对农民人格的研究。兰传斌身为莫言弟子，有幸得到了莫言先生的单独辅导，在莫言先生“新一代的农民和新一代的农民人格，应该是这新的经济和社会关系的产物。希望你能从作品中，找到几个新的农民形象”的指导意见下，他着力分析红色经典作家、文革文学作家们笔下的农民人格与农民形象，并透彻分析《生死疲劳》中西门金龙的形象。作者指出，与红色经典作家们以赞美和欣赏的眼光看待农民的“强化”不同，莫言笔下展现出了西门金龙人格的转变，呈现了他如何因斗争而从一个仁义的小哥哥变为性格残忍、人格扭曲的人。作者认为莫言是一个力图作人性还原的作家，他以别样的写作路数来展示斗争的残忍和人性的泯灭。

扬州大学的朱凌则在硕士论文《论莫言小说中的儿童书写》中关注莫言小说中形态各异的少年形象和童年书写。论文功底扎实，作者细读莫言以儿童为主要描写对象的近 50 部小说，对莫言的儿童书写进行了认真的梳理。按照“话语”形态理论将莫言笔下的儿童形象划分为不发声的“哑巴”式的儿童和发声的“大嘴”式的儿童。论文指出，在话语形态上，无论是“哑巴”式的儿童话语形态还是“大嘴”式的儿童话语形态，发声/不发声所联系的关键问题都在于构成拒抗。莫言正是借重这些儿童形象，让他们重新在历史中现身，以形成自己对历史的审视。此外，北京师范大学郭一鸣的硕士论

文《莫言小说中的少儿形象》，也着力于分析儿童形象，文本解读细腻，具有一定的参考价值。

文化透视：自由精神与生命意志的高扬及其他

莫言笔下的人物形象虽然形态各异，个性鲜明，但其中统摄莫言小说人物和小说世界灵魂的内核是什么？对此概括最准确的两个词是：自由精神与生命意志。而以此作为论文选题的硕博论文有20多篇，这些论文或作横向比较，或对单部作品细读，或以整体勘探的方式力图对莫言创作中体现的自由精神、生命意志等文化内蕴作显微镜般的透视。莫言弟子赵学美的硕士论文《黑暗大地上空的自由精灵——莫言的自由精神与艺术自由》从对外、对内两个不同的视角入手分析莫言的自由精神。对外视角意指对权势的蔑视和超越，对内则指涉个体自由的展现，论文侧重于从自由对道德的超越、性爱自由和风骚女性三点分析莫言作品中展现的个体自由精神。在莫言小说如何体现个性精神这一问题上，作者认为莫言在道德与自由之间向前者倾斜，并悬置善恶的二元评判。山东大学宁明的博士论文《论莫言创作的自由精神》中，也专章论述莫言笔下的"自由人"群像以及他们身上张扬的自由精神。

还有论者将对莫言自由精神的探寻延伸至莫言散文研究中。莫言的散文作品相比小说显然比重较小，但却可以与莫言的小说形成一种互文式的理解与探究。渤海大学崔彦的硕士论文《心灵回归与生命自由——莫言散文论》避开被广泛关注的莫言小说，走进其散文世界，这无疑是对莫言文学世界研究的拓展。作者认为，故乡与童年是莫言散文的两大母题，面对自己眷恋的乡土，莫言在散文中将其小说惯用的狂欢与野性一并摒弃，而将更多的触角伸向了对生命自由的关注和对心灵回归的渴求，散文朴实、自然，他不断地寻求"自我的回归"，诠释自己的真诚，期冀获取生命的自由。

与自由精神关联密切的是莫言作品对生命意志的高扬。北京师范大学张灵的博士论文《莫言小说与民间文化中的生命主体精神》，倾力论述莫言的生命主体精神。作者用"生命主体精神"和"民间文化"的双重视域来观照莫言的小说世界。论文不迷信权威，在对权威批评进行切中肯綮地剖析基础上，提出了自己的见解。作者认为莫言小说始终体现出对生命主体精神及生命主体间的本真对话关系的强烈眷顾，而民间文化中的生命主体精神是照亮莫言文学世界的灯盏。刘麦霞在硕士论文《论莫言小说的自由精神》中，也集中论述莫言小说在生命极度张扬中对生存自由和心灵自由的渴求。不过浙江大学的赵静杰却并不简单地认同这种观点，在其硕士论文《叙事意识与生命感觉——对莫言长篇小说的批判思考》中，作者令人信服地指出，莫言的创作中对生命意志高扬的生命感觉并不是一成不变的。论文通过对莫言的《红高粱家族》、《檀香刑》、《蛙》三部典型长篇的文本细读，对莫言长篇小说展开批判性思考，作者认为，后期的莫言创作中，作者是在表现生命被损害的状态，但是却没有深入解读生命本身，也没有深入思考制度与观念对生命的谋害。他还认为莫言的这种转变存在着从越轨到媚俗的迹象。能在众人称赞莫言的时候提出自己的批判性见解和警示，显示出论文作者的勇气和独立思考能力。

这种对生命意识的高扬最终变成一种“崇拜”。刘红会的硕士论文《论莫言小说中的生殖崇拜》，集中论述莫言创作中生殖崇拜的生命演示、生命内涵和生命叙事，且辩证地指出莫言创作中对生殖存在着一种无节制的崇拜。其对原始生命力毫无节制的崇拜和不加分析的全盘肯定，会造成将生命强力与本能混为一谈的后果，产生一种具有悲剧性质的“生命力悖论”。

另外，不少论文试图从不同的文化角度切入莫言创作，如对莫言创作中涉及的人的物化、人被各类欲望所控制的生存现状的关注。华东师范大学王菁婧的硕士论文《论莫言小说与拜物教》，准确地抓住莫言创作的这一关涉点，以商品拜物教的文化视角切入，结合文本论析莫言文学王国从乡土社会到都市消费社会的变动中商品拜物教的角色，剖析人的欲望如何为拜物教所利用，并探究拜物教的社会成因及心理状态，将拜物教这一命题深化。王文还挖掘莫言创作的深层意蕴，指出莫言的拜物教书写是出于对拜物教的反抗，而“油滑”风格的运用则是其反抗性策略。“油滑”在莫言这里不单单是一种写作风格，一种讽刺，而是升华为一种精神向度，它象征着人对如何在物的时代保持自身独立与尊严所作的一种探索。

还有学子将这种探源延伸到莫言与传统文化的关系上。西北师范大学刘同涛在其硕士论文《三教文化与莫言小说创作》中，深入挖掘莫言创造思想和作品中的传统文化因子，结合文本解读体证莫言创作和以三教文化为代表的中国传统文化的精神契合。刘广远的博士论文《莫言的文学世界》中专章论述地域文化与莫言创作的关系，其论文对莫言创作与宗教关系也进行了详细分析，尤其是关于莫言文本中佛教寺庙的解析独到、深入。

研究创作方法的突破与创新

莫言的艺术风格是批评者最先关注，也是关注最多的领域，自从《透明的红萝卜》、《红高粱家族》与众不同的艺术风格引起广泛讨论后，莫言创作的审美风格和艺术技巧就备受关注，而莫言也一直拒绝走向“成熟”，在创作中不断地探求新的艺术形式。莫言被批评界称为“怪才”、“鬼才”、“奇才”，于是学子们纷纷以当时的批评话语诸如感觉世界、魔幻、审丑、狂欢、怪诞、复调性、反讽等展开批评活动，从不同角度、不同称谓来

指称这种奇、怪、鬼风之所在，40余篇论文聚焦艺术风格和方法研究，成为这批论文中比重最大的一部分。

余星宇在硕士论文《论莫言小说的感觉世界》里集中论述了莫言的“感官王国”。他认为莫言通过这种汪洋恣肆的感觉、感官书写使叙事的历时性感受转化为当下的生命感觉，使理性的总体化原则构建起来的叙事链条断裂为瞬间感官经验的碎片。中南大学桓芳的硕士论文《论莫言小说的“审丑”写作》，将笔墨胶着在莫言的“丑学”表现上，对莫言的“审丑”的美学走向梳理到位，文本解读细腻。

而随着批评界对巴赫金理论的熟稔，学子们也开始运用新理论进行解读。于是“狂欢”、“复调”、“反讽”、“怪诞”等进入莫言研究领域，“狂欢”更是成为出现频率最多的指称。在硕士论文《近年来莫言小说的狂欢化特色》中，孙爱华运用狂欢理论分析莫言的艺术风格，阐释莫言笔下的小丑、傻瓜、骗子等非常态角色的功能。张开艳在硕士论文《论莫言小说的狂欢化叙事》中，则对当前狂欢化研究的散论进行系统的梳理并找出空白点，凸显莫言的狂欢精神，并从齐鲁文化特质、外来文化影响、时代语境等方面综合探讨形成“莫言式”狂欢的文化机制及心理机制。

与狂欢理论结合最密切的是小说的复调性。复调的核心是对话，对其深入研究需要批评者具备良好的文本细读能力以及理论归纳能力。南京大学胡沛萍的博士论文《狂欢化写作——莫言小说论》全面运用巴赫金理论解读莫言作品，论文选取狂欢化理论的三个分支——复调、杂语、怪诞现实主义——对莫言的文本展开细读。尤其需要指出的是，作者对莫言创作中各种不同类型的杂语进行归类，从戏拟与反讽、拟辞赋体、粗俗语言、多种语体混杂等几个方面，具体、细腻地阐述了莫言小说的“狂欢化”语言策略。论文对莫言小说中复调对话的形式，如人物之间的大型对话、人物内心的微型对话、文本之间的对话以及现实与寓言之间的对话进行了颇有价值的分析。

吉林大学陶冶的硕士论文《莫言小说的反讽艺术》，在追溯“反讽”这一概念的历史流变基础上成文，论文既从修辞学的角度论析小说外在词句的反讽方式，又从叙事学的角度对莫言叙事体式中的反讽艺术——视角反讽、结构反讽、戏仿——进行详解。

与前面的论文相比，河南大学王保中在其硕士论文《莫言小说的魔幻现实主义风格》中，虽然选择了大家论及颇多的“魔幻”风格，但却将目光更多地投向莫言文本魔幻风格形成的原因。他在论文中借助人类学家列维·布留尔的互渗律解析莫言小说魔幻人物形象、魔幻故事情节及魔幻时空的互渗律内涵。作者认为，正是与接触关系和相似关系相联系的互渗律，才能解释莫言笔下人、神、鬼共舞的环境。作者还认为，用佛典文学理解莫言魔幻现实主义小说是魔幻现实主义文学中国式理解的关键。论文理论阐释和文本细读充分融合，论述颇有说服力。

对莫言艺术风格的探源自然延伸到对创作主体、创作心理的分析，其中田甜的硕士论文《莫言创作心理分析》、覃婷的硕士论文《莫言小说创作的心理底蕴探究》选题集中，以此作为论文切入点。《莫言创作心理分析》一文从艺术和心理的角度，试图以文知人，人文互证。作者认为都市与乡村的对比、现代文化与民间文化的冲突，促使莫言思索故乡的社会问题，并产生了理解和拯救乡村的冲动，这种理解和拯救则是通过不同面貌的"故乡"——梦想的故乡、现实的故乡、精神的家园——来展现的。而论文对莫言心理内蕴的艺术传达所作的三种归类——"繁冗与简约"、"救赎与超越"、"宣泄与狂欢"——也体现出作者对莫言创作的整体把握能力。

语言、意象及其他叙事研究

语言是文学的主要中介，莫言小说的艺术风格、文化意蕴、人物形象塑造等都是通过他独特的语言呈现的。除了部分论文在论及莫言的叙事时谈到莫言语言的特点，莫言小说语言的独特风格更受到语言文字学研究领域的关注，不少作者从语言使用、修辞等多个角度剖析莫言的语言风格。墙外开花墙内香，这也为莫言研究拓展了领域。从现有能查阅到的资料看，最早的一篇相关学位论文为《论莫言小说词语的超常搭配》，作者殷相印是现代汉语专业，论文在探讨"语言超常搭配"这一理论的基础上，对莫言小说语言的超常搭配作了描写和研究。论文分析了超常配色彩词的语义内涵，并指出了色彩词超常搭配的现实基础与作品基调、作家主体感觉的关系。论文充分研究了莫言小说语言的风格特点，开莫言研究语言学研究的先河。福建师范大学胡群昌在其硕士论文《山东方言在莫言作品中的运用》中，以莫言在小说创作中的方言使用为主线，分析山东方言在其作品中的出现方式及方言对整个作品文学价值的独特贡献。颜培贺的硕士论文《莫言小说变异修辞研究》，则立足于变异修辞理论，在整合变异修辞语料库的基础上，对莫言小说的变异修辞进行研究。作者从词汇因素、语义因素、语法因素等方面对莫言小说变异修辞的手段进行探究，并用图表形式将研究结果直观地展现出来。这几篇论文具备语言文字研究论文的典型特点，通过提取文本中大量的句子、词组来展开论述，论文解读具体、细腻。值得注意的是，张爱萍在硕士论文《莫言小说语言研究》中提出"示现"辞格，作者借鉴陈望道"追述、预言、悬想"的分类法，把莫言小说运用的辞格界定为"迷幻的示现"。所谓"迷幻的示现"(简称"迷幻")，是指根于潜意识或无意识，借助想象和联想，以奇特、迷离梦境或幻觉与流动、跳跃式的语言，来烘托气氛、揭示心理、抒发强烈感情的一种修辞方式。文章将其分为"迷梦的示现"和"奇幻的示现"两种，并结合莫言的文本进行分析。张文的这种认识既符合莫言创作注重感受、想象、幻想的实际，又恰与诺贝尔奖文学奖授奖词所采用的"hallucinatory realism "(幻觉现实主义)一词相印证。

另外，不能不提到对莫言创作的“意象”研究。红萝卜、白棉花、红高粱、肉、蛙等一个个意象衍生出莫言的诸多作品，莫言研究早期就已经有研究者关注“意象”。而王丽敏的硕士论文《莫言小说意象研究》把这种“意象”研究系统化。她在杨义与韦勒克的意象理论基础上，大胆地对莫言小说意象进行理论归纳并命名，归纳了莫言小说意象的二元存在形态：中心意象与辅助意象、乡村意象与城市意象、自然意象与文化意象、美的意象与丑的意象。论文结合文本详解莫言小说中的这四类二元类型的意象，并指出莫言创作的小说意象形成一个庞大驳杂的系统，组成了多元的意象系列（即意象群），与二元意象形态相互交叉、渗透，形成一个多维的意象世界。

东北师范大学申长崴的硕士论文《莫言小说中“肉”意象的文化解读》，则聚焦于莫言小说中的“肉”意象，并从文化角度解读“肉”意象。论文认为莫言小说中的“肉”意象是一种文化意象，是传统文化中食、礼精髓的延续，是食、色两种文化古今发展的折射，也是作者复杂生命体验的文化表达。论文充分探讨了莫言“肉”意象的文学审美价值，认为“肉”意象是对中国文学意象体系的补白，是消解崇高的平民化写作。作者还探讨了“肉”意象的寓言性及其象征意义。

色彩意象是莫言小说创作最有特色的表现手法之一，它丰富了莫言文本的艺术表达，也让莫言的小说创作独树一帜。在其硕士论文《论莫言小说中的色彩意象》中，西南大学的高君着力于从莫言小说的色彩使用入手，对其色彩词的运用、各色意象的功能和作用以及作家选择使用色彩意象的深层原因展开分析与探讨。论文将莫言小说的色彩意象划分为红色意象群、绿色意象群以及多种色彩意象的叠加，通过文本细读对莫言小说中的色彩意象功能与主题表达的关系作剖析，并把传统的色彩寓意和莫言小说中的色彩寓意进行比较，展现莫言小说中色彩意象对传统色彩审美风格的继承和超越。湖南科技大学文丹的硕士论文《〈红高粱家族〉中红色原型解读》，笔墨集中地阐释了长篇小说《红高粱家族》。作者运用神话—原型批评的方法对小说中的红色意象及其象征意义进行了详细考察。

在叙事研究方面，除了叙事语言分析，从叙事结构、叙事风格、叙事文体、叙事话语等角度切入探究莫言艺术表现手法的论文也不下20余篇。除了叙事研究，文体学也是近些年批评界研究的热点，并发展为一门方兴未艾的学科。北京师范大学的付艳霞在其博士论文《莫言小说文体论》中，从文体学切入探究莫言小说。论文从语言、叙事个性、整体文体形态、文体的文化语境四个方面全面论析了莫言小说的文体。通过文本分析和综合文体特征考察，作者指出，莫言的语言具有“拟演讲”式特征；第一人称叙事和转述人的设置使得莫言小说的叙述呈现出双重叙事和视角套视角的“准复述性”特征；小说的整体文体形态则有传奇风度和戏剧性特征，从而形成了以“史剧框架下的传奇故事”为主的“杂体小说”。论文还从三点解读了莫言文体形成的文化语境，对一些颇有争议的问题进行了详尽的阐述。行文中，作者能熟练驾驭理论并形成自己独特的思维系统，文本细读与理论结合相得益彰。

苏州大学王娟在其硕士论文《莫言小说与民间叙事——从〈檀香刑〉到〈生死疲劳〉看莫言的创作转型》中，把《檀香刑》、《四十一炮》、《生死疲劳》三部代表莫言向民间转型的小说并置在一起，从作品对民间、传统叙事资源的借鉴这一角度来探讨莫言叙事的转型。而山东大学张相宽硕士的《论莫言小说的叙事艺术》一文，则对莫言叙事研究独具慧眼，专门论述"莫言身份"这一叙事视角。他指出，这一视角有独特的叙事功能并被莫言塑造成性格鲜明的人物形象，莫言正是通过"莫言"这一独特的视角阐发着自己的小说理念。"莫言"在莫言的故事里既是叙事主体不断在作品里讲述故事并对事件发表自己的见解；同时他也是叙事对象，作为故事里的一个人物参与故事过程，能与叙事者地位平等地对话，探讨关于写作的技巧等。

海外研究与异质文化影响

莫言是民族的，同时莫言也属于世界。在全球文化的语境中，透视莫言创作与世界文化的互动影响也成为部分学子们的选择。在硕士论文《民族与超越民族的莫言——莫言小说论》中，作为一名在中国攻读的越南留学生，一个在中国的"他者"，苏方强在论析莫言的本土化和民间性基础上，向我们展示了一个越南评论者眼中的莫言。他指出，中国当代作家在越南反响最大、越南评论界评价最高的非莫言莫属。论文评述了越南批评界对莫言的研究成果，指出虽然目前并没有多少深入挖掘出莫言小说深度的文章，但对莫言的作品批评界已经比较全面地作出探讨。作者认为，莫言能够超越民族，在越南乃至世界产生影响力，恰恰是由于莫言小说的民族性选择。更重要的还有其特定地域的乡土特色背后掩盖着的更为深刻的主题，莫言能重新理解民族文化、发现民族性与普遍人性之间的复杂关系以及寻找民族日常生活在现代世界中的位置和意义。

宁明的博士论文《论莫言创作的自由精神》最可贵的是其所提供的看莫言的"第三只眼"——莫言海外研究。论文对目前的海外莫言研究现状作了详尽的介绍。作者整理了莫言创作在英、法、日、韩、意大利等海外 17 国的翻译现状，并对海外尤其是集中在美国汉学界的莫言研究作了较为详细的介绍，论文从作品主题和思想意识、人物形象、历史空间和民间立场、艺术特色以及比较视角五个方面进行了重点梳理。论文中所提到的海外研究者的视角，如 Cai Rong(蔡荣，2003)在《与外国他者之间的关系：莫言〈丰乳肥臀〉中的母亲、父亲和私生子》中所用的后殖民理论，Shelley W. Chan(陈雪莉，2000)的《从男性王国到女儿国：论莫言的〈红高粱〉和〈丰乳肥臀〉》中的性别理论等

研究，在告诉我们世界眼中的莫言的同时，也在启发着国内的莫言研究。而实际上，近几年的莫言研究的确越来越多地受到西方汉学研究的影响。

莫言在世界上的地位以及莫言创作超越民族的因素，让莫言与不同国家的大师有了对话的可能，将莫言与他们作横向比较也是不少学子的关注点。朱宾忠在其博士论文中对莫言与福克纳的创作历程、文艺思想、作品的部分主题内涵、人物形象以及创作特色作了详尽的比较和解读。论文共分了20个小专题讨论两位文学大师的创作，对两人的创作异同作了辨析，并指出两者在主题开掘和人物塑造方面各有特色而难分高下。然而在艺术水准上，他认为，大部分时候，莫言显示了与大师的距离。莫言的想象常失控、对叙事角度多元化的追求失之偏颇，不少时候破坏了叙事的可信度，在语言的运用上，莫言缺乏美学意识和充分的文字把握能力。而赵述晓在硕士论文《论大江和莫言的故乡想象与艺术超越——以〈万延元年足球队〉和〈红高粱家族〉为视点》中，通过细读作家文本，从暴力的充斥、死亡的意向、性欲的狂欢三个方面把握两位作家笔下的故乡性征与艺术征象的关系，在平行比较中透视两位作家人生价值观的取向和各自艺术世界的特质。

此外，不少学子将莫言与大江健三郎、马尔克斯、D. H. 劳伦斯、格拉斯、鲁迅、沈从文、贾平凹、苏童、张炜等作家并置在一起进行的比较研究，都一定程度上拓展了莫言研究的广度和深度。

还有一些论文独辟蹊径，选材新颖，同样拓展、丰富着莫言研究的领域。如四川师范大学李容华在硕士论文《论莫言的短篇小说》中，以莫言的短篇小说为专门的研究对象，从文本细读出发，力图对莫言短篇小说创作进行总体把握和系统的梳理与分析。这对于探求莫言在小说上的不断追求及其在当代文学史上的意义具有一定的参考价值。又如作家与批评家的互动研究也值得关注。莫言的几乎每一部作品都会引起批评家的热议，如《红高粱家族》与“魔幻现实”，《丰乳肥臀》被重新认可后的“本土化”界定，《檀香刑》、《生死疲劳》与民间资源、民间立场等议题此起彼伏，而莫言面对这些批评和定位从不排斥，总是乐于虚心接受。渤海大学王佳慧的硕士论文《批评视域中的“莫言形象”演变》，很显然集中关注莫言与批评的互动。论文从这种互动切入来讨论莫言的创作中批评家们是如何通过评论作家作品来建构莫言形象的。论文认为批评家们对莫言作品的“动态式”文学批评构成了“莫言形象”多变的艺术矿层。文学批评既是莫言形象的创造者，也是莫言小说文本的密切合作者，同时又对莫言的小说进行了“第二次创作”。

硕博论文研究的问题和不足

正如韦勒克所言:"一件艺术品的全部意义,是不能仅仅以其作者和作者的同代人的看法来界定的。它是一个累积过程的结果,也即历代的无数读者对此作品批评过程的结果。"①学子们在这一累积批评的过程中作着自己的贡献,他们以热情、勇气以及不时闪烁而出的洞见,表达着自己对莫言的喜爱以及理性的解读,他们使莫言研究不仅仅停留在期刊散论中,而是走向系统化、全面化。上文只是择取有代表性的论文,还不足以包含167篇莫言研究论文的整体特征和内涵,但我们从中可看出莫言研究的专业性使得选择莫言作为论文选题必然存在着一种影响的焦虑,写出新意来更具有挑战性。从整体上来说,硕博论文的论文质量与专业批评相比尚显稚嫩,精品论文少。不少论文面面俱到,似乎滴水不漏,但相对缺乏新的阐释与开拓。不少论文还存在着诸如感性表层认识多、赏析性强、理论支撑不足、重复阐释甚至过度阐释的问题。

当然,问题的存在也给莫言研究留下了不少有待拓宽的领域:一、对莫言散文和剧本的研究。莫言创作在小说方面成绩丰硕,这一点毋庸置疑,但这不应该成为研究者遗忘、冷落其散文创作的理由,更何况研究莫言的散文还可以在一定程度上促进对其小说的研究。莫言的散文及剧本如《我们的荆轲》、《霸王别姬》等,都可以与小说形成一种互文式的阐释,只有如此才能还原一个完全真实的莫言文学世界。二、对莫言思想内涵的解读和对莫言人性认识的流变与深化的挖掘。三、将莫言放置在文学史的架构中,找寻莫言之所以成为独特的"这一个"的文学史意义。四、影响研究,如"十七年文学"、前苏联作家、日本作家等的影响。还有,地域文化研究、莫言创作引起的争论等方面都存在不少问题值得深入开掘。相信只要更多的研究者以热情投入、以新的理论切入、以严谨的态度面对,就一定会将莫言研究推向新的高度。

2013年2月

① [美]雷·韦勒克、奥·沃伦:《文学理论》,刘象愚等译,三联书店1984年版,第35页。

目　录

第三辑　人、自由与生命意识

第四辑　艺术风格研究

第五辑　语言、叙事与意象研究

第六辑 世界文化与莫言创作

第七辑 作家主体及其他研究

第一辑　民间中国与传统文化

民间中国的发现与建构

——莫言小说创作综论

◇杨　枫*

本文从莫言的小说、创作谈、对等文本出发，分五章对莫言小说的叙事美学、历史诗学、莫言小说中的人物、莫言与民间、莫言与文学史之间的关系进行综合考察，揭示和论述了莫言写作最有活力的创作景观。第一章认为，以万物有灵的变形视角窥探民间大地的玄机和奥秘是莫言叙事美学的最大特色。在莫言的小说中，变形视角包括动植物、胎儿视角以及死魂视角。采取变形视角，对于莫言而言，并非只是感性的盲目和冲动，而是源自与历史的对话欲望。参透历史，并以诗性话语建构出一个民间中国，是莫言叙事美学的内在依据。而这又恰恰构成了莫言历史诗学的最大特色——互文性。在对民间中国的发现与建构中，莫言一方面对官方历史保持足够的警惕，一方面对民间也同样有所保留和怀疑，在历史和民间之间，他倾向于超越二者之间的简单对立，以一种差异性的写作策略来完成历史的互文和建构。这是第二章的主要关注点。论文第三章致力于分析各类“游民”形象。莫言“发现了另一个中国”，发现了以往被遮蔽、被忽视的“游民”，而莫言的民间立场和小说的民间性正是在这些游民身上得到最大程度的体现。第四章，进入莫言的艺术世界，对其在“作为老百姓的写作”的叙事姿态下展开的文学叙事进行深入剖析，论证其艺术价值及文学史意义。第五章将莫言置于文学史视野中进行研究，探讨莫言与文学史之间的有趣互动。以此为基础，论证莫言在历史想象与人物塑造中对民间中国的发现和建构，梳理他的创作与既有的文学传统之间的关系，借以打开莫言研究的新视野，论述其对当代文学的贡献及意义。

---

* 杨枫：吉林大学中国现当代文学专业博士，2009年获博士学位，导师刘中树教授。

“伤痕”记忆的异样处理器

莫言的每一个长篇都与现实或历史构成了互文关系。历史在其代表作中，都存在着一个影响的轮回踪影。而莫言即以“轮回”笔法对其进行再度传奇化叙事，张扬起精神中的酒神和狂欢意志，这是莫言对“影响的焦虑”之反抗，也是对其有理有据的穿越。在莫言的“历史观”中，一切历史莫不与作家的人性理解有关。

不过除了《红高粱》、《丰乳肥臀》、《檀香刑》和《生死疲劳》之外，更凸显其历史诗学互文性写作思想的应当是在小说中体现的童年或成长的记忆。“我把在农村训练出来的思想方法、感情方式，用来处理后来听到的别人的故事，用我的童年记忆处理器，它一下就把故乡生活这个封闭的记忆和现代生活打通了”①，这里的童年记忆作为视角，既带有回忆性，也带有对其再造的修辞意图。《牛》即是一篇不可放过的作品。

在当事人的个体记忆中，“文革”中的牛属于圣牛，集体化时代的悖谬逻辑即是在合法性的掩护下，上演出一幕幕吊诡的好戏。小说《牛》影射了农民阶级“口腔”历史的悲剧。其他文本中，比如《分马》中，牛成为农民的果实，而更多的牛和人却因为等级的分配次序而产生了乖戾、悖谬的政治性矛盾。这种矛盾被无数历史书写所掩盖，而莫言书写的就是这个无法掩盖的矛盾所导演的荒诞结果——“口腔政治”意识形态。它体现了莫言对既定历史“话语型”的质疑和对饥饿记忆难以掩饰的悲伤和感慨。喜剧以怪诞的方式呈现了悲剧的美学特质。缓慢升腾的悲凉在时代荒诞的背景中，延续着一份苦涩酸辛的惆怅。这份惆怅使得一头生不逢时的壮牛，从此成为被注视着的和被人千方百计来争夺其肉和卵的丑怪灵魂。这恰是无数“新时期”文本所忽略、遮蔽的广袤地带，更意味着对《老水牛爷爷》或“俯首甘为孺子牛”等话语的锻造。

本来，莫言的“文革”记忆早在《透明的红萝卜》中就有所体悟。“我觉得写痛苦年代的作品，要是还像刚粉碎四人帮那样写得泪迹斑斑，甚至血泪斑斑，已经没有多大意思了。”②而“伤痕文学”无疑是莫言写作的原动力。这个原发性“伤痕”即来自身体上的饥饿感，来自自己遭际中的无数亲历伤痕，更来自于莫言“十三岁时曾在一个桥梁工地上当过小工，给一个打铁的师傅拉风箱生火”③。《透明的红萝卜》最终以莫言一天

---

① 莫言、刘颋：《我写农村是一种命定》，孔范今、施战军主编：《莫言研究资料》，山东文艺出版社 2006 年版，第 86 页。

② 徐怀中、莫言等：《有追求才有特色》，孔范今、施战军主编：《莫言研究资料》，第 3 页。

③ 莫言：《我的故乡与我的小说》，孔范今、施战军主编：《莫言研究资料》，第 3 页。

早上醒来的一个"梦语"潜文本为直接触媒，幻化出了一个玄妙诗性的空间、一部稚拙而空灵的佳作，而那道"伤痕"足以超越整个"伤痕文学"的虚拟性。

《战友重逢》这个文本亦人亦鬼，人鬼难分，对话场的展开本身造成鬼语啾啾、人界鬼区界限畅通，由此而敞开的事实，却是伙伴们不同的命运。命即运也，这是莫言以农家子弟(兵)的身份而书写的自况性文本。他直接面对的即是李存葆《高山下的花环》这样轰动一时的前文本。莫言从来属于独创的大师，他不会亦步亦趋或人云亦云，而是对类乎《高山下的花环》这种前文本内的大叙事立场和强烈的意识形态性了如指掌，以边缘视角或者百姓心态来挖掘战争遗留的创伤，并将这种创伤镌刻绵延于个体战后或死后的生活中，人鬼互化却生死两界互相对峙，可谓天命难测而运气天壤。

《三十年前的一次长跑》中乡村人眼中的右派，"迥然异于过去写右派的那些哭啼派和撒娇派小说，求得了新鲜的书写趣味"①。从文本意义上说，它截然形成了对《犯人李铜钟的故事》、《大墙下的红玉兰》、《远去的白帆》或《洗澡》等右派亲历者之历史记忆的补充。而《司令的女人》则直接针对知青作家的"知青小说"等前文本进行了必要的颠覆、修正，且角度泾渭分明。"在莫言的乡村角度，从'民间角度'，一度为人们所痛诉的右派的悲惨生活，不免有些令人羡慕"②，因为"从知青小说和反思小说，乡村被描写得那么不堪，那么落后愚昧，从城市的角度，从知识分子的角度来关照乡村场景和乡村生活，便觉得那是非人的地狱"③。而莫言能从民间角度，通过自己的经验和体验感知来窥察这些人，所谓的民间角度也就由此而不同于知识分子叙事的"官方角度"。

最妙的还是《父亲在民夫连里》这个看似与童年或成长记忆无关的转述性文本中，带领民夫送粮的乡村蛮汉竟然成了正面英雄，而战争纷飞的背景也延移到了山东和淮海之间的遥远路径上。这种边缘情境实在无人写过。规模宏大的战争场景，一贯是写家的好选题，《大决战》的拍摄不也如此吗？即便老套电影《南征北战》也罕见我们民工、民夫的片语或身影，偶然片段式的镜头，不过是用以突出我军将士风姿的边角材料。而莫言则依据父辈们参加山东支援前线送粮食小车队的历史传说，将"父亲"这一"土匪种"演化成了一个粗俗不堪、相貌丑陋的家伙。更具轻快幽默色彩的是这个"父亲"竟能够以荒唐粗俗的手段，完成了痨病鬼指导员用党章所无法完成的"壮举"，这实在颇有些吊诡。恰是这种"吊诡"颇合民间百姓真正的态度和看法。因为如《红日》这样的战争小说场景中，付出最大的无论是个体生命还是物质财富，莫不是无名的普通百姓家庭的巨大牺牲。仅《南征北战》中我军为构筑工事所需要的门板，都理直气壮地

---

① 叶开:《莫言评传》,河南文艺出版社 2008 年版,第 84 页。

② 叶开:《莫言评传》,第 54 页。

③ 叶开:《莫言评传》,第 73 页。

取自百姓家中，而百姓具体的家庭生活和日常困窘却罕有镜头、言语来细致关照。这是莫言对战争文本取景手段的刻意修正。

当然，"对这块土地的历史的了解，主要依靠先人们的传说。任何传说都经过了一代两代以上的艺术加工，带上了相当的夸张成分，本身就具备一种传奇性。认识的历史是这样，写出的历史也必然是这样"[①]。这也说明，口述传统始终是莫言历史诗学的民间性写作伦理法则。而这恰如王德威所言，"莫言企图重组回忆、落实往事，但他的方法何其令人醒目或侧目：他荤腥不忌、百味杂陈的写作姿态及方式，本就是与历史对话的利器"[②]，而这也正是莫言历史诗学之互文策略的一大亮点。

（节选自第二章"莫言小说历史诗学——以'互文性'为中心"）

莫言与民间——基于现代性的反思

"民间"这一概念发轫于陈思和先生在 1994 年发表的《民间的沉浮——从抗战到文革文学史的一个解释》一文。此后，众多学者纷纷步武，"民间"研究蔚然成风。莫言作为当代文学创作中最具民间意味的作家，也就常常落入"民间"之网，论述莫言与民间的关系，一时之间成为学者们的嘉年华会。本文则试图避开那些论述最集中的领域，从灯火阑珊处起笔，将莫言与民间的关系放置在现代性的语境中加以考察，以此打开莫言的小说创作，论述其意义。

众所周知，自梁启超小说界革命始，小说便开始踏入"改良群治"之途，"熏、浸、刺、提"，成为小说这一文学建制最主要的功能诉求。也就是说，它从此被纳入了整个现代性的设计规划之中，几辈作家，前仆后继，在这一文体上苦心经营，但基调却是启蒙与救亡的变相协奏、文明与愚昧相互冲突的交响。而民间，也就在这种"新文学"的潮流中被积极建构成一个需要被改造的"他者"，落后与愚昧于焉浮现，这在鲁迅开启的乡土小说传统中可以找到有力的证明。无论是王鲁彦的《柚子》，抑或蹇先艾的《水葬》，民间总是藏污纳垢之所，而在那一代作家眼中，这些污垢无疑需要"新文化"来镀亮或擦除。于是，民间隐微而丰富的意义，在这一现代性的视野中消隐不见了。到了 20 世纪 40 年代，我们虽说要"走向民间"，借取民间的各种叙事资源，但民间想象却被限制在另一种现代性的规划和设计之中。无论怎样具有民间气息，怎样"中国作风、中国气派"，都无法逾越特定的意识形态规限。"民间"成为革命与意识形态召唤和质询的对象，成为被书写、被修改

① 莫言、陈薇薇、温金海：《与莫言一席谈》，孔范今、施战军主编：《莫言研究资料》，第 3 页。

② 王德威：《千言万语 何若莫言》，孔范今、施战军主编：《莫言研究资料》，第 273 页。

的诉苦人，参与到阶级血仇的指认之中，服务于当时的意识形态需求。从“十七年”到“文革”，对“民间”的这一特定书写方式继续得到延续，虽然它总是压制不住地从那些显性的文本结构中迸发出来，但仍然无法更改它沉默的历史。直到20世纪80年代，“民间”才真正获得了生机。但需要注意的是，并非所有作家都能以“民间”作为反思现代性的基本立场，通过对民间的书写和表达来完成对20世纪现代性进程的反思。在20世纪80年代，许多作家民间想象的方式依然承继着“五四”新文学的传统，写作的主要立足点还是集中在对民间落后和愚昧的批判上。我们看到，能洒脱地跳出这一写作框架的作家并不多，而莫言似乎可称得上是为数不多的“叛逃者”中的佼佼者。“莫言是以民间叙述人的身份叙述民间，并且有天马行空、特立独行的叙述气魄”[①]，从知识分子式的启蒙话语中抽身而出，以看似古怪和鬼魅的叙事，来完成对现代性去魅以及同质化的反思。而这种反思，我们可以从他对城与乡的对峙、人与鬼的纠缠、革命与血缘的转换与替代中发现。也正基于这三个方面，莫言冲破主流意识形态，以对现代性的反思性揭示民间社会中的自由、个性和千姿百态。而这或许才是莫言之“民间”所特有的意义，他通过这种大踏步的后退，通过这种叙述的迂回，完成了对另类“中国经验”的书写。

……

通过城与乡的叙事变调，莫言对20世纪80年代以来的中国现代化改革，给予了诸多民间性的思考，并为我们提供了一份迥异常态的画卷：当乡村的改革建设在模仿城市现代化的同时，是不是也带来了人自身的生存危机呢？莫言荤素不忌的书写，其实已经包含着一种现代性的反思精神，即城市带给人的未必是身心的幸福和人的现代化。同样，乡村在进入这条轨道时，随之而来的更多的是混乱无序和更加僵固的宗法关系，而这又为腐朽官僚的权力寻租提供了主要的脚手架。这一点不能不让我们感到惊异，莫言凭借其敏感，抓住了中国现代性进程中的复杂经验。而这种对历史的穿透，无疑是以老百姓的视角为出发点的民间性写作。

我们知道，去魅是现代性叙事的一个根本特点，而莫言偏偏背道而驰，不仅不去除这些盘根错节地缠绕在乡村民俗中的信仰系统，还继续大力发掘和张扬，并以鬼魂（《生死疲劳》中的西门闹）或畸形物（《生死疲劳》中的大头儿）、老小孩（《四十一炮》中的罗小通及《丰乳肥臀》中的上官金童）的口吻来参与观察或言说现代性在民间大地上的展开。究其原因，一方面是莫言不老的原乡心理，一方面是上述叙述口吻能够获得一种“诉说就是一切”的快感，且能打开一个富足的话语空间。另外，我们也可以说，这是一种历史观的有意退场。因为，启蒙知识分子的书写逻辑抹杀、遮蔽了民间文化中固有的神秘思维，同时又将此遗忘、删除，而莫言重拾古典传统的民间信仰，是基于一

① 王光东：《民间文化形态和1980年代小说》，《文学评论》2002年第4期。

种对现代性的悖反逻辑，从而为民间文化在现代性整齐划一的建构中打开一个缺口，留下了一个不乏草野气息的文学洞穴。

同样，莫言对乡村血缘伦理在一个世纪以来的演化裂变，也足够警醒。这份警醒，也是想在现代性自身模板的裂隙中，寻求对民间文化的保持，并以此来确立一个全球化加速时代的精神支点，对抗失去故乡的焦虑和陌生。可以说，莫言故意以陌生化的历史叙事来颠覆现代性唯新求变的直线思维，以循环轮回及民间的血缘伦理次序取而代之，就是为了完成对现代性单一化、同质化特征的爆裂，这本身即是一个具有本土意义的差异性写作实践。

有目共睹，我们正越来越深地嵌入到全球化的进程之中，取消差异，消解少数、边缘及民间的同一性逻辑正大行其道。如何保持自身文化、种族特色、民间伦理以及语言信仰的差异性成为人们关心的话题。无疑，在晚期现代性的全球化轨道上，以书写的差异政治破解同一性，保持自己的文化身份是一个可行的策略。所以说，这里的差异政治即是文学行动。而莫言的民间写作，恰恰是这样一种文学行动。他以民间为基点，发现和建构出了一个别样的中国，使原乡精神和对现代性的反思交织在一起，呈现出一种特别的“中国经验”。这里需要指出的是，我们不应将中国经验本质化，未必民间就意味着中国经验，但是我们可以说中国经验必然是包含着民间的。如果对民间没有一个反思性的表达，我相信中国经验也就无法呈现自身。所以说，莫言选择作为老百姓的写作立场，应该也是包含着一种书写“中国经验”的自觉。可以看到，各种民间话语、书写范式，在他那里都可以成为一种自然而然的写作资源。另外，他不断地撤退到中国的叙事传统中去，调用章回体，且让鬼魂重返小说叙述，这都可以说是试图建立现代汉语小说的主体性的一种努力。我们知道，如果仍然像 20 世纪 80 年代那样一味搞形式试验，终究只能步别人后尘。要书写中国经验，就要在本土找到一个精神支点。如果仍然按照西方的现代性想象去规划中国，无疑谈不上什么“中国经验”，所以，在莫言这里，他落实到民间的视角上，并对现代性本身加以反思，这才是对中国的新历史可能性的开启，这才是现代汉语小说赢得尊严的可行之路。总之，笔者认为，书写差异并凸现差异，打捞濡染着民族灵光与情韵的语言，重新梳理那些横生奇异的民间资源，我们才能找到自己的“中国经验”，才能在这样一个同质化的语境中发声，“无声的中国”也才能变成一个有声的中国。

（节选自第四章“莫言与民间——基于现代性的反思”）

莫言民间叙事的原型与祭仪特征

◇徐闫祯*

莫言是在全世界著名的中国当代作家之一。尤其是他所建造的“高密东北乡”的民间世界，给中国文学艺术添加了新的意境。本论文旨在探讨在亚洲现代化与世界化的潮流日益加速的这一时点上莫言的民间叙事所具有的意义。他的创作从在世界化途中的中国当代文学的语境出发，鸟瞰中国现代的种种困境，并不断寻找中国社会与历史的现代性趋向。本文从陈思和教授的民间概念出发，探索在莫言的文学世界里民间是如何表现出来的。本文尤其注目的是在他的民间世界里面深深扎根的“原型”与“祭仪性”特征，这是他在作品中反映出来的民间精神面貌的核心。而这些均基于古老的原生态的生活面貌与集体性文化形态。本文通过小说的情节、结构、意象以及意象组合、母题、象征等各方面的分析来表明它的原型形态与祭仪性以及它们的内涵。本文的章节随着祭仪的普遍因素结构来安排：第一、第二章集中讨论了与原型和祭仪相关的问题，并借助于心理学、神话学、人类学，从莫言的作品中导出以“根底”为特征的三种原型——历史观、泛神论、地母神，分析其内涵与祭仪性。第三章讨论屠杀与餐宴意象的意义，在此解释吃神肉的过程与化血为酒的“酒神祭”过程。第四章则通过莫言作品中的游戏因素来讨论狂欢祭，以此探讨莫言的文学是如何再现狂欢祭并进而展开新的话语体系的。最后总结，从莫言的原型与祭仪性特征中导出“边缘精神”，指出它是存在于民间世界的一种运转社会的机制，好像锅炉一样，将中心世界的一切吸入、融化，经过解构、重构，产生永无休止的创造力。而以“根底”为特征的原型，带有强烈的“他者性”。莫言的叙事便是由“他者”所唱的酒神颂歌。每当某一社会遇到困境而迷惑的时候，社会就能从这种原型和民间“祭仪”中发现能量，并获得重生。

---

* 徐闫祯：复旦大学中国现当代文学专业博士，2008年获博士学位，导师陈思和教授。

莫言叙事与现代的困境

如果说,莫言在写作当中采取了祭仪的形式与内涵,那么需要关注他之所以需要祭仪的背景,就是在他的认识当中有何种危机和困境。关于这一点大家大概都认同,作家在其成名作《红高粱》里面的一句话,“种的退化”观念概括这一切。按照进化论来说,人应该是进步的,但作者却主张,(我们的)人在退化,这种主张曾经在读者和学者的心灵里引起了震撼。但我们在这里还是需要解释,究竟是怎么个退化法。

莫言的叙事从叙述中国走进现代开始,在每一步伐中,民间所经历的历程都可以概括为民间对现代的遭遇和体验。这种遭遇随着时代的流变展示出各种不同的境遇。首先“现代”在其开始阶段以侵略和战乱的面貌来光顾,反映这些的作品为《檀香刑》、《红高粱》系列、《丰乳肥臀》等。例如《丰乳肥臀》中的“混血儿”象征着异质性现代的开步。小说的场面中由他们对现代利器揭露出陌生感。不过对他们来说,现代文物更多的时候与其说是带来方便的或者能享受的东西,还不如说是霸道和暴力的象征。其代表性象征为“路”。《檀香刑》里民间对于由德军来强迫建设的铁路的恐惧感,以种种神话的形态反映出来。比如割断舌头、龙的传说等。

> 一条潜藏在地下的巨龙痛苦地呻吟着,铁路压在它的脊背上,它艰难地把腰弓起来,铁路随着它的腰弓起来,然后就有一列火车翻到了路基下。如果不是德国人修建铁路,据说我们高密东北乡就是未来的京城,巨龙翻身,固然颠覆了火车,但也弄断了龙腰,高密东北乡的大风水就这样被破坏了。
>
> ——《檀香刑》

可以说,整部《檀香刑》本身就是这种恐怖感的演绎,它的写作也起因于这种对“现代”的恐怖感。《红高粱》里也有由日军动员村民来修路的场面。很显然,红高粱是无数老百姓的象征,而为了修路,它们被残酷地压扁。以铁路、道路为表象的现代文明并非意味着使他们进入文明世界,“路”不但不愿意跟民间的生命世界共存,还要将他们强硬地压入到统治的框架中去。所以这种现代带给民间的感情是陌生与蛮横的。

现代文明的矛盾表现在:以城市为象征的中心世界排除周围的边缘世界。中心世界对边缘的压扁使得边缘的人被逼到委屈和绝望的地步,而且这种暴力性对两边都带来人性的退化,一方面导致腐败和堕落,另一方面带来由于人性受伤害而萎靡不振的状态。表现这些的作品为《红蝗》、《天堂蒜薹之歌》、《欢乐》、《白棉花》、《爆炸》、《酒国》、《四十一炮》、《藏宝图》、《筑路》等。

中国现代历史显示,无论是以“毛主席”为象征的教条,还是改革开放以后经济发展与开发的逻辑，都是以巨大叙事的面孔霸道地迈步，从不注意老百姓本来的生活样态与生命的气息。《丰乳肥臀》和《生死疲劳》便是这种历史的综合。它们以家族史和轮回的方式概括了自近代直至当代的历史流程，使人能够全面地鸟瞰这种“现代”在中国的步伐。因此人们只能面对各种不合理与虚伪破坏生命真实的现实。这种现代只管按时代用各种不同的教条来套住人们的生命欲望。在《笼中叙事》中，这种虚伪的教条由关在笼子里叙述的叙述人的形象来出现。作者说，能够逃出这个笼子的只是“叙事”(《笼中叙事·序》)。在《红蝗》以及《檀香刑》中便用阉割的象征来表现出来，虚伪的教条远离生命的本原而切断生命的连续的征候。这也表示着对于生命欲望将阉割掉的这些教条感到恐惧和悲哀。属于这一类的作品还有《酒国》、《四十一炮》、《红蝗》等。

(节选自第二章“莫言民间叙事的原型”)

齐鲁民间文化的当代转换与新文学传统的重构
——莫言创作的民间文化形态研究

◇张志云*

本文立足于叙事，将“民间”分为“民间的生命内容”和“民间的叙事立场”两个层面，对莫言创作中的民间文化形态进行分梳。上篇梳理出莫言小说的三个民间叙事形态——“感觉”、“故事”和“狂欢”。三种形态共同构成了莫言的民间叙事。中篇探讨莫言民间叙事的诗学特征与齐鲁民间文化之间的关系，认为莫言小说中的上述三种叙事形态在形式上表现出齐民间文化“灵异想象”和“夸诞”风格的承传，内容上的生命力主题构成了对齐文化的当代转换；而整体上对齐文化的倚重，又构成了对民间鲁文化的当代转换。作家的童年经历、西方文学中的“故乡”启迪以及作家的现实心境导致莫言在对故乡的自我追忆中建立起与齐鲁民间文化之间的现实渊源。下篇认为莫言的创作——“作为老百姓的写作”——以其对生命本真状态的书写，体现出一种民间叙事伦理。其在作品中的表现就是还原出一种“老百姓”的“人”学观念，并以对政治“英雄”的否定和对精英“人道主义”的扩展，构成对新文学传统的时代“扬弃”，最后分析指出，不仅莫言的创作参与了文学的叙事伦理转型，而且他也以自己的创作实绩证明了“民间”对文学创作的巨大生成意义。

齐鲁民间文化在莫言作品中的当代转换

首先说明，本文所说的“齐鲁民间文化”与官方意义上的“齐鲁文化”有所区别。官方的“齐鲁文化”在先秦是两种差异较大的区域文化，即齐文化和鲁文化。后来由于地域相邻以及两种文化的不断交往，逐渐合流为“齐鲁文化”。秦的建立和统一，事实上

---

* 张志云：四川师范大学中国现当代文学专业硕士，2004年获硕士学位，导师唐小林副教授。

结束了齐、鲁文化作为地域文化的存在。至汉代董仲舒"罢黜百家、独尊儒术"，把当时民间传播的齐鲁文化中的儒学纳入官方政治体系，遂渐渐发展成中国传统文化的主流——儒家文化。[①] 而本文所讲的"齐鲁民间文化"，指的是以民间的方式保存和流传的齐鲁文化，它更多地体现在民风、民俗方面。齐文化和鲁文化，本源于东夷土著文明，后被周公所侵，分封齐、鲁两国。两国治国方针的不同导致了齐、鲁文化的差异，齐文化较多保持了夷人风俗，而鲁文化更多继承了宗周文化。关于齐、鲁两种民间文化的异质性，有学者[②]曾作过系统研究和梳理，概括体现在以下几个方面：一、文化学术方面，鲁国诞生了"修身、齐家、治国、平天下"的孔孟儒学；齐国则发展了羽化登仙的方术道教。二、民风民俗方面，鲁地注重正统的礼教精神；齐地多好经术、虚荣夸诞，礼教精神淡薄。三、文学方面，儒学重诗的教化，"兴观群怨"；而齐地文学颇具市民艺术的幻想色彩，善辩如"三邹"、妖异如《齐谐》、《聊斋》，散发着浓郁的"齐气"。

通过比较可以看出，民间齐文化较之正统精神的民间鲁文化具有两个鲜明特点，即"灵异想象"和"夸诞"风格。其原因正如现代学者冯友兰所言："盖齐地滨海，其人较多新异见闻，故齐人长于荒诞之谈。"[③]从而孕育了"百家争鸣"的宽松语境，诞生了足以体现民间齐文化风格的管仲、晏婴、"三邹"和蒲松龄等。

然而自新文学以来，不知从何时起，民间齐文化的传统一直隐而不显，直到新时期"寻根文学"的出现，尤其是莫言的出现，这种状况才有所改观。这首先表现在莫言作品对民间齐文化"灵异想象"的创造性转换上。

之所以说"灵异想象"，是因为相对重义理道德的鲁文化和其他区域文化来讲，齐文化一个鲜明的表现形式是"空灵"。齐文化中的"空灵"与"功利"特点互为一体，构成了一种"人间仙境"。原因恰如文化界所分析的那样："齐地依山傍海。海洋的浩渺无际，海市蜃楼的奇幻，是触发齐人富于幻想的自然条件。商贾盛行，使齐人经多见广，语言流利，反应灵敏，造成齐人极富想象力的思想和能言善辩的能力。"[④]这首先体现在古齐的"太阳鸟神话传说"、"蓬莱仙话"以及齐地的神仙巫术活动等方面，散见于《山海经》、《淮南子》、《孟子》等古籍。这种灵异想象也促成了战国时思想家邹衍的"大九州"假说、"阴阳五行论"等极富想象力的学说，稷下"三邹"能言善辩、具有市民艺术特色的言行，也影响了先秦齐地散文的风格。另外，齐地妖异故事也广为流传，对后世文学影响深远，自最早记述怪异的《齐谐》(已失传)，至汉代东方朔、唐代段成式(齐临淄

---

① 有关论述参考魏建、贾振勇：《齐鲁文化与山东新文学》之第一章"孕育东方文明的文化土壤"，湖南教育出版社 1995 年版。

② 有关论述详见徐北文：《齐地文学与民俗》，《文史知识》1989 年第 3 期。

③ 转引自乔力、李少群主编：《山东文学通史・下卷》，山东教育出版社 2003 年版，第 581 页。

④ 黄松：《齐鲁文化》，辽宁教育出版社 1991 年版，第 42 页。

人)《酉阳杂俎》、宋代《太平广记》都有所反映，直至清代蒲松龄的《聊斋志异》集大成。这都是齐民间文化灵异想象特点之体现。

转换的前提是"承传"。莫言的一些"感觉"和"故事"形态的叙事中，恰恰"承传"了齐民间文化"灵异想象"的特点。从《透明的红萝卜》中那个晶莹剔透的"透明的红萝卜"意象开始，莫言就表现出超乎寻常的奇特想象。《翱翔》中的美丽新娘燕燕，面对即将嫁给一脸麻子的老光棍的悲惨命运，在逃婚过程中竟然飞了起来，而且飞得那样漂亮，像一只美丽的大蝴蝶。"高密东北乡虽然出过无数的稀奇古怪事，女人飞行还是第一次。"这些"魔幻"般的想象，其实是借助人物的"感觉"或"幻觉"，来完成了对美好事物的生命向往。在这一点上，莫言似乎继承了"不安现状"的齐人丰富的想象力，在作品中用"感觉"虚构出一幅幅"海市蜃楼"般的人间仙境。

除"感觉"外，在"故事"形态的叙事中，作家也赋予其灵异的想象。这从《大风》中勤劳一生、活路非凡的"蹦蹦爷"的"仙死"上，就可见一斑。《良医》中更是把野先生"陈抱缺"想象成了神仙中人。这似乎也继承了齐人求仙问道的追求传统。《奇死》中"二奶奶"的"灵魂附体"，则不无民间巫术的色彩。同样不可思议的还有，《铁孩》中那个吃铁的孩子，《辫子》中决定人的精神状态的"大辫子"。更加瑰丽的是《夜渔》中遇到的那个帮"我"捉螃蟹、踪影不定的美丽仙子，以及《金鲤》中那个为救人而淹死湖中变作金色鲤鱼的"金芝姑娘"，等等。从故事的叙事中不难发现，作家是用"灵异想象"赋予笔下普通人超常的能力和魅力。而这又好像暗续了《齐谐》、《聊斋志异》的志异传统。

总之，不论是"感觉"还是"故事"形态，很多作品都表现出民间齐文化"灵异想象"的特征，或如童话或如传奇。这与齐文化体系中的"蓬莱仙话"、"巫风仙气"，甚至东夷远古的"太阳鸟神话"等，都有着一脉相承的渊源关系。大概是想表明"齐人幻想求仙，追求自然的神异，不安现实的平凡，从而在精神生活中求得补偿的心态"①。

然而在莫言的"灵异想象"里，不是简单地复活民间齐文化的传统遗产，更主要的是在这些作品里，寄寓了作家的当代意识，即对"美"和"善"的生命力的诉求。这种生命力的伦理诉求，是莫言民间叙事作品的一个重要主题。无论是"黑孩"看到的"透明的红萝卜"、"燕燕"摆脱命运的"翱翔"，还是"铁孩"和《夜渔》中美丽女子的非凡本领，都不是普通伦理意义上的"美"和"善"，而是生命本身的"美"和"善"的合理存在之象征。就连颇有恶作剧意味的"飞鸟"意象(《飞鸟》)和《球状闪电》中那个浑身沾满羽毛想飞的"鸟老头"，也是莫言为生命力贫乏的人间添置的一点"善意"和"理想"象征。这种生命力角度是莫言的当代想象，是古齐原始浪漫的灵异想象(如仙话)所不具备的。

如果说作家在"感觉"叙事中，主要是表达了对生命力"美"的伦理追求的话，那么

① 黄松:《齐鲁文化》，第42页。

莫言笔下的一些“故事”，则更多的是诉诸生命力的“善”。很多时候，这种生命力的“善”，在莫言那里，体现为生命的“强力”。《大风》之所以把“爷爷”塑造成一“硬汉子”形象，主要是想说明“爷爷”身上那种不可多见的勤劳能干、吃苦耐劳的韧性品格。《良医》借“陈抱缺”的神奇医术，主要是感叹现代医生的“退化”和平庸。《奇死》中“二奶奶”超拔诡奇的死亡，主要是想说明“二奶奶”对生命的留恋，以及她那弱小的身躯爆发出的惊人生命力。有时，莫言为强化这种生命的强力，不惜借助一些非常态的人物。典型的如《麻风的儿子》中的张大力，虽为麻风病人，但其出类拔萃的力量与原本善良的人品，同样震撼了人们，赢得了尊敬。《养猫专业户》中的“大响”不过是个不正经的浪荡子，当初养猫的打算无人瞧得起，可是后来却奇迹般地暴发成“养猫专业户”，不同样证明了生命力(在此体现为生存力)的超越伦理之处吗？当然，成名后的“大响”只顾派头，而失去了当初的锐利和脸上“谜一般的微笑”，最终猫懒人败，一塌糊涂。前后的成败对比，说明了生命力的不可停滞性，否则就会导致生命力的衰退，等等。这些故事，从不同角度表达了莫言对现代生命力的诸种想象。

如果说，上述种种对生命力的“美”和“善”的理想设计，表现了一种生命的高蹈浪漫精神，从而应和了齐人“不安现状”的“灵异想象”的话，那么莫言的“生命力”主题在作品中还有另外一面，即对现实生命力的冷静审视，于是构成了“种的退化”。这在《红高粱家族》中有着典型的体现，如叙事者在“我爷爷”等祖辈面前，只能是“像饿了三年的白虱子一样干瘪”。而到了《食草家族》中的《红蝗》等作品中，“生命力”主题似乎又显现出一种欲望怀疑的“种的忧虑”感。从这种“种的退化”、“种的忧虑”等现实主题，不难看出，莫言是有感于现代人生命力的急遽退化，而用“感觉”、“故事”等叙事形态，绘制了一幅幅至善至美的生命力图景。从形式意义看，这些既“美”且“善”的民间图景，在生命力贫乏的现实看来，无疑是齐文化“人间仙境”般的“灵异想象”。从内容角度看，其中的生命力主题，又寄予了莫言对生命伦理的现代关注。这是莫言对民间齐文化的当代转换，其原因只能归结于作家的民间立场。正如王光东先生的分析：“不知莫言是否受到尼采的影响，但我以为正是这种‘生命精神’照亮了乡土民间藏污纳垢的文化形态，使这种文化形态中潜在的生命自由精神迸射出了耀眼的艺术光彩。”[①]如果把王光东所说的现实性“民间文化形态”换作“民间齐文化”，也未尝不可。

（节选自中篇“莫言民间诗学与齐鲁民间文化”）

---

① 王光东：《民间的现代之子——重读莫言的〈红高粱家族〉》，《当代作家评论》2000年第5期。

黑暗大地上空的自由精灵
——论莫言的自由精神与艺术自由

◇赵学美*

本文试图阐述莫言与“自由”的关系，全文分成三章。《红高粱》中，莫言为无拘无束的土匪唱了一曲高亢的歌，从此便与“自由”难分难舍，一直延续到近几年的创作中。第一章从对外、对内两个不同的视角入手，具体分析了这种自由精神。莫言自由思想的一个重要表现，就是对权势的蔑视和超越。个体自由表现在生活的方方面面，论文主要是从自由对道德的超越、性爱自由和风骚女性三个角度分析的。与莫言在内容上对自由精神的昂扬呼应的是莫言的艺术自由，这主要表现在丰富多彩的故事、一泻千里的语言和变化多端的结构上，而这些都源于他纵横驰骋的想象力。这是第二章的内容。第三章分析了这种自由思想和艺术自由产生的时代背景和地域因素。莫言成长在政治高压的岁月，童年时代没有体验过无忧无虑的欢乐，只有贫穷、责骂和政治斗争，调皮的莫言从爱闲言碎语变成了沉默是金；高密地属古齐国，自由思想、创新意识是齐国的传统，自由不羁是古齐地的地域风情，这种独特的地域特色历经诸位文豪传承到莫言手里仍然熠熠生辉。正是在这种时空条件下，在激励与挤压正反两面的不同作用下，莫言成就了独特的、自由的艺术世界。

自由是每个生命的期待和希望，道德是每个社会个体必有的责任与承担，它们是矛盾的，从某种意义上来说，道德是自由的束缚，自由是道德的破坏。每个人必须以自己的方式将这矛盾体结合起来，才能在社会上自如地生活，而“偏执”的莫言为了生命的自由，毫不犹豫地舍弃了道德。他“不对笔下的人物进行道德的评价，而是极力挖掘与展示他们的人性深度与命运悲剧”①。

(一)为取之无道正名

“丰廪实而知礼节，衣食足而知荣辱”，在食不果腹的日子里，衣是否蔽体已经不是

---

* 赵学美：山东大学中国现当代文学专业硕士，2005年获硕士学位，导师莫言教授、贺立华教授。

① 吴义勤：《有一种叙述叫“莫言叙述”》，《文艺报》2003年7月22日。

问题，更不用说什么礼义廉耻、道德戒律。在这个时候，所谓自由精神的唯一表现就是将所有的道德抛诸脑后，让自己活下去。莫言的童年、少年是在缺衣少食的环境中度过的，对物质的渴望成了现在的他最深刻的记忆，所以，在莫言的作品中，这种生存受到威胁的岁月描写得比较多，相应地，在特殊年代里的特殊的自由就有比较多的表现。在物质匮乏的时代，自由与道德的冲突集中地表现在为了生存下去而取之无道。

最惨不忍睹、令人心悸的是《丰乳肥臀》中乔其莎为了两个馒头与厨子麻子发生关系的那一幕。那是受过高等教育的医学院校花，曾经是多么的骄傲和自重自强，然而，为了馒头，却不得不让令她唾弃的麻子野蛮地撕下了内裤。这是残酷的，是小说，却也是那个年代屡见不鲜的事实。正如莫言在小说中所言："当女人们饿得乳房紧贴在肋条上，连例假都消失了的时候，自尊心和贞操观便不存在了。"莫言毫不留情地揭露出那个时代沉重的现实。在《粮食》中，莫言也说："这年头人早就不是人了，没有面子，也没有廉耻，能明抢的明抢，不能明抢的暗偷。"《牛》中，作者跟随主人公因为使小聪明而吃到半碗牛蛋子而窃喜；《五个饽饽》中，作者同情因为饥饿至极而偷走五个饽饽的"财神"。

对乔其莎的肉体交易、母亲的偷食和财神的盗窃，莫言都没有丝毫的谴责，相反，是带着同情、怜悯的心情去讲述他们的不幸和在不幸中对生的执着。偷盗也罢，卖身也罢，这些为常态下所不齿的行为，在特殊的年代里都带上了悲壮的色彩，在莫言笔下都成了一种对生命的自我保护，成了对自由的一种另类表达。"生命是生存的最高法则，都有着对生命本能的热爱，都在追求着自由自在的生活方式，当生命自身熊熊燃烧起来的时候，既定的道德规范、善恶原则还有什么意义？富有原始色彩的生命渴求是如此强烈地主宰着他们的行为。"①

(二)把善恶标准悬置

余占鳌给茫然的戴凤莲拉开了辉煌激越的序幕，却也背离了道德的底线：杀死无辜的单家父子；余占鳌在战场上有胆有谋，敢当士前卒，带领全村人浴血奋战，面对冷、江两支异己力量，非常有大局观地说等打完了日本鬼子再算旧账，但是在铁板会统治高密东北乡的几个月里靠着发行纸币，对"高密东北乡"人民强取豪夺；他骗取花脖子的信任，趁其疏忽取而代之，确立了自己在"东北乡"的威信，却也因骄傲自负中了曹梦九的计，使得手下八百汉子无一幸存。

他是一个深明大义的民族英雄，也是一个现世享乐的土匪头子；他是一个有情有义的众乡亲的头儿，也是一个自私霸道的普通人；他是一个有长远眼光、胆识兼备的领导，也是一个志得意满便不知天高地厚的鲁莽汉子。但是，他不狭隘、不小肚鸡肠、不嫉妒、不欺侮弱者，靠着自己的智谋和胆量成就了土匪生涯的辉煌。

① 王光东：《民间的现代之子——重读莫言的〈红高粱家族〉》，《当代作家评论》2000 年第 5 期。

如果我们用道德的标准去衡量余占鳌，实在不知道该将他划到善与恶的哪一边，但莫言很明显是怀着激情去刻画这个人物的。小说以孙子的口气叙述了爷爷的辉煌，把他塑造成一个传奇人物，强调的是他反传统的无所畏惧的勇气，唤起了我们对他的钦佩和尊敬。在小说中，莫言对其自由精神的赞颂之意明显地压过了对其道德欠缺的谴责。

茂腔是高密人心灵的自由抒发，而戏班班主孙丙更是一个无法将舞台和现实区别开来的茂腔迷。他率性任情、放荡不羁，甚至玩世不恭，有种民间浪子的意味。如果说余占鳌、戴凤莲拥有的是一种在出生入死中体味到的生命的酣畅淋漓之自由的话，那么，孙丙的自由则是一种自足自乐的、生活化的、能为广大人们所拥有的自由，这种自由更多地体现在心灵的舒张自如而不是对外界的征服上。但是，我们可以说孙丙拥有健康的人格，却无法说他的行为符合"善"的要求。他爱逛老婆门子，直到把妻子气死；他为了完成名留青史的愿望，坚决不逃走，让朱八一伙枉费心机，更让小石头白白搭上了性命。他从不思量行为的善或者恶，只是按照心中所愿自由地去做一切事情。

不管是绿林好汉的带有野性的自由，还是民间浪子的自足的自由，莫言都让自由听从了生命本身的召唤，而将道德悬置。"莫言的意义，正在于他依据人类学的博大与原始的精神对伦理学的突破……伦理学把人群简单地分为'善'与'恶'两类，而人类学却把人类还原为活的'生命体'，它是从生物学的角度看待人类本身，这样，他就把为伦理学所遮蔽的壮丽的生存之诗鲜活地呈现出来。"①莫言抛弃了抽象的伦理学的善恶二元价值判断，而将各个生命体作为唯一关注的对象。他从不力图塑造合善的生命，从不忖度生命可能的评价标准。在他的笔下，生命只有两种形式，要么在外界的不可胜数的标准、原则中泯灭自我，要么在自我的宏阔天空下尽情尽兴地舒张——他毫不犹豫地选择了后者；在他的笔下，生命只有一种意义，那就是最自由的自我的外现。

自由与道德在辩证法中追求一种平衡，在莫言的价值观中却毫不犹豫地走向了倾斜。他让几千年的礼、善、仁退让到了角落，把展示的空间和舞台让给鲜活、自由的生命去张扬；他把外在的一切可能束缚抛弃，满足自我生存的首要前提。从某种意义上说，戴凤莲——这个凝聚着作者最多理想的女性形象死亡之前的心理描写，可以说是莫言在自由与道德这对天平上所加的不同砝码："什么叫贞节？什么叫正道？什么是善良？什么是邪恶？……我只有按着我自己的想法去办，我爱幸福，我爱力量，我爱美，我的身体是我的，我为自己作主。"

（节选自第一章"自由生命的歌者"）

---

① 张清华：《叙述的极限》，《当代作家评论》2003年第2期。

大地悲歌的另类吟唱

——莫言乡土小说论

◇郭 群*

在中国乡土小说史上，莫言无疑是个独异的存在，他始终以悲剧和苦难主题震撼着读者的心灵，同时也以天马行空、我行我素的形式冲撞着当代文坛，以一种狂放不羁的姿态给读者带来了新的审美冲击和享受。本文分五章，第一章在中国乡土文学史背景中突出莫言乡土小说对苦难和悲剧书写的特殊性；第二章对小说的苦难和悲剧主题进行归类和分析；第三章主要分析莫言乡土小说对苦难的独特叙述以及创作中所采取的平民姿态；第四章对作家悲剧心理的形成以及独特艺术风格进行溯源；第五章总结历年来有关莫言小说所存在的缺陷的评述，并指出莫言乡土小说尚有待完善之处。总之，本文主要从苦难主题以及独特形式这一角度出发对莫言的乡土小说进行探析，他以幽默的笔调、魔幻以及狂欢化的感官和语言等书写着乡土苦难，吟唱着一曲曲大地悲歌，从而形成了小说内容与形式之间的悖论，显示出他在中国乡土小说史上的独特之处及重要地位。

莫言乡土小说的继承与突破

如果说写实主义作家笔下的乡村是苦难且丑陋不堪的，“田园派”乡土小说中的乡土面目是经过加工的精致的梦幻家园，那么，莫言笔下的农村则是粗粝的、活生生的，他的小说似乎捧在手里就能闻到乡村原有的驳杂气息。

莫言承袭了写实主义乡土文学对苦难和悲剧的正视，而且描写得更为真实、丰厚、深刻和撼人心魄，但在表现形式上却有所不同：在某种程度上，莫言的艺术手法继承并

---

* 郭群：暨南大学中国现当代文学专业硕士，2006 年获硕士学位，导师姚新勇教授。

突破了抒情乡土小说的传统，但和他们不同的是，莫言没有回避或遮盖乡土大地的历史和现实苦难。

首先是叙事方式的突破，表现为在文体风格上有着强烈的先锋意识和实验精神。莫言具有超越常规的艺术见地以及永不停息的反叛精神和创作激情，他是一个有大爱大憎的作家，对故乡爱恨交织的情感和对生活、语言等敏锐的捕捉能力，使他始终保持着创作的激情。

……

其次是写作立场的不同。中国现代乡土文学作家都为表现风云变幻中的农村作出过自己的贡献，但他们却很少是地道的农民，大多是农村的富家子弟，在农村度过自己的童年，对农村有着或深或浅的记忆，而后走出家乡求学或求职，或者由于种种原因在农村生活、工作过一段时间。当代新时期钟情于乡土题材的作家往往是那些曾经有过农村生活经历的“右派”或知青作家，他们有着不同的价值取向和审美理想，但相同的是他们都比较熟悉当代中国的农村和农民。由于特殊的历史环境，他们有农村生活的感受、有沦落中的感叹，也亲眼看到了乡土的悲苦，但他们笔下的乡村与真实乡土面目还是存在着一定的差距，毕竟时过境迁，“对业已不成为知青的知青来说，乡村就基本上不是实体性的现实生活场所，而成为一种记忆之境、文学之境，成为一种自觉或不自觉的想象性的建构和意识幻境的存在”[①]。

无论是现代乡土小说的开创者鲁迅，还是其追随者鲁彦、蹇先艾等“乡土作家群”，无论是解放区的赵树理、周立波、柳青，还是新时期的张炜、韩少功、贾平凹、高晓声等，他们的共同之处在于，时过境迁之后，他们跳出了农民的圈子，和农村、农民拉开了距离。他们都是以相异于农民的身份去看待农村的，启蒙主义者有着为农民的苦难和劣根性“哀其不幸、怒其不争”的无奈，革命家看到的是充满了阶级斗争和苦大仇深的咆哮了的土地，“工作干部注重的是开展各项工作遇到的问题，文化人赞美的是乡村田园的情趣，异乡客思念父亲的家园，还乡人惊奇故乡的凝滞……”[②]他们对于乡村的描述常带有先入为主的情绪，因此他们对农民和农村生活的回忆、对乡土的审视和反思就难免带有局外人的眼光和知识分子自上而下观照的心态。无可讳言，他们笔下的农村是一个精心加以梳理和装饰的舞台，而不是活生生的乡村生活本身，在这种按照现代文明的认知逻辑和道德框架反照下的农村里，农村生活和农民的真实性自然就被掩盖、遮蔽了。

---

① 姚新勇:《主体的塑造与变迁——中国知青文学新论(1977～1995年)》，暨南大学出版社 2000 年版，第 105 页。

② 张志忠:《莫言论》，中国社会科学出版社 1990 年版，第 17 页。

与众多乡土作家不同的是，莫言是“中国现当代文学史上仅见的农民作家”[①]。过去他是农民出身，直到今天，他的骨子里还是与农民、乡村有着千丝万缕的关系。他和农村不是观察与被观察的关系，而是相互融合的关系。从小学五年级辍学开始，他便躬耕于山东高密东北乡这块多灾多难的土地上，对于那儿的一切他都感同身受，他生于斯，长于斯，吟唱于斯，他歌唱的就是这块土地的悲苦、传奇和梦想。这一切对于莫言而言是一份沉重的人生履历，同时也是一笔莫大的精神财富。

莫言是一个真正有着平民心态和民间精神的当代作家。有意思的是，莫言从军多年，但涉及军旅题材的作品却鲜见，除了创作初期的《春夜雨霏霏》、《丑兵》等少数几篇应时应景之作外，以后的作品基本很少涉及军旅生活，写得最多的还是关于农村生活的作品。作为一个小说家，他有着农村生活的根，有着农民的血液和气质，他在书写极具个性化的作品的时候，也表达了长期以来受压抑、被轻视的农民的心声。但他也是个受过现代文化和文明熏陶的先锋作家，在对个人和乡土苦难的观照中同样有着中国现代知识分子的理性和认知逻辑。莫言是以痛苦为起点来揭开他沉重人生的序幕的，同时，人生体验的深度和自身的认知方式决定了他对中国农村历史和现实以及农民命运的把握的深度。

因此，莫言之所以崛起于新时期文坛，不仅在于作品的苦难与悲剧主题，也取决于他与众不同、诙谐幽默和瑰丽奇特的表现形式，同时也在于他平民化的写作姿态。

（节选自第一章“乡土文学史中的莫言乡土小说”）

形而下的苦难抒写

在中国当代文学中，对苦难的叙述还存在诸多缺陷，有的作家作品对个人遭遇充满感慨和愤激之情，而少有悲天悯人的生命沉痛意识；有的则在个性化写作的观念的支配下，专注于展露自己个人的生命体验和形式试验，还难以向更高的生命哲学迈进。

如果说西方文学中苦难叙述倾向于形而上意义上的叙述，那么当今中国文学叙述中的苦难大多则拘囿于对形而下的生存现实的叙述。这种苦难往往来自生存本身的或者说是物质意义上的匮乏：穷困、饥饿、性压抑等。苦难的救赎之道就在于使这些基本的需求得到满足。一旦这些需求得以满足，苦难自然得以消解，当苦难没有一种认识作为哲学上的支持，并对其进行一种人类的反思时，这种苦难就难以得到一种审美上的升华。

---

① 张志忠：《莫言论》，第17页。

莫言对苦难的理解不是抽象的，而是从实实在在的生活中得来的，也许正因为如此，他对苦难的描写更多的充满了一种感性的认识。对于曾经所亲历或者所见所闻的苦难和悲剧，他不仅无法回避，而且还要将对苦难种种或悲壮或惨烈的粉饰抹去，以便赤裸裸地展示苦难，在一些作品中，他反复地咀嚼苦难，形成玩味痛苦的内在情绪。《吃事三篇》中，他曾坦言："有没有'炫耀'苦难的意思呢？有，的确是有。"[①]对于迷恋苦难，有评论者曾作出颇有说服力的分析："苦难的艺术表现绝不仅仅是对苦难的控诉。当你细致入微地描写如何经受苦难和如何从苦难中走出时，你多多少少就把苦难当作了'艺术观照'的对象。……经受苦难的人回过头去，为自己的耐受力所感动，他们不由自主地把苦难神圣化，甚至产生了要追求充实的生活以至于去受更大苦难的愿望。"[②]不可否认从莫言的一些作品中的确能体现出这种心理，但情绪上的"玩味"并不能代替哲理上的沉思。一味地停留于浅表而对苦难意义缺乏深度的理解和挖掘，只能对少时亲身经历的苦难和痛苦记忆反复表现。"悲剧观点将人类的需要和痛苦固着在形而上学上。倘若没有这一形而上学的基础，我们除了痛苦、悲哀、噩运、灾难和失败之外，就什么也没有了。"[③]

对莫言来说，其独特的艺术感觉和创作手法为作品大添异彩，显示出特立独行的才智和气势。但也正是这种独特或多或少地消解了应有的内涵深度，并且造成重复和冗长，可以说技巧被强化的过程也就是其内涵被稀释和冲淡的过程。所以历来评论者更多地将关注的目光投向了莫言新颖独特的艺术成就，为其所吸引乃至迷惑，人们要么沉浸于玩味小说扑朔迷离的情节或者天马行空的语言之中，要么因为难以接受他的风格而对他的作品持一种不屑、批判甚至拒斥的态度，从而忽略或者淡化了其中所蕴含的苦难和悲剧主题。不经意间。这种有意或无意的技巧追求淡化或消解了个中的深刻意味。"试图写作人类历史苦难的作品，结果却不得不为个人对感官快乐的迷恋所渗透，这确实表明个人与宏大历史叙事构成的深刻矛盾。"[④]

每个人都不是完美的，作家亦如是，提出以上关于莫言乡土小说缺陷的看法，目的并不在于否定莫言所取得的巨大成就，而在于希望他在以后的创作中，能在发挥自己的天才似的才气的同时，将更多的因素考虑进去，创作出更多具有超越时空价值的作品。

（节选自第五章"莫言乡土小说的缺失"）

---

① 莫言：《吃事三篇》，《什么气味最美好》，南海出版社 2002 年版，第 95 页。

② 黄子平：《沉思的老树的精灵》，浙江文艺出版社 1986 年版，第 153 页。

③ ［德］卡尔·亚斯贝尔斯：《悲剧的超越》，亦春译，工人出版社 1988 年版，第 73 页。

④ 陈晓明：《表意的焦虑——历史祛魅与当代文学》，中央编译出版社 2002 年版，第 403 页。

三教文化与莫言小说创作

◇刘同涛*

传统文化自古就是一个多元精神和合体，儒、释、道三教文化在这一和合体中各居于独特的地位，从不同侧面发挥着自身的社会功能，相互冲突又相互兼容，共同构建着中国人的精神家园和心灵境界。本文在对莫言作品的解读中，深入挖掘莫言的创作思想和作品中的传统文化因子，体证莫言创作和以三教文化为代表的中国传统文化的精神契合。绪论部分从文化继承方面论述儒、释、道三教文化在中国传统文化中的重要地位与影响，同时对三教文化进行界定。第一章共分两节论述儒教文化与莫言小说，第一节主要探讨儒家文化在中国传统文化中的发展及变化，第二节论述儒学的人格理想与莫言小说的人物塑造。第二章论述释家文化与莫言小说，分三节分别探讨莫言小说对人生本苦与永恒轮回的书写、莫言作品对幻灭与升华的诠释，以及莫言小说中的神权社会。第三章论述道家文化与莫言小说，从道家少私寡欲与守柔不争的人生论入手分析莫言的作品，探讨莫言作品模糊、惨淡的特点与作品中无处不在的忧患意识。

并非圣洁的神权社会

莫言对佛家的观照，既体现出他对人生本体性的认识，同时也体现出他对神权社会的独特理解，我们可以通过他作品中对寺庙的书写来分析这一点。莫言小说话语世界中经常建构寺院等“神权”社会，从而与民间社会形成对照的关系。相对芸芸众生生存的社会，寺院被认为是抵抗世俗的“安身之地”，是“清心寡欲”的“立身之所”。我们知道，寺庙是僧徒聚居之所，是佛的教旨向社会传播的基地。与紧张而虚伪的现实比

* 刘同涛：西北师范大学中国现当代文学专业硕士，2009 年获硕士学位，导师彭岚嘉教授。

较，寺院的清静幽雅能起到净化心灵的功效。“寺院是一个相对理想的安身立命之地，对那些厌倦人生，失意政治，痛感道德沦落者来说，退隐寺院是一条‘绝望的出路’。在退隐寺院这一浪潮中……在理性的介入下，教义、教理、教仪及其他圣事逐渐形成为一套完备自足的信仰工具或载体，以抵抗世俗的欲望与事功。”①作者选择寺院绝不是随意的，而是表明创作主体的希望和内心的期望。罗小通到“废弃小庙”向大和尚寻求帮助，他挑战这个社会(《四十一炮》中的“老兰”象征着世俗社会)而不得，最后选择了寻求“皈依”，他对社会是失望的，同时社会对他也是抛弃的。罗小通拒绝长大，拒绝成熟，拒绝与社会“同流合污”，拒绝融入“藏污纳垢”的社会，他逃避的地方，恰恰是“寺院”。然而，“寺院”的存在能够为大众提供最后的“归宿”吗？能够成为人类“灵魂的栖息地”吗？答案显然是否定的。

> (神权社会)立足于彼岸，民间则立足于此岸。彼岸的生活只有以此岸作参照，才可能被人们形象地感知与理解，同样，此岸的生活也只有在彼岸的比照下，其世俗的一面才能更加被人们所珍视，它们事实上是一种正反同体的关系。正如中世纪的淫猥，是对禁欲理想丑化性领域的反动一样，它旨在建立一种健康的性道德与性观念。对立的双方彼此相互依存，一方以另一方的存在为条件。②

“神权社会”是我们的参照，并不是我们的理想家园；“寺院”只是创作主体的一种虚无的“假说”，一种“空中楼阁式”的“乌托邦”或是世俗的另类模式。小说的叙述一直在“五通神庙”进行，但我们可以看看那是什么样的寺院呢？大和尚居住之所——“废弃的小庙紧靠着一条通衢大道，但香火冷清，门可罗雀，庙堂里散发着一股陈旧的灰尘气息。小庙围墙上那个似乎是被人爬出来的豁口上，趴着一个穿绿色上衣、鬓边簪一朵红花的女人”。这样的寺院，这样的气息，还有这样的女人出入，本身就是一种滑稽、一种嘲讽。更令人感到诡秘、神奇的是，五通神庙不仅有女人出入，还有公猫、母猫、公狐狸、母狐狸在这里来来往往，还有“腰板笔挺”的男人“对着庙门哗啦啦地撒尿”等。“寺院”曾有的一点神秘性、圣洁性逐渐烟消云散了，荒诞不经而又无比真实。超越俗世的丑陋、荒淫、龌龊丛生于“圣洁”之地，曾被视为人类的“避难所”、心灵的“净化地”的宗教尊严遭到彻底颠覆，作者的消解意义非常明显。能吃肉的罗小通被人们奉承为肉神，大和尚的身后是人首马身的“性神”，但是被作为偶像崇拜的神的原型人物在俗世中如何呢？罗小通穷困潦倒，大和尚的小庙里“半夜三更”常常传来女人“令人心惊

① 王建刚：《狂欢诗学——巴赫金文学思想研究》，学林出版社 2001 年版，第 86 页。
② 王建刚：《狂欢诗学——巴赫金文学思想研究》，第 91 页。

肉跳的喊叫”，这里是讽刺性模拟的舞台。所以，赫伊津哈说：“宗教对生活中所有关系的渗透意味着宗教领域和世俗思想的不断混合，圣物将会变得过于平常，人们对它再难以产生深刻的体验……信仰本身的质量也会大打折扣。”[①]如果生活中的一切都提升到神圣的水平，那么神圣也就不成其为神圣，应该是“渎神”了。肉神是被木头雕刻的，民众不经意间会将人为创造的神性消解掉。在肉神是什么木头的问题上，“干部问：这是檀木吗？那个驼背男人冷笑道：到哪里去弄檀木？不是檀木是什么？干部追问。驼背人回答：柳木。干部说：柳木？柳木最爱生虫了，过几年，不是要被虫子蛀空吗？驼背人道：柳木确实不适合雕像，但像这样大的柳树，也不是好搜求的。为了防止生虫子，我们雕刻之前，把它用药水泡过了”。还有后面的叙述，“为了防止肉神歪倒，工匠们用两根粗大的钉子，将它的脚钉在了木板上”。本来肉神就是滑稽可笑的，经过这样的折腾——用“爱生虫”的柳木雕成、用药水泡、用钉子钉住，与一块普通的木头是没有区别的。更可笑的是，老兰拜祭“马通神”时说：“马神爷爷，您看看我这个老婆怎么样？如果您愿意，我就让她来伺候您！”很显然，神性复归人性，神在这里只是被解构、被颠覆的对象，民众也根本没有把这些人创造的神神圣化、崇高化。这些荒诞而又真实的描述，既是对“制度”之外“神”的世界的嘲弄，更是对“制度”世界的批判和否定。所以，神权被解构，神圣被消解，神权社会还原成世俗社会。世界已没有“净土”，“神权”是虚无的，尘世是肮脏的，真实的只有生的欲望。这种神权社会“世俗化”使我们对世界的思考从“神本位”回到“人本位”，甚至是“人体本位”。世俗化的“寺院”的“主人们”又如何呢？他们更是以不尴不尬的形象出现。……创作主体描写的仿佛是“纯正”的“和尚”，但听到罗小通讲述他父亲和野骡子姑姑“抱在一起干那种事”的时候，大和尚“目光一闪，嘴角抽动一下，突然大笑一声，然后便戛然而止，仿佛锣槌猛击了一下锣面，只余袅袅的铜音在空气中震颤。……脸上的颜色，似乎有点发红”。把这些描述与大和尚的“戒疤”及“寺院”里“夜半三更”出入的“女人”联系到一起，我们似乎可以看清大和尚的面目——荒诞的“逃避”，虚无的“归隐”。大和尚的“皈依”是不真实的愿望，“皈依”只是一种“逃离”，而且，远离世俗的寺院依旧是世俗的另一种存在，大和尚的自身“逃遁”也只能归于“虚无”。所以，大和尚是一个世俗的符号、宗教的代码、虚无的象征、戏谑的对象。在这样不敬的想象下、不洁的类比下，曾经充满神圣的宗教情感和尊严都已遭受了摧毁性的解构。

> 宗教已不再是俗众所倾慕的一方净土……僧侣们的所作所为也难以令民众认同。当僧侣以芸芸众生的救赎者身份进入俗界时，他们道貌岸然，一副圣者相，

---

① 王建刚：《狂欢诗学——巴赫金文学思想研究》，第 88 页。

自别于俗众：他们是圣徒。但在具体的传教解惑中，他们往往会言行不一，也无一定的规范可循，因此，众圣徒之间甚至同一个圣徒在不同的场合其言行举止都会完全不同甚至矛盾。……民众可能会将它视为与己无关的另类生活，从一种与教会不同的视角来打动它，甚至将它倒置或翻转，僧侣生活就可能在这种倒置中显出乖张可笑的一面，虔敬消失，不恭顿生。[①]

大和尚作为宗教象征的存在是一种被否定的存在，是一种被“消解”的“崇拜”。马克思曾经说：“宗教里的苦难既是现实的苦难的表现，又是对这种现实的苦难的抗议。”他深刻地论述道：“……宗教，一种颠倒的世界意识，因为它们就是颠倒的世界。”[②]所以我们可以认同莫言用“颠倒的世界”反映“颠倒的世界意识”，其实是对神权世界的一种颠覆。

（节选自第二章“生命的挣扎与拯救：佛家文化的诠释”）

① 王建刚：《狂欢诗学——巴赫金文学思想研究》，第89页。

② 马克思：《〈黑格尔法哲学批判〉导言（1843年10～12月）》，《马克思恩格斯选集》第1卷，人民出版社1995年版，第1～2页。

论莫言小说与拜物教

◇ 王菁婧*

20世纪90年代的莫言小说创作，客观上揭示了商品拜物教对都市消费社会的统治。本文从文化研究的视角切入，对莫言的小说创作进行了分析。论文第一章着重厘清拜物教概念在西方理论发展史中所呈现的脉络。第二章选取莫言作品中具有代表性的形象，借助对其形象脉络的梳理来剖析莫言对自我、对个体的情感表达，通过其对个人在社会变动中的选择与行动上升到其对社会现状的隐喻。进而通过分析莫言对历史的把握及表现历史的叙述节奏、组织文本时间的方式，来理解莫言文学王国从乡土社会到都市消费社会的转向以及商品拜物教在这种变动中的角色。第三章以《蛙》、《酒国》、《四十一炮》为例，从结构分析入手，剖析人的欲望如何为拜物教所利用，如何对抗拜物教并警惕拜物教的侵蚀。结语部分总结莫言的拜物教书写，将其归结为一种对拜物教的反抗性策略，提醒人们警惕为拜物教所异化的可能。

“油滑”风格对拜物教的反抗

每个作家都有自己的标志性的东西，论及莫言，恐怕解读其创作风格最重要的关键词，莫过于“油滑”。“油滑”一词，意为待人接物圆滑、世故、虚伪，本属贬义，但莫言用自己独特的风格赋予这一词以多重意义向度。“油滑”在莫言创作中意味着汪洋恣肆、易放难收、兴之所至、笔之所及，说莫言的创作是“成也‘油滑’，败也‘油滑’”应该不算过分。

首先，莫言从鲁迅那里继承的“油滑”，其本质是一种讽刺。现代白话文创作之父

* 王菁婧：华东师范大学对外汉语专业硕士，2011年获硕士学位，导师毛尖副教授。

鲁迅先生在《故事新编》中开"油滑"之先河，鲁迅指出：《故事新编》"除《铸剑》外，都不免油滑"[①]，甚至"对于'油滑'的写法，历十三年而未改，并且明白地说'此后也想保持此种油腔滑调'"[②]。而鲁迅作品中'油滑'的具体内容即是在描写古人时用上现代的词汇和细节，以及将古代圣贤施以漫画化的表现手法。对比鲁迅的"油滑"和莫言的"油滑"，似乎不难发现，鲁迅的"油滑"是以严肃为根底的，是忧患至极、愤懑至极的产物，是一种批判的"油滑"，例如《补天》中出现在女娲两腿间的"古衣冠的小丈夫"，被鲁迅自认为是"从认真陷入了油滑的开端"[③]，讽刺的是内心淫荡腐朽、外表却满口仁义廉耻的伪君子。莫言的"油滑"在于他意欲讽刺，却在表面上佯装赞同，极尽夸张之笔，让读者自己去发现其中的荒谬之处，如《丰乳肥臀》中以上官金童之视角极言乳房之美，从内部视角揭示恋乳癖之病态；《檀香刑》以赵甲的立场宣言刽子手的"职业道德"，让人反思封建文化之所以能贻害千年的社会心理基础；《酒国》中以李一斗岳母传授烹食婴儿时的振振有词，让人惊觉鲁迅时代的"吃人文化"余毒难消。因了这份"油滑"，莫言的写作多了一份奔放不羁，少了那份含蓄内敛。"油滑"是莫言驰骋自己不羁想象的翅膀，如小说《丰乳肥臀》中天上万乳攒动、地上摸奶盛会的弗洛伊德式情境，甚至由此发展出一套理论：

> 山是地的乳头，浪是海的乳头，语言是思想的乳头，花朵是草木的乳头，路灯是街道的乳头，太阳是宇宙的乳头……把一切都归结到乳房上，用乳头把整个物质世界串连起来，这就是精神病患者上官金童最自由也是最偏执的精神。[④]

正是这份"油滑"支撑了莫言世界的想象空间，并赋予了这种荒谬一份通行证，从精神病患者的感官世界来阐释弗洛伊德的俄狄浦斯情结，并将这种情结与商业社会的拜物教运作模式勾连起来，而丝毫不显得生硬牵强："我们放飞了一万只乳房状的气球。让乳房满天飞，向全人类传达爱的信息。我们还放起了两个巨大的氢气球，氢气球上挂着两条红布大标语，标语用金黄大字，每个字都像磨盘一样大。'抓住乳房就等于抓住女人'在空中轻轻地飘荡着；'抓住女人就等于抓住世界'轻轻飘荡在空中。这是一个逻辑学上的三段论，被省略掉的结论是：'抓住乳房也就等于抓住了世界。'"[⑤]

> "独角兽乳罩大世界"生意兴隆。城市在快速膨胀，又一座大桥飞架在蛟龙河上。……乳房是人类进化的结果。对乳房的爱护和关心程度，是衡量一个时期内

---

① 王瑶：《鲁迅作品论集》，人民文学出版社 1984 年版，第 184 页。
② 王瑶：《鲁迅作品论集》，第 185 页。
③ 王瑶：《鲁迅作品论集》，第 184 页。
④ 莫言：《丰乳肥臀》，中国工人出版社 2003 年版，第 364 页。
⑤ 莫言：《丰乳肥臀》，第 369 页。

社会文明程度的重要标志。……乳房是宝，是世界的本原，是人类真善美无私奉献的集中体现。爱乳房就是爱女人。重复灌输是广告的基本特征。要让爱乳房的语言不绝于耳。[①]

看似荒谬的逻辑却真实地揭示出了现代消费社会商品营销模式的规律，这些都可以归功于“油滑”这支叙述的润滑剂。弗洛伊德用理论性话语阐释力比多与大教堂的关系，莫言却用油滑的方式形而下地展示了其中的奥秘，戏说之余却难掩其刻骨的真实，谁也不能说这种“油滑”消解了其背后所承载的重大意义。

其次，“油滑”的意义在于解构。仔细研究不难发现，莫言讽刺性的“油滑”多出现在其都市题材的写作中，也就是90年代后。80年代的文学接续了五四时期的“启蒙”传统，以“揭出病苦，引起疗救的注意”为文学共名，朦胧诗、伤痕文学、反思文学、寻根文学等都以呼唤人的主体性为己任。整个文学场域都处在精神建构的兴奋中。然而进入90年代后，在商品化浪潮的冲击之下，文学自身遭遇了身份的危机——启蒙者身份的丧失，文学开始进入到一种多元价值共生的“无名”状态。再也没有一个统一的价值体系能够提供给个体以安全感和皈依感，而“油滑”就是这种环境下的产物，就是对一切庄严、神圣秩序的挑衅与解构。当原有价值体系走向崩溃、精神建构变得徒劳时，解构成为一种应对瞬息万变、多元化时代的叙事策略。这种“解构”不仅是针对文学自身的，更是针对整个时代的。莫言之所以为莫言的精神气质与根底，正是他抑制不住自己奔突而出的自言自语，哪怕是对着一头牛说话，对着一棵树说话，终至引起了母亲的担忧——“孩子，你能不能不说话?”这便是“莫言”这一笔名的来源。“莫言”与“油滑”的吊诡之处就在于:“莫言”意在对过剩的言语进行压制，然而正是过剩的言语成就了莫言，成为其风格的标签。在东北方言中，有这样一个名词“话痨”，比喻一个人的话多得像患肺结核的人的咳嗽那么多，用来指整天说话、唠唠叨叨、没完没了的那类人。用这个词来形容那一状态下的莫言似乎再恰当不过，然而正是因为有了当初那个“话痨莫言”，才能有后来的小说家“莫言”，这其中的因果关系不是三言两语能够阐释清楚的。而这种言语上的过剩其实正是精神饥渴的症候，哪怕对着树和牛也要滔滔不绝正是最好的明证。在那个物质匮乏的年代，人们忙着生存，精神沟通这类名词在普通百姓眼里显得陌生、苍白而可笑，莫言就是在那个疏于对精神层面关照的年代默默汲取养料成长起来的。当一个作家的写作被贴上“油滑”的标签时，所带来的最大的问题就是“真诚”的缺席，“油滑”本身与“真诚”对立，对“油滑”的运用自如可能使作家面临谋杀“真诚”的指控。真诚地面对内心，真诚地面对故事，真诚地面对小说中的人物，乃小

---

① 莫言:《丰乳肥臀》，第371页。

说家之所以能打动读者的根本。而当一个新的物的时代来临时，丰盛的物资似乎给莫言的过剩言语提供了最佳载体，物资丰饶的太平盛世图景提供给他天马行空、大展宏图的领域，对消费社会商品盛宴的描绘给了他穷诸笔端之机会。然而丰富物质的另一面是带来信息的膨胀与精神的空虚，丰盛的物资和信息反过来包围人，围困人。也许连读者本身都已经丧失了阅读的激情，此时的莫言是否还能坚守住那份油滑之下的真诚，保证"真诚"的在场，已经成为最关键的问题。然而我们无法用任何一种标准来客观地衡量莫言创作是否做到了这一点——真诚，因为艺术本就是主观的东西，任何一种判断都有简单粗暴之嫌，尽管任何一种论断都会在莫言写作中找到大量论据来支撑自己。因此当莫言再次以油滑的语言摹写现代消费社会的现实时所造成的意义的虚空，也许已经不再是小说、文字本身表面意义的虚空，而是社会现实的虚空、现代人精神状态的虚空与乏力，由表面的繁盛所造成的意义的消解，正是对资本主义拜物教逻辑下的社会现实的隐喻，是丰盛物质消费前景下人们无所适从的精神状态的临摹。而保持不间断的叙述，哪怕忽略文本之下的意义，也不失为一种姿态、一种策略，借以抵抗全面物化的冰冷现实，因为正如鲍德里亚所言："我们在其他人周围，在他们出现的时候，在他们的谈话中，实际上生活得还不够……我们生活在物的时代：我是说，我们根据它们的节奏和不断替代的现实而生活着。"[①]由此，"油滑"已经不单单是一种写作风格了，而是已经进一步升华为一种精神向度，它象征着人如何在物的时代为保持自身独立与尊严所进行的一种探索，一种尝试，一种可能性。

（节选自第二章"自我表达、社会隐喻与反抗拜物教"）

① [法]让・鲍德里亚：《消费社会》，刘成富、全志钢译，南京大学出版社2000年版，第1页。

论莫言小说的"复魅"与"去魅"

◇孟二伟*

莫言是新时期作家中的一个独特存在,他对原始生命强力的颂扬和赞赏,召唤出了那沉潜已久的民族精神之魅;但对传统审美文化中已被附加神魅色彩的事物的原生态、无节制书写,却又亵渎了我们心中的神圣和诗意。本文从去魅与复魅的视角对他的作品进行解读,试图破译出他的作品的独特所在。论文共分四个部分。引言部分着重解释了去魅、复魅的独特内涵,并对西方的去魅文化背景作了梳理。上篇从自然之魅与精神之魅两个层次揭示了"魅"在莫言文本中的具体表现,并探索了莫言文本中"魅"的构建价值及在现代语境中的转化。在莫言小说中,自然之魅主要表现在神秘自然事物的设置和志怪传奇。精神之魅主要表现在民间伦理下的英雄叙事、女性神话的营造。下篇则以身体叙事为中心,从身体与生育、身体化的语言、身体的亵渎三个方面探讨莫言在文本中对传统审美文化中神圣、诗意的亵渎和消解及民间狂欢意图的实现,同时又从莫言的成长经历和内在心理角度深入探讨其亵渎背后隐藏着的文化心态。结论部分主要点明复魅与去魅的复合存在实质上是莫言精神困惑和悖论式的存在境遇的文学表现。

身体化语言

在莫言的小说中,俚语、诨话,辱骂的、猥亵的语言比比皆是,而这些大都是与身体密切关联,直指身体的下部。这些俚俗的语言或明或暗地带有猥亵、侮辱女性的意味,且与性器官、性行为、排泄相关。这些语言在文明社会的日常生活中是作为禁忌而受到排斥的,同时在言说中显露出人性的丑陋本质。

---

* 孟二伟:华侨大学中国现当代文学专业硕士,2007获硕士学位,导师李晓洁副教授。

> 在日常社会生活中的禁忌大抵是关于人的身体，人体上的器官，人的若干生理现象以及性行为等等的语词。这一类语词在社会上没有公开立足的地位。不是说它们没有立足的地方，而是说它们没有公开立足的地位。它们被完全按照社会传统习惯加以忌讳，并在不同的语言中有不同的处理方法。它们不能出现在日常的书面语中；而在所谓'有教养的人'那里，它们也不在口头语中出现。偶然出现，人们就会嗤之以鼻；它们的出现也许不至于受到法律惩处，但常常受到人们的白眼。[①]

（一）辱骂——弱小者言语的宣泄反抗

莫言小说中写的多为处于社会底层、无权无势的小人物，通常处于被压迫的地位，欺凌与压榨在他们看来已经习以为常，在许多情况下，他们知道对抗大人物和社会不合理现象的结果往往是不美妙的。在有限的生存空间中，他们力所能及的只是为了最基本的生存挣扎，很多人早就把自己看作已经没有任何地位的一类人。在孤苦无告的生存状态下，他们或者选择默默忍受，忍受肉体和精神上的摧残和凌辱；或者选择一种言语的狂欢——辱骂来发泄内心的愤怒和不满，舒缓压抑和焦虑，在言语层面上消解权势者的威严和神圣，寻求瞬间的无奈反抗，达到最终的复仇目的。

在《欢乐》中，高大同就是在痛骂中进行着自己的言语宣泄和反抗：

> 你们这些蛤蟆种、兔子种、杂种配出来的害人虫！你们这些驴头大太子……你们不是有权力吗？……你一肚子驴杂碎！就是你勾引了我老婆……你想跑？你能跑到哪里去，跑到耗子洞里去我在洞口支上铁夹子等着你，跑到猪耳朵眼里去我用蜂蜡把猪耳朵眼封起来……哈哈哈哈……阴谋和诡计、花言和巧语、赌咒与发誓、收买和拉拢、妓女和嫖客、海参与燕窝、驼蹄与熊掌、黄瓜与茄子……我高大同这种粗人莽汉把命看得轻如鸿毛……你是妓院里的一只黑臭虫！妓女的腚也比你那张脸干净……

小人物所辱骂的对象主要是社会中的权势者，他们拥有着小人物所无法企及的社会地位和无上权力，他们可以任意窃取、占有小人物的财产和物品，欺压、侮辱小人物，在对小人物的规训和惩罚过程中建立了自己的威严，并使小人物在心理上产生一种恐惧感。而小人物则采取降格的方式进行反抗。按照巴赫金的说法，降格实际上就是要把与社会身体配套的崇高、神圣的事物拉到物质——肉体的下部去，在自然身体的打量下使它现出原形。于是，插科打诨、污言秽语、亵渎、粗鄙、狎昵、詈骂、辱骂、笑骂以

① 陈原：《社会语言学》，商务印书馆2000年版，第353页。

及“言语中充满着生殖器官、肚腹、屎尿、病患、口鼻、肢解的人体”[1]的话语也就应运而生了。

在此过程中，小人物通过粗俗化的方式把他们拉下圣坛，去除他们身上的神圣荣耀的光环，恢复他们本然的面目，用贬低的方式把对方变成比自己更弱小的、更容易对付的动植物来满足自己的复仇需求，从精神人格方面战胜他们。在莫言小说中，这些小人物把对方或者贬为低等动物(蛤蟆、臭虫、兔子等)，或者贬为牛、马、驴的生殖器或身体上的某个器官。人类在改造自然、形成社会的过程中，逐步形成了以人为核心的文化。汉朝的许慎在《说文解字》中也说“人，天地之性最贵者也”，这种文化把人类自身置于万物之上，世间万物按等级就有了贵贱高低之分，它是传统的天地万物等级格局带来的人贵畜贱观念的一种反映。如果把人贬低为动物，就表明被贬的人丧失人格而不配被当作“人”来对待，这样就可以把辱骂的对象排除在社会规范之外了。另一方面，在把对方斥为异类进行价值的否定和蔑视的同时，小人物获得了自身价值和等级身份的虚拟提升，也获得了可以去欺凌、打压那在语言虚境中变为弱小的异类的资格，在言语的报复中，满足自己虚幻的精神胜利。

在莫言小说中出现较多的还有国骂“他妈的”、“操你祖宗(姐姐、妈、奶奶)”，正如鲁迅先生在《论他妈的》中所说，它“博大而精微”，“犹河汉而无极也”，它不仅“上溯祖宗，旁连姊妹，下递子孙，普及百姓”，而且“也以施之兽”。它来自下层，源于口语，虽则鄙俗，却极富创造性，鲁迅称：“最先发明这一句——‘他妈的’的人物，确要算一个天才，然而是一个卑劣的天才。”[2]这样的辱骂不仅仅是发泄情绪，还有一种潜隐的文化心理在起作用——奶奶、妈妈是长辈，在中国这个很注重孝道伦理的社会，辱骂长辈是对对方的最大侮辱和伤害。在贬低对方、抬高自己的同时，骂人者有一种占便宜的心理满足感，这充分反映了小人物语言造反中所隐含的阿 Q 精神，是一种精神胜利法。中国传统的伦理道德观念中，特别重视血统的纯正，故骂人血统不纯也是极大的污辱。如“婊子养的”、“野种”、“杂种”、“狗日的”、“驴下的”等脏话不但骂人血统不纯，而且强调人畜杂交。从古到今，伦理道德在规范人们的言谈举止、生活秩序及维护社会稳定等方面都起了重要的作用。人们在无形中对伦理道德也产生了强烈的价值认同心理，伦理道德也在认同中拥有了合法的惩戒权力，当辱骂别人血统不纯时，就给对方附加了一种违背伦理道德的罪名，招致惩罚和打击，从而达到攻击和伤害对方的目的。

(二)诨话——申诉压抑的人性欲望

在莫言小说中，还有一种身体言语就是把平常视为秘密和禁忌的生殖器官、性生

---

① [前苏联]巴赫金：《拉伯雷研究》，李兆林、夏忠宪等译，河北教育出版社 1998 年版，第 371 页。

② 鲁迅：《鲁迅全集》第 1 卷，人民文学出版社 2005 年版，第 106 页。

活、下部的秽物以公开化的方式来进行。禁忌在英语中被称为“塔布”(Taboo),精神分析学派创始人弗洛伊德认为它代表两个方面的意义:一为崇高的、神圣的,一为神秘的、危险的、禁止的、不洁的。禁忌是各民族普遍存在的一种社会民俗现象,是各社会成员约定俗成的,维护和遵守禁忌是一种普遍的社会心理追求和价值观念。禁忌语中凝结着各民族的文化心理和愿望,反映着不同民族的精神文化价值取向。人们平时不说禁忌语,非说不可的时候,常用委婉语来代替,只有骂人时才说禁忌语。在中国传统文化中,性是不可公开言说的,在公共空间是被禁止或限制的,以致在言及性方面时,多采用隐喻、暗示的方式,用隐语表达出来。在古代,人们也创造了大量这方面的语词,如在贾谊的《论时政疏》中,不直言男女交合而以隐语“帷薄不修”代之,巫山云雨、颠鸾倒凤、鱼水之欢等都是象征性关系的隐语。如果说这些语词还带有明显的文人士大夫的趣味的话,民间乡野社会也产生了很多这方面的隐语,如“男女那个事”、“和某某有一腿”。莫言小说中也有大量猥亵的言词和色情隐语,如在《酒国》中,丁钩儿遇到女司机时所说的“盐碱地”、“农技师善于改良土壤”、“我有上等的肥口粉,专门改良盐碱地”等性隐语;《模式与原型》中用“弄个景”表示性活动,杜文章给狗出的谜语,谜面含有色情成分;在《飞鸟》中,奶奶讲的那个荤故事,就是民间荤故事中成精的类型……这些猥亵的色情言词多是以女性为对象的,按照巴赫金的说法:“猥亵以女人及其出现为对象,哪怕是想象的对象,它试图让女人来进行性刺激。……猥亵的对象的名称常常是些幻象、呈象的替代物。猥亵披上俏皮话的外衣,就更隐蔽了自己的意向,使它更能为文化意识所接受。”[①]在乡野社会中,人们生活在极度的精神匮乏、文化贫瘠中,加上传统礼教设立的男女之防、授受不亲的严密界限,以致谈性色变,禁忌丛生。同时没有合理的性教育渠道,性知识极其匮乏,乡民生活在严重的性压抑中。福柯(Michel Foucault)在《性史》中提醒我们注意:“主流文化之于性本质上并不是压抑,而是创造了有关性欲的不断增生的话语。”[②]这种压抑和匮乏却造成乡民在性方面活跃的想象力、生动的话语创造力,在言语快感中减轻痛苦,在言语快感中娱乐宣泄,并产生一种谐谑的效果。

> 谐谑通常与人体的下部或性发生联系,是人体下部的隐喻或转型。如笑话、俏皮语及猥亵等体态语,通过表象与词汇的结合、形象的置换、语言的歧义、意义的转换和情感的移易等方式,使人的情欲及其他原始欲望绕过社会公认的伦理规范得以合法地表现,其目的是回避现实,从生活的严肃性中解放出来,使被压抑的

---

① [前苏联]巴赫金:《巴赫金全集》第1卷,第433页。

② [法]米歇尔·福柯:《性史》,莫伟民、赵伟译,上海科学技术出版社2001年版,第203页。

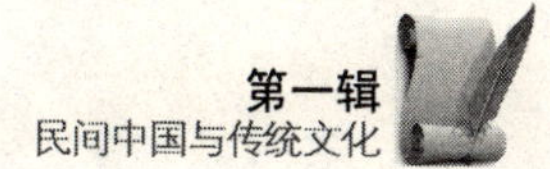

幼稚本能、情欲或侵犯本能得到宣泄。[①]

当这些指向物质——肉体的话语有了具体针对性,带有某种攻击功能而变成辱骂时,更多的是赤裸裸的性器官、性活动的展露。但在和权力话语并置时,它产生的谐谑效果却可以消解权力的严肃与威严。

(节选自第三章"去魅化写作——以身体叙事为中心的探讨")

① 刘小枫:《现代性社会理论·绪论》,上海三联书店1998年版,第87页。

第二辑　反思与启蒙　历史与现实

莫言长篇家族小说对传统民间的现代反思

◇程艳芳*

莫言的创作始终坚持"民间立场",致力于对民间资源的开发、利用、整合,几乎他所有的作品都突出地表现了这一点。但涉及一些民间本质问题的宏大思考的时候,长篇小说由于自身天然的体制优势,往往最适合于深入、细致地考察和表现这类思考,因而莫言对民间本质问题的探讨和表现,集中地反映在他的长篇小说中。本文选取他的《红高粱家族》、《丰乳肥臀》、《檀香刑》这三部家族长篇小说为主要研究对象,通过对三部作品题旨、体制的考察,来洞见作家对传统民间的认识和表现。可以说作家的这种认识和表现伴随着写作的过程是渐次深入的。作家对传统民间的考察过程也是作家文章题旨、体制的构思过程,两者是同一事物的两个方面。伴随着写作的过程,作家对男权民间有了更为深入的认识,也可以说,作家对传统民间的思索决定了他对作品内容和形式的构思和设置。尤其是作家"民间立场"的坚持,决定了他作品的内在、外在的一致性,即他的长篇家族小说从题旨上具有思考的连贯性和深入性,表现为递进和接力的过程,具体表现为"种的退化"意识的贯穿;从外在的体制上看,三部家族小说有着一些完全类似的布局安排,表现为以女性为切入点的民间视角的选择、家族叙事方式的选择。因而莫言的长篇家族小说不但自成体系,而且彼此之间具有紧密的相关性。

家族史:传统民间文化的网状显像

"家"是人类基本的生命存在形式,对"家"或"家族"的讨论,势必是作为对人的研究的补充和背景。因而无论对人还是对社会的认知,恐怕都离不开对"家"、"家族"样态的分析和掌握。正如美国当代作家阿历克斯·哈利在小说《根》中所说的,"当你开

---

* 程艳芳:中国人民大学中国现当代文学专业硕士,2008年获硕士学位,导师程光炜教授。

始谈论家庭、世系和祖先时，你就是谈论地球上的每一个人”，这种说法恰恰表达了这种存在形式的普适性。“每一个人的人生一开始就被故乡的本性所规定”①，前苏联诗人叶赛宁说过：“找到家园，就是胜利。”而每一个人、每一个民族的全部含义也还要追溯到“家园”。我们与家族（故乡、家园）之所以难舍难分，“不仅是因为它曾经抚育过我们的躯体，更在于它曾经抚育我们的灵魂”②。

我们所说的“家族”，既包括由夫妻或父母和儿女组成的“家庭”，即社会学意义上的“核心家庭”，也包括“拟家族”、“类家族”。“‘拟家族’和‘类家族’文学的创作文本虽没有一个明显的‘家族’的徽记，但都程度不同地存在着家族叙事的逻辑。”③莫言的重要长篇小说都是以“家族小说”的方式呈现的。这也与中国的社会历史实践形式有关：中国文化以家族为本位，从学理角度看，体现中国传统文化的最突出特征就是“家文化”。黑格尔在其《历史哲学》一书中断言：“中国人把自己看作属于他们家庭的，同时又是国家的女儿。”④“这种天赋‘身份意识’始终沉积在人类的内心意识深处，也成为人类对历史进行解释和被转注、被审美化为文明的象征物、文化的高级表现形态的文学，那么历史叙事与文学叙事在互为表述、双向建构中势必会形成一种具有复调性质的、宏大意味的叙事话语现象。”⑤因而，莫言以家族为文学叙事的基本着眼点，无疑是“切入了中国文化的命脉，深入到了东方式的社会历史的底奥”⑥。

文学家族的巨大叙事网罗功能

“家族作为一个以地域性、血缘性、人情性为纽带的历史文化复合体，其本身就包含着人物关系的复杂性、结构组成的繁复性、事件或故事生成的多发性和自足性、叙事行为的自发性以及讲述形式的多样性，本身就具有文学叙事的‘潜文本’或‘元文本’的形态特征。将这种叙事资源的存在性提升为艺术创造的可能性，正是以‘家族’为叙事动机、创作取向、审美意蕴的文学创作的旨归所在。”⑦莫言在开掘历史、反思人性的大部头作品里，无一例外地选择了家族文学的形式。莫言独特的叙事与家族文学的形式选择，成功地保证了作家对民族底里的探触。这是智慧的选择。这种选择的结果，使

① 杨经建：《家族文化与 20 世纪中国家族文学的母题形态》，岳麓书社 2005 年版，第 27 页。
② 杨经建：《家族文化与 20 世纪中国家族文学的母题形态》，第 31 页。
③ 杨经建：《家族文化与 20 世纪中国家族文学的母题形态》，第 24 页。
④ 转引自杨经建：《家族文化与 20 世纪中国家族文学的母题形态》，第 14 页。
⑤ 杨经建：《家族文化与 20 世纪中国家族文学的母题形态》，第 15 页。
⑥ 杨经建：《家族文化与 20 世纪中国家族文学的母题形态》，第 15 页。
⑦ 杨经建：《家族文化与 20 世纪中国家族文学的母题形态》，第 15 页。

得莫言的作品首先从内涵上深厚、博大，刺激了民族最为敏感、却一向被遮蔽的诸多主题。

首先，文学家族具有纵深性，通过时间上的延伸扩大了作品的时空跨度，创造出历史纵深感和历史复现的真实感。《红高粱家族》是对祖先英雄伟业的追忆，对“家园”理想的现代追求。作者选用第一人称“我”（生活在城市里，却有着传统乡村出身）的方式切入，一路贯穿，仿佛穿越了时空隧道，今人、往事，如真景般浮于文字表面。如果说《红高粱家族》的写作更多的是出于一种对现实的忧虑（“种”的退化）和情绪的宣泄，文本集中笔力突出了“爷爷、奶奶”无畏世俗的果敢，它对于人物生存的背景还没有进行一种特殊关照的话，那么这种现象在《丰乳肥臀》中则得到了改善。《丰乳肥臀》中的主人公上官鲁氏和上官金童是生活在典型的家族秩序中的，尽管这个家族也只是铁匠出身，但因为上官鲁氏生育了众多的女儿，所以在女儿们长大成家后，这个严格意义上的家族愈发庞大起来。而且这些外姓姻亲的加入，使得这个家庭的社会关系愈加复杂，大女婿沙月亮是抗日的土匪出身，后来在走投无路时投奔了日本人；二女婿司马库是传统保守势力的代表，在当时是国民党一派；三女婿哑巴孙不言则跟着共产党干事；五姐的丈夫鲁立人在领导共产党的队伍；六姐则嫁给了司马库的朋友、美国飞行大队的巴比特。这种家族关系已不再是单纯的血缘亲情关系，而是交错了政治的、经济的、文化的多种社会关系。一个家族的故事，它在一段时期内的兴衰事变，往往是一个时代的缩影，人们可以透过它反思一个时代的背影。可以说，《丰乳肥臀》中社会背景的大比例和大笔力的铺展，是作家的良苦用心，也是作品超越于《红高粱家族》，比《红高粱家族》更为意蕴深厚的重要原因。到《檀香刑》中，作家的家族结构的设立对比于前两部作品更为精致，可看出作家的精心构思。故事中的主要人物是眉娘、孙丙、赵甲、钱丁，以眉娘为线索人物，串联起了所有的成员，组成了一个虽不庞大、却很精致的家族。孙丙是眉娘的亲爹、赵甲是眉娘的公爹、钱丁是眉娘的干爹。孙丙是一个深受传统文化影响的普通百姓，是个茂腔戏子。赵甲是大清朝颇受重用的刽子手，钱丁则是学而优则仕的地方官员。这些人再加上外力（德国入侵者、军阀割据势力）的影响，使得这个家族的成员背景十分复杂。本来这些由血缘和伦理所保证的家族成员可以相安无事地“友好”相处下去，但“一石激起千层浪”，由于一件事情的引发（孙丙“犯案”），这些不同社会背景的家族成员之间的关系突然尖锐、紧张起来。眉娘为父求拜干爹和公爹；干爹迫于政府压力在眉娘面前深感无奈；公爹赵甲深知性命安危，对于朝廷的命令不敢怠慢，多年奉职于朝廷的他，已异化成麻木的杀人机器。何去何从，这种矛盾尤其集中于钱丁身上。一个家族的故事影射了一个王朝的背影。

抑男扬女的写作预设

伴随着红高粱的写作激情的消退，作家对传统民间男权社会的罪恶本质渐有感知。作为一种行走了几千年的封建等级制度，越发暴露它的非人道的一面，而母亲为代表的众女子们在近代依然深受这种制度的欺压。男权社会"父为子纲，夫为妻纲"，女性处在最底层，作者对男性权力深深失望，他作品中的男性形象大都猥琐、懦弱，即使在作家喜爱的人物余占鳌和司马库身上，也总是保留了很多封建弊习，唯有那些女性勤劳果敢、美丽执着。"在男权传统的压迫中，女性是主要的受害者，但不是唯一的受害者，男性个体生命形态同样在这种传统体制中深受其害"①，他们的怯懦无能，亦是男权挥霍的结果，男性的备受溺爱、他们与劳动的隔离都使他们失却了生活的能力，从精神上到肉体上。

比如，上官父子是靠妻母管家、不敢说话、蹲墙角的小男人，而上官吕氏则结实能干，吃苦耐劳。上官家是铁匠传家，但父子两个打铁的本领却不如吕氏的技术精到，吕氏"只要是看到铁与火，就血热。热血沸腾，冲刷血管子。肌肉暴凸，一根根，宛如出鞘的牛鞭，黑铁砸红铁，花朵四射，汗透浃背，在奶沟里流成溪，铁血腥味弥漫在天地之间"。这是《丰乳肥臀》开篇第一章出场的女性。这让我们看到了一个浑身是劲、在体力上不让男子的农妇。在接下来的第三章，上官福禄和上官寿喜父子两个，从司马亭那儿听到日本鬼子就要进村的消息时，吓得想逃跑，上官吕氏却镇静自若："跑，跑到哪里去?!""上官家打铁种地为生，一不欠皇粮，二不欠国税，谁当官，咱都为民。日本人不也是人吗？日本人占了东北乡，还不是要依靠咱老百姓给他们种地交租子?"②继续给她家的驴和儿媳接生，充分显示了一家之主的精神实力。

……

与上官吕氏一样个性鲜明、独立自足的一个女性是鲁璇儿的姑姑，这个女人是个次要人物，但每次出场却都给人留下了鲜明的印象。这是个个子矮小、声音却亮如洪钟的利落女人。"母亲说，她大姑姑那刚毅的性格、利索的活儿，全高密东北乡都有名。谁都知道，于大巴掌是靠女人当家"，而她的丈夫则是除了赌钱、玩枪、打鸟之外，啥也不干，家里良田五十亩，养着两头骡子，家务活儿，地里的活儿，请人雇工，都是她一手包揽。"她身高不足一米五，体重不超过四十公斤，这么小的身体，竟能发挥出那么大

① 李有亮:《给男人命名——20世纪女性文学中男权批判意识的流变》，社会科学文献出版社2005年版，第329页。

② 莫言:《丰乳肥臀》，当代世界出版社2004年版，第11页。

的能量，的确是个奇迹”[①]。

> 大栏集上的人经常看到这样滑稽的情景：身体瘦小的小脚女人于鲁氏，揪着她的大个子丈夫的耳朵，雄赳赳地往家走。于大巴掌歪着头，唧唧哇哇地叫唤着，甩动着两只像小蒲扇一样的大巴掌。人们看到这情景，心中感慨万分：一个连“铁扫帚”的门牙都敢打落的莽汉，竟然被一个小脚女人管理得服服帖帖。[②]

这样两个在家庭中敢于担当的女人，作为鲁璇儿执掌家政前的铺垫，为后面鲁璇儿的出场做足了功夫。再比如说上官金童和赵小甲，莫言在谈到上官金童的恋乳症时，说他是一种“老小孩”心态，是一种精神上的侏儒症，是一个灵魂的侏儒。“小甲也是患上了这种精神侏儒症，是精神上的侏儒，这是作者在小说中特意安排的畸形人物。他也是属于民间生命形态范畴。他与世无争、疯疯癫癫、无欲无求的生命哲学与眉娘形成鲜明的对照，为表现眉娘的强烈的生命意识提供了一个更为广阔的空间。”[③]

这种阴盛阳衰尤其是家庭结构的设立，在高泓的学位论文中，被认为是一种虚假预设，是对父权制度的颠覆。笔者认同他的这一说法，但从另外一个角度看，这些女性家长的设立，她们的美丽、聪明、勇气与才干，所谓“巾帼不让须眉”，在黑暗时代的牺牲，才是作家真正感叹的所在。写到这一点，很容易联想到曹雪芹和他的《红楼梦》，《红楼梦》是第一部把女人当人来写的作品，这一点上，曹雪芹有开创之工。但莫言一系列的家族小说中，对女性“魅力”的着力展现，也可谓有此良苦用心。

（节选自第三章“家族史：传统民间文化的网状显像”）

---

① 莫言：《丰乳肥臀》，第533页。

② 莫言：《丰乳肥臀》，第533～534页。

③ 苏忠钊：《论莫言小说〈檀香刑〉中的生命意识》，《哈尔滨学院学报》2007年第1期。

传奇·悲剧·寓言

——莫言的历史意识

◇颜水生*

本文从传奇性、悲剧性、寓言性三个方面研究了莫言的历史意识。莫言认为英雄是历史最重要的主体,历史的形式是传奇,他的小说大都是以传奇的形式演绎英雄的历史。论文第一章结合文本分析莫言如何通过塑造带有传奇经历的英雄人物,如余占鳌、司马库、孙丙等人物传达了自己独特的历史观。莫言习惯通过刻画历史活动中的农民的悲剧性命运来反思历史的悲剧性,他的小说引领读者欣赏了一幕幕英勇悲壮的舞剧,小说中的英雄与非英雄都成了悲剧中的角色。第二章就莫言的历史悲剧美学作了探析。第三章进一步分析莫言提出的"种的退化"的寓言性和历史内涵。"种的退化"体现了莫言的基本历史观念,也反映了他对历史的深度思考。莫言并非最早提出"种的退化"的人,却是最集中、最全面地在文学中表现这一主题的中国作家。莫言在小说中形象地表现了"种的退化"主题,"种的退化"也成为解读莫言小说的一把钥匙。莫言凭借着对"种的退化"主题的表现来思考民族的出路。

人的本质追求与荒诞的历史进程之间的悲剧性冲突

如果《丰乳肥臀》表现的主要是人的生命和生存愿望与残酷的历史环境之间的悲剧性冲突,那么《生死疲劳》在表现历史的悲剧性时,主要侧重于人的本质追求与荒诞的历史进程之间的悲剧性冲突,这一悲剧性冲突主要体现在两个方面。

首先,人的独立自由愿望与荒诞的历史进程的悲剧性冲突从正面揭示了历史的悲

* 颜水生:海南师范大学中国现当代文学专业硕士,2007年获硕士学位,导师毕光明教授。

剧性本质。梯利在《西方哲学史》中通过对洛克的分析，揭示了自由最基本的含义："自由的观念不是意志或爱好，而是根据心灵的选择或指导，人有做或不做的力量。自由是另外一种力量或能力，就是根据他自己的愿望要进行或不进行某一个别活动的力量。"[①]从这一表述中可以看出自由是人的行动的基本力量，是人作为人而存在的最重要的基础。马克思主义同样认为人的本质就是人在多重对象性关系中对自由的追求。然而，卢梭在《社会契约论》中明确指出："人是生而自由的，但却无往不在枷锁之中。"这一至理名言揭示了人的有限存在与客观世界无限障碍之间永恒的悲剧性矛盾。人在历史进程中不仅处于追求的无限性与生命的有限性之间无法调和的矛盾中，而且处于同历史进程本身的荒谬性构成的永恒的悖论中，这就是历史悲剧本质的一个重要基础。历史对于个人永远是一个悖论，无个性的历史对有个性的人来说永远是一个黑洞。阿尔都塞在《保卫马克思》中说："历史只是依靠人的本质，即自由和理性，才能被人理解。"这句话强调了历史是人的历史，人的历史应该体现人的本质。然而人在历史中从来都不是自由自主的，历史对于人来说，从来都是难以理解的，这就是历史的荒谬性本质：人创造了历史却受制于历史。尤其是在20世纪，中国人大都丧失了个人独立性，他们注定是作为革命、政治的附属品而生存、死亡，个人逃避不了历史；20世纪的中国文学反映的也大体如此，莫言创造的英雄人物也走在历史的洪流中，虽然莫言试图对历史作出自己的解释。莫言发现了历史陷阱，他创造了英雄神话，创造了非理性的英雄人物，以求得对历史的反叛，但他始终未能脱离历史的陷阱。然而，人的最终目的是作为"人"而存在，真正的历史就是人对于"人"的追求过程。莫言公开强调一种艺术伦理："作为老百姓写作。"但是老百姓的理想绝不是英雄式的，老百姓绝不向往"高密东北乡"的英雄世界；在普遍"物化"的历史与现实中，老百姓的人生愿望是拥有作为老百姓存在的自由，避免自己的过度"异化"、"意识形态化"，实现"桃花源"式的世界理想。在《生死疲劳》中，莫言一如既往地在"历史的陷阱"中挣扎，但他不再寻觅英雄，他寻找的是一个艰难追求个体自由、非意识形态化的"人"，蓝脸就是莫言的目标。蓝脸原是西门闹家的长工，解放后拒绝加入人民公社，顽固地坚持单干。蓝脸坚持单干这一事件本身无可厚非，但是蓝脸在单干的过程中遭遇了种种艰难险阻，这就构成了历史的悲剧性冲突。为了争取单干的权利，蓝脸不辞辛劳到县城、省城上访；因为坚持单干，蓝脸家庭分裂，妻子儿女离心；因为坚持单干，蓝脸遭受恐吓与威胁，遭受批斗与毒打。但是，蓝脸硬是坚持单干到底。其实，蓝脸在坚持单干的过程中并没有得到更多的物质利益；他坚持单干"完全是出自一种信念，一种保持独立性的信念"[②]。蓝

---

① [美]弗兰克·梯利：《西方哲学史》，葛力译，商务印书馆1999年版，第361页。

② 莫言：《生死疲劳》，作家出版社2006年版，第169页。

脸坚持单干，其实是在争取人作为人而存在的最基本权利。然而，这么一个微不足道的要求，居然引发了轩然大波，多少人被卷进了旋涡，历史进程本身的荒谬性就这样揭开了面纱。蓝脸在人们都意识形态化的环境中保持了自己作为人的自由，他不具有崇高的理性却有着最真挚的感情，他不渴望狂飙突进的人生目标却拥有最朴素的理想，他有着悲剧性的人生经历却获得了人生最完满的结局。莫言在《生死疲劳》中通过对蓝脸这一人物形象的塑造，表现了历史的悲剧性主题。

其次，如果说蓝脸是因为希冀保持作为一个人而存在的基本的自由与理性，才与荒谬的历史进程相冲突；那么，洪泰岳则是一个主动放弃自我的本性去依附历史，最终被历史抛弃的悲剧性人物。与蓝脸相对应，这些主动寻求"异化"、"意识形态化"的人，诸如洪泰岳、西门金龙，他们想做历史的先锋，却最终被历史嘲笑、抛弃、埋葬。正如小说中所指出的，洪泰岳与蓝脸是一枚硬币的正反两面，他们同是难兄难弟。洪泰岳在战争年代是一个讨饭的乞丐，后来成为地下党员，为革命立下功劳。革命胜利后，他成为西门屯的最高领导人，可他仍时时处处不忘革命，满脑子革命思想，一肚子革命话语；随时随地都是一副战时武工队员的装扮，散发出革命的气味，随时准备专政阶级敌人。然而，这样一个忠于革命的人，在"文革"中仍被批斗为西门屯头号走资派。后来，他又重掌了西门屯的大权，领导了"大养其猪"运动，他本来对西门白氏怀有深厚的感情，却顽固地受制于阶级成分观念，以至于欲望受到压抑，人性严重扭曲。"文革"结束后，他患了革命神经病，狂热地留恋人民公社，他不理解历史的变迁，多次上访告状，最终选择了与西门金龙同归于尽。小说中的洪泰岳是一个闹剧角色，却是一个悲剧性人物；他顽固地攀附历史潮流，却被历史潮流无情地抛弃；他以悲剧性的结局宣告了历史的荒诞性本质。洪泰岳与古华的《芙蓉镇》中的王秋赦有很多相似性。王秋赦绰号"运动根子"，他的出身也是乞丐、孤儿，与洪泰岳不同的是，他没有为革命作出任何贡献，却得到了很多好处，因此他极为向往政治运动，希望"一年划一回成分，一年搞一回土改，一年分一回浮财"。"文革"结束后，他被撤销了大队党支书和镇革委会主任的职务，革命时代结束了，他也就被抛出了历史舞台，他因此也同洪泰岳一样患上了革命神经病，整天在大街上高呼口号。很明显，王秋赦和洪泰岳都是特定历史时代产生的人性被严重扭曲的悲剧性人物形象。

（节选自第二章"历史的悲剧性"）

"民族寓言"的主观诉求

自从 19 世纪末严复通过《天演论》把西方的进化论介绍到中国，进化论就成为影响中国的重要的思想观念。有学者认为："从 19 世纪末到 20 世纪 70 年代，前后大约

80 年，这个时期可以称为中国的‘进化时代’。”[①]然而，反思进化论也同样在中国思想界屡见不鲜，如钱穆在《国史大纲》中反对进化论，杜亚泉在《精神救国论》中批评进化论。进化论同样给中国文学带来重大影响，如革命历史小说中所体现的线性的历史主义发展观；然而，反思进化论思想在当代文学中的表现并不多。莫言开创性地以文学作品形象地展示“种的退化”主题，把反思进化论思想全面地引入到文学领域。

民族/国家问题在一定程度上是 20 世纪中国的中心论题，无论是倡导进化论还是反思进化论，无论是激进主义还是保守主义，思想家们都在思考民族、国家的出路；作家们同样有着相似的寄托。小说在对历史的思考和表现中，往往也寄托着小说家对某种道路的探索。陈忠实的《白鹿原》是一部具有深厚历史底蕴的作品，同样《白鹿原》也寄托了陈忠实对家族（民族）道路的探索：传统儒家文化是家族（民族）不可动摇的根基。如果说陈忠实是从制度上探讨家族（民族）的出路，那么莫言则是凭借对“种的退化”主题的表现侧重于从人（种性）的角度思考家族（民族）的出路。

当然，莫言对历史的反思绝不仅仅局限于“种的退化”主题。雷达认为《红高粱家族》“寄托了作者深刻的忧愤和焦灼的思考”[②]，这个观点应该适用于莫言大部分抒写历史的小说。《丰乳肥臀》中的上官金童隐喻了近代中国孱弱的历史原因；在《檀香刑》中，莫言从刑术角度揭示了中国历史的深层结构，小说中有一个精彩情节堪比《狂人日记》对中国历史的揭示，小说写皇帝把座椅赏给了刽子手赵甲，皇帝与刽子手交换了位置，皇帝置换成刽子手，形象地揭示了中国两千年皇权制度的本质。《生死疲劳》揭示了历史的荒诞本质：人被历史愚弄。

在莫言看来，历史事件只不过是小说家把历史寓言化和预言化的材料。因此，他在自己的小说（尤其是长篇小说）中有意识地把历史寓言化，而这种寓言化的历史叙事就是弗里德里克·詹姆森所说的“民族寓言”。但是，正如雷达所说，“红高粱系列小说毕竟不是一部哲学沉思录或灵魂独白书，它充盈着丰厚的历史生活血肉”[③]，意思是说莫言的作品是以形象化方式隐喻深邃的思想。莫言抒写历史的小说应该说都是如此。

（节选自第三章“历史的寓言性”）

---

① 吴丕：《进化论与中国激进主义 1859—1924》，北京大学出版社 2005 年版，第 92 页。

② 雷达：《历史的灵魂与灵魂的历史——论红高粱系列小说的艺术独创性》，《昆仑》1987 年第 1 期。

③ 雷达：《历史的灵魂与灵魂的历史——论红高粱系列小说的艺术独创性》，《昆仑》1987 年第 1 期。

从鲁迅到莫言

——中国封建文化吃人意象的精神阐释

◇刘　红*

以鲁迅为核心的“五四”新文化运动先驱者对中国传统封建文化“吃人”本质的反思与抨击、以莫言为代表的新时期文学家在中国文化“吃人”意象上的现实性批判和人性反思,都在深刻的层面阐释了中国封建文化“吃人”意象的精神实质。论文引言对“吃人”的概念进行界定,进而指出鲁迅与莫言在对中国封建文化“吃人”意象的精神阐释上具有传承性。论文主体首先论析“吃人宴席的发现”。鲁迅是新文化运动中对中国文化“吃人”意象挖掘最深的一位,他不仅就“吃人”意象对中国封建文化展开了猛烈的、全方位的抨击,而且注重在表述对象的思想与精神深处进行发掘,取得了无可比拟的成就,并为后学者的探索起到了指路明灯的作用。进而分析新时期在中国文化“吃人”意象上的反思与流变及莫言在这一方面的探索。以莫言为代表的新时期作家对中国文化“吃人”意象的阐释传承了“五四”精神,并且随着时代及社会环境的变化,探索的立足点有了新的变化。从反思历史、反思现实政治,沉痛地指斥极“左”政治路线的“吃人”实质到面对纷繁复杂的外来文化和瞬息万变的社会现状,对“吃人”意象的阐释向文化心理层面迈进。最后,论文剖析了从鲁迅到莫言中国封建文化“吃人”意象的精神传承。

莫言对鲁迅“吃人”意象的承继

在新时期作家之中,莫言是受鲁迅影响较重的一位,他在散文《读鲁杂感》中,自称七八岁就开始读《鲁迅作品选》,虽然“不认识的字很多,但似乎也并不妨碍把故事的大

* 刘红:山东师范大学中国现当代文学专业硕士,2002 年获硕士学位,导师姜振昌教授。

概看明白，真正不明白的是那些故事里包含的意思。第一篇就是著名的《狂人日记》，现在回忆那时的感受，模糊的一种恐惧感使我平添了许多少年不该有的绝望”[①]。随着年龄的增长，莫言对鲁迅的理解也越来越深刻，他说：“读鲁是幸福的、妙趣横生的，除了如《故乡》、《社戏》等篇那一唱三叹的、委婉曲折的文字令我陶醉之外，更感到惊讶的是《故事新编》里那些又黑又冷的幽默。尤其是那篇《铸剑》，其瑰奇的风格和丰沛的意象，令我浮想联翩，终身受益。截至今日，记不得读过《铸剑》多少遍，但每次重读都有新鲜感。”[②]正因如此，莫言的作品中带有很深的鲁迅的印记（他的《猫事荟萃》就是直接模仿鲁迅笔法的作品）：对故乡而言鲁迅和莫言都有相同的“恋乡”、“怨乡”情结；他们的小说都带有明显的“复调”特征和反讽意味；他们的作品都表现出深刻的现代性思考；他们对于人的“反思”与“改造”在精神旨归和意义认同上大致相同……单单在“吃人”意象的把握上，二者就有诸多相似之处——

1.“吃人”是鲁迅和莫言创作的重要主题。通过“吃人”意象全面展示对封建传统文化尤其是礼治秩序的批判是鲁迅文学创作的一贯主题，从早期的《狂人日记》到晚年的杂文，鲁迅始终把笔作为武器，解剖社会、解剖别人，同时也无情地解剖他自己。在发现中国的历史不过是一场“吃人的筵宴”之后，鲁迅毕生所做的工作就是唤醒沉睡的国民，打破压在心头上的封建传统文化这间“黑屋子”，扫荡“吃人的筵宴”。在风起云涌的20世纪前期，鲁迅的这一创作主题无异于振聋发聩的呐喊，既唤醒了有识之士，又昭示了后人。新时期的莫言所生活的时代虽然不同于鲁迅，但是在经历了十年浩劫这场巨大的社会动荡之后，在中国的大门再次向西方敞开，经历了纷至沓来的西方现代思潮的迷失之后，他对社会、对人有了更深刻的思考与把握。莫言的许多作品都直接以杀人（也是“吃人”的一种）为主题：从早期惨无人道的剥人皮，到《檀香刑》中凌迟、阎王闩、檀香刑等灭绝人性的杀人方式；从《透明的红萝卜》中那个“被后娘打傻了”的黑孩用沉默的方式对抗外部世界，到《枯河》中小虎被自己的亲人活活打死；从《欢乐》中齐文栋的自杀，到《司令的女人》中的谋杀事件；从《天堂蒜薹之歌》中卖蒜薹老汉方四叔被镇长的车活活撞死，到《酒国》中的食婴与杀戮婴儿……莫言的几乎所有作品都在实指或虚指意义上涉及“吃人”的意象。他继承了“五四”时期鲁迅关于“吃人”主题的批判性传统，并赋予了它新的内容。许多人把“饥饿”看作莫言文学创作的主题，其实在莫言所描述的“饥饿的中国”的背后隐藏着更为深刻的社会内容，透过饥饿我们看到的是极“左”政治路线对人的戕害，透过酒肉饮食我们看到的是病态的人性意识、畸形的人格倾向，说到底，饥饿实质上是“吃人”的载体。

① 莫言：《莫言散文》，江苏文艺出版社2000年版，第121页。

② 莫言：《莫言散文》，第125页。

2.鲁迅与莫言都注重对人的内在精神的剖析。鲁迅早年就主张“掊物质而张灵明”,因而在观察与表现他的小说主人公时,有着自己独特的视角:他始终关注着“病态社会里不幸的人们”的精神“病苦”。从愚昧的华老栓、麻木的闰土、木偶似的祥林嫂、孤独空虚的单四嫂子这些“被吃”的农民身上;从先前能够独战多数,最终却消沉颓废的吕纬甫、魏连殳、涓生这些“被吃”的知识分子身上;从众多的麻木不仁的看客和辨不清面目的群众身上;从作为历史中间物的启蒙者“狂人”、疯子、“我”身上……我们看到的是鲁迅对人的精神创伤与病态的无止境的开掘。他的作品(包括小说与杂文)实质上就是对现代中国人的灵魂的伟大拷问。鲁迅所开掘的“封建社会吃人”的主题,不仅是在描述传统封建文化对人的肉体的摧残,更主要的是透过这种封建文化“吃人”的意象去“咀嚼人的灵魂”。从这个意义上讲,鲁迅似乎更接近于伟大的思想家。就对人物的精神分析而言,莫言不愧为鲁迅的传人,他们对人物的分析与把握有许多相似之处。这一点在他早期的作品中就有所表现。《酒国》是莫言直接描写“吃人”意象的力作,在人物精神分析方面与鲁迅的《狂人日记》有着惊人的一致。在这两部作品中,“吃人”都具有很强的象征意义,两位主人公(“狂人”、丁钩儿)也始终在“吃”与“被吃”的二元背反模式之中挣扎。传承了鲁迅小说创作二元对立模式的莫言,在表现侦察员丁钩儿在办案过程中面对美酒佳人时的激烈心理冲突、业余作家李一斗的出世与入世的矛盾时,充分显示出对人物精神分析的独到功力。《檀香刑》则更集中地表现出莫言在“吃人”意象上的综合性思考。在《檀香刑》中,作者通过对刑罚这一封建专制暴力的合法形态的大张旗鼓的演绎,也曲折地阐释了莫言所继承的“五四”以来的知识分子的历史观:封建专制主义的历史就是一部“非人”与“吃人”的历史,以及整个种族在这段历史中以“帮凶”和“旁观者”的面目而存在的窘态。其中,莫言对刑罚的围观者(看客)的刻画可谓入木三分。早在“五四”时期,鲁迅就深刻地指出:“群众——尤其是中国的——永远是戏剧的看客。牺牲上场,如果显得慷慨,他们就看了悲壮剧;如果显得觳觫,他们就看了滑稽剧。北京的羊肉铺前常有几个人张着嘴看剥羊,仿佛颇愉快,人们的牺牲能给与他们的益处,也不过如此。而况事后走不几步,他们并这一点愉快也就忘却了。”[①]这些看客不仅是消极被动的,而且有着残暴的恶癖。与此相似,莫言在《檀香刑》中记录了六次行刑过程,在这些行刑过程中,看客的心态与嘴脸是构成行刑大戏必不可少的组成部分。

> 所有的人,都是两面兽,一面是仁义道德、三纲五常;一面是男盗女娼、嗜血纵欲。面对被刀脔割着的美人肉体,前来观刑的无论是正人君子还是节妇淑女,都

① 鲁迅:《鲁迅全集》第1卷,人民文学出版社1981年版,第163页。

被邪恶的趣味激动着。凌迟美女，是人间最惨烈、凄美的表演。观赏这表演的，其实比我们执刀的还要凶狠。①

这是余姥姥行刑数十年，杀人逾千才悟出的道理。在刽子手和犯人联袂演出的行刑大戏中，犯人现出瘫倒在地的孬种相，看客们就鼓劲加油，让他扮演一个英雄好汉；刽子手余姥姥腰斩犯人失手，犹如名角唱破了嗓子，他们就喝倒彩、起哄，以致余姥姥在凌迟美人时担心“如果活儿做得不好，愤怒的看客就会把他活活咬死”。莫言笔下的看客和鲁迅所批判的看客何其相似乃尔！然而也有不同之处，这就是在鲁迅笔下看客的共同特征是愚昧无知、麻木不仁的冷漠的围观者，而在莫言笔下看客不仅是围观者，而且是行刑的直接参与者，有了他们的参与，行刑过程才更具狂欢气质。这不是仅仅用愚昧无知、麻木不仁这些国民劣根性能概括得了的，它涉及了人性中邪恶的一面。在行刑过程中，行刑者和看客的心态与嘴脸共同构成了一台戏，一台以人性为内容的大戏，它的上演，使人性的各个角落都被照亮，它告诉我们，最可怕的动物不是别的，而是人自己！

（节选自第三章“从鲁迅到莫言——在剖析中国封建文化‘吃人’意象上的精神传承”）

① 莫言：《檀香刑》，作家出版社2001年版，第240页。

启蒙与莫言小说

◇朵辉贤*

在很长的一段时间里，包括现在，谈到启蒙，我们想到的更多的是法国的启蒙运动、“五四”以及“民主、科学”这些被认为是代表了启蒙核心理念的词语。其实，这样的理解是褊狭的。在启蒙最初产生的西方世界，其内涵从来没有被一种单一的规定性所限定，当然也更不是被理解为一种运动。因为运动意味着最终会结束或完成，而启蒙却是一个漫长甚至永恒的过程。就像康德所说的“启蒙就是人类走出由自我招致的不成熟状态……但这一走出过程是艰难而漫长的”。后来的福柯干脆否认人类能从这一过程中走出来，他将侧重点放在启蒙所具有的批判精神上，从而将启蒙概括为一种延绵不绝的批判精神。如果将作家作品的研究建立在这样一种启蒙观之上，我们就会得出完全不同的结论。就以莫言的创作为例，依照康德的观点，莫言丢掉精英姿态将自身归入到普通老百姓的行列，并从批判自我开始的做法恰好契合了启蒙精神。这就与之前许多研究者将莫言定义为“反启蒙”作家的观点是截然不同的。然而，以此为据，又说莫言是启蒙作家，那也是不准确的。因为莫言的“回归民间”，对民间诸多伦理价值观的无限认同显然与启蒙精神并不相符。因此，抛开对启蒙的单一化、固定化理解，追寻西方从近代以来对真正的启蒙精神不懈探索的踪迹，在吸收其探索成果的基础上给予启蒙以新的定义，无疑会拓宽研究中国当代文学的视野，尤其会给作家作品的研究带来新的启示。本文通过对中西方启蒙史的简单梳理，意在说明康德和福柯启蒙观的重要意义，并在此基础上，重新探讨莫言小说与启蒙之间的联系，以期对后现代语境下启蒙话语的言说方式有所发现。

---

* 朵辉贤：兰州大学中国现当代文学专业硕士，2011年获硕士学位，导师彭岚嘉教授。

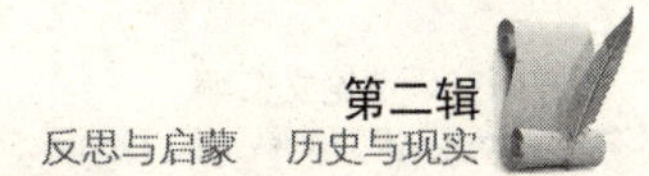

“反启蒙”与真启蒙精神的契合

在上一节中，我们通过对莫言不同阶段的代表性作品的简单梳理大致了解了他在不同时期对于写作的理解以及他在最终的成熟阶段所秉持的“拒绝启蒙”的写作立场。在以下的篇幅中，我们将从莫言自己的陈述中再次确证前文中的论点。

许多人将莫言定义为“反启蒙作家”是有道理的，因为他自己对此也有过明确的宣言式的表述。他在苏州大学所作的“作为老百姓写作”的演讲可以看作是他的“反启蒙宣言”。在这篇“宣言”的开头部分，他首先批判了我们过去感觉很亲切的“为老百姓写作”的口号，他说：

> “为老百姓写作”听起来是一个很谦虚很卑微的口号，听起来有为人民做牛做马的意思，但深究起来，这其实还是一种居高临下的态度。其骨子里的东西，还是作家是“人类灵魂的工程师、人民代言人、时代良心”这种狂妄自大的、自以为是的玩意儿在作怪。①

这里莫言所说的“为老百姓写作”是一个具有悠久历史的传统。从五四新文学运动开始，以文学研究会为代表的“为人生派”作家的创作在很大程度上就是这种传统的发端。他们主张“为人生”，其中“为老百姓”就是一个很重要的方面。简单来说，“为老百姓写作”这一创作口号就作家而言，使他在写作之前就已经将自己和老百姓置于一种二元对立的状态中，认为自己所扮演的是一个“前行者”的角色，自己的写作行为就是对老百姓的指引。虽然，他们的情感倾向是在老百姓这一边的，我们也相信他们在“指引”时的真诚。但是在这一过程中，他们对于自身的认识却片面而过于自信，他们相信只有自己掌握着真理，只要将这种“真理”全部传输给老百姓并让老百姓按照“真理”要求的去做，他们写作的目的就算是达到了，他们也认为自己完成了启蒙。这样的口号一直延续到了新时期。虽然此前赵树理等人的创作也显示出对于民间的理解和认同，但其本质依然是一种自上而下的启蒙式写作，只有理解和认同是远远不够的，创作主体始终缺乏一种真正的内省意识。在新时期以来的作家的创作中，那个先知式的启蒙者形象有所隐匿，其姿态也更趋隐蔽化，但那些启蒙者自持的精英姿态依然和“五四”时期的启蒙者是一样的。因此，莫言明确表示自己要成为老百姓之中的一员，要以老百姓的身份写作。他说：

> 从某种意义上说，“为老百姓”写作也就是知识分子的写作。这是有漫长传统

① 杨扬：《莫言研究资料》，天津人民出版社2005年版，第62页。

> 的。从鲁迅他们开始，虽然写的也是乡土，但使用的是知识分子的视角。鲁迅是启蒙者，之后扮演启蒙者的人越来越多。大家都争先恐后地谴责落后，揭示国民性中的病态，这是一种典型的居高临下。其实，那些启蒙者身上的黑暗面，一点也不比别人少。所谓的民间写作，就是要求丢掉你的知识分子立场，你要用老百姓的思维来思维。否则，你写出来的民间就是粉刷过的民间，就是伪民间。①

而在与张慧敏的对话中莫言还有这样的观点：

> 所谓“撤退”，其实就是向民间回归。所谓“撤退得还不够”就是小说中的语言还有许多洋派的东西，没有像赵树理的语言那样纯粹。在今后的写作中，我也许再往后退几步，使用一种真正土得掉渣但很有生命的语言，我相信我能掌握。②

对于莫言这样的主张，我们不应该盲目地为其“草根姿态”所打动，更不应该简单地对其加以批判，而是在基于学理性客观分析之上，甄别其中合理的因素，进行有选择的吸收。

首先，应该肯定莫言对于“五四”和80年代启蒙的反省及其对自我灵魂的拷问。用康德的启蒙观来加以观照的话，“五四”和80年代启蒙与真正的启蒙精神之间显然是存在距离的。因为真正的启蒙精神首先应该是建立在对自我深刻反省的基础之上的，而“五四式启蒙”很明显不存在这样一个基本的或者必需的前提。这也是为什么启蒙在中国并没能深入到个体的意识深处而能随意被其他外在的突发性事件代替的原因之一。莫言的反思和反省可以说在一定程度上对此作了必要的补充，这是他“作为老百姓写作”的意义所在，也是他的“反启蒙”主张与真启蒙精神的契合之处。且不论他在这一写作主张主导下进行的创作实践及其效果如何，他至少具备了一种有悖于“五四”和80年代启蒙的姿态，或作出了一种暗合真启蒙精神的努力，尽管他自己或许并没有意识到这一点。

其次，也应该认识到莫言这一主张与其创作实践之间存在的距离以及他对“五四”和80年代启蒙价值的忽视。或许我们可以很肯定地说莫言“作为老百姓”写作的主张是不可能彻底实现的，而只能是作为一种追求或对精英主义立场的矫正而存在。这不仅仅是因为莫言的知识分子身份，更重要的是他不能完全控驭他的写作，使其与老百姓之间完全融合。距离的存在是不可避免的，各种对于表现对象的先入之见已经渗入到他的骨髓之中，使他不可能真正完成从知识分子到老百姓的“身份”转换。而对于“五四”和80年代启蒙，我们的反思应该是建立在对其历史价值的充分肯定之上。此

---

① 杨扬：《莫言研究资料》，第66～67页。

② 杨扬：《莫言研究资料》，第72页。

外，莫言以鲁迅为例也并不恰当，因为鲁迅实在是一个终身对自己存有怀疑和反思的现代少有的知识分子，他的国民性批判指向所有中国人，包括他本人，甚至他对自己的批判更不留情面。由此，又引出了另外一个问题，即是否"作为老百姓的写作"就不能有揭露和批判，而是对民间价值观的毫无选择的认同？答案显然是否定的，莫言本人的创作也否认了这一点。只有带有批判色彩的民间体认才是实事求是的态度。而在借用民间手法方面，我们也应该清醒地认识到并非只要是民间的就是好的，赵树理并不是唯一的典范。

那么应该如何调和知识分子与老百姓之间对立的姿态呢？从"五四"的经验我们得到的启示是，启蒙是有阶段性和互渗性的。先不说"五四"先贤们的精英姿态，他们的努力的确产生了空前的效应，也在很大程度上完成了启蒙的重要内容。也就是说，正是他们将民主和科学这些启蒙的核心理念传输给了广大国人。因此，我们必须承认个体的启蒙努力有助于启蒙的发展，他们在某些方面的认识超出了普通的群体，他们和普通群体处于不同的启蒙阶段之中，他们需要更高一层的启蒙。而启蒙的互渗性强调的是他们必须放弃精英姿态，要真正理解启蒙的永恒性和广泛性，保持一种持久的自我批判意识，并将目光投向普通群体，将自己视为其中的一员，只有这样，真正的启蒙也许才能实现。

（节选自第二章"无意中的靠近"）

苦难·欲望·反启蒙
——论莫言小说创作的民间叙事

◇李艳艳*

莫言是20世纪中国当代文坛的一个奇迹般的存在。他对“民间”独特而新鲜的书写,给文坛带来新的惊奇。本文从“民间的生命内容”和“民间叙事立场”两个层面来分析莫言的作品。在展现人对于自然灾难、社会祸乱的苦难体验和现代人的精神苦难的基础上,作者开掘出民间社会深重的苦难意识。历史、民间个体通过传统的民间艺术形式实现了自身对于苦难的排解和超越。民间又是一个欲望张扬的世界。在苦难的基础上,历史、民间个体表现出对于多元欲望的大胆追求。针对“种的退化”带来的“种的焦虑”,莫言自觉地向“历史、民间”向度进行开掘。在创作立场、主题、价值追求等方面实现了对传统启蒙文学的颠覆,体现出鲜明的“反启蒙”色彩。与传统启蒙文学大师鲁迅相比,莫言在对理性的拒绝与对感性的崇尚、对现代文明的排拒与对原始生命力的呼唤和对未来的忧患与对历史的崇拜中体现了对传统启蒙叙事主题和价值的颠覆。这其中也充分地暴露出了莫言小说创作中潜在的误区。但以误区与人为鉴,客观上也构成了莫言存在的文坛价值之一。他与以鲁迅为首的启蒙知识分子在作品中所表现出来的殊途同归的民族责任感和历史使命感,以及他在构建当代文化多元稳定格局中的努力,一起构筑了莫言当代文坛存在的巨大价值。

对传统启蒙叙事的颠覆

“五四”以来,以鲁迅为代表的传统启蒙文学作家,从知识分子的人道主义情怀出发,开始发现“人”,并关注“人”的生存状况。他们运用自上而下的审视视角关注民间疾苦,批判存在于古老国民身上的“国民劣根性”,以期达到“启蒙民智”的目的,表达了

* 李艳艳:安徽大学中国现当代文学专业硕士,2007年获硕士学位,导师张器友教授。

高度的民族责任心和历史使命感。当代作家莫言有着同样的民族关照情怀，但是他却从叙事立场、审视姿态和价值取向上表达了与知识分子启蒙叙事相逆反的价值追求，实现了作家对于传统文学启蒙叙事的颠覆。

（一）低调的“民间”写作立场与自下而上的审视姿态

以鲁迅小说为代表的传统启蒙文学以“人道主义”为启蒙武器，体现了一种知识分子的自上而下的启蒙叙事模式。知识分子站在高于民众的高度，来深入剖析民众的性格缺陷和陋习。在鲁迅笔下，他试图用客观写实的手法传神地刻画愚弱的国民灵魂，以期达到“揭示病苦，引起疗救的注意”的目的。但是在剖析出孔乙己的迂腐可笑、祥林嫂的愚昧迷信、阿Q的麻木落后及国民的不觉醒后，深深的失望使他开始“彷徨”，发出“哀其不幸，怒其不争”的感叹。在他之后，知识分子从“为人生”到“为人民”的写作，都在体现他们对高尚写作伦理的不懈追求的同时，不可否认地暗含了他们自身的优越感。

莫言认为：“鲁迅是启蒙者，之后扮演启蒙者的人越来越多。大家都在争先恐后地谴责落后，揭示国民性中的病态，这是典型的居高临下。其实，那些启蒙者身上的黑暗面一点也不比别人少。”[①]因此莫言标举“民间”，主张“作为老百姓的写作”。莫言在苏州大学“小说家讲坛”的演讲上严格地界定了“为老百姓写作”的知识分子立场与“作为老百姓写作”的民间写作立场的区别。他认为，“真正的民间写作就是‘作为老百姓’的写作”[②]，“所谓的民间写作，就要求你丢掉你的知识分子立场，你要用老百姓的思维来思维”[③]。而知识分子的“为老百姓的写作”“其实不能算作‘民间写作’，还是一种准庙堂的写作。当作家站出来要用自己的作品为老百姓说话时，其实已经把自己放在了比老百姓高明的位置上”[④]，“写出来的民间就是粉刷过的民间，就是伪民间”[⑤]。这在莫言的小说中主要表现为莫言目觉的民间写作立场和自下而上的审视姿态。

对知识分子视角的拒绝与对平民视角的选取，决定了莫言低调的民间叙事立场和自下而上的审视姿态。他抛弃了知识分子高高在上俯视一切的姿态，而以民间社会一员的身份平视或仰视藏污纳垢、良莠杂陈的民间社会，表现出知识分子所无力表现的盲区。他在民间苦难和欲望的基石上分别探究出了顽强生命能力和旺盛生命力的民间文化优秀因子。而以此反观高高在上的知识分子精英文化，精英文化则在自由自在的民间文化面前凸现出一种疲软的气息。因此他认为这种精神原阳的丧失，需要具有自由自在品格的民间文化去补救。由此形成了与传统启蒙文学相逆反的审视姿态和价值取向。

---

① 杨扬：《莫言研究资料》，天津人民出版社2005年版，第13页。

② 杨扬：《莫言研究资料》，第8页。

③ 杨扬：《莫言研究资料》，第13页。

④ 杨扬：《莫言研究资料》，第8页。

⑤ 杨扬：《莫言研究资料》，第13页。

……

(二)对现代文明的排拒与对原始生命力的呼唤

“文明”这个概念在科学著作和日常用语中都以各种不同的含义来使用。“文明”二字在中国古代文献中最早见于《易·乾·文言》和《尚书·舜典》中,具有文采光明和文德辉耀的意思。17世纪中后期,清代戏曲理论家李渔在《闲情偶寄》中说过:“辟草昧而致文明。”这里的“文明”是与“野蛮”相对立,表明社会的进步程度。马克思主义对文明作出了科学的阐述。马克思、恩格斯在其著作中,对文明的论述很多,其中一个主要观点是:文明是人类改造世界实践活动的成果,它包括物质和精神两个方面。鲁迅是一位有着强烈民族责任心和历史使命感的伟大作家。他在看到国人遭受病魔折磨的现实后,东渡日本开始自己的学医生涯,打算学成之后回国医治国人的病苦。然而在日本仙台经历“幻灯片事件”后,他决定弃医从文。他认为:“凡是愚弱的国民,即使体格如何健全,如何茁壮,也只能做毫无意义的示众的材料和看客,病死多少是不必以为不幸的。所以我们的第一要者,是在改变他们的精神。”[①]因此,鲁迅先生是在改造愚弱国民性的基础上追求民族的复兴和社会的发展的。这是物质文明与精神文明双项发展的民族复兴追求。当代作家莫言笔下的“文明”,主要是指物质文明发展。他在物质文明的发展中,开掘出了一个文明造成现代人类精神异化的主题。《幽默与趣味》中,大学教授王三无力支撑高速运转的现代社会文明的巨大精神压力,而被异化成了一只顽劣的猴子。这种异化,其实也是一种退化。异化中控诉残酷的社会现实;退化中,寄托对于自由自在生活的向往。食草家族男性后代遭受集体被阉割的命运而无力反抗现实的情节,说明了现代文明在伤害人类身体的同时,带来精神的异化。《红高粱家族》和《红蝗》也在祖先与后代的对比中,表达了现代人精神萎靡、疲软的时代病态。《你的行为使我们恐惧》中,作家通过流行音乐家吕乐之的自阉行为,揭示了现代文明下人类被异化的变态文化品味,表达了对于正日渐远去的精神原阳的召唤,充分表达了莫言小说的生命力主题。

相对于鲁迅先生对于文明的推崇,莫言对现代物质文明造成人类异化、生命力衰退的批判,流露出其对现代文明的排拒和思索。对于这种文明的压抑,他寄希望于民间文化的生命活力,充分体现了他独到的价值追求。

(三)对未来的忧患与对历史的膜拜

鲁迅在思想上受进化论思想的影响,摒弃了其中“弱肉强食”等消极因素,汲取了注重生存斗争、相信事物的新陈代谢和社会进步、强调人类精神发展的重要性等积极因素。虽然他作品中刻画出了中国愚弱的国民灵魂,描绘出了先进青年及革命者失败

---

① 鲁迅:《鲁迅文集》,北岳文艺出版社2003年版,第554页。

的悲剧，但是，他仍然坚定地相信“时势既有改变，生活也必须进化；所以，后起的人物，一定优异于前”[①]。因此，他在小说中运用一些特殊的表现手法，把未来的希望展示给读者。虽然愚昧无知的夏奶奶无法理解儿子夏瑜的为革命献身的举动，但是作家在文末运用曲笔手法凭空在瑜儿坟头添了一个花环。《故乡》中，闰土的一声“老爷”打破了“我”心理上几十年的伙伴关系与美好愿望。但是“我们的后辈还是一气，宏儿不是正在想念水生吗?”[②]又一次把希望寄托在下一代身上。体现了一种“悲痛中拥有希望”的写作心态。与鲁迅先生对于未来的希望正好相反，莫言在对鲁迅先生作品文题的戏仿中，表达对于未来的忧患，开始了自己对历史、民间、文化价值取向的追寻。《檀香刑》中，看客奋起反抗而上演了一部“前无古人后无来者的猫腔大戏”，消解了《药》中看客的冷漠与麻木；《复仇记》中大毛、二毛的遭遇与行为消解了鲁迅《铸剑》中复仇的严肃与神圣；《酒国》中酒国市腐败官僚吃“红烧婴儿”事件进一步把美好人性的希望扼杀，奉命调查此事的警察“丁钩儿”失足掉入茅厕而死的结局消解了“狂人”对于“吃人”事件的严肃性，更具有了现代性意味。因此，与鲁迅作品对未来有所希望相比，莫言作品展示的是一个与社会时代发展极不相称的精神“异化”趋势。

同时，莫言小说还在构建的“今—昔”对比模式中体现出他对未来的忧患和对历史的膜拜。在“今—昔”对比的模式里，莫言通过对生活于今天的子孙与历史中的祖先的对比，披露了人类生命力“鲜活—靡顿”的变化。在《红高粱家族》中“我爷爷”、“我奶奶”在自然界的凶险与社会的灾难中勇猛地拼斗，顽强地生活，并迸发出超越世俗藩篱的生命欲望。“我父亲”在与恶狗搏斗中失去一个“卵子”而造成失去部分身体功能的悲剧，预示着父辈虽然还有能力传承民族生存的血脉，但是旺盛的民族精魂正在逐步散失。而以缺少了高粱灵魂与风度的“杂种高粱”自喻的子孙后代，只能在祖辈面前凄惨地呼喊“奶奶，你孙子跟你相比，显得像饿了半年的虱子一样干瘪”(《红高粱》)，“种的退化”现象令人触目惊心。《丰乳肥臀》中“母亲”上官鲁氏以女性伟大的身躯支撑起家庭的重担，深重的灾难经历与内心的苦难体验磨炼出她顽强的生命能力，多重的生命欲望使她迸发出旺盛的生命活力。与她形成鲜明对比的是八个女儿的早亡与勉强存活的儿子的无能与软弱。《食草家族》中则通过“食草家族”青年男子的集体被阉割行为暗示了“食草家族”的没落。现代文明带来的生命力的衰竭和精神原阳的萎靡，使得支撑中华民族生存与发展的“民族种性”面临前所未有的大挑战。

(节选自第三章“反启蒙叙事”)

---

① 鲁迅：《鲁迅全集》第1卷，人民文学出版社1981年版，第125页。

② 鲁迅：《鲁迅文集》，第52页。

莫言的文学世界

◇刘广远*

任何作家在写作的时候，都有自己的美学原则和精神追求，而且在不同的时期会有变化。莫言是一位多产作家，在实践自己的美学原则和精神追求的同时，也在自己的文学世界里彰显了自己的创作观、价值观，他有着自己的美学思想和政治生态意识。本论文分四章。第一章探讨了莫言在小说中对历史叙事的个人理解，莫言总是通过自己的观察去描摹文本中的历史细节与历史事实纠结，去肯定或者否定某些约定俗成的历史观念，对历史进行合理的虚构和戏谑的想象。第二章就莫言创作中的宗教态度进行解读。莫言的小说中充满对宗教人士的调侃和对宗教的疑问。通过小说，作家系统地表达了个人的宗教看法和崇拜情结，如祖宗崇拜、自然崇拜、神秘崇拜等。第三章对莫言小说中呈现的日常生活习俗、国家的历史记忆等进行细致的梳理，探究莫言由此揭示的民间生活方式和民众的自然生存状态。最后一章探讨了莫言的怪诞现实主义、莫言的复调叙事以及莫言写作精神的追求。

刑罚的魅影与历史的"痕迹"

历史的真实也许不是这样，也许就是这样，莫言小说丰富了历史的视野，扩大了文化的版图。莫言的小说持这样的姿态。《檀香刑》中叙述太后裹挟皇帝逃到太原；袁世凯手握重兵不去直面八国联军，却镇压起义的百姓；起义者以无畏的勇气在朝廷杀鸡儆猴的酷刑面前高歌地方戏"猫腔"，以唤醒民众。如果故事仅仅这样叙述，很可能落入陈俗的窠臼，然而作者更关注的是刑罚的本身——檀香刑。作者把檀香刑的行刑过程描绘得血淋淋，令人心颤，于是，读者的关注点不可避免地投射到刑罚上来。统治阶

* 刘广远：吉林大学中国现当代文学专业博士，2010年获博士学位，导师张福贵教授。

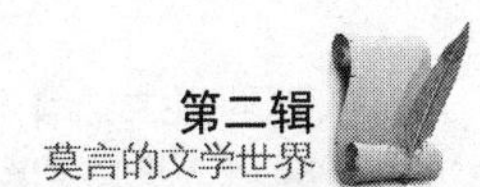

级通过刑罚(檀香刑)来体现执行力和威慑力,用血腥和恐怖来吓阻起义的民众,期望百姓顺从而驯良——尽管政府腐败无能、堕落不堪、摇摇欲坠。保罗·利科在《历史与真理》一书中指出,“在历史文献的痕迹中理解过去,确切地说是一种观察,因为观察并不意味着记录一个原始事实。”[①]我们可以充分地理解历史的“痕迹”,刑罚就是历史重要的印痕。尽管刑罚不是历史进程的重要描述对象,但是国家历史的发展却被刑罚的记忆从另一个角度进行了触目惊心的诠释。福柯对刑罚的研究细致而深入,在《规训与惩罚——监狱的诞生》中,福柯认为:

> 惩罚将愈益成为刑事程序中最隐蔽的部分。这样便产生了几个后果:它脱离了人们日常感受的领域,进入抽象意识的领域;它的效力被视为源于它的必然性,而不是源于可见的强烈程度;受惩罚的确定性,而不是公开惩罚的可怕场面,应该能够阻止犯罪;惩罚的示范力学改变了惩罚机制。[②]

事实上,在《规训和惩罚——监狱的诞生》的论“酷刑”这一章节的开篇中,福柯对达米安事件进行了不厌其详的描绘。1757 年 3 月 2 日,达米安因谋刺国王而被判处“在巴黎教堂大门前公开认罪”受刑,在遭受各种酷刑后,最终被四马分尸而死。在详述了这一公开处决的事件后,福柯又列出了八十年后列昂·福歇制定的“巴黎少年犯监管所”的一份规章,这份规章非常细致地规定了少年犯们在每一个具体的时间点应当从事的义务的时间表(起床、劳动、进餐、学习、工作、祷告等)。前者是一次公开的处决,后者是一份详细的规章,它们各自代表了一种惩罚方式,期间相隔不到一个世纪。福柯就此论述道:

> 作为一种公共景观的酷刑消失了。今天我们可能对此不以为然。但在当时,或许这曾引发了无数慷慨激昂的华丽文字,或许这曾被人兴奋地大肆渲染为“人性的胜利”的进程,从而无须更深入地分析。……如果说最严厉的刑罚不再施加于肉体,那么它施加到什么上了呢?理论家们在 1760 年前后开创了一个迄今尚未结束的时代。他们的回答简单明了。答案似乎就包含在问题之中:既然对象不再是肉体,那就必然是灵魂。曾经降临在肉体的死亡应该被代之以深入灵魂、思想、意志和欲求的惩罚。马布利明确彻底地总结了这个原则:“如果由我来施加惩罚的话,惩罚应该打击灵魂而非肉体。”[③]

福柯对刑罚的细致描述是令人心悸的,同时,也有很多罗列和演绎历史刑罚的书

① [法]保罗·利科:《历史与真理》,姜志辉译,上海译文出版社 2004 年版,第 9 页。
② [法]米歇尔·福柯:《规训和惩罚——监狱的诞生》,刘北成、杨远婴译,三联书店 1999 年版,第 10 页。
③ [法]米歇尔·福柯:《规训和惩罚——监狱的诞生》,第 8～17 页。

籍成为经典，但莫言的《檀香刑》作为想象的文学文本，却因细致地叙述“檀香刑”的过程而受到了指责和非议。其实，真实的刑罚远比文学的刻画更逼真、更恐怖，而刑罚作为描述对象，其目的并不在刑罚本身，类似法国思想家马布利(Mably)“打击灵魂而非肉体”这样的判断的确令人警醒，笔者认为，这也是莫言在《檀香刑》中探究和思索的更深意蕴。

道德审判悬置是文学存在的基本要件，文学不是现实，文学的描述只是提供景观和影像，所以对莫言《檀香刑》中的“酷刑”及恶的展现不应该从道德上一味地指责和非议。恩格斯曾经在批判费尔巴哈道德观的贫乏与肤浅时说：“有人以为，当他说出人本性是善的这句话时，是说出了一种很伟大的思想；但是他忘记了，当人们说人本性是恶的这句话时，是说出了一种更伟大得多的思想。”接着，恩格斯指出：“在黑格尔那里，恶是历史发展的动力的表现形式。这里有双重意思，一方面，每一种新的进步都必然表现为对某一神圣事物的亵渎，表现为对陈旧的、日渐衰亡的、但为习惯所崇奉的秩序的叛逆，另一方面，自从阶级对立产生以来，正是人的恶劣的情欲——贪欲和权势欲成了历史发展的杠杆，关于这方面，例如封建制度的和资产阶级的历史就是一个独一无二的持续不断的证明。但是，费尔巴哈就没有想到要研究道德上的恶所起的历史作用。”①恶是什么？血腥、残暴、恐怖、丑陋等都是恶的构成因素。在某种程度上，恶正如黑格尔所言，推动着社会的前进，恶的痕迹和细节补充完善着历史，但这些历史真实经常被历史遮蔽、藏匿，于是恶和疮疤在文学的想象中就变得是那么刺眼和“真实”。正如《檀香刑》中刽子手赵甲自吹自擂时所说：“这行当，代表着朝廷的精气神儿。这行当兴隆，朝廷也就昌盛；这行当萧条，朝廷的气数也就尽了。”刑罚的血腥与残暴令公众避之不及，然而刑罚却具有另类的美学意义和历史价值。在此意义上，莫言笔下的血腥、暴力、污秽、丑陋就是可以宽容和理解的。

……

文学可能对历史进行一种颠覆，文学可能对历史是一种丰富。文学的多种可能性对传统历史构成冲击。我们可以想象历史学家的态度，保罗·利科认为：“在历史学家的工作中，这种合理性的选择包含另一种选择；这另一种选择取决于人们称之为价值判断的东西，它能支配事件和因素的选择。”②历史选择可能就具有“价值判断”，这简直是一定的。很显然，文学作为作家主体的个人行为，更是取决于作家对于材料的搜集和信息的取舍。这取决于主体性的价值判断，所以，在历史学家都对历史具有怀疑和诘问的情况下，作家必然选择自己的判断，重塑历史的“模样”和重新裁定历史人物

① 《马克思恩格斯选集》第4卷，人民出版社1995年版，第237页。

② ［法］保罗·利科：《历史与真理》，第9页。

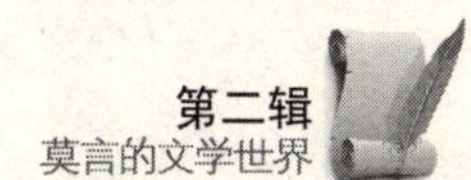

的功过是非。莫言及其他作家的虚构或者重构历史，是重新对历史的价值判断和历史选择，而这种个人化选择带来民族背影的重新审视和启蒙思想的重新开启。

文学描述的另类和古怪重新改写了历史，这种丰富和张扬冲击着传统思想和体制话语。米兰·昆德拉说过："小说作为建立于人类事件相对性与暧昧性之上的世界表现模式，跟极权世界是格格不入的。……一个建立在唯一真理上的世界，与小说暧昧、相对的世界，各自是由完全不同的物质构成的。极权的唯一真理排除相对性，怀疑和探询，所以它永远无法跟我所说的小说的精神相协调。"[①]莫言及其他作家重写和复归历史本原的努力，可能遇到传统和体制的忽略或者不屑。但是小说的精神和延续的思想继续在历史的进程中发挥着作用。小说必然仍以自己的本真面目出现，断裂和撕扯对于小说本体，都是暂时的和无法恒久的，如果小说本身能够经得起时间的煅烤和历史的淬炼，小说的精神意义和存在意识就会得到认可，这也意味着这些小说的存在和某种写作方式的被认可和被接受。

（节选自第一章"文本的想象与历史的可能"）

① [捷克]米兰·昆德拉：《小说的艺术》，董强译，上海译文出版社2004年版，第18页。

心灵的回归与精神的超越

——论莫言小说中的虚构

◇宫　健*

本文首先从文学虚构这一理论概述入手，简要介绍了西方关于虚构的两种观点，即模仿说与语言说。其次，引入莫言小说的虚构对象，即乡土记忆、民间与历史，认为莫言通过回归乡土记忆，找寻一种心灵的现实，进而达到虚构的升华，使创作与心灵达成一种融合。同时莫言采取的独特的书写历史的新视角与新立场，则呈现出莫言对历史真实与文学虚构的认知。再次，通过莫言小说的话语方式和叙述节奏展示其小说独特的虚构方式，文中主要发掘了小说中隐喻、幽默的话语方式及与此配合的张弛结合的叙述节奏，同时亦有二者共同作用下产生的一种作者沉默、叙述主体言说的双声话语效果。最后则旨在分析莫言小说虚构带给文学创作的启示，从作家对小说"精神的超越"这一追求理念入手，反映其超越故乡及站在人类的创作立场与创作哲学给文学的借鉴和思考。

民间与历史构成的"精神情结"

(一)地域文化形象的传承

地域文化形象是某一地域有别于其他的、能够显示差异的"想象共同体"，它作为某一地域文化的产物，一经形成，就会在人们的心理结构中积淀成较为稳固的社会记忆，形成为地域文化的标志和符号，个人及群体通过地域文化形象形成地域文化的集体想象，进而影响着人们对某一地域文化的认同或拒绝、赞赏或贬抑等不同的态度。作家出生于山东高密，故齐鲁民间民俗文化对作家创作影响显著，即莫言民间诗学的

* 宫健：东北师范大学文艺学专业硕士，2011年获硕士学位，导师王红箫教授。

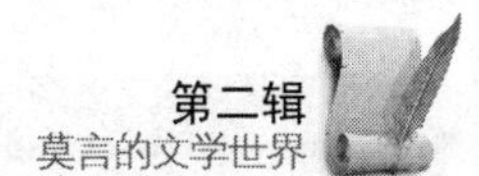

生命内容来自于其所接受的现实性民间文化的滋养，也就是齐鲁民间文化。本文所讲的“齐鲁民间文化”，则是指以民间的方式保存及流传的齐鲁文化，它较多地体现在民俗、民风等方面。

王万森在《山东文化形象的叙事传统与建构模式》一书中提到《水浒传》、《聊斋志异》、《金瓶梅》三部作品的广为流传对民间山东文化形象的建构和影响是极其显著的，因为这三部作品分别完成了“好汉山东”、“灵异山东”、“世俗山东”等文学形象建构，并且是通过文学想象建构的，进而表现了山东文学的民间性与庙堂性，反映了人们的世俗欲望与世俗生活状态。随着作品的广为流传，故事在人们心中完成了想象与意识的积淀。正如莫哈所说：“社会集体想象物建立在整合功能和颠覆功能之间的张力上，建立在意识形态和乌托邦之间的两极张力上，文学虚构的异国形象，就都处于想象实践的两极上。”[①]以上这些想象模式对莫言的作品也有相应的影响，如《红高粱》里体现的英雄情结及其怪诞灵异的“新聊斋”小说，更主要的是在对人性及世俗欲望的描写中都有所体现。然而莫言 80 年代的创作深受“文化寻根”的影响，在这一“寻根”过程中，莫言以文学的方式参与并对自己的民间文化作出了相应的时代阐释。从莫言的角度来讲，他唯一要寻的“根”，来自他生于此长于此的乡土，于是，莫言的创作自然形成了对齐鲁民间文化的传承与当代转换。

(二)想象的民间历史与文学真实

提到“民间”，人们大都引用陈思和关于民间理论的阐述，他在《不可一世论文学》中提到：“民间立场并不能说明作家对知识分子批判立场的放弃，只是换了知识者凌驾于世界之上的叙事风格，知识者面对这广袤的天地感到了自身的渺小，以民间的伟大来反观自己的渺小，以民间的丰富来装饰自己的缺乏。”[②]可见民间的意义不完全是传统文化的意义，它也可以是一种新的创作立场，即在小说中融入的民间，是一种独立的立场与独立的精神。赵德利在《民间精神与民间文化视角》中谈到：“小说的民间精神也是作家基于民间文化及其传统，民间作为作家独特的‘精神’和‘话语’资源，它使作家沉浸其中而回溯传统。小说的民间精神具有审美的超越性，它既与民间精神的超越性有关，又与作家审美理想的超越性相连。”[③]其所表示的“民间”应该揭示和反映一种民间文化与民间精神，在民间文化的指引下，展示民间原始的生存状态，进而通过小说来反映一种带有超越性质的民间精神内涵，反映民间生命意识。然而莫言的“民间”是

---

① 莫哈：《试论文学形象学的研究史及方法论》，孟华主编：《比较文学形象学》，北京大学出版社 2001 年版，第 34～35 页。

② 陈思和：《不可一世论文学》，人民文学出版 2003 年版，第 68 页。

③ 赵德利：《民间精神与民间文化视角》，《文艺争鸣》2005 年第 5 期。

什么？起初他也表示无法对民间一词进行准确的定位并阐释其内涵，因为在最初的创作中，莫言的创作指向并非锁定在民间，但是进行了大量的创作实践后，在西方话语与写作模式的大量引入以及国内作家创作趋向趋同化的情况下，莫言以其清醒自觉的创作意识，力图开辟一条不寻常的、带有个人创作风格的创作之路。这样，作家在心理上似乎不由自主地向民间那片故土靠拢，去民间寻找异样的创作源泉。当谈到他个人的民间理念时，他表示他的“民间”不是一种概念的界说，而是乡土、血地，他的“历史”亦不是正史，而是反讽，是一种生活。也就是说，他的民间既是一种写作个性，又是一种创作资源，既包含着对地域文化的传承，又有独特的书写历史的新视角与新立场。进而在这样的理念指导下，莫言秉承一种民间化精神状态来书写民间历史，展示历史与现实的生存状态，以从乡间走出的百姓的心态来进行写作。莫言说：“故乡如一个巨大的阴影，依然笼罩着我。两年后，当我重新踏上这片土地时，当我看到满身尘土、满头麦芒、眼睛红肿的母亲艰难地挪动着小脚从打麦场迎着我走来时，一股滚热的液体哽住了我的喉咙……那时候，我就隐隐约约地感觉到了故乡对于一个人的制约。对于生你养你、埋葬着你的祖先灵骨的那片土地，你可以爱它，也可以恨它，但你无法摆脱它。”[①]伴着这种爱恨交织的乡土意识，面对着文坛上即将趋同化的创作倾向，回到民间，回到个性创作，成为作家站在民间立场进行创作的一个“精神情结”。

莫言笔下的民间资源都是对历史的又一种关照，在这种民间形态容阔下的历史是鲜活的、多维的历史，亚里士多德在《诗论》中指出：“历史家与诗人的差别不在于一用散文，一用‘韵文’……两者的差别在于一叙述已发生的事，一描述可能发生的事。因此，写诗这种活动比写历史更富于哲学意味，更被严肃地对待：因为诗所描述的事带有普遍性，历史则叙述个别的事。”[②]可见诗与历史的不同之处在于诗是带着作家的虚构理念及一种预言意识而呈现的创作文本，在诗中，历史也可被重新塑造。

那么，在莫言的作品中，“历史在其最宽泛的意义上被构想，即生产方式的顺序和种种人类社会形态的命运和演进之中，从史前期生命到等待我们的无论多么久远的未来的意义”[③]。莫言说：“历史在某种意义上就是一堆传奇的故事，越是久远的历史，距离真相越远，距离文学愈近。人对现实不满时便怀念历史，人对自己不满时便崇拜祖先……我们的祖先跟我们差不多，那昔日的荣耀和辉煌大多是我们的理想。”[④]时至今日，我们已然远离了历史那片变化莫测的天空，远离了历史上形形色色的人，远离了历

---

① 莫言：《超越故乡》，《会唱歌的墙》，作家出版社 2005 年版，第 233～234 页。

② [古希腊]亚里士多德：《诗学》，罗念生译，人民出版社 2000 年版，第 28～29 页。

③ [美]弗里德里克·詹姆斯：《快感：文化与政治》，王逢振等译，中国社会科学出版社 1998 年版，第 67 页。

④ 莫言：《超越故乡》，《会唱歌的墙》，第 241～242 页。

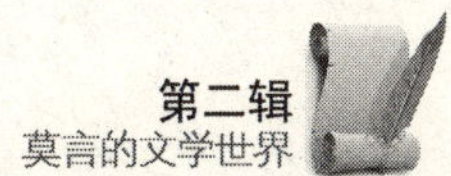

史上那烽烟四起的战争，亦远离了历史上那最原始的生存状态和历史生活中那份看似的真实。然而远离那份至今难以确定的历史真实后，作家心中的历史则带有一种新的构想，历史虽然已远去，但是人性中那最真实的状态还未退化，进而莫言带着自己的想象，带着人类普遍意识，对历史进行了重新虚构。作家为了传达自己的情感与思想，通过历史的变迁寻找着另一种生活色彩，将历史与当下、与现实、与理想融为一体。莫言的民间史学态度决定其“不是停留在简单的道德层面上，让人物在好与坏的二元对立模式中来完成作家对社会现实的是非判断”，而是“努力发掘权力体系中所隐藏的丰富复杂的文化内涵和人性本质，显示出作家应有的深厚的人文传统和强大的悲悯气质”①。作家正是在历史的洪流里抓住了人性的本质，抓住了文化的内涵，从而形成一种强大的、悲天悯人的、带有人类普遍经验的感召力，进而使这种感召力穿越历史的时空，直达今人的内心深处，同时亦能泛起历史的涟漪。有学者曾认为，历史是个任人打扮的小姑娘，对历史学家来说是嘲讽，然而对小说创作来说，那即是自然，历史学家追寻着历史的真实，企图再现历史原貌，然而对于作家来说，历史则是一份份的素材，一经作家的虚构，即融进时下的观念，引出对过去的思考，呈现今日之情感。莫言也表示：“我写的实际上都是我心目中的历史，真实的历史和我笔下的历史肯定有很大的差距，我实际是作为一个现代人来回头关照历史，我是根据听到的故事、阅读的资料，甚至某些我所熟悉的物的亲身经历来虚构历史。”②同时，莫言自己也承认他写的高密东北乡是不存在的，包括我们熟知的“红高粱”以及那些乡土风情与地理环境构成的民间历史亦是不存在的，是作家虚构而成。在民间理念下，作家跨越着时空虚构着远去的乡土的历史，同时亦构建着个性的、带有独立风格的民间写作方式，即用民间的方式吸收着民间资源，亦使民间资源在作家心里成了文学的故乡，更是其精神的故乡。

作家的记忆汇成了一个“思想的焦点”；而“历史与民间”也构成了一个在作家心中无法磨灭的“精神情结”，伴有历史的传奇与沧桑，亦有历史的精神与豪情。作家超越时间，将现实与想象融会后形成了小说中对于回忆的一种重新认识，即生命的不可逆，时间的不可逆，使生命常常回望过去，想起回忆中那最美好的部分。同时作家跨越着空间，对历史与民间地域文化形成了一种新的体悟。然而，这就是莫言笔下虚构的记忆、民间与历史，使我们总会在那亦真亦幻、一虚一实之间寻找到永恒的东西。

（节选自第二章“找寻心灵的现实 展示普遍的人性”）

---

① 洪治纲：《无边的迁徙》，山东文艺出版社 2004 年版，第 63 页。

② 莫言：《什么气味最美好》，南海出版公司 2002 年版，第 187 页。

第三辑　人、自由与生命意识

论莫言创作

◇齐林泉*

本文从莫言的创作分期、作品艺术世界人物群体分类、作家创作的外部文化环境与作家独特的生命体验等几个部分来分析、论述莫言创作三十年的整体风貌。莫言三十年的创作生涯，据风格而论，大体可划分为三个时代，即模仿经典时代(1973～1984)、实验先锋时代(1984～1995)和回归民间时代(1996～2003)。莫言创造的艺术世界中，据人物形象而论，可分为食草、食肉、食灵三类家族。食草家族是来自土地上的农民，他们食草为生，在顺从或抵抗屈辱与恐惧中挣扎；食肉家族是社会中的显贵阶层，他们食肉为乐，在承受和转嫁屈辱与恐惧中存活；食灵家族是把持天下的统治者，以杀人和专制的恐吓来征服生者的意志，达到奴役他人的贪欲。这三者彼此的互动造就了人类的悲剧。作家所执着追求的"母性之爱"是摆脱这一悲剧的努力。外在文化环境的影响和内在的生命体验，是影响莫言创作的两个主要因素。环境对莫言创作的影响，包括耕读传世的家族史、苦难的家庭、时代社会的历史变迁，还包括具有浓郁齐文化特色的地域风情的濡染。肉体和精神双重饥饿的生命体验，是莫言创作的内在动力。而屈辱，则成就了莫言文学王国坚忍持守、坦然抗争的独特品格。

莫言"文学共和国"的三类家族及其哲学意蕴

理清莫言创作的历程后，我们要进一步探寻莫言神秘的创作王国，首先就要了解这个文学王国中的众多角色。莫言曾特别强调："在写作中，你(作家)最好不要担当道德的评判者，你不要以为自己比人物更高明，你应该跟着你的人物的脚步走。"[①]充分尊重作品中人物的生命力，透析含蕴于他们身上的人文因素，将比单单吃透作家的单

* 齐林泉：山东大学中国现当代文学专业硕士，2003 年获硕士学位，导师莫言教授、贺立华教授。

① 莫言：《文学创作的民间资源》，《当代作家评论》2002 年第 1 期。

向度的道德观获得更加丰富和真实的信息。进入莫言的文学王国,我们会看到大体三类人,权且把他们归为三类家族:食草家族、食肉家族和食灵家族。

在莫言眼中,这是一个用“吃”维系、同时也因“吃”而充满恐惧和屈辱的世界。这是对 20 世纪初新文化运动中鲁迅的《狂人日记》对几千年文明所造就的“吃人社会”剖析定性的进一步发展和完善。如果说《狂人日记》是通过一个疯子的眼睛直感到旧社会的吃人本质,那么在莫言小说里,则明晰展示了这一整套系统的根由和运行:平民食草为生,在顺从或抵抗屈辱与恐惧中挣扎;显贵食肉为乐,在承受和转嫁屈辱与恐惧中存活;人君食灵为王,在制造恐惧与品尽孤独中堕落。三者层层递进,又相互关联。并且,小说将其发展成为跨越时空的、带有了更广泛寓言性质的系统,以文化的姿态对其进行了深入的批判和剖析。

……

《檀香刑》可以说是莫言对食草、食肉、食灵这三类家族的一个综合思考,通过不同冲突角色在一桩在伦理和哲学层面都处于极致状态(伦理层面的亲人自戕、哲学层面的生死两极)的暴力事件中不同角色的冲突,作出了意味深长的隐喻。食草家族对应受刑者,食肉家族对应观刑者,食灵家族对应执刑者。死亡本是一种自然的生理现象,但当它成为一种强迫性的惩罚和威慑的手段时,就有了死刑。在刑架上,受刑的人身上产生的是宗教;在刑架旁,施刑的人身上产生的是专制;在刑架下,观刑的人身上产生的是服从甚至奴性。这样,被杀的上了虚无缥缈、毫无意义的天堂,看杀的就下了真真切切的心灵地狱,而杀人者,也时刻提防着被毁灭的命运。而在历史和现实中,每一种人或每个人身上,都具有受刑、施刑、观刑这三种属性,这三种角色是可以互相置换的。这就是几千年来人类文明社会的一个悲剧性的巨大写真。

在三个以“吃”维系起来的家族生态关系中,莫言从对现实的批判逐渐进入到了深层次的人性批判。

但莫言并未就此止步,他居于超出人类的大自然或者说整个宇宙的角度,进行了神性的思考,以摆脱人类内部因个体膨胀而导致的屈辱和因与自然的冲突而形成的整体的恐惧。

莫言在 1986 年创作的小说《红蝗》里借一位女戏剧家之口,表达了他的理想:“总有一天,我要编导一部真正的戏剧,在这部剧里,梦幻与现实,科学与童话,上帝与魔鬼,爱情与卖淫,高贵与卑贱,美女与大便,过去与现在,金奖牌与避孕套……互相掺和,紧密团结,环环相连,构成一个完整的世界。”[①]此时的莫言刚刚开始享誉文坛,就已经感觉到了产生这种屈辱和恐惧的畸形的世界:在这个世界里,到处弥漫着中心主

① 莫言:《莫言文集》第 4 卷,作家出版社 1995 年版,第 123 页。

义，一切都有中心与边缘、主要与次要之分，充满着物质与意识、主体与客体、在场与不在场、现象与本质、显现与隐没、光明与黑暗等的二元对立，并且认为一方是主要（中心）的，另一方是次要（边缘）的，主要的一方永远高于次要的一方。这样，世界就有了中心与边缘之分，人就有了高低贵贱之别，为了所谓主要的人和事，就可以堂而皇之地无视被看作次要的一方的人和事的存在。莫言结合自己的观察和经历，深刻认识到这一观念在社会中的风行对于世界真相的扭曲和对于人的个体的戕害。在他的理想中，二元的区分不是绝对的，而是相对的，不是建构性的，而是解构性的，是分延而非对立的，它们既有差别，又互相依赖，互相转化。[①] 他凭借作家的敏锐对此进行了文学的思考和解决。

在小说历史观念上，他重新审视历史。他说："在我的心中，没有什么历史，只有传奇。许多在历史上大名鼎鼎的人，其实也都是与我们一样的人，他们的英雄事迹，是人们在口头讲述的过程中不断地添油加醋的结果。"[②]对于这一过程，批评家张清华在《十年新历史主义文学思潮回顾》[③]一文里这样评述：1986 年莫言的《红高粱家族》系列小说的问世，淡化和消解了寻根小说文化分析和判别的主题中心，进一步使历史成为审美对象和超验想象领域，在观照历史的时候更倾向于边缘的"家族史"和民间的所谓"稗官野史"民间化，在这里具有决定性的意义。莫言的小说不仅从故事的历史内容上民间化了，而且叙述的风格也民间化了，这与此前许多寻根作家的那种精英、知识分子式的严肃叙事形成了区别，这就为"新历史主义"小说在嗣后的崛起作好了逻辑铺垫和创作准备。从这个意义上说，莫言的《红高粱家族》既是"新历史主义"小说滥觞的直接引发点，又是"新历史主义小说"的一部分。

莫言通过这种崭新的历史观，否定了长期以来的历史中心主义。

在创作技巧上，莫言独创了"多意象互动句式"（为了叙述方便，这里暂且这样命名）。在莫言小说里，到处充斥着这样五味杂陈的句子：

> 我曾经对高密东北乡极端热爱，曾经对高密东北乡极端仇恨，长大后努力学习马克思主义，我终于悟到：高密东北乡无疑是地球上最美丽最丑陋、最超脱最世俗、最圣洁最龌龊、最英雄好汉最王八蛋、最能喝酒最能爱的地方。[④]
>
> 奶奶注视着红高粱，在她朦胧的眼睛里，高粱们奇谲瑰丽，奇形怪状，它们呻吟着，扭曲着，呼号着，缠绕着，时而像魔鬼，时而像亲人。它们在奶奶的眼里结成

---

① 参见夏基松：《现代西方哲学教程新编》，高等教育出版社 1998 年版，第 653 页。

② 莫言：《什么气味最美好》，南海出版公司 2002 年版，第 222 页。

③ 张清华：《十年新历史主义文学思潮回顾》，《钟山》1998 年第 4 期。

④ 莫言：《红高粱》，解放军文艺出版社 1987 年版，第 2 页。

> 蛇样的一团，又呼喇喇地伸展开来，奶奶无法说出它们的光彩了。它们红红绿绿，白白黑黑，蓝蓝绿绿，它们哈哈大笑，它们号啕大哭，哭出的眼泪像雨点一样打在奶奶心中那一片苍凉的沙滩上。高粱缝隙里，镶着一块块的蓝天，天是那么高又是那么低。奶奶觉得天与地、与人、与高粱交织在一起，一切都在一个硕大无朋的罩子里罩着。[①]

这种以不同的甚至截然相对的意象堆积成的句式，不仅凸现出作家的激情勃发，而且对立的两种或多种不相容状态的合而为一，使得世界的本真存在在各种对比的反差中呈现出来。从哲学角度讲，这一句式方法改变了19世纪以来人们线形思维的方式，用多元的、结构因而有时也呈现解构的、系统内互动的方式，更新了文学的语言。

混沌为一更接近于世界的本来面貌，莫言由此开始从技术方面对中心进行消解。

随着这一观念的继续，从《屠户的女儿》、《儿子的敌人》到《檀香刑》等的创作，莫言的这种思考更深入地进入到艰苦卓绝的主题探讨，形成了“对立主题互动结构”(为了叙述方便，这里暂且这样命名，以下有所论述)。《屠户的女儿》是讲述童年稚气纯净之美与父女乱伦人类精神和肉体畸形之丑间的相融相消，《儿子的敌人》讲述的是人伦亲情之美与阶级战争之丑间的相融相消。我们重点以后者为例，来阐释这一结构的特点。在这篇小说中，莫言提出的是“死亡”和“艺术”的主题的对立相融。海德格尔说过，“为死而存在就是畏”[②]——“畏”可理解为恐惧；同时他又认为，在诗(“诗”可理解为“艺术”)中，诗人摆脱了外物和他人的羁绊，得到了完全的自由，听到了神的心声，达到了人神对话的境界。[③] 人们因为死而心存恐惧，因为要摆脱恐惧而选择艺术，当死亡和艺术角色重合时，也就是说当迫害者和拯救者集于一身时，我们面临的是神还是魔鬼？是沉沦还是解脱？此时个体的恐惧已经消失，献身的快感和价值的失落同时降临，正负抵消，任何价值和意义瞬间被蒸发，只剩了荒谬、无聊与虚空！这种虚空是精神世界的“黑洞”，昭示了人类自作聪明后无所适从的迷茫和生命取消意义后注定陨落的悲凉。

通过以上种种，莫言已经将控制人们思维几千年的“中心”观念彻底地瓦解。瓦解后的虚空是不可避免的。但在莫言的世界中，这虚空的“精神黑洞”又如同宇宙学中的“黑洞”一样，蕴含了无限能量，因为它所形成的空白又可以容纳一切思考。

哲学上的终极思考聊无依赖之后，必将导致神性的追求，莫言将这一追求落脚于母性之爱。

---

① 莫言：《红高粱》，第84页。

② 转引自夏基松：《现代西方哲学教程新编》，第516页。

③ 参见夏基松：《现代西方哲学教程新编》，第521页。

在《檀香刑》的结尾，当所有的男主人公都被人类悲剧的宿命从这个世界上卷走后，只剩了孙眉娘怀着跟钱丁的孩子离去，作为母性和爱的化身，她留下了全书唯一的希望。让综观莫言所有小说中着力塑造的女性形象，从早期《民间音乐》里的花茉莉，到《红高粱》里的“我奶奶”戴凤莲，再到《丰乳肥臀》里的母亲和《霸王别姬》里的虞姬、吕雉，我们就不难得到这一结论。在这些小说里，母性的强大和坚忍与男性的卑琐和脆弱形成了鲜明的对比。即使男性是英雄好汉，也脱不去浓厚的“恋母情结”。威风八面的土匪头子余占鳌为了得到“我奶奶”戴凤莲，同样会边挨“我奶奶”柳棍的抽打边嘴里喊着戴凤莲“亲娘”乞求再来几棍；力拔山兮气盖世的霸王项羽，对虞姬在感情方面脆弱得就像一个5岁的孩童。至于怯懦的上官金童对母性的依恋就更无以复加了。莫言自己也承认对母亲的依恋，在《人民日报》记者的采访《我笔下的女人都是一个人》中，莫言提到：“我想你这种感觉(恋母情结)应该是可以成立的，这可能跟我个人的经历有关系，我是家里最小的孩子，对母亲的依恋是最深的。在当时那种社会情况下，政治给家里造成很大的压力，生活非常艰苦。我时时刻刻感到非常不安全，像一个小鸡一样，总想躲到老母鸡的羽翼下面寻找安全，这导致我对母亲的依恋比我的哥哥要严重得多。”①同一篇采访中也透露出他母性崇拜的实质：“女人代表了爱、代表了繁衍。”《丰乳肥臀》中的母亲形象，可以充分地证明这一信仰的依据。莫言在这部酝酿了将近十年的小说里，塑造了上官鲁氏这样一个母亲形象，她生了9个孩子，历尽磨难，用深厚的母爱将他们抚养成人。她也因为对孩子们和这个世界的爱而忍受住了种种屈辱，放弃自杀活下来，她正是爱和繁衍的化身。

爱使人类精神得到抚慰和佑护，繁衍使人类得以生存和发展。二者的关系，就是精神和生命的关系。德国哲学家马克斯·舍勒对此有过阐述：精神(核心是“爱”)制约生命(表现为欲望的冲动)冲动的实现；生命依靠精神的指导摆脱盲目和困境，精神依靠生命力实现完美和价值，从而使人不断从生命的低级阶段上升到高级阶段，以至达到人与上帝(这里所说的“神”已不是超验的神，而是人的完善化)的融合。②

因而，集爱与繁衍于一体的象征——母性之爱，是走出人类困境的出路，它解决了莫言哲学上的终极命题。

(节选自第二章“莫言‘文学共和国’的三类家族”)

---

① 丁人人：《莫言：我笔下的女人都是一个人》，《人民日报》2000年12月23日。

② 参见夏基松：《现代西方哲学教程新编》，第500页。

莫言小说中的女性世界

◇王美春*

莫言小说中的女性形象在某种定势文化中被塑造、被命名、被规定的命运，以及有些女性不满足于这种命运所带来的令人不快的同化、异化而作的不屈努力，是本文着力考察的对象。本文以“人”为出发点，对莫言小说中各类不同的女性形象，分不同侧面进行现代的关照与本位的还原，着力于历史事件中个人的命运与性格，集中展现女性于文化、历史间的个人挣扎与心灵演变。论文共分六章。第一章分析像“我奶奶”那样敢爱敢恨的美丽乡村女性，这是莫言小说中理想的女性形象。第二章论述像上官鲁氏一样坚忍不拔、胸怀博大的母亲形象。莫言构筑的母亲形象，是跟他的人生苦难意识及其荒诞感紧密相连的。第三章通过对莫言小说中的幻魅女性形象的分析，展示幻梦世界幻魅女性的另类追寻。第四章分析在人性欲望的困惑中求索的女性形象，论述莫言对人性所作的深度探讨：把生命欲望与不灭的人性融为一体，挖掘、礼赞人顽强、坚韧的生命力。第五章论述敢于担当的女性形象，凸显莫言的女性观：女人是建设者，男人是破坏者；男人需要女人支撑，给他力量；男人总在拼拼杀杀，而总是由女人收拾烂摊子。第六章探究作为男性作家的莫言何以塑造女性形象如此出色。

莫言长于塑造女性形象探秘

男性作家莫言为什么写各色女性形象甚至比女性作家更出色呢？从创作方法上来说，关键在于莫言并不把某种方法奉为一尊，而是根据实际需要，灵活为自己所用。他的小说创作基本上以现实主义为底色，同时又将夸张、虚幻、意识流、荒诞、魔幻等现

---

* 王美春：山东大学中国现当代文学专业硕士，2005 年获硕士学位，导师莫言教授、贺立华教授。

代派手法杂糅其间；并且，他对中国古代传统的小说创作手法也多有借鉴，如《长安大道上的骑驴美人》、《怀抱鲜花的女人》对中国古代传奇的模仿。莫言对中国民间传统中的一些有益因素也多有挖掘，如《檀香刑》对中国民间戏曲营养的汲取。丰富多彩的创作手法的采用，使得莫言小说中的女性形象五光十色、五彩缤纷。

莫言年少时特殊的生活环境和经历，使他对女人有一种特别的依恋。他出生于一个兄弟姐妹众多的贫苦农民家庭，分到他身上的母爱已经很少。渴望被关心和爱护的他，在童年生活中总是受到男性的欺凌，小学时因为骂校长地主老财而被开除出校；在生产队里劳动时，因为偷了队里的萝卜而受到批斗，回到家里，更是被父亲和二哥揍了个半死。欺凌他的，总是男性，而女性对他总是温和的，友好的，善意的，于是他对女人有一种特殊的依恋——恋母情结。同时，少时的苦难生活让他看到封闭的农村中，女性的生活总是最苦的。他把自己的处境和苦命的女人联系到一起，便以无限怜悯的语调同情着这些受苦受难的女人们。另外，莫言对女人的态度，又受到男女授受不亲传统观念的影响，因此，他对女性的感情是又恐惧，又依恋。他的恋爱也出于媒妁之言。外在行为的压抑，致使他的内心更为活跃，激情、灵感时时爆发，创作于他是一种情感的宣泄，借助丰富的无与伦比的想象力将“利比多”无限释放。

莫言的家乡山东高密县地处古代的齐国，齐文化风流潇洒，洋溢着自由精神，荡漾着万丈豪情，齐地的婚姻恋爱观念非常开放，这种风俗民情深深影响了莫言的创作，小说中那些放纵潇洒、富有自由生气的女子即由此而来。另外，齐地也是蒲松龄的故乡，《聊斋志异》对莫言的影响从他的《学习蒲松龄》中可看出一斑：作者先后给蒲师爷磕了九个头拜见、认师、谢恩。《聊斋志异》中的花妖狐魅，皆有人性，莫言受此影响，创作的女性既神秘，又善良，这些在幻魅世界、人鬼之间出没的神秘女子是莫言受齐文化影响的结果。

从小说内涵来说，“中国现代男性叙事往往把主动型女性妖魔化，把女性主体性诬为是对男性主体性的压抑，并且拒绝同情主动型女性的生命困境，以喜剧的态度丑化、嘲弄主动型女性，从而把试图僭越封建女权道德的女性诽谤为谋夫、欺夫的恶女人。这背叛了从精神上解放妇女的现代文化观念，回归于封建男权道德，从性别意识领域暴露出中国现代文学现代性不足的缺陷”①。中国当代男性叙事，尤其是新时期以来的男性叙事，有意识地弥补了这一不足，促进了妇女精神解放的现代文化观念的发展、成熟，有力地颠覆、解构了这一传统；莫言可以说是新时期作家中最先有意识地扛起这一大旗的作家，他的创作表现出颠覆男权传统、重建现代女性主体意识的坚决立场。

封建的男权道德要求女性必须泯灭自我的主体性，被动地接受男人的挑选，温顺

① 李玲：《中国现代男性叙事中的恶女人形象》，《文史哲》2002年第7期。

地服从男人的安排。女性若勇敢大胆地主动追求幸福爱情，就会被封建道德家们界定为不守妇德、僭越传统，被贴上不贞洁、不自爱的标签，然后钉到耻辱的一纸休书上。《红蝗》中四老妈出于生命本能与锡铁匠的偷奸和四老爷与红衣小媳妇的偷奸，两者实际上是一回事，但掌握着话语权的男权文化却只把四老妈归入淫荡祸害之列，让她为欲望承受道德的鄙视（被休）；而同样也犯了欲望之戒的四老爷，不仅没受到惩罚，反而成为道德要保护的受害者。莫言以同情、怜悯的态度描摹了那些被动型的女性，如在《玫瑰玫瑰香气扑鼻》中对玫瑰的同情溢于言表。如何用现代启蒙、革命的原则关照女性的精神解放，真正把女性从第二性的附属性生存中拯救出来，赋予女性与男性真正同等的主体性地位，在性别意识领域实现人性现代化，不是单单几个作家摇旗呐喊就可以办到的，这需要全体国人的长期共同努力；同时，个别作家如莫言为此做出的不懈奋斗，也必将会促进当代女性的个性解放，有利于当代女性的健康成长。

（一）美化主动型女性

莫言凭借对小说中的女性世界的描摹，褒扬了具有女性主体意识的"我奶奶"（《红高粱家族》）、孙眉娘（《檀香刑》）、方璧玉（《白棉花》）、徐风珠（《渔市》）、林岚（《红树林》）等主动把握两性关系的女性形象，从精神上认同了解放妇女、女性自立的现代文化观念。作家冲破了不允许女性也拥有人的主动性的男权中心思维，褒扬了具有主体能动性的女性，突破了女性以被动为荣、主动为耻的传统女权道德原则，体现了中国当代文学人性观念现代化在性别意识领域方面的突破和进步。

（二）赞美女性主体性

在男女之间性爱的叙事模式中，莫言在文本中赞美了金菊（《天堂蒜薹之歌》）、紫荆（《金发婴儿》）、野骡子（《四十一炮》）、林岚（《红树林》）、恋儿（《红高粱家族》）等与男性主体性共鸣的女性主体性，对传统伦理无法接受的未婚私奔、已婚通奸等现象进行深层次的分析、挖掘，对女性欲望和男性欲望取平等对待的尺度，在男女错综复杂的性爱、婚姻关系中，深化了小说的人性探索力度，从而完成了对主动型女性的合理赞美。

（三）突出主动型女性的生命伤痕

美化主动型女性，对女性欲望与男性欲望取平等对待的尺度，赞美女性主体性的同时，莫言叙事肯定女性主体性的又一做法是，突出女性这一弱势群体在男权强势文化下痛苦挣扎的生命痕迹，从而使女性为生存而斗争的行为获得合理的证据，使女性在抗争过程中产生的人性变异得到使人同情、悲悯的价值，从而在批判以男性为中心的封建男性霸权观念的同时，为建立合理的性别秩序打下基础。上官鲁氏（《丰乳肥臀》）通过反抗传统的贞操节烈道德观，来遵循男尊女卑的封建道德观，具有一种强烈的悲剧感；"我奶奶"（《红高粱家族》）为了反抗封建包办婚姻带给她的有麻风病的丈夫，主动接受土匪的示爱，土匪帮她杀死了麻风病人，因为她没有其他的路可走；孟喜

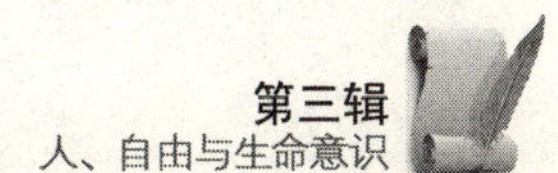

喜(《冰雪美人》)为了争取人格的自由，最后竟然在冰雪天气中死于医生的冷漠和误解中。对主动型女性的生命伤痕的突出，真实再现了女性在强大男权道德压制下所做的无奈挣扎，深化了对造就女性人性变异的男权中心文化的批判色彩。

(四)以赞赏的态度肯定主动型女性

莫言叙事肯定女性主体性的又一策略是，以赞赏的轻松态度肯定那些不守传统妇道的主动型女性。如对“我奶奶”(《红高粱家族》)和土匪情人的恋情，离婚少妇花茉莉(《民间音乐》)对民间音乐家小瞎子的一厢情愿的感情，屠夫之妇孙眉娘(《檀香刑》)和县令的浪漫情爱，金菊(《天堂蒜薹之歌》)为逃避父母的包办婚姻，毅然决定和情人私奔等，作家不是持一种嘲讽的否定态度，而是以一种赞赏的轻松口吻肯定她们追求自由情爱、张扬个性自由的做法。从文本的缝隙间，可以读出莫言竭力褒扬主动型女性背后的对当代女性人性的关照和反思。这表明莫言人的观念中已经整合进女性群体，已经不再把女性作为第二性看待。莫言的男性叙事突破了重重男权罗网，歌颂了超越传统女奴道德的、具有主动精神的女性，推进了在性别意识领域人性现代化的实现步伐。

(节选自第六章“莫言长于塑造女性形象探秘”)

斗争哲学与农民人格精神的书写

◇兰传斌*

本文以农村题材文学为研究对象，着力关注红色经典作品，而又根据论述需要或追溯至“五四”文学，或延续到新时期文学，以作对比研究。论文试图借助文学的视角探讨以阶级斗争为核心内涵的“斗争哲学”给中国农民的人格和心灵带来的巨大影响。文章认为，20世纪50～70年代的农村题材作品一方面部分地展示了当时的农民面对社会急剧变革和斗争形势的真实心态；另一方面，为配合政策需要，起到宣传效果，又往往会依据想象塑造完美的农民人格，从而产生了过分拔高的现象。与此相对照，“五四”文学立足启蒙和批判国民性，新时期以后的文学作品则更能理性而客观地看待农民的悲喜情仇。将这两部分文学作品相对照研究，更能反映出农民在斗争过程中人格的变化。

阶级斗争书写中农民性格的“强化”

看待农民性格越来越走向刚强化的问题需要历史的眼光。红色经典作家们和“文革”文学作家们洋溢着历史乐观主义情绪，他们曾以赞美和欣赏的眼光看待农民的“强化”，在他们眼里这是翻身的象征。在小说写到农民代表“大喝一声，吓得地主浑身发抖，尿到裤子里头”①时，在写到阶级敌人害怕斗争，“白日吃不下饭，黑夜睡不着觉”，动辄“吓得他出一身冷汗”②时，作家的自豪、赞美和阶级感情便渗出文字，跃然纸上。然而在这种乐观情绪的背后，缺乏的正是反思意识，这注定要在新时期的作家那里得

* 兰传斌：山东大学中国现当代文学专业硕士，2007年获硕士学位，导师莫言教授、贺立华教授。

① 柳青：《创业史》，人民文学出版社2005年版，第45页。

② 柳青：《创业史》，第57页。

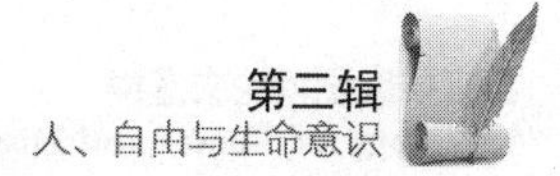

到补充。

莫言正是一个力图作人性还原的作家，他以别样的写作路数来展示斗争的残忍和人性的泯灭。小说《生死疲劳》描写了从“土改”到新时期一段长达半个世纪的农村历史，其中对农民参与阶级斗争的书写正反映了人格因斗争而产生的扭曲。西门金龙是地主的儿子，他的父亲西门闹在土改中被斗争而死，而他却在斗争的思维和积极“进步”的目标下，走向了斗争别人的道路。他不顾亲情，把斗争矛头指向了自己的家人。他原来也是个“仁义的小哥哥”[①]，是一个愿意把自己的病号饭与弟弟分享的温情脉脉的人，但是在斗争的热潮中，为了摆脱自己地主儿子的身份，他竭力表现，努力斗争，不仅自己带着土地牲口入社，还以武力逼迫自己的弟弟入社：“从今天开始，我每天揍你一次，一直到你答应入社为止，而且，我会一次揍得比一次厉害！”[②]他对弟弟是：头上“搐了一鞭子”，“踢了一脚”，“双手扯着我的耳朵，将我的头牢牢地按在地上”，而且用鞭子打，极其凶狠毒辣。对待执意不肯入社的继父，他亲自请缨前去监督，扬言要是继父的牛踩踏了公家的地，就铲掉牛蹄！小说借弟弟蓝解放的心理写道，“那铁锹刃子锋利，闪着寒光”，西门金龙的眼睛“往外喷吐着绿色火焰”，让人感到“脊背发凉，皮肤上爆出了一层鸡皮疙瘩”[③]。红卫兵运动兴起，西门金龙等人更是到县里领受了旨意，成立了“金猴奋起”红卫兵西门屯支队，领导造反，他们不仅把全村都用红油漆涂成了红色，而且金龙亲自下令红卫兵，“两个别着我爹的胳膊，一个揪着我爹的头发，一个抡起漆刷子，把我爹的整个脸上，涂上了厚厚一层红漆”，面对母亲的责备，西门金龙义正词严地说：“全国一片红……如果他还不放弃单干，坚持走资本主义道路，我们就把他放到红漆桶里泡起来！”[④]在这种干劲的鼓舞下，金龙不仅用油漆刷了蓝脸的眼睛导致他差点儿失明，而且还亲手写了“又臭又硬的单干户”的牌子挂在父亲的头上游街示众。面对斗争，亲情荡然无存，人格完全扭曲。

作家刘醒龙写于21世纪的小说《圣天门口》用硬与软两种价值态度的对比展现了斗争对人的戕害。以劫匪起家的杭家代表着天门口的革命暴力进程，充斥着残忍、匪性、血性和狭隘，张扬着一种剽悍而又鲁莽的刚性特质；以基督福音与传统伦理作为生存信念的雪家则崇尚宽容、向善、隐忍和唯美，彰显着圣洁而又亲和的柔性品质。在两种品质的对比中，作家对理性与人性的追求和对暴力与斗争的抵触显露无遗，反思的力量也大为扩张。

---

① 莫言：《生死疲劳》，作家出版社2006年版，第113页。

② 莫言：《生死疲劳》，第113页。

③ 莫言：《生死疲劳》，第129页。

④ 莫言：《生死疲劳》，第138页。

阶级斗争极大地激活了人性中好斗、残暴、凶狠的基因，而且使之毫无限制地疯长，最终击垮了人性的温情脉脉，击垮了亲情的骨肉相连。这种以阶级为划分标准的斗争，完全改变了人们的判断标准，置换了人们的立场与感情，甚至混淆了哪怕出于朴素判断即可得出的是非曲直。在斗争时代，不斗争就只能被斗争，不斗争就会被丢在反动阵营中被历史和时代抛弃。正是在这种非正常状态下，人的性格遭到了极大的扭曲，从而导致了残忍、残暴的场面一再上演。

（节选自第二章“尚力好斗基因的注入”）

莫言的农民观及其小说中农民形象的塑造

◇梁　玫*

“农民”——这一凝聚着厚重乡土情结的形象，无论在文学史抑或文艺批评史中，它在人类精神观照空间里都具有丰富的、广博的审美内涵。真实的农民形象同现当代作家笔下所塑造的农民形象相比，虽然难免有所不同，但其间或消长、或盈亏、或丰瘦的张力性特质，在现实情境与精神构造两个层面上必然蕴含着耐人品味的审美价值与文化性格。因此，对农民形象的研究就必然是诸多文学研究者契入作家作品进而探寻文艺思潮的一种视角和方法。本文即通过对莫言小说中农民形象类型及其嬗变轨迹的整合梳理，来全面考察中国农民形象自身特具的文化内涵及其审美特征的变化脉络。论文依据莫言笔下不同时期的农民形象将其划分为三类：抗战时期的农民英雄形象，包括侠义的匪类形象和战争背景下的女性形象；“十七年”农业合作化题材中的农民形象；改革之初从困惑中走出来的新一代农民。本文分三章进行论述：第一章主要探讨了中国乡土文化传统对莫言的影响及其农民观的形成，第二章着重分析各个时期农民形象的特点及文化内涵，第三章分析莫言农民形象书写的方式、意义与价值。

“十七年”农业合作化题材中的各类农民形象

农业是中国社会中最古老和长期以来最有生命力的生产部门，它是在农民和土地以不同的方式结合的基础上向前发展的。从古至今，农民与土地就是血与肉的关系，土地是农民生活的基本保障，祖祖辈辈的农民为了土地展开过殊死搏斗，土地也为其一方农民辛勤地繁衍着丰裕的果实。农民深深地眷恋着自己开垦的土地，土地也把收

---

* 梁玫：上海师范大学中国现当代文学专业硕士，2009 年获硕士学位，导师钱文亮教授。

获的成果交付给农民。农民只有双脚深深地踩在柔软而平实的土地上，才能坚定地走好每一步。农民渴望土地，土地是他们的生存根本，是他们的生活希望，也是他们的理想依托。

新中国刚一建立，人民政权就在农村开展了轰轰烈烈的土地改革运动，广大农民分到了土地，对新生活踌躇满志，劳动致富的积极性空前高涨。随着政治环境的逐渐安定，农业互助合作运动开始在全国逐步展开，农业合作化运动成为继土地改革之后的又一场深远的社会革命，给农村面貌带来了巨大变化，在农民的心态上的、思想观念上的，制造了一股骚动的氛围。农业合作化在方向上与土地改革相反，它把土地从农民手里又集中到了国家、集体，这在农民群众的心理上势必引起一些不良的反应，反映农业合作化问题的小说也就应时而生了。莫言也有不少小说勾画了这一过渡时期的农民典型，在这场运动过程中，由于经济地位和阶级地位的差异，农村中各阶级和阶层对运动持有的态度纷然有别。大概来说，其中有“先进”农民系列，主要包括农村基层干部和坚定地拥护国家集体化政策、走集体化道路的农民，在他们身上总是表现出一定程度的“左”倾冒进主义倾向。还有一部分贴着所谓“落后”标签的农民系列。千余年以来，农民的私有观念和小农意识几成文化遗传因子，其与我国所要大力推动的集体主义道路的纲领之间的矛盾逐渐浮出表面。莫言紧扣这两类农民形象，将笔下人物的焦躁、社会的变易、环境的飘荡描绘得入木三分。莫言本着乡土知识分子的睿智，以他对农民的了解，直觉地认识到“土改”后的农民更热衷于个体生产，而不是像“官方所”宣传的那样充满着互助合作的积极性，表现出对愿意走个人发家道路的农民的理解、宽容和勇于揭示社会思潮真相的勇气。

（一）“先进农民”

在莫言的“十七年”农业合作化题材小说中，有这样一些农民，他们以农业合作化为奋斗目标，他们对于土地归为集体的合作化运动没有任何的迟疑与动摇，笔者将这些农民定为“先进农民”。其中包括了苦干的农村基层干部们，他们大都在旧社会受过苦，有的曾经参加过革命战争，接受过革命战争的熏陶和考验，他们是党在农村中的代表，是党的化身。小说《生死疲劳》中，洪泰岳在解放前是个敲着牛胯骨沿街卖唱、献技的乞丐，身份一公开竟是高密东北乡资格最老的地下党员，解放后成为西门屯的最高领导人。他是一个个性刚烈、精通业务的共产党干部。他对党、对社会主义充满着深挚的感情，有着坚定的共产主义信念，带领全村的农民开展了轰轰烈烈的农业合作化运动。他觉得自己是党的人，是干部，应该在政治上有所表现，认为必须听党的话，按党的指示办事。对于单干户蓝脸的不入社，他是深恶痛绝，把蓝脸视为眼中钉，要坚决予以拔除，发动全村的群众对他进行游说和孤立。他在权力斗争中是严厉的、冷酷的，权力的腐败是因为对权力的欲望和对权力的无限扩张的追求所致的。共产主义思想并未肃清洪泰岳思想中的封建意识，他在西门屯当起了土皇帝，整个西门屯成了实现他权力欲望的对象，没有制度和个人可以监督他。他提拔西门金龙做他的接班人，又害怕西门金龙抢去他的光辉，运用的是提携和打击的两手策略，陷入权力欲望中难以自拔。同时他也有柔情的一面，在面对白氏时，他露出了罕见的温柔，他虽然喜欢白氏，但他终究不能允许一个曾经是地主阶级的人闯入他的生活，“摘了‘帽子’，你也是地主，你的血管里流着地主的血，你的血有毒”[①]。中国的形势在改变，但洪泰岳缺乏与时俱进的精神，当“四类分子”被摘去了带在头上三十多年的帽子，右派分子也高高兴兴地当上了人民公社社员的时候，洪泰岳看不惯了，他憋屈了，他认为这是中央的修正主义，他“身上披着破军装，腰间扎着牛皮武装带，脚蹬草鞋、脚扎绑腿，完全是一副八路军武工队的打扮”[②]，仿佛随时都准备着进行他再一次的无产阶级革命，给这些地富反坏重新扣上帽子，这时的他是浅薄、幼稚的，他已经失去了历史主角地位。他完全活在了对辉煌的革命时刻的记忆中。他狂热地留恋人民公社大集体，当农村改革到了“包产到户责任制”阶段时，他号哭着来到单干户蓝脸的土地边，“悲愤交加，神智昏乱”，发出了“辛辛苦苦三十年，一觉回到解放前”[③]的哀叹。这是一位时代的落难英雄，他带领一批农民上访请愿，要求撤销西门金龙欲将西门屯建成一个保留着“文革”期间面貌的文化旅行村的文件。从本质上讲，洪泰岳是一个守旧的农民，他同样迷恋着土地，他不能允许西门金龙把农民赖以生存的土地侵吞掉。作者在刻画这个人物形象的时候，是亦褒亦贬的，在斗争地主、打击右派的斗争中，他残忍、心狠手辣，十分可恨。但在他落魄之时，读者又会对他生发出一种同情的心理，感叹他的固执，他的冥顽不灵。

也有很多农民并非因为真正理解才拥护合作化这一政策的。其中大部分是青年农民，他们以前所未有的姿态参与进轰轰烈烈的农业合作化运动之中。它首先显现为集体活动构筑的热烈气氛对青年人的诱惑力，这种由劳动与娱乐相结合所形成的热烈气氛使辛苦的劳作变成了心旷神怡的狂欢。如蓝解放，他有一个坚持“单干”的父亲，母亲和哥哥、姐姐让他去入社，他拒绝了，当父亲问他为什么要坚持单干的时候，他的回答是“好玩”，有这么一个单干户的父亲他感到自豪。可当他看到所有人都开始孤立他，村里有任何活动都不会叫他加入的时候，他开始觉得孤独了，他想加入红卫兵，可因为他的单干户身份而遭到拒绝，他想去演话剧，也被拒绝。一个十六七岁男孩，正是青春勃发的年龄，被排挤在同龄人之外，这让他的内心十分的寂寞。于是，他也叛父入

---

① 莫言:《生死疲劳》,作家出版社 2006 年版,第 349 页。

② 莫言:《生死疲劳》,第 336 页。

③ 莫言:《生死疲劳》,第 337 页。

了社。所以青年农民在这次互助合作运动中也起了重要的推动作用，当然这也是使家庭矛盾激化的原因。西门金龙这个具有先进革命思想的人就与有着保守、传统意识的养父发生了激烈的冲突。一心想劝说父亲加入合作社，完成高密县无一单干户的政治目标的西门金龙，对他父亲怒吼："我们要抹掉你这个黑点！"[①]他甚至使出了卑劣的手段，逼养父去死，还向他泼油漆。这既是青年人与老年人价值实现方式的差异，更是政治观念冲突在家庭内部的表现。

（二）"落后农民"

在"十七年"农业合作化题材小说中，政治革命的对象是农民的私有观念"残余"。大规模的互助合作运动给了单个财产权利主体以巨大的心理压迫。农业合作化运动是一场土地所有制度的革命，是从土地私有制转为土地公有制的变迁。这样的变革必然对农民的生产观念与土地私有意识产生非常大的冲击，而在历史的宏大背景下，个体的意志往往被淹没、被忽略。在合法的、革命的、高尚的名义下，人们被迫作出选择，这些小个体纯真的小农观念与发家思想反而被蛮横、粗暴地诬以落后、反动、封建的罪名进行批判。蓝脸是地主西门闹家的长工，是西门闹在关帝庙前捡来的一个被遗弃的小孩，西门闹发现他的那天早晨，"东边天际由白转红，朝霞如火，一轮红日升起，广大的天下，雪印红光，宛如传说中的琉璃世界"[②]。这个场景仿佛喻示了蓝脸传奇的一生，事实证明，他确实是不平凡的，他在解放后一直单干，是全中国唯一坚持到底的单干户。这在中国当时一片轰轰烈烈合作化运动的形势下，几乎是不可能的，但他凭借他的农民般的坚毅、执着的精神，忍受了来自村长洪泰岳的打击和亲人的不理解，独自承受各方面的压力，默默坚持了下来。他只有一个信念，就是自己给自己作主，守住自己的一亩六分地。在他看来，一心走合作化道路的行径是迷失了庄稼人过光景的正路，没有一点庄稼人的气味，庄稼人应该是专心于土地之上的，有空儿就把耕地的牲口饲弄肥壮，把农具拾掇齐备，最终创立其个人家业才是正事。

（节选自第二章"莫言小说中农民形象的嬗变轨迹"）

① 莫言:《生死疲劳》，第 173 页。

② 莫言:《生死疲劳》，第 10 页。

论莫言小说中的儿童书写

◇朱　凌*

莫言二十年多年来的小说创作，以儿童为主要人物者渐多。儿童书写已经成为莫言小说创作的一个重要组成部分，是莫言的一个标志。本文试图把儿童书写作为考察莫言小说的切入点，试图去解析莫言之谜。在莫言笔下，儿童是新一代人，同时又是无能为力的承受者，经受着生命和时代的双重压力。他们感受着历史的驱动，见证着时代的变迁。儿童丰富多彩的个体生命和故乡、记忆一起构成了完整的“高密东北乡”的文学世界。儿童的个人体验和感性叙述，在为我们展现历史多样化存在状态的同时，也解构了传统的历史表现方式，显示出作者对历史记忆的别样叙述。莫言选择儿童作为主要书写对象，是他个人经历和社会文化影响双重作用的结果。莫言通过儿童书写表现个人家族历史与民族历史，表达对儿童乃至人类的关怀。视角与感觉是构成其儿童书写的两个主要方面。莫言擅长还原儿童的感觉世界，以此视角开拓广阔的叙述空间。他赋予儿童超常的感觉，为我们提供了一种新的审美体验，也刺激着成人僵化的理性思维和麻木的心灵。莫言小说中有许多儿童形象。本文以“不发声/发声”为标准，从话语形态上，把莫言小说中的儿童分为不发声的“哑巴”式的儿童和发声的“大嘴”式的儿童两种类型，以此为通道进入莫言小说，并进而深入作家莫言的生命本体。

发声的“大嘴”式儿童

1985年之后，或者说从《红高粱家族》中的豆官开始，经“大嘴”（《大嘴》，2004年），到“蓝千岁”（《生死疲劳》，2006年），我们可以清楚地看到这样一个发展过程：儿

* 朱凌：扬州大学中国现当代文学专业硕士，2007年获硕士学位，导师林道立教授。

童在莫言小说中的话语越来越多。他们不再是“哑巴”，而是开口说话，并且不再只说几句，而是放开声音，成为“大嘴”，不停地诉说，不停地表白，滔滔不绝，口若悬河，成为小说中最能叙事的主体。

《红高粱家族》里面的豆官，不再像黑孩与小虎那样轻易地被人们忽视。豆官在小说中是个 14 岁的男孩，在父亲的带领下完成了作者“土匪种”的命题。他和土匪父亲余占鳌在浩瀚的高粱地里演绎着抗日人生。在这里，豆官开始有了自己的言语权，可以时常与父亲展开较为对等的对话，有自己的主见，敢于向污蔑他娘的人开枪，还好因为子弹卡壳而没有出人命。

在《四十一炮》中，莫言塑造了一个滔滔不绝的孩子——罗小通。“他们越来越认为我罗小通是个‘炮孩子’。在我们那里，大和尚，我必须再三对您说明，在我们那里，‘炮’，就是吹牛撒谎的意思，‘炮孩子’，就是喜欢或者善于吹牛撒谎的孩子。‘炮孩子’就‘炮孩子’，我不以为耻，反以为荣。”“我罗小通曾经是个天不怕地也不怕的小流氓。”[①]在小说中，罗小通总是满口声音地叙述着故事，让情节沿着罗小通的叙述而发展。罗小通一炮接一炮的叙述使得他的声音充斥文本，让我们了解了他惨苦不幸、卑鄙龌龊而又希望渺茫的成长史，了解了村长老兰罪恶的发家史，了解了屠宰村村民为摆脱饥饿和贫穷采取的种种贪婪的、不择手段的致富方法，了解了清纯、平静、自然的农村在商品大潮的猛烈冲击下已经荡然无存。而对城市里的文明，在罗小通的诉说下，我们看到了充满诱惑力的红衣女子，腰板笔挺、说着方言土语的男人，簇拥着男人的一个个嗲声嗲气的女人；我们看到了热闹非凡、排场盛大、甚嚣尘上的肉食节上，大人物的奥迪轿车由保持着严整队形的摩托车开道，车队后面两台轿车鸣着尖锐的警笛，牛的彩车，驴的彩车，羊的彩车也赶热闹；“老者笑着对小兰子说：‘过去的皇上，有三宫六院七十二嫔妃，也比不上你小兰子啊。’”[②]……在罗小通连续不断的感性叙述中，我们发现商品经济已经主宰一切，欲望的恶性膨胀淹没了道德、伦理、良知。光怪陆离的世相在罗小通喋喋不休的诉说中，被栩栩如生地再现了出来。这一切都应该归功于罗小通那张“大嘴”。正是罗小通排山倒海似的磅礴叙述极大地丰富了作品的含量，也正是这个满口谎言、信口开河的孩子让人性中不可遏止的缺陷与我们直面相对，让我们惊讶，让我们羞愧。罗小通在谎言中得到满足，谎言逐渐生长为真实。而作者也在滔滔不绝的叙述中换来了叙述的无限自由，盼望着灵魂得到救赎：“借小说中主人公之口，再造少年岁月，与苍白的人生抗衡，与失败的奋斗抗衡，与流逝的时光抗衡”，

---

① 莫言：《四十一炮》，春风文艺出版社 2003 年版，第 113、421 页。

② 莫言：《四十一炮》，第 253 页。

“用叙述的华美和丰盛，来弥补生活的苍白和性格的缺陷”①。

短篇小说《大嘴》，叙述了一个发生在特殊年代里的故事。主人公是个9岁的男孩——大嘴叶小昌。“文革”初期开始“清理阶级队伍”时，当地的茂腔剧团作为工作队被派到村子里。由于先前经历了诸次政治运动，村民已经被高压的政治意识形态所胁迫，整日战战兢兢。工作队的到来，使得本来极为普通的农家人打破了生活的平静。“大嘴”的父亲曾经贪嘴吃了两个羊肉包子，而且被人咬出参加过“还乡团”，全家人惶惶不可终日。父亲担心自己会灾祸临头，哥哥担心自己无法参军。当杜主任威胁哥哥交出敲鼓的权力时，“大嘴”脱口而出：“主任，你不公道！”即使哥哥捂住“大嘴”的嘴巴，他还是大喊大叫道：“我爹不是还乡团！我爹就吃了两个包子，你们凭什么不让我哥打鼓？你们凭什么不让演员到我家吃饭？我爹劈了劈柴，我娘杀了公鸡，我们要请演员到家吃饭，我们不是还乡团……”②“大嘴”一连串质问，说出了事实真相，可得到的结果却是主任只是一愣，突然大笑：“你这小子，怎么长了这么一张大嘴呢？”在那个时代政治的压抑下，儿童的话语被轻易地忽视了。“不许说话！”这是哥哥对“大嘴”的命令，也是“文革”背景造成的哑巴政治。“大嘴”眼看当众辩解无效，竟把自己的拳头吞了下去。“大嘴”的嘴巴大到可以塞进自己的拳头，这无疑是到了令人惊愕的程度。对于“大嘴”来说，在那样一个特殊的年代，“嘴巴”的两个基本功能——“吃”和“说”，都会给他和他的一家带来灾难。为此，这个原本非常饶舌的儿童，一遇到急事，只能用拳头像塞子一样塞住自己的嘴巴，以抑制说话的欲望，自己强行剥夺了自己的话语权。一个时代的描摹就这样在“大嘴”的张开与闭合状态中完成了。因此，“大嘴”与其说是一个儿童人物，不如说是一个高度浓缩的意象。他凝聚了作家对那个时代的深刻理解。

2006年，莫言出版了长篇小说《生死疲劳》。小说借用“六道轮回”，在一个人身上浓缩了中国农村从1950年直到2000年这长达半个多世纪的共和国往事。叙事的主人公蓝千岁虽然只有5周岁，却将自己不断转世的过程娓娓道来。他的前生——西门闹，是西门屯的地主，在土改时被当作恶霸镇压，他认为自己很冤枉，便不断地对阎王爷喊冤，之后便开始了驴、牛、猪、狗、猴，最后到人——蓝千岁的六道轮回。在发声状态上，《生死疲劳》似乎又轮回到了“哑巴”时代。西门闹不断地在畜道轮回转生，不得不失去直接跟人用话语交流的权利，即使他内心充满委屈、需要发泄，所发出的也只是家畜的叫声。在这里，西门制被剥夺了人的声音，似乎成了“哑巴”。但一经深思就会发现，这其实还是一个“大嘴”的说话方式。由于小说选定了大头儿蓝千岁、蓝解放这两个叙述人，就使得一切发生了变化。尤其是大头儿蓝千岁，是个巫师一般全知的说

① 莫言：《四十一炮·后记》，第444页。

② 莫言：《与大师约会》，上海文艺出版社2005年版，第452页。

书者，通天彻地。整个故事就是在蓝千岁的絮絮叨叨之中叙述出来的。小说文本让他不断裂变叙述角色，叙述不同时空中所获得的不同感受。那些感受完全是人的感受。不同时空中多种声音的相互交织，使原本不堪回首的往事获得了丰富的生命力。

莫言书写的儿童形象，在话语形态上，从“哑巴”式的不发一言，到偶发一言，到开始说话，再到之后滔滔不绝、无法抑制的“大嘴”，这种转换体现了颇为不同的效果。杨义在《中国叙事学》中指出：“叙事作品不仅蕴含着文化密码，而且蕴含着作家个人心灵的密码，还作品以生命感，而不是把作品当成无生命的机械元件加以拆解，就有必要发掘叙事视角和作者的内在联系，深刻地解读作品所蕴含的作家的心灵密码。”①莫言选择儿童进行文学叙事，传达了独特的价值观念，对他的叙事文本进行分析，某种程度上也是进入作家和作品生命本体的一个通道。

莫言进行“哑巴”式的儿童话语形态的书写，目的在于彰显儿童生命的存在，显示儿童顽强的生命硬度。《透明的红萝卜》里面的黑孩虽然哑言，有着脆弱的外部形象，但内在潜藏着顽强的生命力。《枯河》中的小虎，《复仇记》中的大毛、二毛等，这些无论是生理上还是心理上都尚未成熟的孩子，他们倔强、粗野、沉默、机敏，往往具有超常的生命力，像一方方坚硬的石块突起着，承受着被践踏的痛苦。他们沉默而执拗，以超常的状态抵御现代文明对生命力的压抑，以哑默的方式给自己争取到了生存的空间。正如莫言小说中的人物所说：“我想让你明白，这个世界上，最可怕的就是‘话语’，如果你不是一个货真价实的流氓，你就不要轻易说话，你实在要说话，最好说一些模棱两可的废话，你千万别想借说话的机会来表现你的所谓个人风格或是雄心壮志，古往今来，有多少英雄豪杰像你一样被自己的话逼上了不归之路。”②“大嘴”式的儿童话语形态是通过大声的言语方式来显示他们的存在的。在《诉说就是一切》一文中，莫言说：“诉说就是目的，诉说就是主题，诉说就是思想。”③这是《四十一炮》中罗小通滔滔不绝说话的缘故。该小说整个文本均由罗小通诉说而成。“当我面对着稿纸时，我就忘记了自己的年龄，我的心中充满了儿童的趣味，我嫉恶如仇，我胡言乱语，我梦话连篇，我狂欢，我胡闹，我醉了。”④在罗小通的胡言乱语中，我们了解了他悲惨、不幸而且又希望渺茫的成长史，同时也了解了屠宰村的村史与村长老兰罪恶的发家史。《大嘴》中的“大嘴”，长着一张特殊的大嘴，他的诉说其实挽救了他的家庭。无论是“哑巴”式的儿童话语形态还是“大嘴”式的儿童话语形态，发声/不发声所联系的关键问题都在于构

① 杨义：《中国叙事学》，人民出版社 1997 年版，第 204 页。

② 莫言：《莫言文集・白狗秋千架》，当代世界出版社 2004 年版，第 8 页。

③ 莫言：《四十一炮・后记》，第 444 页。

④ 莫言：《莫言文集・小说的气味》，第 57 页。

成拒抗。所谓“拒抗”，指的是“个人或团体的行为，用意在于挑战、改变或保留特殊的社会关系、过程，乃至于机制、权利、利益以及价值”[①]。传统的“拒抗理论”往往认为拒抗是公开的针锋相对，而新近的理论则认为，“‘拒抗’可以是一种日常生活中，通过不明显的隐藏文本的方式，来对抗主流文化或宰制机制以扭转或协商的方式产生一种翻译或转变的做法。拒抗理论的核心在于让看似没有力量且被边缘化的人，都可以通过这种方式来对抗宰制的权威”[②]。而莫言找到一些被压抑、被边缘化和以前从未发声的“儿童”(包括“哑巴”式的和“大嘴”式的)，让他们重新在历史中现身，也就是通过日常生活的实践，来发展“拒抗”，重新释放其力量，正如莫言在《四十一炮》的后记里面针对罗小通所作的解释：“他是我诸多‘儿童视角’小说中的儿童的一个首领，他用语言的浊流冲决了儿童与成人之间的堤坝，也使我的所有类型的小说，在这部小说之后，彼此贯通，成为一个整体。”[③]

(节选自第四章“莫言小说儿童书写的话语形态与话语效果”)

---

① 廖炳惠编著：《关键词 200：文学与批评研究的通用词汇编》，江苏教育出版社 2006 年版，第 221 页。

② 廖炳惠编著：《关键词 200：文学与批评研究的通用词汇编》，第 221～222 页。

③ 莫言：《四十一炮・后记》，第 445 页。

叙事意识与生命感觉

——对莫言长篇小说的批判思考

◇赵静杰*

莫言一直追求个性化写作，从《红高粱家族》到《檀香刑》，再到《蛙》，莫言的每一部作品都有新的因素出现，但在他的创作历程中，始终未变的是对生命感觉和叙事意识的关注。在《檀香刑》之前，莫言一直着重表现的是生命感觉。这时期的作品中强大的生命感觉和微弱的叙事意识相结合，涌动的是肆意横流的生命潮流，代表作是《红高粱家族》。到了《檀香刑》，莫言的创作开始转变。这是莫言精雕细琢的一部作品，只是雕琢的是外在。莫言把焦点放在了叙事方面，而生命感觉却随之减弱。在之后的创作中，随着生命感觉的衰退，作者的叙事意识逐渐增强，他的文学支柱开始转向叙事技巧，这时候的作品开始以高扬的叙事与弱化的生命架构文本。新作《蛙》就是莫言进行技巧试验后再次推出的作品，它以新奇的叙事形式、强化的叙事意识赢得关注。莫言创作的这种变化使他成为文学市场上一位成功的作家，但是这也给他的作品带来了硬伤。在莫言的一些小说中，有大量的丑的意象的堆砌和暴力话语的泛滥，作者的欲望话语也逐渐走向泛滥和失度，作品失去了道德的平衡，"媚俗"色彩日益浓重，小说的思想内涵也逐渐发生了变化，作者的创作有了偏差。本文即围绕这一特点展开论述。

涌动着叙事与生命的文学国度

（一）强大的生命感觉与微弱的叙事组合

在莫言前期的一些作品中，我们可以感受到肆意奔涌的生命，而这种生命则是以

---

* 赵静杰：浙江大学人文学院中国现当代文学专业硕士，2011年获硕士学位，导师王建刚教授。

感觉的形态存在着。莫言的生命感觉是以生命意识、生命强力为内核的。早期的莫言在感觉的世界里纵横驰骋，现实的、虚幻的、真切的、荒诞的，各种各样的信息集结在一起，而在这种汪洋恣肆的感觉中，生命的奔放状态得以体现。这时候的莫言以超凡的想象力和观察力揭示出人们看到的和忽视的一切，给读者一幅丰富的、彩色的、立体的艺术画卷，将一个感觉化的世界呈现在读者面前。

西方美学家苏珊·朗格对作为生命与艺术之中介的感觉推崇备至，她认为生命本身就是感觉能力，生命在感觉中存在，艺术品必须与感觉——生命的基本形式相类似，也就是在作品中流淌着生命的感觉。[①] 早期的莫言就是感觉与生命相通的莫言。他以生命感觉为支柱，将生命与文学的关系付诸实践并取得了成功。“莫言对‘感觉’的本质的理解接近苏珊·朗格，即把感觉视为生命力、生命体验的最高形式，因而也当然是人类艺术表现的最终对象。”[②]莫言的作品，为人们提供了表现生命、体现感觉的艺术世界，是契合“感觉—生命”的形式。莫言自己也坦承：“小说家也要努力地写出感觉，营造出有生命感觉的世界。有了感觉才可能有感情。没有生命感觉的小说，不可能打动人心。”“作家在写小说时应该调动起自己的全部感觉器官，你的味觉、你的视觉、你的听觉、你的触觉，或者是超出了上述感觉之外的其他神奇感觉。这样，你的小说也许就会具有生命的气息。它不再是一堆没有生命的文字，而是一个有气味、有声音、有温度、有形状、有感情的生命活体。”[③]莫言正是运用他的感觉在创作，赋予生命以流动的形体。

莫言早期的作品是强大的生命感觉与微弱的叙事的组合，尤其是《红高粱》，洋溢着饱满的生命状态和自由的人生形式，它吸引读者的正是流动的生命感觉。莫言把自己理想中的生命存在状态呈现在自己的文本中，在高粱地里演绎着生与死的绝唱。无论是“我爷爷”、“我奶奶”，还是高密东北乡的父老乡亲，无论是爱情，还是争斗，无不流露出生命力的存在，这种力量是能感觉到的，是肆意横流的。而《红高粱》之后的《高粱酒》、《狗道》、《高粱殡》、《奇死》等篇章中，祖辈的生命链条呈衰减状态，这是作者对生命发展的思考。

20世纪80年代初出文坛的莫言给予读者的长篇是生命感觉充溢的作品。那个时代的人们长期生活在一种集体化的生活制度里面，个性受到压抑，思想没有完全解放，人们渴望的是生命的自由和人性的解放。这个时候，莫言充满生命活力、张扬个性的《红高粱家族》横空出世，恰逢其时，吼出了人们的心声，引起了读者的共鸣。

---

① 参见[美]苏珊·朗格：《艺术问题》，滕守尧译，中国社会科学出版社1983年版，第43页。

② 吴非：《莫言小说与“印象派”之后的色彩美学》，《小说评论》1994年第5期。

③ 李春阳编：《莫言讲演新篇》，文化艺术出版社2010年版，第3页。

在对生命进行礼赞的同时，莫言并没有忽视叙事因素，而是在故事的基础上巧妙地运用技巧使作品脱颖而出。莫言自己分析："这部小说产生的冲击力量基本上来自于三个方面。第一个方面就是这个小说里面描写的'我爷爷'……第二个我想是这个小说的语言确实跟过去传统的写战争的小说不一样。我自己当然也有点王婆卖瓜自卖自夸，像'我爷爷'这个叙事的视角我认为是我的发明……"[①]这种叙事视角是小说讲述方式的创新，使叙事者获得了一种巨大的便利，既可以穿越历史，以一种仿佛自己亲眼所见、亲身经历的真切来描写往日事件发生的场面，又可以深入人物心灵深处，描写他们的内在活动。这种叙事视角既使作者获得了讲述的捷径，也使作品的视角出新。

人物的魅力来自于强悍的生命，而《红高粱》的叙事魅力则来自于独特的视角，强大的生命张力与隐含的叙事意识相结合是莫言这一时期的创作特征。虽然这时候的文本述说暗藏着作者的叙事策略，但是充溢作品的是强大的生命感觉。而当这种感觉消退后，莫言开始注重叙事，"在今天，对于我们搞小说创作的人来说，确买需要花大力气来关注小说技巧方面的东西"。在生命感觉流失之后，莫言给予作品的是一个精致的框架，是别致的艺术形式。

(二)高扬的叙事与弱化的生命架构

每个作家都有属于自己的"创作敏感圈"，即作家熟悉的能最大限度发挥其创作才华的生活领域，离开这个范围，作家便失去了创作的灵感。高密东北乡是莫言的敏感圈，是他小说的源泉。可是在不断地喷发宣泄和远离故土之后，作家的生活体验开始衰竭，小说的局限性日益突出。而生命感觉来源于作家的个人生活经验和文学想象，当莫言的创作经验走向匮乏时，作品的生命感觉就开始衰退，作者的文学支柱开始转向叙事技巧，叙事意识就由辅助地位逐渐上升为主导地位，构成了"莫言式"的叙事风格。

在一次演讲中，莫言提到："我想作为一个作家，不管他是重视还是不重视，他在写作时，所面临的两大问题，就是写什么和怎么写。我个人认为，在当前，写什么的问题，固然重要，更重要是在怎么写上。""在今天，写小说，写什么变得不是很重要，怎么写反而变得特别重要。"[②]如果说《檀香刑》之前的一些创作是对叙事技巧的尝试，那么《檀香刑》之后就是成熟的运用。莫言自述："这个时候我就特别迷恋小说的技巧，我认为一个小说家应该在小说文体上作出贡献，也应该对小说的文学语言、结构、叙事等进行大大的探索。"[③]

---

① 李春阳编：《莫言讲演新篇》，第 159 页。

② 李春阳编：《莫言讲演新篇》，第 181～184 页。

③ 李春阳编：《莫言讲演新篇》，第 207 页。

之后莫言在小说中玩弄技巧，进行多种文体的戏仿和试验。《十三步》人称的变换、《酒国》结构的构建等构成了莫言寻求叙事技巧改变的轨迹。后来，作者意识到这种写法也是不对的，开始反思，但是其对小说创新的迷恋和叙事技巧的熟练却依然自觉不自觉地流淌于文本中，而且作者也并没有刻意摒弃自己的叙事风格和创作个性。直到《檀香刑》，叙事技巧已经娴熟，而到了《蛙》，这种对叙事的把玩更加明显。

莫言后期的作品是高扬的叙事与弱化的生命架构相融合，新作《蛙》就是一个范本。作者以一个乡村妇产科女医生的人生经历为主线，展示了新中国六十年来的生育历史。莫言仍在关注人性，关注生命，但是这时候的生命已没有原来热情生动的感觉，对生命的思索也只是停留在形式方面。在这部作品中，生命只是身体的存在符号，人物皆以“耳”、“鼻”、“唇”、“眉”等身体器官相称，生命已经被功利化，成为国家制度的牺牲品，成为官员政绩的符号，沦落为国家与民间的工具——国家是计划生育政策的推动者，民间是传宗接代的道德理念。在民间，人们对计划生育人员的躲藏、反抗也只是为了延续家族血脉。在政策之下，一个个正在孕育的生命被无情扼杀，甚至连大人的生命也被损害，而执行者“铁面无私”，毫不手软，“喝毒药不夺瓶，想上吊给根绳”，拆房逮人，无所不为。死在手术台上的王仁美最后的遗言“姑姑，我好冷……”无疑是对冰冷的制度和手段的有力控诉！但是这种戕害生命的国家暴力在小说中却被淡化，国家政策的执行者作为“我”的亲缘人物——“姑姑”出现，这种叙述基调从一开始就为文中毫无人性的计划生育手段罩上了一层温情的面纱，“在《蛙》这部关于国家制度化地杀戮计划外生命的小说中，在子宫口出现的代表着国家权力的暴力却因为这个实施者是‘我姑姑’而获得了一种模糊的面目。国家暴力对个人生命和个人自由以及尊严的侵害，被改装成为一种家族内部生命血肉之间的搏斗和生杀。反对生命的暴力，被叙述成为生命内部的纠葛和厮斗。于是乎，莫言貌似在申诉一个暴力故事，其实只是在掩藏有关暴力的事实。”①“我”俨然成为国家暴力和个人暴力的辩护人，生命成为人类发展必要的代价。

在这部小说中，作者的笔触在思考的深处停滞下来，在批判的表层犹豫不前，对戕害生命力量的思考游移在家长里短的话语系列中，对生命的感觉停留在文学需要的层面。作者是在表现着生命被损害的状态，但是却没有深入解读生命本身，也没有深入思考制度与观念对生命的谋害。在《蛙》中，生命的活力和意义已不存在，已无法凭借感觉触摸到生命的存在。

（节选自第一章“莫言创作中的叙事意识与生命感觉”）

---

① 殷罗毕：《〈蛙〉与莫言暴力史观的限度》，《上海文化》2010年第5期。

论莫言小说中的生殖崇拜

◇刘红会*

食，为了生存；生殖，是种的繁衍，是为了永远的生存。生存与永远的生存，跟生命有着最为密切的联系，需要强大的生命力。孜孜不倦地追求这种生命强力便成为原始先民最为迫切的愿望。渴望之极，便产生了崇拜，此为生殖崇拜产生的渊源。本论文以“生殖崇拜”相关理论为支撑，去揭开莫言小说那层神秘的面纱。论文分三章：第一章分析莫言小说中有关生殖崇拜的具体生命演示，在这些具体的生命演示中，“丰乳肥臀”的大地母亲、如血似海的“纯种的红高粱”以及敢作敢为的“我”的祖先们最具代表性。第二章探讨在这些具体的生命演示背后，在原始而神秘的生殖崇拜现象之下，激荡的是一种生机勃勃的野性的原始生命强力，这种生命强力又是贯穿在莫言小说中的一条生命线。但这条生命线正渐渐地被文明“阉割”，这成了莫言心中无法抹去的哀伤与无奈。第三章则剖析了莫言之所以能够让我们时时刻刻都置身于那样一个生机勃勃、生生不息、充满了生命活力、充满了生命骚动的感官世界，原因就在于他那强大的感官能力以及与原始思维暗合的思维形式。强大的感官能力和原始思维又源自于他孤僻内向的性格和特殊的童年生活。最后指出莫言小说创作的局限，无节制的崇拜反而会造成一种生命力悖论。

生殖崇拜的生命演示

高唱着生命的赞歌，在文明破晓的天际，带着一丝丝恐惧、一丝丝惊喜，我们人类以高昂的姿态登上历史的舞台。最初的生命，原始而神秘，散发着浓浓的玫瑰气息，就如弗雷泽所说的那样：“活着并引出新的生命，吃饭和生儿育女，这是过去人类的基本

* 刘红会：浙江大学中国现当代文学专业硕士，2011年获硕士学位，导师吴晓教授。

要求，只要世界还存在，也将是今后人类的基本要求。”[①]活着，是生命的本能需求；引出新的生命，是生命的深层次内涵。这，对原始先民而言，却显得有些神秘莫测。死亡的突然降临、生命的非正常结束让原始先民措手不及。对生的渴望、死的恐惧，加上原始先民们逻辑思维上的一些缺陷，让先民们采取了一系列非理性的想象，崇拜强大，拒绝弱小，这也符合人的本性。由此，历史上源远流长且影响深远的生殖崇拜出现，依据时间的发展、社会的进化，分为原生阶段（生殖器崇拜）、次生阶段（图腾崇拜）和隐性阶段（祖先崇拜）三个阶段，并在不同的阶段，有着不同的生命演示形式。莫言曾经说过，他拒绝崇高，更愿意归于平淡，却不料平淡之中往往深藏崇高。多产、题材各异、风格奇诡，难免有着哗众取宠的嫌疑，尤其是《丰乳肥臀》的出版，题目就已经成为众矢之的。“知我者，谓我心忧；不知我者，谓我何求”，岂不知，此时此刻，莫言已归于平淡，多了一些禅味，有了一些原始的意蕴。这些原始意蕴直到《蛙》的出版才慢慢浮上水面，变得明朗，那就是莫言小说中关于生殖崇拜描述的出现，这种出现也并非突然，而是一直朦朦胧胧地存在着，并由朦胧变得明朗。

神秘的丰乳肥臀——生命的源泉

> 只要大地不沉就能产出五谷，只要有女人就有丰乳就有肥臀就有母亲人就能生生不息。[②]

这才是莫言心目中丰乳肥臀的真正内涵。

一本《丰乳肥臀》投入文坛，便激起了千层浪。在这毁誉参半的千层浪之中，沉默着的，只有莫言。风平浪静之后，莫言才悠悠道出其中的奥妙。丰乳、肥臀，是伟大的人类母亲最主要的标志，也由此才激发了莫言创作的灵感。在解放军艺术学院，偶然的，在那节本以为毫无意思的美术课上，通过幻灯片，莫言第一次看到人类老祖母的雕像，“乍一看这雕像又粗糙又丑陋：两只硕大的乳房宛如两只水罐，还有丰肥的腹与臀。但她立在那儿简直是稳如泰山。据授课的孙教授说，这雕像是母系社会时期的作品，是生殖崇拜，自然也是母性崇拜的物化表现”[③]。造型夸张、形体丑陋，这是莫言第一眼看到时的心理感受，也因此给莫言留下了深刻的印象。随着时间的流逝、阅历的积累，再回想起那座雕像，那稳如泰山的人类老祖母，再次带给莫言的竟是生命的涌动。

生命的涌动，源自生命诞生的那一刻。那一刻，原始、血腥，带有浓浓的神秘性。

---

① [英]詹姆斯·乔治·弗雷泽：《金枝》，徐育新译，大众文艺出版社 1998 年版，第 234 页。

② 莫言：《丰乳肥臀》，天津人民出版社 2005 年版，第 53 页。

③ 莫言：《〈丰乳肥臀〉解》，《当代作家评论》1996 年第 1 期。

人类之初，是为母系社会，而分工也早已明确：身体较为矫健的男人出门捕猎，却因为生产工具的笨拙和野兽的狡猾、凶猛常常空手而归；身体较为柔弱的女人，在家附近，靠采集植物的果实和根茎获得食物，植物的生长自有它的规律性，使得女人多多少少总会有一定的收获。此为食。除食之外，性又是人类一项最基本的活动。对于生育，原始先民是愚昧无知的，看到一个个生命个体从女性阴部诞生出来，想当然地就认为女性独自完成了生命的繁衍这项艰巨而光荣的任务，而食物如此轻易获得和生命神奇创造的两项殊荣，让女性从一开始就取得了较高的地位。就像蕾伊·唐娜希尔在《人类情爱史》中所说的那样："史前的人类家庭以女人为中心，就像细胞质围绕着细胞一样，因为母亲关系乃是唯一可以辨认的关系，男人在生育后代中所扮演的角色，直到约公元前 9000 年才为人类所知晓。"[①]本性使然，人类面对强于自己的人或物，内心深处总会自然地冒出敬仰或崇拜的情绪，尤其是面对自己无法完成的任务——生殖。这种崇拜之情，被无限地夸大，甚至到最后达到一种艺术化。崇拜的本质在于对生命的渴望，所以崇拜的对象由整体的女性形象渐渐过渡到了孕育生命的神秘女性部位——阴部、臀部和乳房。而这，对于女性生殖器的崇拜，也就成为生殖崇拜的最原始阶段，也被称为"原生型生殖崇拜"。如法国的"洛赛尔维纳斯"雕像，手拿牛角，骄傲地站在高处，俯视身下的众男；奥地利的"温林多府维纳斯"雕像，面带微笑，轻轻抚摸着胸前的婴儿；前苏联的"加加理诺"女性裸像及"科斯丹克维纳斯"也都以相似的姿态出现。丰满而高挺的乳房、浑圆而饱满的腹部、肥大而敦厚的臀部，是这些雕像的共同特征。

在莫言的小说中，笔者有一个奇特的发现，他所描述的女性的美与丑，与女性的长相并没有什么直接的关联。也就是说，莫言从写作的那一刻起，便没有将焦点集中在女性的外貌体型上，而是毫无保留地全部集中在对女性"乳"和"臀"的描述上。以乳、臀的丰满程度来判定一个女性的美与丑，这奇特的思维属于原始先民，也属于与原始思维暗合的莫言。如《爱情故事》中的何丽萍，莫言没有给出任何关于她外貌描写的只言片语，只知道她很美，美的原因是因为"紧绷绷鼓起的乳房"和"腚盘宽宽的"；菊子姑娘是小说《透明的红萝卜》中小黑孩暗恋的对象，在小黑孩的脑海中，没有任何关于菊子相貌的记忆，唯独那如"窝窝头一样的乳房"深深地印在了他的脑海中，这，并不龌龊，在小黑孩的心中，或者说是在莫言的心中，这能够孕育生命的乳房要比那美丽的脸庞更有魅力；小说《秋水》中，莫言直接借助"我爷爷"之口说出了对女性身体的崇拜之情：

> 那女人出去涮净自己衣裤。用力拧干，就在月光中换衣，我爷爷确确看见女

① [美]蕾伊·唐娜希尔：《人类情爱史》，李易马译，云南人民出版社 1988 年版，第 7 页。

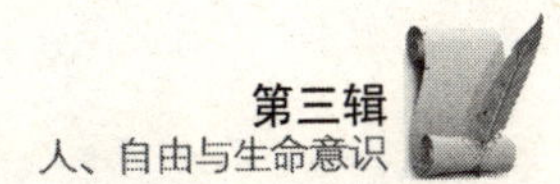

人的身体素白如练，一片虔诚，如睹图腾。

如此描述，在莫言小说中比比皆是，笔者在这里以争议颇大的《丰乳肥臀》为例阐释。小说中的母亲上官鲁氏，用她那强健的身躯生下八女一男，给了生命本该有的自由，也还是用她那饱满的丰乳在战争年代养育了这些幼小的生命。小说中最为奇特的是最小的儿子上官金童形象的塑造，他是一个不折不扣的“恋乳怪童”，每天要靠在母亲的双乳之下，才能感觉到生命的真实，才能安静地生存下去，才能寻找到生命的源泉。显而易见，该形象的塑造有作者的良苦用心。作者正是借助这个特殊到有点变态的上官金童来强化对乳房的赞美之情，从而从另一个层面表达了对母亲的崇敬之情以及对女性生殖的崇拜。在这里，我们不妨作这样一种解读：在莫言的灵魂深处一直潜藏着一股若隐若现的、有关女性生殖崇拜的潜意识，正是那体型丑陋却稳如泰山的人类老祖母激发出了这种潜意识，从而使其变得明朗、清晰。正如法国史学家兼批评家丹纳曾说的那样：“一个艺术家的许多不同的作品都是亲属，好像一父所生的几个女儿，彼此有显著的相像之处。”[①]

（节选自第一章“生殖崇拜的生命演示”）

---

① ［法］丹纳：《艺术哲学》，傅雷译，安徽文艺出版社1990年版，第28页。

第四辑　艺术风格研究

狂欢化写作

——莫言小说论

◇胡沛萍*

本论文的目的是借用前苏联著名文艺理论家巴赫金的“狂欢化”理论探讨莫言的小说创作。本文选取了巴赫金“狂欢化”理论中的三个理论分支，即复调、杂语、怪诞现实主义，然后结合具体的小说文本对莫言小说创作中的“狂欢化”现象作了比较细致的分析、研究。复调是巴赫金“狂欢化”理论的一个重要组成部分。“杂语”是巴赫金在讨论小说的语言特征时提出的理论概念。在莫言的创作中，各种不同类型的语言都散落在了他的小说文本之中。论文分别从戏拟与反讽，拟辞赋体，脏话、骂人话——粗俗语言，多种语体混杂等几个方面分析、阐述莫言小说的“狂欢化”语言策略。“怪诞现实主义”是巴赫金从民间诙谐文化的角度阐释拉伯雷的《巨人传》时提出并具体运用的一种理论。它的美学目的是从非正统的审美角度来审视民间诙谐形象所具有的“畸形、怪异、丑陋”的特征和“物质—肉体”下部所蕴含的深刻的双重性。论文集中从以下几个方面探讨莫言小说中的怪诞写作：一是对人的肉体欲望的肯定和张扬，二是对莫言小说中不断出现的以生理排泄为中心的“物质—肉体”下部形象的分析和探讨。可以说，在这一层面上，莫言的小说世界就是一个怪诞的、狂欢的文学世界。本论文虽然运用巴赫金的“狂欢化”理论来研究、解读莫言的小说创作，但并不意味着莫言的“狂欢化”写作就与巴赫金“狂欢化”理论是完全一致的。在许多细节方面，莫言的“狂欢化”写作与巴赫金的“狂欢化”理论还是有一定的差异的。

* 胡沛萍：南京大学中国现当代文学专业博士，2007年获博士学位，导师王彬彬教授。

莫言小说复调形成的诸因素

正像巴赫金认为造成陀思妥耶夫斯基小说出现复调的原因是复杂的、多样的一样，造成莫言小说复调特征的因素也是复杂的、多样的。具体来说，以下几个原因是形成莫言小说复调特征的比较重要的因素。

(一)社会存在的多元性

巴赫金在论述陀思妥耶夫斯基复调小说产生的原因时多次强调了社会的、历史的因素，他认为陀思妥耶夫斯基所处的时代对其创作产生了巨大的甚至是决定性的影响。他说："确实，复调小说只有在资本主义时代才能出现。不仅如此，对复调小说最适宜的土壤，恰恰就在俄国。这里资本主义的兴起几乎成了一场灾难，它遇到了未曾触动过的众多的社会阶层，众多的世界。这些阶层和世界在资本主义兴起的渐进过程中，没有像西方那样减弱自己独特的封闭性。这样一种处于形成过程中的社会生活，其矛盾的本质是无法囊括在某一自信而冷静的审视者的独白意识之中的。社会生活的矛盾本质在这里应该表现得特别突出；与此同时，相互邂逅而失去思想平衡的多种世界，也应该特别充分鲜明地表现出自己的独特面貌。这样便创造了客观前提，使复调小说在极大程度上获得了多元化和多声部性质。"①巴赫金的这段论述尽管存在着值得商榷的地方，比如他认为"复调小说只有在资本主义时代才会出现"这一说法就有点绝对了，因为事实证明复调小说的出现尽管与某种社会状态有着巨大的关系，但与社会性质却没有必然的联系，更不存在决定与被决定的关系，用"只有"一词显然不够周详。尽管如此，他后面的论述还是很有见地地说明了复调产生的一个重要原因，那就是社会的、历史的因素从外部深刻地影响着作家的小说创作，部分地影响、决定了作家在创作中对自己观念、思想的表达方式。一言以蔽之，矛盾的、多元化的社会存在在一定程度上促成了复调小说的产生。按照这一思路，我们可以发现，莫言小说创作的现实环境也是一个矛盾的、多元化的社会、历史、文化环境，这种客观现实环境自然会影响莫言的文学创作。

莫言是在 20 世纪 80 年代初期走上文学创作道路的，那时中国社会的各个领域已经慢慢地走向多元化。经济领域的改革、开放，相应地促进了文化、思想领域中各种潮流的风起云涌。尽管我们不能说那就是一个真正意义上的开放的、多元的、各种思潮都可以自由地言说的时代，但相对于之前的时代而言，它的确又是一个"百家争鸣"的多元时代。文学总是处在思想阵地的前沿，各种文学潮流的涌现，给作家们的自由表

① [前苏联]巴赫金：《陀思妥耶夫斯基诗学问题》，白春仁、顾亚铃译，三联书店 1988 年版，第 47～48 页。

达带来了前所未有的机遇，而社会思想的纷乱繁杂又使得作家们在选择表达的方式和内容时无法趋于统一。20世纪80年代中期以后，创作上的这种趋势更为明显，莫言正是在这个时候一举成为中国文坛的焦点，而引起轰动的正是他的至今都让人们津津乐道的《透明的红萝卜》和《红高粱家族》，此后的《食草家族》、《十三步》、《酒国》等极具"狂欢化"特色的小说都写就于这一时期，其中《十三步》、《酒国》中的复调特色已经非常明显，毫无疑问，此时社会多元化的存在状态和文学多元的趋势对他的创作是产生过一定的影响的。进入20世纪90年代，文化、思想和文学创作的多元化倾向已经越来越明显，在文学界，陈思和先生把这种多元化的状态称作"无名"时代。他说："当时代进入比较稳定、开放、多元的社会时期，人们的精神生活日益丰富，那种重大而统一的时代主题往往就拢不住民族的精神走向，于是价值多元、共生共存的状态就会出现。文化工作和文学创造都反映了时代的一部分主题，却不能达到一种共名状态，我们把这样的状态称作'无名'。无名不是没有主题，而是有多种主题并存。"[①]这种"无名"状态一方面为莫言的自由写作提供了优良的环境，另一方面也会深刻影响到莫言的小说创作。这种影响体现在创作思维中就是作家创作思维的矛盾性和多元性；体现在作品中就是作家不是用一种单一的目光看待、审视自己的对象，而是尽可能地从多个角度、多个层次去观察它们，描绘它们，反映它们，展示它们所具有的丰富性、复杂性。莫言在其小说《红高粱家族》中对"我"的故乡"高密东北乡"有过这样的评价，这个评价可以帮助我们理解莫言创作思维的矛盾性和多元化，也可以启发我们应该以一种什么样的方式去阅读莫言的小说。

> 我曾对高密东北乡极端热爱，曾经对高密东北乡极端仇恨，长大后努力学习马克思主义，我终于悟到：高密东北乡无疑是地球上最美丽最丑陋、最超脱最世俗、最圣洁最龌龊、最英雄好汉最王八蛋、最能喝酒最能爱的地方。[②]

这种看法毫无疑问反映了莫言在创作中坚决摒弃过去单一化的思维惯例，努力最大限度地去追求一种多角度、多层次的创作思维，在实际的创作中尽可能地使被反映的对象呈现出它们的"圆形"面目的这样一种创作理想。这样的一种创作追求，在新时期以前的文学中是很难出现的，莫言能大胆地亮出这样的创作旗帜，所受社会思想潮流、文化潮流的变更所产生的影响是显而易见的。因此当我们在寻找莫言小说产生复调特色的外部原因时，我们可以在他所处的广阔的社会文化环境中寻找一些线索。当然，我们不能过分强调这种外部因素，毕竟它只是一个外部条件，况且对莫言来说，越

① 陈思和：《论90年代文学的无名特征及其当代性》，《复旦学报》2001年第1期。

② 莫言：《红高粱家族》，当代世界出版社2004年版，第1～2页。

到后来，这个外部因素对他的影响已经显得不那么重要了。

（二）主体意识的复杂性

莫言的小说创作之所以能够呈现出“众声喧哗”的复调特征，与他个人对社会生活，对人生、人性以及整个人类世界的认识也有着很大的关系。莫言在曾经引起很大争议的小说《食草家族·红蝗》中借叙述人之口表达过这样的创作理想：

> 总有一天，我要编导一部真正的戏剧，在这部戏剧里，梦幻与现实、科学与童话、上帝与魔鬼、爱情与卖淫、高贵与卑贱、美女与大便、过去与现在、金奖牌与避孕套……互相掺和、紧密团结、环环相连，构成一个完整的世界。[①]

在莫言的心目中，生活就是这样，是由美好与丑恶、善良与邪恶、进步与落后相互交织、共同组成的，作家的使命就是以艺术的手法把这种混杂的生活反映出来。因此莫言的创作理想就是创造这样的艺术世界。这样的创作理想落实到具体的创作中，就会使小说的主题呈现出极大的不确定性：在同一部（篇）小说中就可能会出现相互对立的主题基调，甚至出现多个互不统一的基调，因为在作者的思想意识中，本来就没有一个统一的主题可以统摄、涵盖多样复杂的被反映的对象，最好的处理方式就是留给它们各自言说或展现自己的自由，这样的“声音”混合在一起，“众声喧哗”的复调特征也就会自然地产生。

（三）创作方法的多样性

为了表现比较复杂的思想观念，为了很好地把一个平常的题材转化为具有新意的艺术世界，莫言在创作中运用了多种创作方法，或者说表现手法。只要是能够帮助自己构思行文的，不管是传统的，还是现代的；不管是西方的，还是国内的，他都兼收并蓄，拿来、借鉴、使用。可以毫不夸张地说，在莫言的小说中，我们可以找到我们所熟悉的一切创作方法或表现手法。现实主义的、象征主义的、表现主义的、魔幻荒诞的、戏剧化等，这些我们常见的手法，在莫言的小说中都出现过。我们不能断然判定这些手法的混杂出现就一定能使作品产生复调特征，但它们的出现却能够给小说产生复调特征提供一定的可能性。在莫言的小说中就存在这样的实际情况。例如长篇小说《酒国》中各种手法的运用就是小说复调产生的一个很重要的因素。《酒国》这部小说从结构上来看由三部分组成：一是著名侦察员丁钩儿奉命去酒国市调查“食婴”案件；二是文学爱好者李一斗与作家“莫言”的通信；三是李一斗创作的小说。这三者之间彼此独立，但又互相交叉、关涉，一起构成了《酒国》这部长篇。在具体的表现手法上，作者采用的是不同的方法，前两部分主要运用现实主义，第三部分则大量运用具有魔幻、怪诞

① 莫言：《食草家族》，当代世界出版社 2004 年版，第 93 页。

色彩的手法。这种虚实相间的手法就使得文本的主题显得很不确定，让人无法作出最后的定论。比如，有关丁钩儿对案件的调查运用现实主义的手法，使人觉得省委领导委派高级侦探丁钩儿肩负庄严的使命前去破案，就一定意味着酒国市确实存在着“食婴”的事实，这在读者的情感上引起的必然是对酒国市食婴者的这种残忍行为的反感和愤恨。但由于李一斗所创作的“小说”部分运用了荒诞、魔幻的手法，给整个事件又笼罩上了一层虚幻的色彩，这就不得不使人对整个调查案件的真实性产生疑惑：到底是确有其事呢，还是传说中的一则荒诞的故事呢？抑或二者兼而有之？亦实亦虚、亦真亦幻，真与幻、实与虚在同一文本中相互撞击，相互质疑，形成了一种对话关系，结果就使得小说呈现出一种复调特征。显然，这一复调特征的出现与作者把现实主义和具有魔幻、荒诞色彩的表现手法杂糅起来使用是分不开的。类似的情况在《生死疲劳》中也同样存在。在整部小说中，主人公之一的西门闹通过自己六世轮回讲述了他的个人经历，这部分内容基本上采用的是魔幻、荒诞的表现手法，也有人称之为中国式的“民间想象”。[①] 而作为另一个主人公的蓝脸的生活经历采用的则是现实主义的笔法。就这样，在整个统一的文本中，一方面是奇幻、怪诞的场景，另一方面却是历史真实的画面。奇幻、怪诞的场景让人感觉到作者是在讲述一个奇妙、虚幻的故事，只不过想通过这种方式让大家娱乐、开心而已；逼真的历史画面却又使人感觉到作者是在一本正经地揭示历史的本相，想把被人们已经淡忘的历史重新展示在我们眼前。整个文本就是在这样的虚与实、实与虚中不断向前推进，在虚实之间构成巨大的张力，在确定与不确定之间形成奇妙的对话，使一个似乎已经完成，但又似乎无法完成的艺术世界成了嘈杂不已、“众声喧哗”的复调世界。

上面的简单分析不足以涵盖莫言运用多种手法进行小说创作的全部，当然全面分析其艺术创作手法不是我们的重点，我们的目的只是想指出众多创作手法的运用也是形成莫言小说复调特征的一个重要原因。

（四）语言选择的复杂性

前面我们已经指出，“杂语化”写作是莫言小说的一大特色，“杂语化”写作在丰富莫言小说的语言，增强小说的文化内涵方面具有巨大的作用。其实，除了这些比较容易觉察到的功能之外，“杂语”还具有形成“双声语”的强大功能。由于“杂语”就是指散布于社会各个阶层、领域、角落的各种语言，这些语言又都具有自己的运用领域和基本的指物述事的功能，以及自己独特的文化内涵。对于作家来说，这样的语言就是巴赫金所说的“他人话语”。当作者运用这些话语创作时，就是在借用这些“他人话语”为自己服务。如果这些话语的语境发生改变，那么它们本来的含义和文化色彩就有可能随

① 参见王光东：《复苏民间想象的传统和力量》，《当代作家评论》2006 年第 6 期。

之改变，在发生改变的过程中，这些话语旧有的含义和文化蕴涵，就会与它们在新的语境中产生的新的内涵发生冲撞，产生对话，这可以说是第一层对话。而当读者在接受的过程中发现原来在其他语境中出现过的“他人话语”在作者设置的新的语境中被扭曲、变更时，则会产生阅读上的困惑。这些困惑必然促使读者对这些话语作出新的解释，而读者的解释未必会与作者的运用意图完全吻合，这时就会产生作者与读者、读者理解的话语的含义与此话语本来意义之间的对语关系，这可以说是第二层对话。这就是由“杂语”写作形成“双声语”而后引起的对话，它不可避免地会使小说产生“众声喧哗”的复调特色。在巴赫金看来，所有引进小说的“杂语”都会形成“双声语”，他说：“引进小说（不论用什么形式引进）的杂语，是用他人语言讲出的他人话语，服务于折射地表现作者的意向。这种讲话的语言，是一种特别的双声语。它立刻为两个说话人服务，同时表现两种不同的意向，一是说话的主人公的直接意向，二是折射出来的作者的意向。在这类话语中有两个声音、两个意思、两个情态。”[①]按照这样的理论来透视莫言的小说，我们会发现他的小说世界是一个名副其实的“众声喧哗”的世界。在前面论述形成复调的“微型对话”时我们指出过几种“双声语”，即“讽拟体”、“仿格体”，从更大的范围来说，它们其实也是一种“杂语”，也属于“他人话语”，只是由于它们在某一方面的特点特别突出，比如具有鲜明的讽刺、模拟性质，我们才用“讽拟体”、“仿格体”来称谓它们，这样做的目的也是为了突出它们与其他类型的“杂语”的区别。为了说明问题，我们不妨在此分析一个其他类型的“杂语”，看看它是如何形成复调的。

> 王十千，诨名：红耳朵、王疯汉、王神仙。他生着两只像小蒲扇一样的招风大耳，这是他最有名的生理特征。我认为这对耳朵决定了他一生的命运。他的一切不被常人理解的行为都与这两扇大耳朵有关，这是我在王十千研究中的独到见解。我的观点在“王十千讨论会”上引起了很大的反响，赞同者少，反对者多，但无论赞同者还是反对者都被我的观点新鲜了一下子。[②]

这是莫言小说《红耳朵》中的一段文字。独立地来看这段文字，我们一眼就能辨别出这是学术化的语言。我们知道，学术语言的特点是严谨、庄重，讲究真实性、可靠性。它最合适的用处应该是在严谨的学术文章中，如果出现在其他类型的文本中，那它就是典型的“他人话语”，可能就会产生新的意味。作者（叙述人）把它引入小说，其实就是借“他人话语”来表达自己的意向。这个时候就会在新旧两种意向之中产生对话，形成“双声语”。一方面，作者（叙述人）用这种学术化的语言来煞有介事地向人们讲述人

---

① ［前苏联］巴赫金：《小说理论》，第110页。

② 莫言：《透明的红萝卜》（小说集），当代世界出版社2004年版，第151页。

物的生平和他的一些鲜明的特征,似乎是在告诉人们这样一个信息:我所说的都是事实,你们一定要相信我的一切言说,因为这是我“研究”所得的成果。另一方面,这段话语是出现在虚构的小说中的,它所生存的环境又决定了它的不可靠性,它披着真实的外衣在蒙蔽人们的眼睛。就这样,可靠与不可靠、真实与不真实之间产生了对话。叙述人总想让周围的听众相信自己的讲述,但他的可疑的“身份”又使人们对他所说的一切持怀疑态度。就读者的接受过程来看,这样的语言也同样可以激起读者与作者的对话。既然是一篇小说,既然是在虚构一个故事,作者为什么会运用具有如此可靠性的文字呢?难道是真有其事,还是作者在这样的文字中另藏深意?比如说,作者是在讽刺某种现象?抑或作者只是想通过这种方式跟读者玩文字游戏等,这些问题的提出就是读者对作者的发问,这种发问是希望得到回应的发问;当然作者的回应只能在小说中寻找,因为文本就是作者敞开给读者的一个巨大的对话网。这就是引进“杂语”所可能引起的对话,当然一个文本中存在的对话可能远远没有如此简单,我们在此只是为了说明问题而略作分析,其目的是指出莫言小说中由于“杂语”的运用而导致复调产生的这一事实。

(五)叙述视角的不定性

“莫言是一个不愿意重复别人,更不愿重复自己的作家。”①莫言的这种强烈的创新冲动在他小说叙述手法的选择上体现得最为突出。他的多部长篇小说在叙述手法的选择和叙述结构的安排上都具有明显的创新意向,看得出他在创作每一部长篇小说时都在努力超越自己。他的许多小说在叙述上采取的大多是多视角的叙述手法。有论者就认为:“莫言抛弃了通篇采用全知全能叙事的单一视角,也抛弃了整体化、中心化的二元对立思维,拒绝以‘我们’的名义发言,不管是什么样的声音都不能凌驾于一切声音之上,不能以道德优越感排斥异己。”②用上面的论述来概括莫言的部分小说在叙述视角选择上所呈现出的特征是相当准确的。莫言在其众多的长篇小说中总是会安排不同的人物或叙述者从不同的角度讲述同一个故事或不同的故事,像《酒国》、《天堂蒜薹之歌》、《檀香刑》、《十三步》等小说就是这方面的代表。有关这些小说的论述我们在前面已经详略不同地提到过,在此不再赘述。值得一提的是,莫言在叙述上的这种特征并不仅仅存在于长篇小说中,在其中篇小说中也是很常见的,如我们比较熟悉的《球状闪电》、《金发婴儿》、《战友重逢》等都用了不同的叙述视角,最具代表性的是《球状闪电》。在这篇小说中,作者分别运用了三个不同的人物和两个动物作为叙述者从不同视角来讲述一个彼此关涉的故事。作者把小说的题目定为《球状闪电》,一方面

---

① 黄发有:《莫言的“变形记”》,《当代作家评论》2006 年第 6 期。

② 黄发有:《莫言的“变形记”》,《当代作家评论》2006 年第 6 期。

是与小说中有一个火球一样的闪电不断地出现有关;另一方面则可能另有寓意,那就是小说所采用的多种视角的叙述方式就是像"球状闪电"一样的圆形叙述,是一种"球状叙述"。作者试图从不同的方向来呈现所讲的故事,让叙述在不断地滚动中最大可能地展现故事的全部面目。

同运用不同的创作方法、表现手法一样,作者在小说中采用不同的叙述视角也不一定必然造成小说复调特征的出现,但这种有意识地运用多种视角的叙述方式则会为小说复调的形成提供可能。从实际的情况来看,莫言许多小说能够具有复调艺术特色的确与他在叙述上不断采用多种视角有着极为重要的因果关系。

除了这种多重视角的叙述外,在莫言的小说中还存在着一种被有些论者称之为"不负责任的叙述者"①的叙述特征。"这种不负责任的叙述使得很多铁一般的事实被动摇了,或者说它强烈地干扰了人们习以为常的另一种叙述,甚至颠覆了它。从根本上讲,这种不负责任的叙述目的就是为了反对单一声音的统治。"②这样的叙述实际上暗示我们,所有的事情都可能还有另外一种叙述,此时摆在我们面前的叙述并不是至高无上的权威叙述。莫言小说中存在的这种"不负责任的叙述",很显然也会给小说文本带来巨大的歧义,而这种歧义的存在则可能会形成多种声音交织、喧哗的复调特色。

(节选自第一章"复调——众声喧哗的艺术世界")

① 周立民:《叙述就是一切》,《当代作家评论》2006 年第 6 期。
② 周立民:《叙述就是一切》,《当代作家评论》2006 年第 6 期。

论莫言小说的感觉世界

◇余星宇*

从感觉到生命再到艺术，这样一个转化过程，是莫言小说成熟的轨迹。强烈的感官性为莫言小说打上了鲜明的风格标记。莫言用他的笔，倾诉着一种属于他个人也属于读者的感官体验与发现——生命本来就是感觉的升华。本文从两个层面论述了莫言小说的这一特征。第一个层面是对生命感觉世界的综合论述，即从生理与心理、生命感觉和艺术感觉的共通性展开论述。另一个从感觉层面的视觉、听觉、嗅觉、幻觉等方面讨论莫言小说的艺术特点以及感觉膨胀下所焕发的生命力主题。从这些骚动不安的感官体验中，我们可以看到历史、人与自然的和谐与冲突。莫言的小说，正是在此得到了历史性与当代性的双重意义。另外，本文还从作家独特的叙述视角、民间写作立场及其狂放的精神层面来探讨莫言小说感官化风格的成因。莫言在创作上的追求与探索，已经超出了单纯的艺术技巧，显示出独特的人生感受以及独特的认知世界的方式。

听觉：谛听自然的大音

与莫言极为敏感的视觉能力形成鲜明对比的，是他的作品中少而又少的人物语言。但是他的作品中并不缺乏音响，不缺乏天籁，不缺乏自然万物的声音。

> 视觉丧失了，听觉便加倍灵敏起来……天地万物全在她的耳中。她听到神秘莫测，幽幽冥冥的夜色。夜的声和谐优美，生机勃勃，有时也嘈嘈切切，如同乱弹

---

* 余星宇：安徽大学中国现当代文学专业硕士，2004年获硕士学位，导师王达敏教授、王宗法教授、王文彬教授、张器友教授。

琴，闹闹哄哄如同狗抢屎。……天上全乱了套，星星们聚在一起，嘁嘁喳喳，聚首又分手，各说各的理，谁也不让谁。天河里波浪翻滚，白色的河水冲刷着墨绿色的堤堰，眼见就要决口，浪头哗啦啦地响，黄牛哞哞地叫，孩子哇哇地哭，就这样闹了一阵，终于平静下来。

——《金发婴儿》

但是却单单少了人的声音，人的话语。在这样的作品中，很少有人物的对话，要么是三言两语，要么是一声不吭。这是一种值得探讨的现象，在莫言作品中随着感觉爆炸而来的是语言的爆炸，同时，在人物语言上却又是悭吝至极，作品中的人物可以听到常人听不到的音响，却没有机会听到常人的话语。

这可以分为各种情况。处在狭小的空间中，凭依祖祖辈辈的经验生活的人们不需要大量的关于生活与劳动的知识传递，对于彼此间的情感活动，则可以有别的传达方式。费孝通在《乡土中国》中把它称作"象征体系"："'特殊语言'不过是亲密社群中所使用的象征体系的一部分。在亲密社群中可以用来作象征体系的原料比较多：表情、动作等，因为在面对面的情境中，有时比声音更容易传情达意……于是在熟人中，我们话也少了，我们'眉目传情'，我们'指石相证'，我们抛开了比较间接的象征原料，而求更直接的会意了。所以在乡土社会中，不但文字是多余的，连语言都并不是传情达意的唯一象征体系。"[①]《金发婴儿》中瞎眼的老婆婆凭笑声就可以感觉出紫荆不同的情绪，或者是如同鲜花嫩草，或者是一声声惆怅的长叹；余占鳌与戴凤莲的相遇、相识到相爱，也几乎没有一句话语，近距离之内的手势、眼神、动作比有声的语言更富有表达力。在这种情况下，语言自然是多余的了。

但是，在更多的情况下，这种语言的匮乏常常是与无法沟通的情感、无法表达的痛苦相连接的。长歌当哭，歌与哭都可以使痛苦得到宣泄。无法诉诸歌哭、无法宣泄的痛苦方是真正的痛苦，这是无需表达也无法表达的。就莫言而言，"在那个没有爱的氛围中悄悄地长大了"，"终于逃离了人世的困扰而一心一意地生活在自己的心灵的王国中"，"不爱讲话，不爱笑，习惯在各方面包括在面部表情上节制自己"[②]。生活在自己心灵中的人是不需要讲话的，于是他的笔下出现了那么多的哑巴，那么多言寡语少的人，那么多麻木呆滞的人。心灵上的荒漠、感觉的荒漠使他们的语言功能亦衰退了，在无声的沉寂中显示着生活的沉重——正如鲁迅当年曾经痛感无声中国的苦难深重，一再悲叹"敢有歌吟动地哀"，期冀"于无声处听惊雷"。莫言通过自己的生活感受，无疑

① 费孝通：《乡土中国》，三联书店 1985 年版，第 13～14 页。

② 赵玫：《莫言印象》，《北京文学》1986 年第 8 期。

也表现了这一点。正如有位评论家所言:“或许是因为身心的过于压抑而使他改变了自己的宣泄渠道。就像那幽灵般的黑孩:他不能与常人交流,便与事物交流;他听不到常人的话语,便听‘逃逸的雾气碰撞黄麻叶子和深红或是淡绿的茎秆,发出震耳欲聋的声响’;他得不到抚爱,便在水中寻求‘若干温柔的鱼嘴在吻他’;凡是他在这个世界听不到的,便在另外一个世界听到,而且是更奇异的声音;凡是人世间得不到的欢乐,他便在另一个梦幻的世界中得到加倍偿还。心灵感应的对象与途径变了,感应的方式与形态也会相应变化。”①

黑孩苦难的生活、失爱的童年、非人的劳动,使他丧失了作为一个正常人的智力。他没有父母,没有家庭,后母在他的印象中只是与烧酒联系在一起的毒打,畸形心理加之生理缺陷的限制,他与正常的人间社会的交流被隔绝了。在修闸工程中,他始终不能用人的正常语言同旁人对话。当菊子姑娘用女性的手抚摩他的肩头和耳轮时,他只是朦胧地生出某种温暖的感觉,并用吸鼻子来表达内心的感动;当刘主任嘴里喷出一股酒气时,他也通过对气味的反应联想到后母对他肉体的摧残,他感觉到的是打、拧、咬。这种几乎停留在原始思维状态的感觉就成了黑孩对世间的唯一认知,这使人想起福克纳笔下的白痴康普生、班吉明的感觉世界。实际上,在非人的折磨下,这个孩子俨然成了一个小兽。

正因为他从来不知人间温暖为何物,他无法按正常人的方式来接受偶尔降临于他的爱抚。他在手指砸破时,只知道抓一把土止血,而对于菊子姑娘送给他包扎的手绢,他注意的却是上面的红花图案,欢快地意识到一点美感;在菊子姑娘出于同情把他拉出铁匠棚时,他甚至用牙齿咬姑娘的手,这显然是出于半兽性的行为。正因为他从来不知人间温暖为何物,所以他在承受种种残酷的肉体折磨时养成了默默忍受的习惯。莫言在小说中多次写到他利用听觉感受痛感,如他挨小铁匠打时,他只是“听到头上响起一阵风声。紧接着一个很脆的响,像在地上摔死一只青蛙”;又如小铁匠作弄他,要他用手拿烧热的铁匠钻子,他也先是“听到手里‘嗞嗞啦啦’地响,像握着一只知了”。黑孩所有的行为表明了一点:在一个人性沦丧、感情枯竭的环境下发育心智,人性只能以兽类的形式展示出来。

黑孩与其他人之间,语言无法交流,感情无法沟通,于是他把所有的心智都用于去理解自然,拥抱自然,与自然对话。这在一个孩子身上也许会成为神话,而在黑孩这样一个农村孤儿身上则是一派天机。在与人世交往时,黑孩如同异物;在与自然沟通时,他却又与自然浑然一体。这种沟通依赖正常人的理性去观察,把握自然界的种种声音:黄麻地里鸟叫般的音乐和音乐般的秋虫鸣唱;逃逸的雾气碰撞着黄麻叶子和深红

① 程德培:《被记忆缠绕的世界——莫言创作的童年视角》,《上海文学》1986 年第 4 期。

或者淡绿的茎秆，发出震耳欲聋的声响；蚂蚱剪动翅羽的声音像火车过铁桥；萝卜的细根与土壤分别时发出水泡破裂一样的声响；还有河里传来的奇异的声音，很像鱼群在接吻……他甚至听到姑娘头发落地的声音，以及听到空气振动的声音，等等。这些用普通人的听觉来测试是无法理解的，可是黑孩已经超越了正常视听能力，或者说他拥有与常人所不一样的视听功能。"大音希声"，自然界理应处处是宏大的声音，只不过非常人之所能闻。

莫言似乎就有这样一种功能，即通过一个感觉的信息传递将听觉功能转换为视觉或其他感觉接受。因此"注重非听觉感知器官的表现力，在莫言的创作中已经不是一个具体规定情景的描写特色，而是整体性的一种审美境界，或者说是这个世界的底色"①。莫言小说中，这种方式表现得相当集中。应该说这不是作者在追求什么写作上的技巧，而是"理应真的感悟到什么或理解了什么"。人类"依赖于感觉器官认识客观世界，又在接触客观世界的实践过程中，锻炼与发展了感官能力"，但是，"人的体内各种感官能力的有限性也妨碍了人们进一步对客观世界的认识"②。古人所云"五色令人目盲，五音令人耳聋"正是针对人体感官有限性而言的。莫言在小说中所追求的超感觉的美学境界，也可以看作往事"对人体感受世界的能量的一次释放"③。

因此，黑孩在与自然的交流中"不是用一种感觉器官去捕获信息，而是用全部的心灵去拥抱自然"④，他在河边敲石头时，听到河上传来奇异的声音，急忙将眼睛与耳朵并用，一起去捕捉声音。"只要他看着那神奇的气体，美好的声音就逃不掉了，他的脸色渐渐红润起来，嘴角上漾起动人的微笑。他早忘记了自己坐在什么地方干什么。"依凭纤细的心灵同大自然的交融，黑孩的身心都得以享受，达到物我两忘的境地。所以同时往往会表现出视而不能见、听而不能闻、痛而不知觉的对外界茫然无知的木讷姿态。再看：

> 小石匠吹着口哨，手指在黑孩头上轻轻地敲着鼓点，两人一起走上了九孔桥。黑孩很小心地走着，尽量使头处在最适宜小木匠敲打的位置上，小木匠的手指骨节粗大，坚硬得像小棒槌，敲在光头上很痛，黑孩忍着，一声不吭，只是把嘴角微微吊起来。小石匠的嘴非常灵巧，两片红润的嘴唇忽而嘬起，忽而张开，从他唇间流出百灵鸟的婉转啼声，响，脆，直冲到云霄里去。

小石匠吹出的优美哨声犹如百灵鸟在唱歌，这种感觉来自黑孩的心底，他尽量去

① 程德培：《被记忆缠绕的世界——莫言创作的童年视角》，《上海文学》1986 年第 4 期。

② 陈思和：《笔走龙蛇》，山东友谊出版社 1997 年版，第 316 页。

③ 陈思和：《笔走龙蛇》，第 316 页。

④ 陈思和：《笔走龙蛇》，第 316 页。

适应小石匠的敲打，就是他心底迎合小石匠吹出的百灵鸟啼声而作出的本能反应，他是用心灵去聆听与接受着天籁之音。在莫言的近作里，这种来自心灵的声音又有所变化。在《檀香刑》里，伴随着残酷的刑罚的是两种声音。莫言自己在《檀香刑》后记里总结道：

> 二十年前当我走上写作的道路时，就有两种声音在我的意识里不时地出现，像两个迷人的狐狸精一样纠缠着我，使我经常地激动不安。第一种声音节奏分明，铿铿锵锵，充满了力量，有黑与蓝混合在一起的严肃的颜色，有钢铁般的重量，有冰凉的温度，这就是火车的声音，这就是在那古老的胶济铁路上奔驰了一百年的火车的声音……第二种声音就是流传在高密一带的地方小戏猫腔。高密东北乡无论是大人还是孩子，都能够哼唱猫腔，那婉转凄切的旋律，几乎可以说是通过遗传而不是通过学习让一辈辈的高密东北乡人掌握的。

整部小说犹如一部华美的大戏，莫言为小说安排了两个时空：历史时空和戏剧时空。清末的屈辱史退为全书的大背景。在这背景里呼啸着火车的寒冷，尖锐的鸣叫；而戏剧时空凸显得比历史还要真实，其间回响着温暖的、荡气回肠的猫腔。正是这来自故乡的声音为主人公们提供了一个大戏台，他们全身心投入，唱念做打，模仿戏剧来生活，而他们的生活也被改编成猫腔的连台大戏，流传千古。历史与戏剧，戏剧与人生，在这里合而为一，共同完成了莫言童年记忆中关于火车与猫腔的一次完美的想象，也完成了作家那心灵深处魂牵梦绕、永不妥协的一种生理狂欢。这两种来自心灵的音响无疑既是历史的挽歌又是生命的绝唱。

（节选自第二章“感官的王国”）

论莫言作品的狂欢美

◇马　斐*

进入20世纪90年代以来，莫言以其独特的气质成为我国当代文学史上一颗璀璨的巨星。目前，理论界将莫言小说从平民叙述角度、狂欢化的视角、新历史主义等角度分别进行研究分析，而莫言小说最突出的特点就是汪洋恣肆的语言特色以及从中凸显出的狂欢美学风格。本文从莫言作品出发，尤其是从小说部分狂欢美的表现、狂欢特色的成因以及这种狂欢特色的意义等角度出发，分析莫言这种敞开的、未完成的、大型的、众生喧哗的大舞台和大型对话结构所绽放出的狂欢美的独特气质。本文从语言狂欢、人物狂欢、场景狂欢三个方面分析了莫言小说中狂欢美的具体表现，从莫言对饥饿的独特感受、为想象力提供无穷动力的童年记忆、中国传统文化的馈赠和外国文学的影响四个方面分析莫言形成具有独特狂欢气质创作风格的原因。本文认为，莫言小说狂欢美的积极意义包括引导当代中国文学向健康方向发展、对塑造人物一味追求"高、大、全"的修正、对语言和传统叙述模式的颠覆。但是如果一味地追求这种天马行空的狂欢特色，也会令作品显得晦涩难懂。

莫言小说中的人物狂欢

在狂欢文学中，巴赫金还发现了一批与官方世界相悖离的双重性形象。他们以不同于常人的颠倒眼光观察世界，在非常理的视野中触及我们常人未能体悟到的真理。巴赫金称这群人为傻子、骗子、小丑、愚蠢的形象。"愚蠢，这就是自由自在的节日明智，它摆脱了官方世界的一切规范和约束，同样也摆脱了这个世界的关怀和严肃

* 马斐：山东师范大学文艺学专业硕士，2009年获硕士学位，导师杨守森教授。

性。”[1]“他们给予作者表现非官方题材的权利，尤其是给予他对世界持一种非官方观点的权利，表现出世界独特的方面。”[2]在自我癫狂的世界中获得了常人无法领略的人生哲理。这类狂欢人物也活跃在莫言的小说中，表达着莫言对这个世界的观点、看法。作品《檀香刑》中的赵小甲，是个典型的傻子形象。赵小甲是一个已婚的成年人，然而不通世事，满脑子的孩子念头。莫言恰恰利用小甲这种摆脱了成年人伦理规范束缚的特点安排小甲看到常人看不到的景象，表达了自己对事物的看法。妻子眉娘是条大白蛇，亲爹赵甲变成一头黑豹子，县衙钱丁是头白眼狼，四个衙役变成了驴。在这个荒诞、疯癫的世界里，作者揭发了人物的本质特征：大白蛇眉娘水性杨花，她与县衙钱丁保持着暧昧关系；亲爹赵甲作为大清朝的杀人工具，具有黑豹子一样的凶狠残忍；县衙钱丁是个白眼狼，他翻脸不认人，作威作福，助纣为虐，帮助赵甲杀害抗德英雄——自己的相好孙眉娘的亲爹孙丙；四个县衙役则有着驴一般屈辱顺从的本质。作者借“傻子”赵小甲的特殊作用，打破了人与兽之间的界限，形象地道出了每个人的本性，得到的是人如野兽一般的真理。这样看来，在这幕剧中，小甲成了旁观者清的智者，他人掩耳盗铃一般的虚伪本质尽收小甲眼底，起到了强烈的讽刺效果，颠覆了常人世界，获得了最清晰明了的本质。《透明的红萝卜》中的主人公小黑孩是一个自始至终没说一句话而且饱受小铁匠欺负的角色。但是小黑孩却又有着别人没有的奇异能力：他能够敏锐地听到头发落地的声音，看到别人看不见的红萝卜，他经常想入非非，来逃避现实生活中无处可逃的苦难。这是他对苦难的现实生活的回击，因为他看透了世界的纷争和虚伪，所以他不去评论，也拒绝说话，但他有着自己的感情生活，并在与人交往中得到了独特的生存哲理和处事方法，在尔虞我诈的世俗世界中，寻找到一份独特的幸福，表现了苦中作乐和坚忍不拔的生命特征。这样看来，小黑孩也不是一个毫无是处的“傻子”了。在莫言的作品中不乏这样的形象，如《四十一炮》中的人虽成年但思维却留在童年的罗小通等。莫言认为这类傻子形象是“源于对成人世界的恐惧，源于对衰老的恐惧，源于对死亡的恐惧，源于对时间流逝的恐惧”[3]。在莫言的作品里，莫言恰恰用“傻子”这类特殊的人群体悟到常人看不到的人生哲理，这样一来，傻而不傻，傻子成了这个世界上最大的智者了。

---

① [前苏联]巴赫金：《巴赫金全集》第6卷，李兆林、夏忠宪译，河北教育出版社1998年版，第304页。

② [前苏联]巴赫金：《巴赫金全集》第6卷，第307页。

③ 莫言：《四十一炮·后记》，春风文艺出版社2003年版，第487页。

莫言作品中，对追求生命活力的女人形象的描写，集中体现在绿帽子问题上，也就是抛弃了自己丈夫的女人所引发的问题上。巴赫金在《拉伯雷研究》中分析巴奴日形象时认为巴奴日是一个害怕被戴绿帽子的顽固的男人，不愿接受更新。作为男人，“对交替和更新的恐惧体现于对绿帽子、对未婚妻，对以窒息旧事物并诞生新事物和年轻生命的女人形象而体现出来的命运之恐惧这类形式。”[①]与此相反，追求新异的往往是女人。在莫言的小说里，这样的女性形象就很鲜明。莫言在《金发婴儿》中讲述了紫荆的丈夫虽没有爱过紫荆，但是因无法忍受妻子与黄毛的相爱，最终把妻子和黄毛的孩子掐死。《红蝗》中，四老爷知道四老妈与锔锅匠相爱后，设计将四老妈遣回娘家。这种对丈夫形象的降格体现了顽固派为维护自己的统治在历史事件面前挣扎、不接受新事物和恐惧更新的心态。另一方面，绿帽子也是与个体死亡和不停的交替更新密切联系在一起的。莫言在《红高粱》中描写“奶奶”抛弃了得麻风病的丈夫，和爷爷在高粱地里野合，作品里描写“奶奶神魂出舍，望着他脱裸的胸膛，仿佛看到强悍剽悍的血液在他黝黝皮肤下川流不息”[②]。这是对生命能力的赞扬和渴望，相对于麻风病人那扁长的头颅和鸡爪似的手这种毫无生气、奄奄一息的旧事物而言，这种女人形象是和对生命力的渴望不可分割的，正如作品中讲的那样：“我深信，我奶奶什么事都敢干，只要她愿意。她老人家不仅仅是抗日英雄，也是个性解放的先驱，妇女自立的典范。”[③]还有《白狗秋千架》中的暖姑，为了获得一个正常的孩子，在小说结尾背叛了自己的丈夫。可见，作者并不是在贬低这些女性，而是对这种敢于打破旧习俗、追求新生活的女性抱有肯定态度。《檀香刑》中孙眉娘跟县衙钱丁也出现了绿帽子问题，眉娘的丈夫赵小甲是个不通男女之事的傻子，致使眉娘和风度翩翩、高居显位的钱丁相爱怀胎。这顶绿帽子同样表现了眉娘对新事物诞生的渴望。这组怪诞人物形象都表现出了对幸福生活的追求，对生命力的渴望。在《檀香刑》的结尾，作者用死亡结束了这一代的恩恩怨怨之后，却把生的唯一希望留给了眉娘——这个背叛丈夫的女人形象，眉娘怀上了钱丁的骨肉。可见莫言对再生、更新的狂欢形象也情有独钟，对绿帽子问题并不是一味地否定，在否定中更包含了对追求生命激情的肯定。莫言让女人形象承担了更重的责任，使人看到了希望，看到了再生。在这组形象中，封建伦理道德的婚姻观被彻底颠覆了，嫁夫随夫的禁令被取消了，她们追求生命欲望，敢于挑战封建伦理观，焕发出迷人的狂欢美。

---

① [前苏联]巴赫金：《巴赫金全集》第6卷，第281页。

② 莫言：《红高粱》，作家出版社2004年版，第68页。

③ 莫言：《红高粱》，第70页。

这些人物形象，他们或丑陋，或愚蠢，或背叛，但都站在狂欢的舞台上，上演着生机勃勃的戏剧。正如巴赫金分析的那样：它们“与世界欢快的物质相联，与诞生、死亡和自生相联，与吞食和被吞食相联，但结果却总是与成长，增加，变得越来越多，越来越好，越来越富足相联。这种欢快的物质是正反同体的：它既是坟墓又是诞生之地，既是正在消逝的过去，又是正在来临的将来，它是生长本身。”[①]莫言正是通过对这些怪诞形象的塑造，将在苦难挤压下的底层人民对生命的渴望表达得淋漓尽致，而这些颠覆了官方正统文化观念的怪诞形象，也为当代文学画廊添光加彩。

（节选自第一章“莫言小说狂欢美的表现”）

① ［前苏联］巴赫金：《巴赫金全集》第6卷，第224页。

论莫言小说的“审丑”写作

◇桓　芳*

自从20世纪80年代踏入文坛以来，莫言便以其小说的独特叙述模式一炮走红。无论是1985年后的寻根文学还是新写实文学，抑或是魔幻现实主义的流行，莫言总是能充当引领潮流的先锋。他敢于走常人所不敢走的文学道路。莫言有着强烈的反叛精神和亵渎意识，他把美学中的审丑观大胆地引入到小说创作中来，并将其推向高潮，走向极致，同时也引起了众多评论家、众多读者的非议，认为它带来了丑和美的辩证思维的迷失。本文力图从莫言“丑学”世界的表现、“审丑”视角以及它带来的影响等方面，考察莫言小说的创作特色与突破，创作的艺术成就与缺失。莫言始终坚持站在民间的立场进行小说写作，在“审丑”美学观照下，其作品彰显出了极大的狂欢性。而莫言将审丑美学大胆运用到小说创作中，不仅是一种小说创作的创新和开拓，更是对传统压抑性生命文化的批判，对腐朽的社会规则的颠覆，同时也是对民间高扬不屈的生命力进行的彻底赞美。莫言以极端的“审丑”毫无顾忌地打破壁垒森严的美丑界限，强烈冲击了文坛传统的审美规范，以走极端的写作方式证明自己在文坛上的存在价值。作品多层次的艺术感觉也开阔了人们的审美视野，使审美方式由线型模式转向纵深方向。莫言在创作上的追求和探索，已经超出了单纯的艺术技巧，显示出了他独特的人生感受和独特的认识世界的方式。

莫言的“丑学”对传统审美原则的颠覆

丑是事物的否定性审美价值。从伦理道德层面来说，丑常常因为违反社会目的而成了与“恶”意义对等的概念，日常生活中丑恶就是同一所指；从审美外观上来说，丑因

* 桓芳：中南大学中国现当代文学专业硕士，2008年获硕士学位，导师蓝爱国教授。

背离客观规律而造成形式的不和谐。丑所引起的审美经验是一种否定性情感，使主体产生痛苦、压抑、惊骇、厌恶等心理反应，即亚里士多德、克鲁斯、克罗齐所说的“不快感”，休谟、桑塔耶纳所说的“痛感”。丑作为审美范畴之一，与美相对立，是美的否定和反衬，如果说美的本质是人的本质力量对象化的肯定形式，那么丑则是人的本质力量对象化的否定形式；如果说美是合规律性与合目的性的统一，那么丑则是合规律性与合目的性的背离；如果说美是真的主体化、善的客体化，那么丑则是假的主体化、恶的客体化。①

作为审美范畴之一，丑在中国文学审美中虽然有所涉及，但很少成为艺术表现对象，而表现更多的是在日常世俗中被认为是真、美、善的事物，因为艺术世界和生活世俗的审美对象具有同向性，所以人们更容易理解和接受审美对象。周来祥先生认为，中国古典美学“对我们的审美和艺术教育具有双重的意义，它一方面作为我们优良的美学传统，作为恰到好处美得不能再美的理想与艺术的范本，仍然给予我们以巨大的审美享受和艺术教育，特别是面对着西方由崇高向丑、荒诞日益极端的裂变，由现代主义向后现代主义日益对本质、中心、主流、统一性的彻底解构，它更加显示了中国和东方和谐美和艺术所独有的魅力。”②

但古典的和谐、单纯、宁静等美学观念，却不能涵盖近代美。近代以来的审美心理是以人的主体性自觉、个性解放所引起的主体与客体深刻对立为核心的，近代美学突破了古典美学所提倡的和谐观念及艺术形式，包含了人类大量感性心理的负面因素，周来祥指出：“近代美学，它不但不惧怕丑，而且追求丑，体验荒诞；古代是大一统的，一元的，而近代却日益否定统一性，日趋多元化。这种对立的激荡的多元的近代审美心理结构，对于冲破传统的封闭的和谐心理，对于重建现代包含着对立和冲突的辩证和谐的审美心理结构，具有重要的价值和迫切的现实意义。”③

在近代审美观念的影响下，丑开始大踏步地走进文学创作殿堂，并日益展现出独特的文学魅力和审美价值。对中国当代文学而言，新时期小说对丑的关注尤为突出。从王蒙等借鉴西方现代派意识流小说把丑纳入审美范畴之后，中国“审丑”文学开始大力发展，而莫言则是这个“丑学世界”写作中的典型代表和集大成者。

1986 年莫言在《红高粱》中写道：“高密东北乡无疑是地球上最美丽最丑陋、最超脱最世俗、最圣洁最龌龊、最英雄好汉最王八蛋、最能喝酒最能爱的地方。”④这既是作

---

① 参见陈望衡：《美学新潮》第 3 集，四川省社会科学院出版社 1987 年版，第 10 页。

② 周来祥：《辩证和谐美学与审丑教育》，《文艺研究》2003 年第 4 期。

③ 周来祥：《辩证和谐美学与审丑教育》，《文艺研究》2003 年第 4 期。

④ 周来祥：《辩证和谐美学与审丑教育》，《文艺研究》2003 年第 4 期。

者对那块划定方圆特定区域的极端热爱、极端仇恨的一种极端表达，也可视为莫言小说“以丑为美”的美学总纲和美学宣言。他日后的小说创作确实是朝着“最美丽最丑陋”的两极路向前行进的。莫言对丑的书写违背了文学传统能够容忍的审美原则，但是其革命性与破坏性兼具的双重魅力却给文坛带来了一场不小的震动，其绚丽多姿的审丑意象打破了传统审美的单一性，将当代文学的审丑美学提升到了一个新的境界，从而奠定了莫言在中国当代文学发展中的独特地位。

莫言的“丑学”，对于打破中国文化中的传统的审美情结无疑具有巨大的震撼力。中国文化免不了受到人类文化审美共性的支配。在长达几千年扬美抑丑的文化流程中，人们的思维方式也被审美机制同化。特别是历史上把丑和恶混同的习惯，深深地阻碍着人们对审丑功能的重视。东西方的思想史上，审丑活动长期难登感性论的殿堂。在中国近代，尤其是在现当代思想家那里，古代人尚能审丑的传统逐渐消失。受西方人文思潮的影响是这一变化的原因。所以，莫言在 20 世纪文学传统中能够凸显审丑意识是要有勇气的。“审丑近乎勇”，审丑之勇必须与知耻之勇相统一，将外在的判断与内在的省察结合起来，这样才“既有助于克服传统理性僵化的教条，给感性开锁解链，也可以防范唯一。极端反理性的冲动，从主体的判断能力内部为审丑活动界定警戒线”。如果仅仅“勇于有为，弱于知耻，不分青红皂白地为假恶丑翻案，丑则丑矣，却失之于善”[①]。审丑的根本意义是为了使人类更好地把握丑和恶，从丑之中提取出有益于人生的东西来。莫言写丑审丑，写生理的缺陷与畸形，写道德的败坏、精神上的怪癖，都是有意为之，是有意凸显其个性标志。但是审丑并不是对审美的全面颠覆，不是泯灭美丑之间的界限或美化丑，而是寄寓了审美判断的“审丑”。艺术美虽不等同于生活美，但它不可能同生活中的整个道德对峙，审美评价不可能从整个道德评价中抽象出来，这也就是艺术必须表现出丑之为丑的否定性因素，对丑的正常的审美感知不可没有价值审美判断的原因。如果说审美是难的，那么审丑则更难。美丑不分、美丑共生、美丑相互同为一体的审丑趋向，体现了具有现代意识的审美主体在更高历史层面上向“原始时期”的审美形态回归的向度，从而打破了单纯为了审美而表现美的艺术格局，使得丑的对象获得了一种神秘的、具有象征意味的审美观照特征。

在莫言的作品中，常常弥散着一种“东方神秘主义”氤氲，渗透着谜一般的古老宗教意识，整体上具有一种朦胧空灵的神秘之美。他在“坚硬的，冰冷的特异心理成分外边，施放上虚幻的、温暖的感觉的烟雾”，而使小说具有某种“怪味”，“作者远远地躲进云里雾里”而获得“某种更大的表现自由”。[②] 这种“虚幻的、温暖的、感觉的烟雾”造成

① 栾栋：《感性学发微——美学与丑学的合题》，商务印书馆 1999 年版，第 110 页。

② 莫言：《桥洞里长出红萝卜》，《文艺报》1985 年 7 月 6 日。

作品轮廓朦胧模糊却又能够充分地体现自由的思想，挖掘深沉的意味。流动的意念和闪烁无穷的意象构筑成一所所空灵却实在的“大厦”，这是莫言美学追求的一大优越。“一轮巨大的水淋淋的鲜红月亮从村庄东边暮色苍茫的原野上升起来时，村子里弥散的烟雾愈加厚重，并且似乎都染上了月光的那种凄艳的红色……狗不叫、猫不叫、鹅鸭全是哑巴……”《枯河》中的这样一幅寂寞宁静而又意蕴深远的“水墨画图”，笼罩着凄迷奇异的氛围，神秘地攫取着人们的兴致。莫言就是这样，他以冲淡而和平的背景，峭拔而深邃的手笔，独创了一个新颖别致的境界。这一境界使莫言超出了许多作家，并且拓宽了文学美学的疆域。

莫言小说的独特个性与他的独特的审美观念是密不可分的。朱向前曾经评论说："在横向移植与纵向继承的天平上，莫言不断给后者加码，他更加尊重民族的审美心理与情趣了，对民族的审美接受‘图式’既继承又扬弃，努力把握在‘图式’的边缘进行突破。”[①]不难觉出，莫言小说中对于一些习以为丑的不堪入目的事物的淋漓尽致的铺张描绘愈来愈引人注目。像《天堂蒜薹之歌》中写到主人公高羊三次喝尿：第一次是小时候在学校厕所里，被生产队长的儿子王泰逼着，高羊喝到了自己“茶叶水味”的黄尿；第二次是治保主任在临时看守室里“劝”着他喝酒壶里自己的“高级葡萄酒一样”的小便；第三次是被同监室里的中老年犯人软硬兼施诱导着喝水泥地板上的“有一股好闻的蒜薹味”的尿。在小说《红蝗》中，莫言更明显地撞进了千百年来中外文学描写领域的一个禁区——近乎“毫无节制”地写大便，把大便描写得辉煌美丽，而且作者是带着一本正经地、严肃认真的态度来描写的，绝不矫揉造作。这不得不让人惊讶不已，刮目相看。须知，鲁迅先生明确指出过大便是不能写的，因为它不能引起美感。这是对近一个世纪以来中国新文学精神的一种反叛，充满着一种对旧有审美观念的亵渎意识，促使人们审美心理的演变更新。

这是一种崭新而深刻的现实主义创作态度，是一种大胆勇敢地尝试与探索。莫言对战争残酷性的描写，更多地出于对中庸和谐、温柔敦厚的诗教传统的反叛。他不仅对“爷爷”、“父亲”常出言不恭，而且放肆地用审视女人的眼光来观察奶奶、二奶奶。他对丑陋、恶心的事物常常采取“瞪圆了眼睛看分明”的正视态度，谦谦君子风受到摒弃和鄙视。《红蝗》里的九老妈被拖上渠畔草地时，作者用大段的文字描绘了腥臊恶臭的身体各部，使人感觉到极度的“丑”。《天堂蒜薹之歌》中有这样一段描写：“老年犯人从高羊的尿里把那个馒头捡起来，放在双手之间，用力挤着。馒头在老犯人的手里咕唧咕唧地响着，黏黏糊糊的尿液从这犯人弯曲肮脏的手指缝里冒出来。挤完了，老犯人把手掌放在裤子上擦擦，撕开馒头就吃起来。”这是老犯人在诱导高羊喝尿，他用实际

① 朱向前：《深情于那方小小的“邮票”——莫言小说漫评》，《人民日报》1986年12月8日。

行动写出了一个“忍”字。是的，如果高羊“是个能忍的好汉子，忍着，熬着，让干什么就干什么”，怎么会被抓进监狱呢？——任何独特的感觉都不是凭空产生的，任何怪异的才华也不能无端滥用，只有使它们服务于特定的主题，才能够产生特有的魅力。以丑为美，美丑交加，丑到极处便是美到极处，非此不足以引起人们的警醒和思索。伽尔文·托马斯说过：“我们倒是更喜欢那些痛苦的、可怕的和危险的事物，因为它们能够给我们更强烈的刺激，更能使我们感到情绪的激动，使我们感到生命。”[①]莫言小说深层次的、带有诗意的悲剧意义就在这里。读莫言的小说只有像歌德说的那样“一只眼睛看到纸面上的话，另一只眼睛看到纸的背面”才好，才会豁然开朗，拍案叫绝。显然，莫言的发泄有其多方面的意义——尤其是在思想解放的澎湃大潮中——其中包括对长期以来形成的一种道貌岸然的犹抱琵琶半遮面式的创作风格的反叛，是对作家们“人格面具”的亵渎，这有些像孙悟空吃了仙桃还要拉出一泡漂亮的屎来摆在蟠桃宴的供桌上一样。

生命、生活、生存本身固有美好的一面，也有丑陋、龌龊、卑琐、鄙陋及动物性的一面。由于创作主体对它们采取了直面而非逃避的态度；同时，对审丑对象既不无限丑化，也不有意缩小，这样，隐藏在美的旁边的丑，便被深刻地揭露出来了。生活的窘态、生命的尴尬、物质的匮乏、灵魂中的丑陋、人生的病态、异化的人性、拥挤的空间、人与人之间的冷漠与虚假等现实生活中的阴影，便被这类小说文本细腻地、入木三分地还原在审美接受者的面前，使读者读后不禁暗暗反思自己的人生和生存方式及生活态度，从而达到积极的审丑艺术效果。

（节选自第四章“莫言小说‘审丑’写作的意义”）

① 朱光潜：《朱光潜美学文集》第5卷，上海文艺出版社1989年版，第487页。

论莫言小说的怪诞表现形态

◇林　丽*

从20世纪80年代初涉文坛到21世纪初，莫言的创作可谓硕果累累，学界对其作品的评价也是好评如潮，主要指向于莫言作品的艺术感觉、审丑描写、“民间”叙事以及“魔幻现实主义”叙述等方面的研究，而忽略了莫言小说怪诞形态的诠释。本文运用怪诞美学的相关理论，结合中外作品中的怪诞表现，对莫言小说文本中的形象怪诞、场景怪诞、构思怪诞这三种怪诞表现形态予以分析。东西方艺术史上的各个阶段都有怪诞艺术存在，它是艺术的一种基本形态。莫言小说的怪诞并非意在宣扬、认可社会中的畸形、变态现象，而是为在此处境中生存的人类与现时现实中的某些现象深感忧虑。莫言小说的人物形象怪诞包括纯粹外形怪诞和性格怪诞。莫言用“魔幻现实主义”手法，将人物外形怪诞深入到人物性格的怪诞，用从常人无法感知的视角，揭露这个世界的荒唐和冷漠，同时展示出了这个世界恶毒缝隙中的温存，让读者在稀奇古怪、有悖常理的怪诞性格中产生心灵的震撼。莫言小说的场景怪诞主要表现为“恐怖滑稽”的“阴间”场景、“啼笑皆非”的“文革”场景、“狂欢怪异”的“节日”场景与“残酷震惊”的“刑场”场景等方面。莫言通过怪诞的“陌生化”场景，运用夸张的手法，动摇我们所熟悉的世俗观念和标准。对与现实社会极不协调的怪诞场景的描绘，隐含着作者对时下的忧虑与思考。本文从梦幻情感与梦幻复仇两个主题出发，论述了莫言小说梦幻的怪诞构思。其矛盾的情绪，反常的爱情，交织出怪诞的美感，令读者在恐怖和温馨的不协调梦幻中领悟其中的观念与哲理。

---

* 林丽：湖南师范大学中国现当代文学专业硕士，2010年获硕士学位，导师岳凯华教授。

狂欢的场面

如果说莫言的作品中只描绘了阴间这样的一种怪诞的场面，那还不足以说明莫言的创作在当代文学史上构成了蔚为大观的怪诞系统。可以说，莫言的作品中，怪诞的场景俯拾皆是。

（一）惊愕夸张的“文革”

莫言的《生死疲劳》中对于“文革”这一历史场面的描写之所以令人难忘，在笔者看来，是因为作者运用夸张手法达到了出人意表、令人感到惊愕的效果。夸张作为一种修辞手法，不仅仅存在于怪诞艺术中，但是怪诞作品中却往往具有夸张艺术的元素。正如黑格尔所说，过分的歪曲和极端的扭曲，把感观的形式加以夸张，变得十分的巨大，从而形成怪诞。

“文化大革命”刚开始的时候，屯子里人知道后都蠢蠢欲动，但不知道如何革命，怎样才算是革命？西门金龙到县里去取经后，大家才知道原来“文革”就是像当年土改斗争恶霸地主那样斗争共产党的干部。但是，小小的西门屯又没有多少干部可以斗。于是，“文化大革命”在西门屯只能以一场又一场另类的出人意料的闹剧进行着。西门金龙为了达到“全国一片红，不留一处死角”的政治宣传目的，硬是把自己的养父，村里唯一的单干户——蓝脸的脸用红漆涂成了红色。油漆入眼后，疼得蓝脸“蹦得老高，哇哇怪叫。蹦累了，遍地打滚，身上沾满了鸡屎……鸡都被这个红脸人吓得神经错乱，不敢进窝归宿，飞到墙头上，飞到杏树上，飞到屋脊上，鸡爪子沾了红漆，走到哪里就在哪里留下红色的爪痕。”[①]这里作者运用了拟人格的手法，让读者难以辨别眼前的虚实，这样就出现一个既理解又不理解，既真实又虚假、既逼真又夸张、既恐怖又可笑的怪诞世界。所以，莫言运用无限夸张和真假混杂的方式，使《生死疲劳》颇具怪诞特色。

西门屯中“文革”最精彩的夸张描写要属批斗县长陈光第的场面了。大喇叭发出震天动地的声响，可以让年轻的农妇因受惊流产，一头猪撞上墙而昏厥，正在草窝里产卵的母鸡惊叫，狗狂吠不止，累哑了喉咙。特别是红卫兵的口号声，经过高音喇叭的放大，使正在高空中飞翔的一群大雁，像石头一样劈里啪啦地掉下来。于是，批斗会演变成了抢雁会，此时集上的人都疯了，拥挤着，尖声嘶叫着，相比一群饿疯了的狗，还要可怕许多。最先抢到大雁的人，心中大概会有一丝的狂喜，但当他还没来得及喜上眉梢之时，手中的大雁立即被无数只手扯住。雁毛脱落，绒毛飞起，雁翅被撕裂了，雁腿被撕落到一个人手里，雁头连着一段脖子被另一个人撕去。许多人按着前边人的头顶和

① 莫言:《生死疲劳》，上海文艺出版社 2005 年版，第 138 页。

肩膀，像猎犬一样往上蹿跳着。有的人尖声哭叫着，有的人被挤扁了，有的人被踩倒了，有的人肚子被踩破了……结果混乱变成了混战，混战最终又升级到了武斗。这场批斗会以无限夸张、无限膨胀甚至疯狂的场面，给人留下了深刻的印象。严肃的政治批判运动，在人类的物欲面前一文不值。

无论是西门金龙用红漆刷自己的养父造成混乱的场面，还是这场经过高音喇叭的放大夸张后造成武斗的批斗的场面，都会令读者产生惊愕的感受。“突然、惊愕都是怪诞艺术不可缺少的元素”[①]莫言在这里对“文革”场面的描写，运用夸张的手法透过惊愕来挑战，让我们混淆了虚实，甚至动摇我们熟悉的世俗观念和标准。读者在这过程中，惊愕感越强，怪诞感则更炽。

(二)外欢内忧的节日

莫言的创作经常通过运用夸张的手法，使现实的世界变得陌生化，以达到怪诞的效果。这不仅仅是“文革”时期本来就带有陌生色彩的特殊时期的场面，而且在一些节日场景的描写中我们也可以真切地体味到其中的怪诞色彩。

在小说《丰乳肥臀》和散文《会唱歌的墙》中都出现了高密东北乡特有的节日——“雪集”的描写，这是一个“禁声狂欢节”。所有的人都不许开口说话，你只能用眼睛看、用鼻子嗅、用手触摸、用心思去体会揣摩。这样的节日本身就已经带有怪诞的色彩，还要添加有“恋乳症”的孩子对女人的乳房进行抚摸这一节日活动。上官家的唯一男孩上官金童被选为“雪公子”，他在雪集这天大概摸了一百二十对乳房，当他最后摸到“独乳老金”的硕大左乳时，导致她喃喃呻吟，“雪集”的规矩被破坏了。任何人发出一点点声音都是祸。正如巴赫金所说“狂欢节期间的生活，是脱离了常规的‘第二种生活’，决定着普通的，即非狂欢节期间生活的规矩和秩序的那些法令、禁令和限制，在狂欢节一段时间里被暂时取消了”[②]。在雪集这个狂欢式的节日里，不论发生什么样的状况人们都不能发出一点声音，更何况是说话，一切交易与交际都必须在沉默中进行，妇女们甚至通过一个孩童“摸乳”以祈求乳房健康、奶水旺盛，这个节日因此带上了强烈的滑稽色彩。但是我们也要看到节日所反映的另一面情况，人们把开创“雪集”的门老道奉为半人半仙的高人，人们对言语感到恐惧，声音此时成了灾祸的象征。虽然作品中都没有说明到底会有什么灾难发生，但是大家都彼此心照不宣。因此，“雪集”正是以游戏狂欢的形式书写严肃的非公开的“潜规则”，怪诞色彩不言自明。

如果说《丰乳肥臀》中的“雪集”是民间自发的狂欢节日的话，那么《四十一炮》的

---

① [德]沃尔夫冈·凯泽尔：《美人和野兽——文学艺术中的怪诞》，曾忠禄、钟翔荔译，华岳文艺出版社1987年版，第10页。

② 夏忠宪：《巴赫金狂欢化诗学研究——俄国形式主义研究》，北京师范大学出版社2000年版，第78页。

“肉食节”则是属于典型的官方举办的狂欢节日。肉食节要持续三天，在这三天里，摆满了各种肉食，琳琅满目；各种屠宰机器和肉类加工机械摆满展台；各种关于牲畜饲养、肉类加工、肉类营养的讨论会召开；同时还有集聚人类想象力的吃肉比赛、肉食大宴。最热闹的还有谢肉大游行。牛彩车、羊彩车、骆驼队、驴彩车、鸡彩车、鸵鸟队、猪彩车、兔彩车……各种把自己的尸体提供给人类食用的动物的彩车都来参加大游行。肉食节虽然是官方举办，却也具有民间的狂欢，众生百态。有疯狂的吃肉行为，有因吃肉中毒之事，有塑好肉神雕像还在犹豫是否建肉神庙的烦人之事，也有民工们捡市长假发套的开心之事……但是这肉食节一届比一届动静大，花钱多且不说，折腾十年了，也没见招商引资，反倒是每年都引来了越来越多的大肚狼。肉食节名义上是官方的节日，事实上却恰恰相反。肉食节成为民众狂饮暴食胡闹的场所、成为民间自由狂欢的舞台。在肉食节期间，一切特权、等级关系、规范和禁令都被取消了。这是真正的民间自由的节日，这是肉食节狂欢的民间色彩的一面。但是这样的肉食节最终还是在权力意志的支配下结束了，民众的狂欢到底还是受到权力的制约，包括肉神庙最终是否会修建，都取决于官方的态度。今年的肉食节发生了食物中毒事件，明年是否还会举办肉食节，对于普通民众来说，这是一个未知的谜。因此，由官方主办的肉食节，虽然表面上呈现的是民间狂欢的色彩，但是内在的精神实质和民间的节日是不同的。它没有真正站在民众的基础上，等待它的必然趋势是衰亡。在民众狂欢的背后，我们看到的是节日背后的担忧。这也正是节日具有怪诞性的原因，在欢乐的背后隐含了忧虑。

莫言笔下的节日，无论是颇具民间自发组织的“雪集”，还是由官方主办的“肉食节”，都是怪诞的节日。因为它们的狂欢色彩，是与我们日常熟悉的生活陌生的场景。不论是民间的还是官方的节日，在全民狂欢的背后都隐含着忧虑，这是不协调的怪诞因素，这也是作者思考的体现。

（节选自第三部分“场景怪诞”）

论莫言长篇小说的复调性

◇宋丽娟*

主体性的生命存在是莫言文学创作的内核。在创作中，他将生活还原为最基本的生活形态，把一切被权力话语所遮蔽的生命主体精神本真状态呈现出来，让人物具有自己的思想意识和价值意义，和他人平等对话，形成众声喧哗的复调叙事。莫言小说的“复调”与“对话”如同肉体的肌理普遍分布在作品中，它不仅表现在结构上，而且还体现在时空和视角上。归纳起来，其文本存在着四种对话模式：人物之间的大型对话、人物内部的微型对话、文本之间的对话以及现实与寓言之间的对话。他摆脱了历时性的线性叙事，让过去、现在和未来所有的事件都在同一时空中上演，形成时空交叠的复调性，同时还设置多个视角，使文本具有多音齐鸣的复调效果。复调的运用既拓展了莫言小说的叙述空间，还为小说多义性提供了可能。但是，对于他来说，复调只是一种手段，而不是最终的目的。在创作中，他挤掉了主流意识形态的水分，呈现生命存在的真实景观，凸显个体的生命精神。他打破了“中心文化”与“边缘文化”二元对立的局面，构建了多元对话的世界图景。他还解构了道德理性和历史理性的神话，还原了边缘人物本真的生存景象，让他们同样拥有书写人生历史的自由权利。然而，这种叙事方式最终使得文本呈现出一种未完成性，形成一种新的叙事策略，突破了传统小说独白化——挑战某种思想意识至高无上的权威地位，带来艺术思维的革新。

莫言小说中的“对话”

对于文学上的复调概念，巴赫金作了详细的阐释——小说中融合着众多的具有独

* 宋丽娟：广东技术师范学院中国现当代文学专业硕士，2012年获硕士学位，导师周卫忠教授。

立调性而不相融合的声音、具有充分价值和不同思想的意识，这些声音和意识同时奏响，仿佛一部复调音乐。在复调叙事中，作者放弃了万能君主的中心位置，让人物具有自由性和独立性，与作者并肩耸立，并会反驳自辩。在这里，我们有必要把复调小说和传统独白型小说区分开来。独白型小说的作者是全知全能的，他们用权威立场去看待他人乃至整个世界，从自我的价值理论体系出发去评价他人乃至世界，因此“小说中的人物性格往往不能脱离作者本身哲学思考的窠臼”①。而复调小说采用了更为广阔的叙述视角，能够突出表现各自独立而不相融合的声音和意识，这些声音和意识并不是在作者统一意识状态的指导下展开的，而是平等地各抒己见。他不再是被作者议论所表现的客体，而是“直抒己见的主体”②，具有很强的自我意识。

对话是复调小说里新的艺术立场。由于“一切受到意识光照的人的生活，本质上都是对话性的。”③因此，复杂的生活就是一场复杂的对话，两个声音才是生活的基础，生存的基础。“我必须同他人进行对话。我的观点呈现的唯一途径是通过我的言辞同他人的言辞的相互作用，这些言辞在特殊的情境下唇枪舌剑。”④也就是说，没有对话就没有生活，对话的结束也意味着生活的结束。对话是一切存在所必需的、不可或缺的条件，同时对话中的“我”与“他人”处于一种平等、相互依存的关系。

……

莫言依据原始的精神对伦理学的冲破，改造了人性中道德的边界和范畴，构建了独特的生命本体论的历史诗学。用张清华的话来说：“莫言小说中充满了身体要素。”⑤身体是感性和本能的载体，它与生命主体精神的共在是生命的基本特征，它能给他笔下的主人公带来不可遏制的活力。如《红高粱家族》中“我爷爷”、“我奶奶”对身体欲望的渴求（在高粱地野合一事）凸显出一种生机勃勃的民间激情，这种狂野不羁的野性生命力就如红高粱一样，具有强劲和质朴之美，呈现出灿烂夺目的迷人色彩。莫言还是一个性爱的痴迷者。“性”在他的笔下，是一种特定的生命状态，一种人性自由的合理存在。如《丰乳肥臀》中一批女性自由自在的性爱活动，使得性地位从爱情的精神化系统中凸显出来，从而逐渐逃离了伦理化和意识形态所指，取得了自身独立的话语存在。应该说，莫言潜入每个具体的、肉体的生命个体的内部，显露其本真存在的实情，从而撕开外在的工具理性、权利话语遮蔽，让每个主体的生命存在或生命主体的存在性获得觉悟、显扬、伸展与被理解、沟通、认可、尊重的机会与渠道。因此，从某种意

---

① 李小帆：《巴赫金复调小说理论以及相关文本批评》，东北师范大学硕士学位论文，2009 年。

② [前苏联]巴赫金：《陀思妥耶夫斯基诗学问题》，白春仁、顾亚铃译，河北教育出版 1998 年版，第 4 页。

③ [前苏联]巴赫金：《陀思妥耶夫斯基诗学问题》，第 115 页。

④ [美]克拉克・霍奎斯特：《米哈伊尔・巴赫金》，语冰译，中国人民大学出版社 1992 年版，第 299 页。

⑤ 张清华：《叙述的极限》，《当代作家评论》2003 年第 2 期。

义上说，其小说中曾被视为诟病的感官化和肉体性内容实际上是生命主体的本真存在，是人性中一种永恒不变的生命渴求。

由于一切存在都是对话的存在，对话是人的存在方式，“生存就由‘对话’构成，你时时同一个‘声音’对话，这声音可能时而熟悉，亲切如‘你’，可能时而陌生，敌对如‘它’，反正你正在这种对话中活着，由这种对话而活着，‘对话’就是生存。”[①]也就是说，对话存在于“我”、“你”、“他”之中，包括提问、聆听和赞同，等等，而这一切都必须建立在对每一个生命主体的存在和权利尊重的基础之上，否则无法进行下去。莫言正视每一个生命存在，潜到他们感性存在的生命之流中，不是隔岸观火作客体化关照，而是作主体化描述；不是以启蒙的独白眼光来看待人物和世界，而是设身处地、将心比心地去理解、平等看待人物，让人物自己发出声音，因此他作品中的人和事就像是主人公自己“说”出来的，而这一切最终使得作品同时奏鸣着多种不同的具有各自独立的、具有充分价值的声音。对于莫言赋予人物以生命，让他们有自己的意志和话语这一特点，葛红兵在《直来直去》中给予了充分肯定：“……比如赵甲这个人物，变成了一个充满了敬业精神的、无论怎样都要活下的……”[②]在这里，赵甲就是遵从着自己的角色，按照自身的性格逻辑去行动、去说话，而不是像通常的小说那样，人物只是作者观念的工具和符号。

总之，莫言这种有意味的形式体现了他对生命主体的尊重。在创作中，他使每个人展现出真实存在中的自我，发出自己的声音，使他们以生存的权利发出话语，并形成生命的对话，从而使得作品进入复调的艺术境界。

（节选自第一章“复调诗学与莫言小说”）

叙事视角的复调性

在莫言小说的艺术世界中，他人有着独立完整的思想意识，和别人拥有平等的地位，因此在他的小说中我们可以看到多个视角，听到多种声音，就如张清华在《叙述的极限》中所言：“在莫言的几个重要的长篇小说中，通常都有两个以上的叙事人，实际也就是有了两个‘视野’和两个不同的‘经验处理器’。”[③]《红高粱家族》就是典型的多视角叙事作品。作者设置了“我”、“豆官”、“我奶奶”以及“我爷爷”，多视角在叙述中不停

① 王一川：《语言乌托邦》，云南人民出版社 1992 年版，第 268 页。

② 葛红兵：《直来直去》，当代世界出版社 2004 年版，第 96 页。

③ 张清华：《叙述的极限》，《当代作家评论》2003 年第 2 期。

地转换。视角的转换打通了历史与当下的障碍,“开启了一扇通往过去的方便之门”,[①]使自己获得叙述的自由。在这种情况下,读者可以在过去和现在、历史与现实中自由穿梭,感受虚拟世界的时空魅力,达到“思接千载,视通万里”的艺术境界,同时也能体味到作者对种族退化的忧虑和对人类未来的思考:“我爷爷”是一个充满阳刚、匪性十足的抗日英雄;“父亲”只能拿着“爷爷”的武器对付一群癞皮狗,且丧失了一颗睾丸,其生殖力大打折扣;而“我”简直就是被“阉割”了,作者的忧虑在视角转换中隐隐道来。

视角的置换可以形成巴赫金诗学视界下众声喧哗、多音齐鸣的复调效果。在莫言的《檀香刑》中,“凤头部”视角不停地变换,眉娘浪语、赵甲狂言、小甲傻话、钱丁恨声等众多声音组成了独特的复调世界。这些声音是不相融合的,他们各自演绎着自己悲欢离合的人生,营造出众声喧哗的氛围。在这里,读者可以随视角的变换认识一个多声部合奏的真实生活,同时也能领会到“横看成岭侧成峰”的意境,体验到从不同的角度进行思考所带来的特殊快感。如从活泼大胆、放浪热情的眉娘视角中我们可以感受到民间生机勃勃、繁茂自在的一面;从不谙世事、不通人情世故的小甲视角中我们可以看到世界是变形的、怪诞的、不可理喻的;从文绉绉的装腔作势、语无伦次的钱丁视角中我们又可以感受到知识分子在强权下卑微、尴尬的角色。总之,作品的这一部分顾盼生姿、灵动飞扬,给读者带来异样的阅读快感。

设置多个叙述视角还可以解构固有的言说范式,使得文本容纳多元的历史声音。在《生死疲劳》中,莫言完全可以选择一个单一的历史主体完成这一跨度,但他显然意识到任何一个单一的历史主体都有可能因自身的文化立场,阶级观念带来“盲视”,因此他设置了大头儿、蓝解放、莫言这三个叙述者,再现了人类荒谬的生存状态。大头儿蓝千岁叙述西门闹六道轮回的经历,其中以独特的动物视角表现了动物与人以及人与土地的各种关系。蓝解放是从第一人称对农民与土地、农村合作者等事件进行观察的,展示了父辈“蓝脸”迥然不同的人生轨迹。“莫言”的叙述部分最少,却是这个复调结构中的平衡支点。因为蓝解放作为第一人称视角,他只能被动地局限于自己经历的生活,而西门闹这一视角虽弥补了蓝解放叙述视角上的缺陷,为读者提供广阔的思考空间。但这两个视角结合起来,依旧使故事出现难以避免的“死角”。因此,“莫言”的插入使得故事的讲述避免了僵化的直叙,使得叙述摇曳多姿,同时也丰富了作品的声音,使作品呈现出典型的复调型叙事特征。除此,“莫言”所创设的文本与蓝解放和蓝千岁所创造的文本互相解构,它们互相攻击对方的真实性,有意暴露叙述行为,具有浓厚的“元小说”意味。虽然元小说给读者传达一种信息——叙述与小说可能是虚假的,

---

① 金汉:《中国当代小说艺术演变史》,浙江大学出版社 2000 年版,第 80 页。

但在这种虚伪之中蕴含着一种存在的真实性描写。例如,小说中猪十六曾说:"这些事又不能不说,即便我不说,莫言那小子也不能不写,从他那些臭名昭著的书里,西门屯的每个人,都能找到自己的影子。"总的来说,三个叙述者的声音交织在一起,使得文本具有复调特征,既丰富了小说的视角,拓展了小说的叙述空间,还为小说多义性提供了可能。可以说,正是借助于复调式的叙事,莫言成功地将现实、想象、哲学统一在小说之中,创造了一部具有多义性的独特文体。

人称的改变也会导致视角的变化,莫言曾说过:"人称的变化就是视角的变化,而崭新的人称叙事视角,实际上制造出一个新的叙述天地。"[①]如《十三步》就是他在视角上试验的作品,文中有"你"、"我"、"他"几种人称交织在一起。"这时响起了敲门的声音,你貌似平静地说着,但你的十根手指紧紧地箍住横杆,简直就是猫头鹰爪子。从方富贵死在讲台上那一刻开始,我就产生了强烈的吃粉笔的愿望,粉笔的气味勾引得我神魂颠倒,人们都说我得了精神病,说什么,随便,我想吃粉笔,我只有吃粉笔。你眼泪汪汪地向我们叙述着你的感觉,你甚至唤起了我们久已忘却的对粉笔的感情……"在这里,作者取消了标志性符号的限制,不停地变换人称,而人称的转换意味着可以直接反映作者、叙述者、人物和读者之间的对话过程。作者和读者本是不能同作品中的人物直接对话的,但莫言使用人称的转换(尤其是第二人称的使用),从而使得作品与作者、读者之间发生了一种话语形式。当然,这也是作者把人物当作一个个与自己平等的生命主体来尊重和书写,让每个人物都有参与的权利,不再是被讲述的"他",不再是间接在场的"他",而是与作者(或读者)"你"、"我"对话的另一个主体,这里也从另一个侧面透视出现实生活中像方富贵等知识分子身份卑微、话语被挤压的尴尬困境。

(节选自第二章"莫言小说的复调特征")

① 莫言、王尧:《莫言王尧对话录》,苏州大学出版社2003年版,第154页。

莫言小说的反讽艺术

◇陶　冶[*]

反讽是小说中经常为作者所运用的艺术表现手段。它旨在通过小说文本外在形式或内容的冲突，彰显社会、历史、人生的悖谬与矛盾。莫言小说以其在语言组织、情节安排、形象塑造、情感态度等方面展现出的矛盾与悖论而具有反讽特质。本文以小说反讽理论为切入点，力图在莫言众多的小说作品中整理出其反讽脉络，并结合其具体小说作品，分层次、多角度、有重点地探究莫言小说文本的反讽艺术特色，系统论述莫言小说在修辞学反讽（包括言语反讽、修辞隐喻反讽两个维度）、叙事学反讽（包括视角反讽、结构反讽以及戏仿三个维度）的艺术特色以及具体反讽手法在文本中的体现，并试图以此为契机分析莫言小说的思想内涵和精神实质。莫言对于反讽的运用极大地拓展了其小说的艺术空间、思想内涵和表现现实的深广度。

莫言小说中的言语反讽

言语反讽即作者在遣词造句为主题服务时刻意无视既定语法规范或有意扭曲语体、语义、情感色彩等方面的通用规则，以期产生强烈反讽效果的语言组织方式。在"反讽式语言中，赞美背后隐藏了讥讽，颂扬应当解读为挖苦，佩服或者恭维的言辞表示了莫大的轻蔑"①。我将莫言小说中运用的语言反讽类型分为克制陈述、夸张陈述和语义颠覆、谐谑调侃四种，它们是莫言小说所运用的最基本的反讽形式，是莫言试图以语言"陌生化"的方式让读者从传统的审美方式和成规中解脱出来，以一种远距离的冷静态度观照社会、历史的真实。言语反讽具有明显的颠覆传统的意义。受讽者和读

---

* 陶冶：吉林大学中国现当代文学专业硕士，2008 年获硕士学位，导师王学谦教授。

① 南帆：《文学的维度》，上海三联书店 1998 年版，第 114 页。

者可以以此为契机反思自己业已僵化的习惯性思维和早已为我们习以为常的不正当现象，它们最直接地体现着莫言的反讽意图，是莫言小说中最常用的反讽方式。

(一)克制陈述

克制陈述是将严重的事轻描淡写，同时使读者知道其严重性。莫言在《酩酊国》中，对食用燕窝以及采集燕窝对动物的戕害和生态环境的破坏有着生动描述。但其中插入的用精确的语言对金丝燕的介绍，宛如科普小品，表面上不带有任何感情色彩，实际上却深藏着作者的爱憎。莫言正是用这种克制陈述的方法讽刺了当代人变态的口腹之欲。在对中国传统的看客心态进行反讽时莫言采用了与鲁迅截然不同的方式。鲁迅率直地指出：

> 群众，——尤其是中国的，——永远是戏剧的看客。牺牲上场，如果显得慷慨，他们就看了悲壮剧；如果显得觳觫，他们就看了滑稽剧。北京的羊肉铺前常有几个人张着嘴看剥羊，仿佛颇愉快，人的牺牲能给予他们的益处，也不过如此。而况事后走不几步，他们并这一点愉快也就忘却了。[①]

莫言则采用了克制陈述的方法，通过高密东北乡的上官家的女家长面对日本人即将进攻的消息时的心态来反映：

> “跑，跑到哪里去？!”上官吕氏不满地说，“福生堂家当然要跑，我们跑什么？上官家打铁种地为生，一不欠皇粮，二不欠国税，谁当官，咱都为民。日本人不也是人吗？日本人占了东北乡，还不是要依靠咱老百姓给他们种地交租子？他爹，你是一家之主，我说得对不对？”[②]

作者在反讽中并未对此观念进行评述，实质上却充分展现其荒谬之处，通过上官吕氏之口陈述其面对外族的进攻却留下的理由，这种理由显然并非是出于坚守，而主要是事不关己做良民的心态，岂不知覆巢之下焉有完卵？莫言通过上官吕氏貌似严谨的逻辑不动声色地讽刺了国民性的愚昧与麻木。

(二)夸张陈述

夸张陈述与克制陈述相反。作品中的叙述人用严肃的态度，故意把话说得很强烈，实际上指的是相反的意思。在夸张陈述中，作者的表述越极端，反讽性就越强。《酩酊国》中李一斗极力夸大尿的作用：

> 尿神着哩，尿是人类最美好的象征。老师，我们不去理睬那些糊涂虫，人民委

① 鲁迅：《鲁迅全集》第1卷，人民文学出版社1981年版，第163页。

② 莫言：《丰乳肥臀》，中国工人出版社2003年版，第8页。

> 员斯大林同志说:“我们不理睬他们!他们只配灌马尿。”[①]

在《透明的红萝卜》、《丰乳肥臀》、《四十一炮》等作品中,莫言展示了吃的诱惑和“饥饿的中国”,而在《酩酊国》中莫言描述了食色狂欢,对酒的功能与重要性作了极端夸张的陈述。如果我们从字面上理解,看到的是一个合理的世界,“尿”之于李一斗、“肉”之于罗小通、“酒”之于袁双鱼、金刚钻之流意义非同凡响。但实际上,他们所认为的合情合理的事物,却与我们的常识相悖,在文本的深层合理性和生活的逻辑面前呈现出了一种非正常状态,使读者在认识到食色重要性的同时思考过分的食色之欲带来的社会丑恶现象,体会到作者批判的用心,使作者达到反讽的目的。

(三)语义颠覆

语义颠覆是指作者通过改变词句的语体色彩来表达作者对事物的真实态度,将悲喜爱憎不动声色地表露出来。语义颠覆使作品表层意义与深层意义区分开来,使读者得到一个开放的意义空间。莫言的话语反讽擅长将崇高与鄙俗、优美与丑陋等悖反的词语硬性嫁接在一起,颠覆传统的语法规则和审美原则,形成强烈的反讽效果,同时也表现出了某些粗鄙化的倾向。比如《红蝗》中女戏剧家的庄严誓词:

> 在奔跑过程中,我突然想起了一位头发乌黑的女戏剧家的庄严誓词:
>
> 总有一天,我要编导一部真正的戏剧,在这部剧里,梦幻与现实、科学与童话、上帝与魔鬼、爱情与卖淫、高贵与卑贱、美女与大便、过去与现在、金奖牌与避孕套……互相掺和、紧密团结、环环相连,构成一个完整的世界。[②]

这种不同语体色彩的词语的硬性组合冲破了传统规范,有悖于审美规范,却给读者带来强烈的心灵冲击,读者只要转换一下阅读视角,极有可能得出另外一种感觉,并在视角地不断变换中确定其中的审美价值。

再如关于对四老爷拉屎的描写:

> 四老爷蹲在春天的麦田里拉屎,看起来是拉屎,其实并不光是拉屎的,他拉出来的是一些高尚的思想。混元真气在四老爷体内循环贯通,四老爷双目迷茫,见物而不见物,他抛弃了一切物的形体,看到一种像淤泥般的、暗红色的精神在天地间融会贯通着。[③]

在这里,最低俗的“拉屎”和最高端的“精神”并列,使精神成了“淤泥般的”、“暗红色”

---

① 莫言:《酩酊国》,《莫言文集》第 2 卷,作家出版社 1995 年版,第 94 页。

② 莫言:《食草家族》,华艺出版社 1993 年版,第 131 页。

③ 莫言:《食草家族》,第 24 页。

的,充斥于天地间的物质,莫言在这里并非丑化"精神",而是表现了审丑的主题,形成了一种对传统审美的颠覆。

莫言还善于将语义相反的词汇硬性组合在一起,使相反的语义形成强大的冲击力,反讽效果得到强烈的表现。如:

> 我终于悟到:高密东北乡无疑是地球上最美丽最丑陋、最超脱最世俗、最圣洁最龌龊、最英雄好汉最王八蛋、最能喝酒最能爱的地方。①

莫言颠覆了语义,生动描绘了高密东北乡——这个"我爷爷"、"我奶奶"抛头颅、洒热血的战场和上演热烈情欲的欢场,对"种"的退化进行了强有力的反讽。

(四)谐谑调侃

"所谓调侃式语言,一般来说,就是在总体上充满调侃或以调侃为特色的言语形态。具体地说,调侃式语言就是那种以运用言语去嘲弄对象为主要特色的话语形态。"②而被嘲弄的对象往往是传统文化或主流价值观。在小说《酩酊国》中,李一斗的来信将政治术语、领袖语录、市井俚语、文言文、经典文本语言进行随意的嫁接、拼凑,文辞斑驳,一泻千里,极尽谐谑调侃之能事:

> 我立志要像当年的鲁迅先生弃医从文一样弃酒从文,用文学来改造社会,改造中国的国民性。为了这崇高的目标,我不惜抛头颅洒热血,头颅尚不惜,何况那些身外之物呢?
>
> 老师您大胆向前走,酒瓶不离口,钢笔别离手,让那群蠢东西们哀鸣去吧!③

作者借李一斗来信,用狂欢化的语言对文学与酒进行亵渎式的调侃,亦庄亦谐的陈述营造出了滑稽的语境,使庄严肃穆、神圣崇高顷刻间瓦解。《生死疲劳》中也有这样的描写,第十七章蓝解放对大头儿描述集市上对陈县长浩大声势的批斗会上,红卫兵们"都是一只手把着车厢边缘,一只手攥着《毛主席语录》。他们的脸通红,也许是冻的,也许是被革命的激情所燃烧。……大喇叭发出震天动地的声响,使一个年轻的农妇受惊流产,使一头猪受惊头撞土墙而昏厥,还使许多只正在草窝里产卵的母鸡惊飞起来,还使许多狗狂吠不止,累哑了喉咙。先是放《东方红》,然后停止。"④严肃的批斗会在莫言笔下成了一个混乱的展览场,与历史的宏大叙事不同,这里的红色革命不具有任何崇高色彩与诗意情调,而是被用夸张的谐谑笔调书写,体现了莫言对历史的

---

① 莫言:《红高粱家族》,解放军文艺出版社1987年版,第2页。
② 王一川:《中国形象诗学》,三联书店1998年版,第77页。
③ 莫言:《酩酊国》,《莫言文集》第2卷,第52、94页。
④ 莫言:《生死疲劳》,作家出版社2006年版,第133页。

反讽。

言语反讽的基本特征是言非所指，作者运用这种反讽的方式，将褒贬寓于其中。作者隐藏自己的真实意图，用含有相反意义或不同意义的语句组织文本，但这并非是让读者不知道作者的真实目的，而是要造成一个开放的意义空间，促使读者沿着文本线索深入思考，最终追寻出作者的真意，同时得出自己的结论。

（节选自第二部分“修辞学反讽”）

莫言小说的魔幻现实主义风格

◇王保中*

20世纪80年代初,莫言走上文坛。80年代中期,随着《红高粱》电影的风靡一时,莫言的魔幻现实主义小说被大家热切关注,自此以后,莫言佳作不断,表现出了旺盛的创作生命力。莫言的创作可以分为五个阶段。在《红高粱家族》以前被称为模仿学习期,即第一阶段,从"红色经典"、《聊斋志异》的神话、以马尔克斯为代表的拉丁美洲作家的魔幻现实主义小说等文学作品之中,获得自己的文学资源,并接受中文系的文学训练;第二阶段,以《红高粱家族》为代表,其小说表现了充满生机的酒神境界;第三阶段,关注现实和艺术表现混合、碰撞的时期,《天堂蒜薹之歌》与《红高粱家族》之间的矛盾在《酒国》形成一种奇异的组合;第四阶段,以《丰乳肥臀》为代表,找到自己丰富、广阔、汪洋恣肆的魔幻现实主义文风,有新历史主义的走向;第五阶段,从《檀香刑》开始,莫言开始从时间、故事、语言、表现手法等方面向后撤退,并逐渐找到自己新的写作向度。本文通过对莫言的魔幻现实主义文本进行细读,并结合莫言的创作谈及相关史料,试图从原始思维、佛典文学思想、变态心理学三方面来分析莫言魔幻现实主义文学的文学资源及其相关的文本特征,来探析莫言魔幻现实主义文学的成因。

变态人物序列

莫言的魔幻现实主义文本中有许多奇奇怪怪的人物,给人以神秘诡异的感觉,但是从变态心理学的角度看,很多人物其实都是变态心理人物,他们在现实中其实是可以存在的。

---

* 王保中:河南大学中国现当代文学专业硕士,2008年获硕士学位,导师侯运华教授。

(一)施虐淫人物

施虐癖一般指"在性生活中,以向性对象施加肉体和精神上的痛苦作为达到性快感的惯用与偏好方式的一种性心理行为"①。这里的施虐癖含义有向社会、政治等其他方面转移的隐喻倾向。莫言的文本中有很多这样的人物。最典型的是《檀香刑》中的刽子手赵甲,这个从小失去父母的孤儿,流落到京城,由一个见到杀人就害怕的人神秘地成为第一刽子手,一生杀人无数,文本中借赵甲、钱丁、赵小甲、孙眉娘之口描述了14个刑场场面,用二龙戏珠杀监斩候和偷东西的小虫子、腰斩库丁、凌迟钱壮飞、屠杀戊戌六君子、给孙丙钉檀香刑,等等。赵甲每次杀人,都经过精密的准备和设计,以杀人为艺术和替"天"行道的工具,只要脸上涂上鸡血,就感觉自己不再是人。"我们是皋陶爷爷的徒子徒孙,执行杀人时,我们根本就不是人,我们是神,是国家的法。"②在专心杀人过程中和被杀者的鬼哭狼嚎之中,他获得快感,一旦被杀者不肯呻吟,便无法达到快感,赵甲自己也在老师的教导下泯灭了性能力,变成一个以杀人为艺术和快乐的杀人狂。

莫言在《中国小说传统——在鲁迅博物馆的演讲》中如此说:"我在这本小说里,重点挖掘的是赵甲这个刽子手的奇特心理,当然也是变态心理。他不奇特不变态就活不下去。……"③德国鬼子克罗德也是这样的人物。当袁世凯、赵甲不断地罗列中国的酷刑,一向瞧不起中国人的克罗德竟然为赵甲的酷刑设计喝彩;"……让人忍受了最大痛苦才死去,这是中国的艺术,是中国政治的精髓……"④莫言借克罗德的这句话揭示了中国历史上政治的施虐淫本质。其大大小小的官吏整起人来自然会带来最罪恶的快感。每逢大事就要邀请赵甲为自己做活,如凌迟钱壮飞,并奖励赵甲的手艺和智慧,至于慈禧太后赠佛珠、皇帝赠龙椅等都表示了赵甲在执刑中获得的快感。袁世凯是其中代表。他最令人深思的是,赵小甲这个有点痴呆、老实的屠户,连别人的讽刺也分不清的农民,在父亲赵甲的带动下,竟然开始张扬自己的刽子手的威风,并喜气洋洋给自己的岳父上刑。其他人物还有《红高粱家族》中屠杀老百姓的日寇,给罗汉爷爷剥皮、轮奸恋儿的日本兵以遵守军纪和释放兽性为乐;《天堂蒜薹之歌》中阻挠金菊和高马的乡干部以阻挠别人恋爱为能事;《酒国》中金刚钻等人以吃过肉孩菜作为人才的资格;而岳母则以善做肉孩菜而自豪,当然是象征的,但不妨碍施虐淫心理起作用;《复仇》中的阮书记以和村中的女人睡觉为职业,来者不拒,并在快感的满足中给对方办应该办

① 王玲主编:《变态心理学》,广东高等教育出版社2002年版,第222页。
② 莫言:《北京秋天下午的我:散文随笔集》(说吧莫言·下卷),海天出版社2007年版,第353页。
③ 莫言:《作为老百姓写作:访谈对话集》(说吧莫言·中卷),海天出版社2007年版,第99页。
④ 莫言:《檀香刑》,作家出版社2001年版,第114页。

的事;《丰乳肥臀》中残废的孙不言以虐待大姐为乐,作为自己失去的补偿。张麻子以凌辱妇女为乐;《生死疲劳》中洪泰岳书记以惩治不听话的社员为乐,等等。这些人物利用自己的权力、地位等优势,对下属、妇女或者罪犯,严厉惩罚,并在对方的痛苦之中感到快乐和存在的意义。这些人物的行事逻辑在现实中是活生生存在的,按照他们的逻辑而推行的魔幻行为就不足为奇了。依照这种逻辑,莫言塑造出了一群作恶者的变态群像,其中混杂着莫言的反讽和悲悯思想。

(二)受虐淫人物

实际上"受虐淫和施虐淫常常联系在一起,患者常常充当两种角色"。受虐淫(Masochism)的表现一般指"通过受到别人(异性)施予的痛楚和屈辱而发泄其情欲并获得性欲满足的一种性心理异常"[①]。下文关于受虐淫患者也是在隐喻意义上来用的。莫言魔幻文本中的此类人物有许多。《天堂蒜薹之歌》中的高羊当学生时被调皮的学生诱骗,喝自己的尿而被学校严惩;在"文革"中,母亲被斗致死,因私下埋葬母亲,被逼喝尿才渡过此关;卖蒜薹时,无意间卷入游行运动之中,被捕后在监狱里被逼喝尿;到此为止,高羊决定无论别人做什么事,自己再也不说为什么,因为借此才可以过上自认为安定的生活,他完成了受虐淫的培养。这个形象深刻揭示受虐淫和施虐淫的紧密联系及其神秘的循环。借此来思考,莫言魔幻现实主义文本中很多人物的奇怪行为都有其一定的存在理由。另一个深刻的人物则是《檀香刑》中的孙丙,孙丙刚开始面对捕快李武、县官钱丁不卑不亢;但是自从被钱丁作弊斗须打败,黑暗中被刘朴拔光了胡子之后,便开始默认女儿和钱丁的婚外恋;如果说面对德国技师的淫荡的手,他还敢把棍子打向对方的肩头,那么,造成孙丙投降的直接原因是钱丁提出的"如果你能牺牲自己,保全乡亲们的性命,你就会流芳千古"[②]!结果导致马桑镇毁于一旦;在被捕之后,面对朱八、小三子等人的救援行动,他却为了一时的英名拒绝逃跑,导致几个人白白死去。正如孙丙在猫腔《檀香刑·孙丙游街》中所说:"但愿得姓名早上封神榜,猫腔戏里把名扬。"[③]莫言在赞扬孙丙的同时,深刻地意识到英雄情结的受虐淫本质,英雄虽然自以为英雄,但是罪恶的暴政者——施虐淫患者却借惩罚英雄来达到恐吓和滥杀的政治快感。结尾猫腔剧团的全军覆没,正好证明了"义猫"们什么都不怕只是演戏的大无畏行为中的受虐淫情结。而孙丙在死前说的"俺为了功德圆满,俺为了千古留名,俺为了忠信仁义,竟毁了数条性命"[④]这句话也证明他意识到了英雄情结的受虐淫本

① 王玲主编:《变态心理学》,第 22 页。

② 莫言:《檀香刑》,第 346 页。

③ 莫言:《檀香刑》,第 417 页。

④ 莫言:《檀香刑》,第 424 页。

质。其他《檀香刑》中的戊戌六君子、乞丐朱八和小三子的英雄就义情结，《狗皮》中恋儿受辱后绝食而亡的贞节观，《十三步》中的方富贵、张赤球等知识分子的清高等，均表现有明显的受虐淫品质。总之，在获得自己的英名和观众、后来者的赞美的同时，受虐淫患者的献祭行为强化并传播了自己的受虐淫品质，维护了施虐的暴政者所设计的神奇的圈套。它将渗透一切对英雄的赞美言语、追慕行为、阅读关系之中。莫言的英雄人物于是就有了反英雄的素质。

（三）窥视淫人物

一般地说，“窥淫癖（Voyeurism）是指由于窥视别人的性活动或偷看他人（异性）的裸体获得性兴奋和快感。从某种意义上说，尤其是在男性当中，窥淫癖是较普遍的现象。”[①]本段分析涉及在更宽泛的范围内，窥视者几乎遍及所有男女，不过程度不一。《长安大道上的骑驴美人》中，一大早，上班的人发现一男一女，各骑一匹驴，女的披着披风，男的拿着长矛，大家跟在后边导致交通堵塞。每个男人都感到那个女人对自己含情脉脉，每个观众都感觉这两个人非常神秘。在观看过程中，大家获得一种快感，把工作、交通等问题完全忘了，特别是侯七一直排在前边，跟了几里地，只不过最终只看到了驴怎样大便而已。这个反讽的结果解释了窥视淫患者的自我满足的荒谬性。更为深刻的一例便是《檀香刑》中的观刑者。每次行刑场面几乎都有那些观众的描写。如“二龙戏珠”刑，“本官要求你们，必须把执行的过程延长，起码至少延长一个时辰，就让它比戏还好看……非如此不能显出我们刑部大堂的水平和这‘阎王闩’的隆重。”[②]王大人要求行刑的时间要长，因为有观众要观看。当小虫子的眼珠子蹦出的那一瞬间，很多大臣、官僚、宫女都面色苍白，有的甚至晕倒在地，仿佛受刑的是自己，此处显示窥视淫患者本身具有受虐淫的表征。而凌迟钱壮飞时士兵的表现也属此类。此类人物借观赏和窥视来获得教育和规训。另一种情况则出现在凌迟妓女时的观众，无人关注妓女冤枉的喊声，观众只是随着刽子手手起刀落、妓女一声声哀嚎发出一阵阵喝彩声。观刑者像刽子手一样兴奋。正如赵甲所述：“师父说他执刑数十年，杀人数千，才悟出一个道理：所有的人，都是两面兽，一面是仁义道德、三纲五常；一面是男盗女娼、嗜血纵欲。”[③]刽子手赵甲对观刑者的评价揭示了窥视淫患者的施虐淫本质。在描写观刑者的文字中，我们可以体会到莫言对人是多么失望。由此看来，莫言不断地用动物来比拟人的小说，包含着莫言对人性中兽性的反讽！正如莫言在《关于〈檀香刑〉的几个问题——回答〈南方周末〉记者》一文中所说：“对酷刑的病态欣赏，其实不仅仅

---

① 张伯源、陈中庚编著：《变态心理学》，北京科学技术出版社1986年版，第178页。
② 莫言：《檀香刑》，第44页。
③ 莫言：《檀香刑》，第240页。

是中国人的专爱，西方那些号称文明的国家里，许多贵妇人和娇小姐都是断头台前的看客。这说明了人性中的一个黑暗的、甚至是肮脏的侧面。”[①]其他《幽默与原型》中王三变为猴子时那些孩子样的观众、《翱翔》中燕燕飞翔时坟墓周围的乡亲、《二姑随后就到》中的面对表兄弟屠杀的无动于衷的观看者等都具有观刑者的罪恶。同时，莫言把讽刺的笔触放到了上述诸篇的读者身上，莫言上述诸小说的暴力场面是惊骇的，一旦读者在心目中赞美莫言描写的暴力场面，就逃脱不了“窥视淫”患者的原罪。莫言不惜得罪读者，来达到批判人性的深度。

（节选自第三部分“莫言魔幻现实主义小说的变态心理内涵”）

① 莫言:《作为老百姓写作:访谈对话集》(说吧莫言·中卷),第43页。

第五辑　语言、叙事与意象研究

论莫言小说的叙事艺术

◇张相宽*

莫言无疑是当代最具影响的小说家之一，自20世纪80年代中期发表成名作《红高粱》以来，便吸引了越来越多的普通读者和专家学者的关注。莫言的小说之所以具有独特的魅力和永久的生命力，原因之一在于其小说的叙事艺术。莫言的叙事艺术很好地解决了小说传统性与现代性的问题，使他的小说具有永恒的魅力。莫言认为好的小说应该既有"好的语言"，也应该有"好的故事"，好的小说家应该会讲故事。莫言的小说，一方面强调故事的重要性，使他的小说具有传统性；另一方面又强调讲故事的方式方法，使之与传统小说有所区别，从而使他的小说又具有了现代性。本文主要从四个方面阐述莫言小说的叙事艺术，即莫言讲述的狂欢悲歌魔幻传奇的故事、雅俗共赏的语言、多元化的叙事视角与蒙太奇式的叙事结构，所解决的问题也就是莫言讲了具有什么特点的故事，莫言用什么语言讲故事，莫言用什么视角讲故事，莫言故事的结构怎么样。

莫言认为好的作家应该有"好的语言"和"好的故事"，他就是一位有好的语言和好的故事的作家。我们来看他究竟用什么样的语言来讲故事，他的语言有什么特色？

莫言自称是"作为老百姓写作"的作家，他所使用的语言具有鲜明的民族性、民间性、乡土性和时代气息。下面我们将从莫言对民间熟语与说唱艺术的汲取，个性化、民间化、口语化的对白语言等方面来论述莫言小说语言的特点。

民间熟语与说唱艺术的汲取

民风民俗、民间文化往往蕴含在民间谚语、歇后语、戏曲、小调、童谣、快板、顺口溜

---

* 张相宽：山东大学中国现当代文学专业硕士，2011年获硕士学位，导师贺立华教授。

里，他们本身就是民间文化和民间艺术的结晶，是民间文化的载体。莫言通过挖掘和使用这些民间语言艺术，赋予自己的文学作品以鲜明的地域性、民间性和民族性。

（一）谚语、歇后语

莫言自小生活在农村，对山东高密的民风民俗，对当地老百姓的心理和表达方式非常熟悉，所以当他走上写作之路后，当地的谚语、歇后语信手拈来，使之和自己的作品有机地融为一体。

在莫言的小说里，民间谚语和歇后语层出不穷，充分显示出民间资源的丰富性。比如一些谚语：身正不怕影子斜，干屎抹不到墙皮上；穷到要饭不再穷，虱子多了不痒痒；人走时运马走膘，兔子落运遭老鹰；螃蟹过河随大流，识时务者为俊杰；打不瘸的狗腿，戳不瞎的牛眼；人凭衣衫，马靠雕鞍；猪禁不住搔痒，人架不住吹捧；屋漏偏遇连阴天，黄鼠狼单咬病鸭子；世道不公，小鬼拆庙；茅厕里说话，墙外有人听；打出来的老婆揉到的面；毒不过黄蜂针，狠不过郎中心；病笃乱投医，有奶便是娘；媒婆的八哥嘴，报丧的兔子腿；旱不死的大葱，饿不着的大兵；扳倒葫芦流光油，拔了萝卜地面宽；大风刮不了多日，亲人恼不了多时；四月的婆娘，拿不动根草棒；寸草铡三刀，无料也上膘；东虹雾露西虹雨，南虹收白菜，北虹杀得快。也有许多歇后语读之让人难忘，比如腚眼里拉玻璃——明（名）屎（诗）；狗爪子抹墙——尽道道；吃钢丝拉弹簧——一肚子钩钩弯弯；抽大烟拔豆芽——一码归一码；老牛牙不好——专拣嫩草啃；博山的瓷盆——成套成套的；石头蛋子腌咸菜——油盐不进。如此等等，不胜枚举。这些充满民间智慧和民间情趣的谚语、歇后语，有的可以恰当地抒发当事人的情感，有的可以表达民间特有的生活方式、价值观和思维方式，有的蕴含着当地的民风民俗等民间文化。对民间谚语和歇后语的挖掘和运用是莫言表现其作品民间性的一个有效工具，也是表达民间智慧和情感的有效工具。

（二）戏曲、小调、童谣、快板、顺口溜

说唱艺术是民间艺术的一个源头，民间戏曲是中国传统文化的典型形式，民间小调、童谣、快板、顺口溜等也是民间文化较为灵活的、短小精悍的表现形式，作为重视作品乡土气息的作家莫言来说，对这种融会了民间智慧的民间语言艺术情有独钟，在很多作品里我们都能看到他对民间说唱艺术的借鉴。从这些说唱艺术里我们能够看到高密东北乡人民的民风民俗和智慧情感。

高密东北乡代表性的戏曲形式是“茂腔”，在莫言的诸多小说里都曾提到过。长篇小说《檀香刑》就是其中之一，在他的这部“向民间大踏步撤退”的作品里，我们常常能够看到大段大段的茂腔戏文，从人物语言到故事内容都受到茂腔戏曲语言艺术的影响，或者说是作者有意地向茂腔戏曲语言艺术的靠拢。在莫言的很多作品里，我们都能看到很多“能说会唱”的人物，或者是民间艺人，或者是一般老百姓，都能够时不时地吼上两嗓子。如《天堂蒜薹之歌》里的民间艺人张扣，用他的唱词为民请命："乡亲们种蒜薹发家致富，惹恼了一大群红眼虎狼，收税的派捐的成群结队，欺压得众百姓哭爹叫娘。"[①]《生死疲劳》里的洪泰岳在集市的人群里拿着牛胯骨唱着快板表达自己的心声，小顽童"莫言"领着一群小孩子编着顺口溜，唱着童谣表达着那一特定年代特定年龄的荒诞情形。《透明的红萝卜》里的打铁老人用这样的戏文和苍凉的歌声表达他的悲哀之情："……你全不念三载共枕，如云如雨，一片恩情，当作粪土。奴为你夏夜打扇，冬夜暖足，怀中的香瓜，腹中的火炉……你骏马高官，良田万亩，丢弃奴家招赘相府，我我我我是苦命的奴呀……"[②]而我们读着"紫碗碗花儿，盛蓝酒，妞妞跟着女婿走。走啊走，走啊走，走到黑天落日头，草窝窝里睡一宿。抱一抱，搂一搂，来年生了一窝小花狗。"[③]这样的儿歌是能够感知作品的乡土气息并产生温馨之情的。在《金发婴儿》中黄毛的民谣或者说是小曲儿把紫荆的心唱乱了："有一个大姐二十八，男人闯外不在家。那天她坐在窗外纺棉花，头插一朵石榴花。小蜜蜂飞来飞去总不落下，撩得大姐心乱如麻。蜜蜂，蜜蜂，要采花就采花，不采花就飞去吧。"[④]读着这样的歌谣我们也许会想起沈从文笔下的山歌，不过是一个粗犷豪放一个细腻婉约而已。

莫言对说唱艺术的汲取充分体现了他作品的民间性和乡土性，也使他的作品具有了强烈的感染力和生命力，读了让人咀嚼不已，回味不尽。

个性化、民间化、口语化的对白语言

莫言笔下的人物与人物之间的对话是典型的原汁原味的个性化的、民间的口语。不同的人物操不同的语言，读来让人觉得闻其声如见其人，个性鲜明。而原汁原味的、粗鄙的民间口语让人感受到浓厚的乡土气息。

《红高粱家族》里土匪司令余占鳌的语言充分体现出他的英雄气和匪气，果断、勇猛、粗豪。比如：

> 余司令拍了一下父亲的头，说："走，干儿。"
> 腥甜味愈加强烈，余司令大喊一声："日本狗！狗娘养的日本！"
> 余司令大声吼叫："谁开枪？小舅子，谁开的枪？"
> 余司令一愣神，踢了王文义一脚，说："你娘个蛋！没有头还会说话！"

---

① 莫言:《天堂蒜薹之歌》,《莫言文集》第3卷,作家出版社1995年版,第38页。
② 莫言:《透明的红萝卜》,《莫言文集》第3卷,第346～347页。
③ 莫言:《丰乳肥臀》,北京十月文艺出版社2009年版,第551页。
④ 莫言:《金发婴儿》,《莫言文集》第3卷,第516页。

余司令对大家说："丑话说到前头，到时候谁要草鸡了，我就崩了他。咱要打出个样子来给冷支队看看，那些王八蛋，仗着旗号吓唬人。老子不吃他的，他想改编我？我还想改编他呢！"

这是余占鳌率领他的游击队打日本鬼子伏击前的几句话，真是闻其声见其人，一个粗犷豪放、勇猛顽强、个性独立"既英雄又王八蛋"的抗日的土匪形象栩栩如生地呈现在读者眼前。同样是在《红高粱》里，一个老太婆的一段话絮絮叨叨，让人忍俊不禁：

路修到咱这地盘时哪……高粱齐腰深了……鬼子把能干活的人都赶去了……打毛子工，都偷懒磨滑……你们家里那两头大黑骡子也给拉去了……鬼子在墨水河上架石桥……罗汉，你们家那个老长工……他和你奶奶不大清白咧，人家都这么说……呵呀呀，你奶奶年轻时花花事儿多着咧……你爹多能干，十五岁就杀人，杂种出好汉，十有九个都不善……罗汉去铲骡子腿……被捉住零刀子剐啦……鬼子糟害人呢，在锅里拉屎，盆里撒尿。那年，去挑水，挑上来一个什么呀，一个人头呀，扎着大辫子……。①

这是"我'，为了给自己的家族树碑立传到高密东北乡搞调查时遇到的一个老太婆，说话唠唠叨叨，断断续续，但也知无不言，言无不尽，老农民老太婆的口吻活灵活现，一些土语、谚语、口头语，再加上东家长西家短的说别人家隐私的特有的口气，把一个农村老太婆塑造得形神兼备。

塑造人物形象是一个小说家应该具备的本领，塑造人物的手法多种多样，当运用语言描写来塑造人物形象的时候，最基本的应该是个性鲜明，听到一个人说话就能够显示一个人的性格，莫言做到了这一点。同时，莫言作为一个立足于民间的作家，他笔下的人物的语言充满了泥土气息、乡土风味。我们能够从他故事里的人物语言里听到一些民谚俗语以及农村、农民特有的说话的风格和特点，一个写民间的作家如果不能纯熟地运用特有的乡土语言，那么他将不会是一个成功的乡土作家，即便他在写作其他作品时是成功的。而莫言从小就生活在农村，对农村老百姓的语言特别熟悉，对老百姓表达自己的情感的方式也特别熟悉，再加上对自己家乡的老百姓的深厚感情和对民间资源的有意挖掘，使他在运用民间乡土气息的语言方面异常成功。

（节选自第二章"语言——雅俗共赏"）

① 莫言：《红高粱》，《莫言文集》第1卷，作家出版社1995年版，第11页。

莫言小说的叙事学价值

◇徐国兵*

本文从叙事的角度，对莫言的小说创作进行研究。本文共两部分，具体论述如下："上篇"是现代叙述部分，重点论述了莫言小说对叙事学的贡献。本部分从"叙事"、"反讽与诗化的叙事"两个层面论述，"叙事"层面着重论述了莫言小说叙述方式的主观情绪化特征、叙述结构的多样性和独特性；"反讽与诗化的叙事"部分论述了反讽、戏仿等具有颠覆性的修辞以及意象、隐喻、象征等具有寄寓意义的修辞。"下篇"是叙事话语分析部分。本部分从莫言小说的题材——"历史"、"民间"入手，分析了莫言小说对传统文学素材的吸收和借鉴，并发掘莫言作为一个人文知识分子所持的话语立场：既有勇于承担的一面，又有个人言说的一面，而个人言说的最终落脚点是他创作中的民间立场。无论是内容还是形式，莫言小说都体现了现代与传统的交融。莫言的小说创作有其先验的一面，但又不囿于先锋，而是超越先锋。在莫言小说里，叙述始终不是一种压抑故事的存在。莫言的大部分小说不仅有多变的叙述方式，繁复的叙述结构，敏锐的感觉体验，还有完整的故事，曲折而又富有传奇的情节。他的小说有对民生大众的深情，有对民间艺术的激赏，有对历史的独特思考，这些都构成了一种实在而不失深沉的内涵。

叙事结构

董小英在论述作品的叙述结构时认为，叙述结构有内结构和外结构之分，外结构是指情节安排为故事服务的组合方式、注重故事，而内结构则涉及命题与文旨的组合方式。"外结构是组织剪裁序列、故事的结构，内结构是组织命题的结构，所有作品都

* 徐国兵：苏州大学文艺学专业硕士，2004 年获硕士学位，导师廖大国教授。

有外结构，都有内结构因素，却只有少数作品有内结构形式，命题场是内结构形式之一。”①如果说传统小说家仅仅意识到作品的外在结构，那么现代小说家更注重内、外结构的有机结合。在讨论莫言的长篇创作中，讨论作品的结构有着重要的意义。显然莫言很注重作品的结构，他的几部长篇，结构不断变换，力图尽最大可能地展现结构的魅力以及结构的表意功能。他的作品又极度重视故事，如莫言认为，《天堂蒜薹之歌》是自己“最沉重的一本小说”。故事还担负着历史或现实的责任，过于沉重的现实承担使小说在故事、情节上倾注了较多的笔力，可称作是外结构显著的作品。尽管这样，《天堂蒜薹之歌》仍不能算是单纯的外结构作品，在每章的前面，都有瞎子张扣演唱的歌谣。这些歌谣内容代表了人民的心声，揭示了人民的苦难，而多章组到一起后，则不仅演绎了为民请命的民间艺人瞎子张扣的身世遭遇，而且也揭露了某些官僚的可恶、社会的黑暗。它所昭示的命题与主叙事的命题是重合的，有深化主题的作用。《红高粱》、《丰乳肥臀》更是内、外结构的混用，故事蒙太奇式的剪辑手法，使外在结构层次繁复，增强了作品的传奇色彩。而作品中具有现代意识的“我”对事件、道德的评说，使《红高粱》又具有现代与传统的对话的内在结构。在《酒国》、《檀香刑》两部作品中，不仅外结构别具特色，内结构形式明显，莫言对内、外结构的控制能力也达到了驾轻就熟的地步。

《酒国》和《檀香刑》两部作品的外结构比较清晰，前者采用主要文本（显形文本）和辅助文本（隐性文本）平行的结构，主要文本是丁钩儿探案，辅助文本是文学爱好者李一斗和作家莫言的通信。这两个文本形式上平行，内容上后者起到了补充前者的作用，同时结构的平行具有反讽的功能。《檀香刑》是典型的块状结构，“凤头部”、“豹尾部”两部分是人物独白，“浪语”、“狂言”、“傻话”、“恨声”这些修饰性词语都是作者声音的流露，“猪肚部”则是叙述者使用全知视角的传统叙述。这三部分——“凤头部”、“猪肚部”、“豹尾部”的情节是互相补足的，尽管也有重合，由不同的功能者（指不同的人物或叙述者）道出却有不同的效果。

莫言继承中外传统，再加上自己的艺术悟性，创造出能表达自己情感又有深广包容性的内外结构形式。在主要文本结构形式之外，他引入其他多种文学因素，如书信、民间、歌谣、民间唱腔（茂腔）等，它们是内结构中造成不同文学效果的诱因，但在外结构里，使小说的形式达到了多种文学因素的浑融，在一定程度上丰富了小说的表现方法。谈到内结构，不得不提到命题。命题是“具有更广泛的价值判断的含义”，“它可以是这种声音或人物或者主观判断，也可以是环境景致，包括人物在场景中的位置、行为的物象的隐喻式的意象性判断，可以是文本中直接点题的最终文旨语句……可以是整

① 董小英：《再登巴比伦塔》，三联书店 1994 年版，第 211 页。

个故事，也可以是种种上述的综合。有判断就有命题。”[①]《酒国》最显著的特点是引他人话语进入结构，构成双声性内结构，模仿了侦探小说的模式。虽然侦破的内容、描述的生活充满了当代生活的影子，读者还是很容易看出作家的有意模仿。而与主文本平行的副文本，则是引入了书信的体裁样式。文体形式、体裁样式都是属于他人话语的表达方式。莫言在《酒国》中引入他人话语不是为了模仿而模仿，而是为了确立自己的命题。在《酒国》中，丁钩儿口口声声为人民惩凶除恶，结果是一步步走进了对手所布的陷阱，以至最后的死也是最不光彩的掉进茅坑而死。侦探丁钩儿的经历和侦探福尔摩斯、霍桑等的既神机妙算又侦无不破的探案经历真是有着天壤之别，完全没有庄严和神圣感，显得荒诞可笑。作家正是通过这样的戏说或“戏仿”消解了侦探小说的原有效果，达到了对他人话语方式的否定，从而肯定或者确定了自己的命题。

《檀香刑》则是另一种方式，在块状外结构形式下的所谓复调性内结构。“凤头部”、“豹尾部”中的人物独白，从不同角度互补性地讲述了文本中的主要故事：以孙丙为首的东北乡人民被迫奋起抗德失败，孙丙被残酷地处以死刑。孙丙的女儿站在女儿的角度对爹怨恨多于敬重，知县钱丁以一个有良知的知识分子和朝廷命官的双重身份在敬重之外多了一份尴尬，刽子手赵甲则期许最后一次露脸的机会，女婿赵小甲以懵懂无知的童稚眼光看到了执刑的好玩与有趣……除去这些人物视角，叙述者在“猪肚部”表达了他的声音和态度。可以说，人物之间，人物与叙述者之间，甚至作者与人物、叙述者之间的各自独立的意识构成了复调性的命题场。“音乐上的复调，是指同时展开两个或若干个声部（旋律），它们尽管完全合在一起，仍保持其相对的独立性。”[②]作者、叙述者、不同的人物的意识或对同一件事情的态度构成了一个层面的复调性内结构。与对孙丙事件不同态度平行的，是对赵甲的“剑子手哲学”[③]的不同看法。在刽子手赵甲眼里，杀人是一门神圣的技艺，人被还原成了一个纯粹物质的人，或者说是“一条条的肌肉、一件件的脏器和一根根的骨头”。他已经丧失了人的情感和性质，变成了国家机器的一部分。他自己不无自豪地说：“小人斗胆认为，小的下贱，但小的从事的工作不下贱，小的是国家威权的象征，国家纵有千条律令，但最终还要靠小的落实。”[④]而其他叙述因素则表现出了与之完全不同的声音，一般民众对他生活的不解和畏惧，叙述者表现出不屑和唾弃，读者则有更多的义愤和憎恶。在作品内部，“刽子手哲学”不仅在文本地位上而且在意识上和孙丙抗德形成一种对抗。如果不和具体的事件联

---

① 董小英：《再登巴比伦塔》，第198页。

② ［捷克］米兰·昆德拉：《小说的艺术》，三联书店1992年版，第70页。

③ 谢有顺：《当活着比死亡更难》，《当代作家评论》2000年第5期。

④ 莫言：《檀香刑》，作家出版社2001年版，第368页。

系在一起，他的哲学有其内在合理性。作为国家机器，他不该具有任何人的品质，诸如人性、人道、正义、爱国、民族主义等等，这种非人性和孙丙等民众抗德爱国行为的人性构成了对抗性的复调。和孙丙抗德、赵甲的“刽子手哲学”并立的还有民女孙眉娘和知县钱丁的“乱世情缘”，这又是一个有着不同命题的故事，尽管和前二者构不成对抗，却和它们有着千丝万缕的关系。

这样，在作者、叙述者、人物以及读者的共同参与下，不同的价值判断构成了价值层面上的复调，而文本中相互关联又相互独立的故事——孙丙抗德、赵甲的“刽子手哲学”以及孙眉娘和钱丁的“乱世情缘”等又构成了命题层面上的复调。两个层面上的复调使《檀香刑》的最终文旨达到了一种同构异质的效果。

（节选自第一章“叙事方式与叙事结构”）

莫言小说文体论

◇付艳霞*

本文从文体学的角度对莫言的小说进行研究，采取细部文本分析与综合文体特征考察相结合的方法。主要分四部分：首先，探讨其语言的“拟演讲”式特征，从独白性和对话性两个方面分析语言的渲情效应和造像效应，并勾勒其整体语言形象。其次，从叙事角度、叙事结构和时空意识三个角度探讨莫言的叙事个性。第一人称叙事和转述人的设置使得莫言小说的叙述呈现了双重叙事和视角套视角的特征，并由此形成了框架式的叙述结构和叙述分层，同时在多层文本空间中拓展了小说的时空界限。再次，结合个案分析莫言小说的整体文体形态。无论是趣味与意义纠结的故事形态还是丑行与浪漫结合的人物性格，都构成了莫言小说文体的传奇风度和戏剧性特征，形成了以“史据框架下的传奇故事”为主的“杂体小说”。最后，考察文体的文化语境。其一是“双重他者”的身份意识和“作为老百姓写作”的创作立场以及魔幻化原始思维内语境，其二是历时性乡土文学传统和共时性寻根文学以及先锋文学对比的外语境，其三是感观体验时代的小说与影视改编相互借重的文化语境。本文注重在不同的章节突出莫言小说文体的不同侧面，并注意莫言小说文体特征的变化，以及这种变化与作家现实经历的参照和对于文本效果所产生的影响等，从莫言小说文体的个案投射20世纪80年代中期以来文学的发展和变迁。

趣味与意义：故事形态

莫言被评论家王德威称为“当代大陆作家群中，最动人的‘说故事者’”[①]。一般来

* 付艳霞：北京师范大学中国现当代文学专业博士，2005年获博士学位，导师李复威教授。

① 王德威：《千言万语，何若莫言》，《读书》1999年第5期。

说，评价故事的标准有意义和趣味两个方面，而莫言小说往往是意义和趣味的综合体。也就是说，它的每一个文本总是自成一个世界，进入事件就是进入小说世界，而事件结束就离开了小说世界，在这样的世界里，意义和趣味是水乳交融的，换句话说，意义仅仅在趣味中才能存在。而通常所谓的隐喻象征的空间在莫言小说那里异常狭小。一旦离开文本，读者很少留下什么思考的余地，很少思考自己、投射自己现在的生活，更谈不上对于自己的判断性的改变。一句话，莫言小说总体上缺乏一种有关人性焦灼感的哲学含蕴，那是属于思想者的，而莫言的人物都是行动者，包括写作者本人都属行动者，是情感的经历者而不是体验者。更准确地说，任何正儿八经地分析莫言哲学深度的评论都面临着徒劳的危险，因为作家根本就没有这么高深的追求，如果与哲学或人性的终极意义沾边的话，那恐怕完全是一种关注人的最本真生存状态时候的不经意流露和无意识抵达，因此这种缺乏其实是极其隐讳的、极容易被故事本身的刚健澎湃所淹没而难以从趣味中剥离出来的一种状态。①

这与莫言小说的传奇性有关。鲁迅先生在《中国小说史略》中认为："传奇者流，源盖出于志怪，然施之藻绘，扩其波澜，故所成就乃特异，其间虽抑或托讽喻以纾牢愁，谈祸福以寓惩劝，而大归则究在文采与意想，与昔之传鬼神明因果而外无他意者，甚异其趣矣。"②其本质含义就是传奇脱胎于志怪，然而在行文技巧方面比志怪更加丰腴、曲折，其寓意和趣味都有所改变。从这个意义上来说，莫言小说与传奇有很多的相似之处。比如它善志怪，不仅民间的神话传说经常入文，而且它的人物也多带有鬼魅怪异的色彩。比如它善藻饰，广泛吸收诸如现代派的语言技巧和行文技法、传统小说的闲笔等方法写普通的故事，等等。然而，正如传奇比此后的世情小说相对单纯一样，莫言小说相对于其他一些小说也比较单纯，趣味性大于意义，或者说文本技巧的创新意义大于文本哲学或艺术含蕴的意义。

然而，这不是莫言小说天然的特征，而是逐渐演变过来的。从莫言创作的历时角度来看，以《丰乳肥臀》事件为界可以分为两个阶段，前期尽管小说中也有很多轻松幽默的成分，但总体上来看是严肃而沉重的，至少可以看出作家"美学的和历史的"双重追求的努力。比如直接冠名为《幽默与趣味》的小说，用王三变猴子的荒诞故事包裹着对知识分子问题的思考，而《模式与原型》则用杀人犯狗闹剧般的游街思考着农村大龄青年的婚姻爱情问题，乃至人的欲望受挫之后产生的疯狂情绪，等等。而著名的《丰乳

① 有评论曾尖锐地指出：莫言排山倒海的诉说心里太多的东西是先天不足，而过于张扬生命活力的"东方酒神精神"本身也同样经不住推敲，人类进步不能只靠张扬生命力、呼唤野性，这只能导致蛮狠，而需要跳出单个生命个体之外的理性思考。参见蒋泥：《为莫言挑刺》，苍狼等：《与魔鬼下棋——五作家批判书》，中国工人出版社2004年版，第132～156页。

② 鲁迅：《中国小说史略》，上海古籍出版社1998年版，第44页。

肥臀》事件给了作家沉重的打击。这个用尽了作家心血，也一直被莫言在不同的场合称为最能体现自己思考的作品却遭到了很多的误解，他的生活也因此发生了变化，这对于莫言创作观念的改变是一个非常重要的催化因素。在经历了这场风波之后，莫言以《拇指铐》重返文坛，莫言自称这是"歇了两年后憋出的第一个蛋"[①]。

这个明显带有鲁迅的《药》、《阿Q正传》、《狂人日记》、《示众》等故事元素的小说写得让人匪夷所思，为母亲抓药的阿义所进行的活动，其过程和目的没有妨碍任何人，然而却莫名其妙地被铐在树上，不能脱身。表面上看，一切都没有来由，也很难看出作家想通过这样一个杂交式的文本表达什么。但是联系《丰乳肥臀》前后的经历会让人豁然开朗，这是一个"无辜"的故事。阿义不是托寄任何悲悯情怀的对象，而只是一个无辜的典型。他的经历、他的毫不妨碍别人却被当作绊脚石的遭遇、他的因被铐在树上而得不到路人同情的现实都是作家个人经历或个人心态的隐喻。这种无辜、误解、残害、漠视和没有来由的打击都如鲁迅先生的讽刺和寓言一样，带着狂人般被吃的莫名恐惧，带着革命者夏瑜般愿望与结果相去甚远的荒诞。小说的结尾中阿义看到了一个小小的赭红色的孩子从自己的身体里钻出去了，"他呼唤着母亲，歌唱着麦子，在瑰丽皎洁的路上飞跑。""他扑进母亲的怀抱，感觉到从未体验过的温暖与安全。"或许这也是莫言所说的读了鲁迅后"感到胆量倍增"[②]的理由。从此之后，莫言的创作观念发生了很大的变化，他在《师傅越来越幽默》的后记中这样说："从去年开始，我写作时的心境发生了很大的变化。过去我写得很努力，就像一个刚刚出师的工匠、铁匠或是木匠，动作夸张，炫耀技巧，活儿其实干得一般，但架子端得很足。新近的创作中我比较轻松，似乎只使了八分劲，所以新近的作品看起来会不会像轻描淡写呢？"[③]事实上也是，从《拇指铐》以后，他的写作更少了那种明显能够看出隐喻意义的厚重，而更多了模糊的、难以分辨的、趣味与幽默更明显的小说，比如《沈园》、《冰雪美人》、《野骡子》、《师傅越来越幽默》，还有《檀香刑》和《四十一炮》。这些小说与其说是轻描淡写，还不如说是"举重若轻"更为妥当，对于现实的关怀和讽刺，对于历史力量的崇拜和历史书写的怀疑，莫言更多地退到了民间书写的层次，关注普通百姓的日子，关注历史、关注人所共愤的腐败问题、关注民间自在的生活状态，等等。[④] 从这个意义上说，莫言在《檀香刑》后记中表达的著名的"后退说"不仅仅指回归小说的本真——故事和语言，也指自

---

① 莫言：《胡扯蛋》，《钟山》2000年第1期。

② 莫言：《读鲁杂感·小说的气味》，当代世界出版社2004年版，第41页。

③ 莫言：《师傅越来越幽默》，解放军文艺出版社2001年版，第347页。

④ 这是莫言在当代文坛民间性质的直接体现，他与王朔"一点正经没有"的痞子生活和陈染的"私人生活"共同构成了当代文学对于民间的书写，他们代表了不同的侧面，无论是语言还是欲望、个人空间还是历史，都是民间文化对于庙堂文化的质询和追问，都是民间倔强的声音。

己在现实关怀和历史书写中的态度，他试图保留，准确地说是控制或压抑自己刺耳的声音，让人物自说自话、让火车和猫腔各自为政，而他自己对于历史的判断则恢复到儿童似的眼光或者普通老百姓的层次。一切都是呈现式的，一切都变成了纯叙述式的，连转述都成了多余，因为人物早已经脱离叙述者的视线而自说自话了，或者说人物本身完全承担了叙述者的责任。这是作家出于对人物的充分信任而主动交权，还是认为让人物说话更为安全呢？与此同时，作家的现实批判力度又作何改变呢？

这种转变最明显的一个例子要数《师傅越来越幽默》，这是一个写劳动模范下岗的小说，用的是第三人称限制视角。这样一个社会学意义上的敏感话题被林间小屋的暧昧和师傅偷窥的快感、赚钱的胆战心惊以及揶揄搞笑的结局等消解了其宏大意义。尽管这被有些评论认为是“气力疲弱”的失败之笔[①]，但它却实在地体现了一个写作者挥之不去的现实关怀情结和妥协的写作角度。从莫言的创作历程来看，从善意的冒犯到被误解再到聪明地避让和迂回地反抗，应当说，创作观念的蜕变和对于现实环境的不断适应使莫言的小说褪掉了很多膨胀的语言、形式和与之相随的重写历史、干预现实的“野心”，从技法上和创作立场上逐步走向成熟和圆融，让趣味与意义的结合也变得严丝合缝。如果说，前期小说在书写趣味的同时还总是努力让意义指向文本之外的话，后期小说更多地让意义指向文本内部，莫言小说越来越拥有意义和趣味的自足性。但这种自足性对作品可能达到的高度、深度和广度的损害可能又是作家始料未及的。

从共时性的角度来看，莫言小说按题材可以分为以下几种形态：

一是单纯明丽的“拟童话体”，这种小说大多采用的是儿童视角和部分“还乡人”视角的叙事，包括《透明的红萝卜》、《罪过》、《枯河》、《民间音乐》、《初恋》、《爱情故事》、《球状闪电》、《爆炸》、《司令的女人》、《白狗秋千架》等，在这样的小说里，善恶分明，意义和趣味相对单纯，比如《透明的红萝卜》写到黑孩儿童年的乐趣和苦趣，写到小石匠、小铁匠与菊子姑娘的爱情悲剧，写到老石匠苍劲悠远而又落寞感伤的生活，一切都明晰可辨。而《罪过》、《枯河》虽然写了在成人看来异常惨烈的故事，然而对于不谙世事的儿童而言，一切都是偶然，都是生活中一次记忆深刻又容易遗忘的经历，苦趣中体现的其实是童年的感伤和惆怅，一切都是淡淡的孤独而已。而对于“还乡人”来说，回到久别的故乡无异于又一次回到童年，回到那个早已经不再熟悉的环境中。还乡人近乡情怯的无所适从与儿童时期的没有话语权、无法与成人争辩的弱势地位有某些相似，他们在相对明晰的价值立场和现实判断面前，表现的其实是一切善良和美好的祝愿，比如《白狗秋千架》中“我”对于暖的愧疚、被暖抢白之后的木讷、拜访暖家时的拘谨，等等。在这类小说中，尽管苦趣多于乐趣，感受多于意义，然而这种苦趣和感受都是容易

---

① 李敬泽:《莫言与中国精神》，江苏文艺出版社2003年版，第290页。

判别的，无论是孤独的童年还是愧疚的还乡人，其所代表、所追求的都是相对明朗化的。

二是幽默诡秘的神魔志怪体，这部分小说大多是些小短篇，比如《神嫖》、《奇遇》、《金鲤》、《灵药》、《良医》、《鱼市》、《夜渔》、《铁孩》、《屠户的女儿》、《姑妈的宝刀》、《飞艇》、《辫子》、《天才》等；中篇小说《你的行为使我们恐惧》、《红耳朵》、《梦境与杂种》、《藏宝图》等也可以大致归为此类。这些纯粹是民间神怪传说的翻版，更多的是一种趣味，而除了充满鬼魅般的神秘感、托寄美好的愿望等外没有什么其他的意义。但是一个作家对这种题材的书写，倒是能够体现他的民间来源和民间立场。

三是讽拟象征体，比如《笼中叙事》、《幽默与原型》、《欢乐》、《沈园》、《倒立》、《苍蝇·门牙》、《天堂蒜薹之歌》、《酒国》、《飞鸟》、《战友重逢》、《火烧花篮阁》、《师博越来越幽默》、《金发婴儿》、《怀抱鲜花的女人》、《模式与原型》、《木匠和狗》、《红树林》等，在这类小说中，意义超越了趣味，更多地体现了作家的现实关怀。

四是传奇化的讲史体，包括《红高粱》、《红蝗》、《丰乳肥臀》、《檀香刑》、《四十一炮》、《筑路》、《我们的七叔》、《牛》、《三十年前的一次长跑比赛》、《儿子的敌人》，等等。

尽管从区分来看前二者是趣味大于意义的，而后二者是意义大于趣味的。但题材仅仅是小说的一个最基础的方面，最后文体所呈现出来的形态，与题材的加工方式休戚相关。"拟演讲"式的语言和视角套视角的叙事方式、分层的叙述结构及特定空间的时间性表述等藻饰性的成分总是异常热烈，变化多端，以至于在这种变化中常常让人忽略莫言小说相对平庸的题材和故事构架。莫言小说的很多故事其实都没有超出志怪、讲史、世情和神魔等传统小说趣味性的范畴。所以，其实在创造了一种小说文体的同时，作家也在极力寻求一种旧的趣味与新的意义相结合的点，与"旧瓶装新酒"不同，莫言是"新瓶装旧酒"。然而，尽管读者难免会从不同的作品中读出同样的味道，但总体的感觉还是会有所不同。在"新瓶"与"旧瓶"、"新酒"与"旧酒"之间莫言总是在进行尝试，在改变"瓶子"的同时也在探讨"酒"的不同的酿制方法，而在这种不断地尝试和探索中，寻找文学的功用，寻找创作的意义和趣味的结合点，就像《酒国》。

这篇被莫言称为"美丽刁蛮的情人"的小说是"我迄今为止最完美的长篇，我为它感到骄傲。"[①]《酒国》的创作年代大致是1990～1993年，对于莫言来说，尽管经受的关于《欢乐》、《红蝗》的批评远远没有后来的《丰乳肥臀》严重，尽管他也从批评中吸取了有益的教训，开始重视个人感受、尤其是"审丑"的节制，并写出了《笼中叙事》这样"改弦更张"的小说，但他仍然对于文学、对于文学批评、对于文学与现实的关系以及衡量二者关系的尺度保留着独特的理解，哪怕这种理解仅仅是出于一种为自己的写作辩护

① 莫言：《小说的气味》，春风文艺出版社2003年版，第121页。

的本能，而不具备特别的理性意义。在《酒国》中他曾借与李一斗通信的人物莫言之口这样说："我因为写了《欢乐》、《红蝗》，几年来早被他们吐了满身黏液，臭不可闻。他们采用'四人帮'时代的战法，断章取义，攻击一点，不及其余，全不管那些'不洁细节'在文中的作用和特定的环境，不是用文学的观点，而是用纯粹生理学和伦理学的观点对你进行猛攻，并且根本不允许辩解。"[①]真实事件、真实人物通过作品中的"莫言"说出口，对于作家本人来说，是一个十分安全的反驳、表达乃至宣泄的渠道。实际上《酒国》也正是这样一部在虚虚实实中表达和宣泄的长篇小说，在展示中国食色文化颓败史的过程中，批判着文化传统和社会现实中的腐败，同时也宣泄着很多如主人公丁钩儿一般，稀里糊涂成为这种腐败的牺牲者的愤怒情绪。与《笼中叙事》对于叙述技法和现实关怀的双重努力相似，《酒国》也是在进行着非纯写实又非纯虚构之间的纠缠，不同的是，《笼中叙事》的笼中人兼具各种身份而显身，而《酒国》的叙述者则通过不同的题材屡屡更换，尽管都是"隐含作者"的化身，但造成的意义与趣味全然不同。

从表面的叙述来看，侦察员丁钩儿到酒国侦察食婴案件的侦探故事更具有趣味性，他的经历戏拟了杨子荣只身深入敌后的情景，侦探故事本身的悬念、牵一发而动全身的细节设置以及被侦察对象的"反侦察"能力、侦察员剥离表象看本质的火眼金睛都是阅读快感产生的源泉。而作家李一斗与莫言的通信则更带有意义的成分，两个人用公开私密信件的方式褒贬文坛本身就充满了多种意义解读的可能。尽管莫言的回信看上去更加严谨、更加慎重，措辞也更加委婉，但李一斗更加愤激，他对于莫言的追捧、对于文学现状的不满、对于文坛轶事的议论都更加露骨。然而，事实的情况是，侦察员丁钩儿侦察过程的失败和读者期待的落空却成了产生意义的源泉，而两位作家的通信则构成了一种语言狂欢的趣味。这样，小说的故事本身就产生了意义与趣味的悖反，而结合这种悖反的是李一斗创作的小说。

……

正如一次注定失败的挣扎与奋斗，其意义只能在过程中一样，一次起源于虚构的旅行也不会因为那个叫莫言的作家在小说中现身说法而改变其编造的命运。从这个意义上说，《酒国》那个肤浅的开头之下却产生了远非深刻就能阐释清楚的含蕴，在写实与寓言、神秘传奇和现实批判之间，莫言再一次找到了似是而非、似非而是的中间地带，实际上这也是莫言小说关注现实的常用手段。在这种复调式的场域中，所有的价值体系都在抗辩和角逐，而所有的深意都来源于这种论辩的缝隙，莫言在台湾版《酒国》的《酒后絮语》中谈道："原想远避了政治，只写酒，写这奇妙的液体与人类生活的关系，写起来才知晓这是不可能的。当今社会，喝酒已变成斗争，酒场也变成了交易场。

---

① 莫言：《酒国》，当代世界出版社 2004 年版，第 107 页。

许多事情决定于觥筹交错之间时，由酒场深入进去，便可发现这社会的全部奥秘。于是《酒国》便有了一些讽刺意味，批判的刺芒也露了出来。”[①]《酒国》的法文版获得了法国的文学奖，评论者认为“《酒国》是一个具有创新精神的文本，尽管它注定了不会畅销，但它毫无疑问的是一部含意深长的、具有象征意味的书”[②]。

实际上，莫言小说的很多故事都具有意味深长的象征意味，而这种象征意味的获得在很多短篇小说中都是靠着一个独出心裁的结尾。《白狗秋千架》的结尾一直为人所称道，暖姑想要与还乡人兼儿时的玩伴“我”生一个会说话的孩子的要求让人魂飞魄散，而小说也就此煞尾，还有《苍蝇·门牙》中那个既让人厌恶又觉得其可爱的班长，被手榴弹炸掉了门牙还没反应过来，拿着弹片和门牙说：“咦，则稀磨东希？”幽默揶揄和褒贬在这句经典的语言中发挥得淋漓尽致。还有《辫子》的结尾，女人郭月英妄图用辫子拴住丈夫的心，最后逼得丈夫终于忍无可忍将她的辫子剪下来，而小说至此发生了戏剧性的转变，疯子郭月英失了辫子后爬起来，说了一句再正常不过的话：“你这狠心的，绞辫子就绞辫子，下这样的狠劲儿干什么？”著名的还有《老枪》、《秋水》、《初恋》、《飞鸟》、《神嫖》，等等。这些结尾，往往带有丰富的含蕴，也能够成就莫言小说始于简单终于复杂的情节追求，当然也是其传奇性的戏剧化特征的重要构成因素。实际上，故事总是因人而丰富、而生动，而故事的一切传奇性、戏剧化也总是来源于人的活动，来源于人在历史与现实中的生存。

（节选自第三章“‘杂糅性’文体的综合形态”）

---

① 转引自钟怡雯：《莫言小说——历史的重构》，文史哲出版社1997年版，第101页。

② 莫言：《小说的气味》，第34页。

莫言小说语言研究

◇张爱萍*

莫言是“新时期文学”以来的重要作家之一。莫言的作品想象瑰丽，语言狂放，叙事宏大，发出独特的文学声音，以粗粝的生命力独步文坛。莫言，作为我国当代文坛上的“这一个”，与20世纪80年代同时出道的作家相比，其影响范围之广、持续时间之长，恐怕是其中任何一位作家都难以望其项背的。莫言以其“作为老百姓”的独特角度和通俗得近乎口语的“杂语”风格，赢得了广大读者和理论界的普遍关注和广泛赞誉，以至于形成一波又一波的热潮，从而彰显出莫言作为一个语言大师的独特价值和意义。但到目前为止，理论界对莫言的研究，更多侧重于莫言的创作里程碑、叙事角度、美学风格等方面，对作品的语言关照不多。最近虽有学者对莫言作品语言进行了较为系统的研究，但没能从“语言艺术”的高度把莫言作为一个文学“这一个”进行研究。为此，本文主要以《红高粱》、《丰乳肥臀》和《檀香刑》为个案，结合社会、作家和文本，运用语言学、修辞学的理论，对莫言作品语言特色作整体观照和系统研究。文章分为四个有机部分：莫言作品语言风格形成的三个阶段、民间语言特色、修辞特点以及莫言语言风格形成的原因和反思。

迷幻的示现

示现是一个老辞格，在这里，它成为莫言小说的修辞艺术的一大亮点。陈望道认为：“示现是把实际上不见不闻的事物，说得如闻如见的辞格……示现可以分别为追述的、预言的、悬想的三类。追述的示现是把过去的事迹说得仿佛还在眼前一样；预言的示现同追述的示现相反，是把未来达到事情说得好像摆在眼前一样；至于悬想的示现，

---

* 张爱萍：安徽大学语言文字学专业硕士，2007年获硕士学位，导师曹德和教授。

则是把想象的事情说得真在眼前一般，同时间的过去未来全然没有关系。”[①]近来，我们在阅读、欣赏莫言的长篇名著的时候，发现言语中有一种奇特的修辞现象，一种接近“悬想的示现”却又似乎有所不同的示现形式——迷幻的示现。

所谓“迷幻的示现”（简称“迷幻”），是根于潜意识或无意识，借助想象和联想，以奇特、迷离梦境或幻觉，流动、跳跃式的语言，来烘托气氛、揭示心理、抒发强烈感情的一种修辞方式。

迷幻的示现可以分为两类：迷梦的示现和奇幻的示现。两者都是超越现实而又以现实为基础的修辞现象。按照心理学的解释，迷梦和奇幻都是人感知过的事物在特殊环境、特殊条件中的曲折再现。人在睡眠的时候，由于某种刺激或残留在大脑里的外界事物的作用，引起一些影像，便形成了梦；而在某种特殊的心理状态下，无人讲话而听到讲话声，眼前无物却看到种种形象，形成奇特的幻觉，这便是迷幻格形成的心理基础。

客观事物是多种多样的，人的想象和联想是丰富多彩的，人的心理、情绪又往往是千变万化的，这些条件又为迷梦、奇幻的描绘创造了广阔的天地，并为其语言的运用规定了独特的方式，即语义上呈现出流动、跳跃的特点。从甲事物可以突然跳到乙事物，不受正常逻辑思维的制约。从表层来看，原本毫无干系的甲乙两事物竟然剪接在了一起；从深层观察，这两事物之间又确乎存在着某种必然的联系。这是迷幻示现产生的心理基础。

在词语运用上，迷幻常常借助一些引导性的词语，从现实到迷幻，又从迷幻转回现实。常用的引导性词语有：“眼前出现了……”、“眼前模糊的现出……”、“忽然在……中出现了……”、“猛然间出乎意外地现出……”、“隐隐约约地看见……”、“渐渐地浮现了……”、“渐渐地变成了……”、“浮现了一幕……景象”、“耳边仿佛响着……”、“好像听见……”、“寂静中好像有人在说……”，等等。

迷幻格的功能是多方面的，有时能使表达含蓄婉转，有时却又恰恰使表达显豁昭彰。因为它可以充分地展开想象和联想，自由畅快、汪洋恣肆地直抒胸臆，所以倾诉心声，抒发感情就成了它最显著的表达效果。莫言的小说里，很多地方采用了迷幻辞式，借以抒发作者深沉、激越的情感，产生了扣人心弦的艺术力量。

（一）迷梦的示现

日思夜梦，是人们常有的经历。由于精神专注，人虽已入睡，大脑接受某种刺激的部位却仍处于兴奋状态，残留在大脑里的种种影像连成一体，便形成了梦。莫言抓住梦构成的生理和心理特点，运用足以体现梦之特点的言语来记梦，借以表述作品中人

---

① 陈望道：《修辞学发凡》，上海教育出版社2001年版，第126页。

物的意志、信念和希望。读者随着那跳荡的，间或带有一点儿含混的语言，由此及彼、由表及里地去揣度、联想、品味，就会感到新奇、精替而又含蓄、深邃。如：

> (1)《檀香刑》中眉娘的噩梦、赵甲父子行刑、孙丙受刑、钱丁受伤……
>
> (2)在《檀香刑》第三章小甲傻话中写道："俺姓赵，名小甲，清早起来笑哈哈。(这傻瓜)夜里做了一个梦，梦到了白虎到俺家。白虎身穿小红袄，腚上翘着一根大尾巴。(哈哈哈)大尾巴大尾巴大尾巴。白虎与俺对面坐，张嘴跳出大白牙。大白牙大白牙大白牙。(哈哈哈)白虎你要吃俺吗？白虎说：肥猪肥羊吃不完，吃你个傻瓜干什么。既然你不把俺来吃，到俺家来干什么。白虎说：赵小甲，你听着，听说你想虎须想得要发疯，今天俺送上门来让你拔。(哈哈哈，真是一个大傻瓜！)"
>
> (3)她有一次梦到自己怀了一块冷冰冰的铁。有一次她梦到自己怀了一只遍体斑点的癞蛤蟆。铁的形象还让她勉强可以忍受，但那癞蛤蟆的形象每一次在脑海里闪现，她都要浑身爆起鸡皮疙瘩。
>
> ——《丰乳肥臀》

这些梦都是生活的比喻性纪实。(1)中眉娘提心吊胆，也早就看出爹爹孙丙这次凶多吉少，这些积日已久的恐惧，转化成噩梦。虽然离奇、古怪，却又令人感到它是眉娘真实思想的曲折反映。(2)赵小甲虽是一个杀猪屠狗之辈又是刽子手的帮凶，但他是个神志不清的弱智，所以，被人戏弄尚且不知，不仅找妻子要所谓的"虎须"，连做梦也想着"虎须"。(3)"母亲"的生育史就是她的一部屈辱史，偷人借种，但生不出男孩，还要受精神、肉体双重的折磨，所以她对生育有着极度的恐惧、担忧，所以梦中也是相关内容。

梦就是梦，总是虚无缥缈的，然而它又是人的思想的写真。这种把梦境与现实交织在一起的修辞手法，能强烈地震撼读者的心，具有特殊的艺术感染力。

(二)奇幻的示现

奇特的幻觉，从心理学上讲是一种不正常的知觉。过分的喜怒哀乐，有时会左右人的理智，使人一时失去正常的知觉，出现幻觉、幻境：没有人讲话而听到讲话的声音，眼前没有任何事物却看到各种形象。这往往是精神太专一，或是神志不清时出现的情形。

莫言作品里所描绘的幻觉大致分为幻听和幻视两种。例如《丰乳肥臀》中上官鲁氏的幻觉：

> 朦胧的感觉猛然间变得清晰了，她看到一只生着粉红翅膀的蝙蝠在房梁间轻快地飞翔，乌黑的墙壁上渐渐洇出一张青紫的脸，那是一个死去的男孩

> 的脸。撕肝裂肺般的疼痛已经变得迟钝，她好奇地看到，在自己双腿间，伸出一只生着明亮指甲的小脚。完了，她想，这辈子就这样完结了。想到死亡，心里涌上一阵悲苦，她恍惚看到自己被塞进一口薄木板钉成的棺材里，婆婆皱着眉头，满脸怒气，丈夫阴沉着脸一声不吭，只有七个女儿，围在棺材周围，大声地嚎哭着……婆婆的大嗓门把女儿们的嚎哭声压了下去。她睁开眼，幻觉消失，看到窗户一片光明。”

这里有幻听，也有幻视。这幻景不是现实性的，却又是以现实为基础的，是过去耳闻目睹的种种情景在特殊情况下的再现。它是“母亲”在一种强烈恐惧与憎恨支配下所产生的幻觉。

莫言《丰乳肥臀》是大张旗鼓歌颂母亲的，“写一个母亲并希望她能代表天下的母亲，是歌颂一个母亲并企望能借此歌颂天下的母亲。”“我真诚地想在这部书里歌颂母亲，歌颂人民，歌颂大地。”[①]这部五十余万字的小说的艺术中心就是母亲上官鲁氏，她集传统美德于一身，但绝不是一般意义上的“贤妻良母”，她带着“丰乳肥臀”嫁给了一个没有生育能力的小男人上官寿喜，先因不生育而遭受责骂，在不能传宗接代的沉重阴影的逼迫之下，她跋涉在“偷人借种”的屈辱之道，她先后与包括打狗卖肉的在内七个男人苟合，生下一窝杂种，而她“偷人借种”只生下女孩，又遭到摧残，当她生第七个女孩时，她的婆婆饮鸩般地喝下陈年老酒，而她的丈夫不仅用棒槌打烂她的头，而且从火炉夹来一块铁片烙在她的下身，经历了这些，她此时此刻，即第八次生育时，就出现上述的幻觉，在幻觉中我们真正体会到了此时“母亲”心中难言的痛楚。

运用奇幻，作品中人物的复杂感情诸如悲愤、思念、恐惧、憧憬等尽收其中，作者的褒贬爱憎也寓于这迷离朦胧的幻景之内。

（三）莫言小说运用示现的审美效果

一是把读者自然而然地带入特定的奇妙境界。如《夜渔》中写“我”——一个10岁孩子打鱼时与大人走失，于是产生幻觉，看见一个“跟传说中的神仙一模一样”好看的女人，她拖过一根带穗的高粱秆，向河沟一甩，另一端插入麻袋，肥肥的大螃蟹就顺着高粱秆爬入麻袋。顷刻，万爪抓搔，千嘴吐沫，就爬满了两个麻袋。都是幻觉和幻化的描写。当读者在色彩斑斓的艺术境界里畅游时，天亮了，家长们来寻找孩子，才又把读者带回到现实中，可是孩子身旁那两麻袋螃蟹及乱语的应验却给读者留下无限遐想的广阔空间，使小说自然而又余味无穷。

二是小说虚实相生、显隐相依，各臻其妙，尽得风流。《奇遇》最为典型。小说开头

① 莫言：《〈丰乳肥臀〉解》，《光明日报》1995年11月22日。

是实写，县城没有回高密的车，“我”准备步行回家；中部既有幻觉描写又有幻化虚写，“我”走到村口遇到赵家三大爷，他给“我”一个烟袋嘴；结尾则虚实兼具，得知三大爷“大前天早晨就死了”，但手里拿着烟袋嘴。小说整个描写过程实中有虚、虚中有实，以虚写实、以实写虚，虚实结合而相得益彰，从而显示人生的荒诞与不可捉摸。

三是在幻觉幻化艺术的应用中，也孕育着象征、魔幻、变形、怪异及意识流的手法，把奇特的主观感觉融进客观描写中。如《红高粱》中“我奶奶”戴凤莲临死前的描写：

> 奶奶的真诚感动上天，她的干涸的眼睛里，又滋出了新鲜的津液，奇异的来自天国的光辉在她眼里闪烁……父亲跑走了。父亲的脚步声变成了轻柔的低语，变成了方才听到过的来自天国的音乐。奶奶听到了宇宙的声音，那声音来自一株株红高粱。奶奶注视着红高粱，在她朦胧的眼睛里，高粱们奇谲瑰丽，奇形怪状。它们呻吟着，扭曲着，呼号着，缠绕着，时而像魔鬼，时而像亲人，它们在奶奶眼里盘结成蛇样的一团，又忽喇喇地伸展开来，奶奶无法说出它们的光彩了。它们红红绿绿，白白黑黑，蓝蓝绿绿，它们哈哈大笑，它们号啕大哭，哭出的眼泪像雨点一样打在奶奶心中那一片苍凉的沙漠上。高粱缝隙里，镶着一块块的蓝天，天是那么高又是那么低。奶奶觉得天与地、与人、与高粱交织在一起，一切都在一个硕大无朋的罩子里罩着。天上的白云擦着高粱滑动，也擦着奶奶的脸。白云坚硬的边角擦得奶奶的脸綷作响。白云的阴影和白云一前一后相跟着，闲散地转动。一群雪白的野鸽子，从高空中扑下来，落在了高粱梢头。鸽子们的咕咕鸣叫，唤醒了奶奶，奶奶非常真切地看清了鸽子的模样。鸽子也用高粱米粒那么大的、通红的小眼珠来看奶奶。奶奶真诚地对着鸽子微笑，鸽子用宽大的笑容回报着奶奶弥留之际对生命的留恋和热爱。
>
> ……最后一丝与人世间的联系即将挣断，所有的忧虑、痛苦、紧张、沮丧都落在了高粱地里，都冰雹般打在高粱梢头。在黑土上才扎根开花，结出酸涩的果实，让下一代又一代承受。奶奶完成了自己的解放，她跟着鸽子飞着，她的缩得只如一个拳头那么大的思维空间里，盛着满溢的快乐、宁静、温暖、舒适、和谐。奶奶心满意足，她虔诚地说：
>
> “天哪！我的天……”①

莫言王国里的女性在苦难压抑中追求个性的解放，显现出顽强的生命力。“把生

① 莫言：《红高粱》，《红高粱家族》，作家出版社1995年版，第71～72页。

命欲望与不灭的人性融为一体，莫言用他的作品对人性观作了有深度的探讨。”[①]他的大部分作品都致力挖掘、礼赞人的顽强的生命力。戴凤莲就是典范，她敢爱敢恨、追求自由的性格不仅表现在个人婚恋方面，更表现在她为了生存、为了民族而参与的政治斗争中。在那样的年代，她一个不谙世事的十六岁女孩，由于家长利欲熏心，她改变不了自己的婚姻，嫁给了一个麻风病人，但她并没有屈从，洞房里“他站起来，对着奶奶伸出一支鸡爪状的手，奶奶大叫一声，从怀里摸出一把剪刀，立在炕上，怒目逼视着那男人。”[②]然后她在那片如火的高粱地里大胆地与余占鳌野合，后来与情人余占鳌公然结合，这正是对封建家长、封建礼教包括“夫权”、“妇道”等最强烈地反抗。追求爱情的自由只是她一生的起点，她还要在更广阔的背景里实现自我的价值。余占鳌杀了单家父子，她不失时机地认县长为干爹，在这把保护伞的荫庇下，她成了精明强干的女掌柜，至此，一个被爹娘赶出家门的无助的小姑娘已经成长为女强人了，而她的人性得到了升华，她追求的不仅是个性的解放，更有民族的独立与解放。她一句定乾坤，巧设机关去抗日。当余占鳌与冷支队长四目相逼，“奶奶左手按着冷支队长的左轮枪，右手按着余司令的勃朗宁手枪”说：“买卖不成仁义在么，这不是动刀动枪的地方，有本事对着日本人使去。”[③]20 世纪 30 年代的中国，能有这样一位女中豪杰，真不愧高密民歌“女中魁首戴凤莲，花容月貌巧机关，调来铁耙摆连环，挡住鬼子不能前”。最后，她死了，死得辉煌，死在抗日的战场上。这一段示现的运用，为戴凤莲的一生做了很好的总结。作品中也给她一个评价：“我深信，我奶奶什么事都敢干，只要她愿意。她老人家不仅仅是抗日的英雄，也是个性解放的先驱，妇女自立的典范。”[④]奶奶临死前的幻觉无疑是作者赋予她的一首动听的生命赞歌！

（节选自第三章“融注生命体验的修辞艺术”）

---

① 张志忠：《莫言论》，中国社会科学出版社 1990 年版，第 95 页。

② 莫言：《红高粱》，《红高粱家族》，第 66 页。

③ 莫言：《红高粱》，《红高粱家族》，第 25 页。

④ 莫言：《红高粱》，《红高粱家族》，第 40 页。

山东方言在莫言作品中的运用

◇胡群昌*

从战国时期的《诗经》到当下的文学创作，方言贯穿了中国文学的始终。无论是在孔孟文化、程朱理学坚不可摧的封建社会，还是在受西方文化影响强烈的“五四”新文化运动时期，或者是在新中国成立后；无论是处于方言学的发展，还是文学史的改写阶段，文学创作都无法绕开方言。方言创作成为了方言研究不可或缺的凭借，也是推动中国文学研究的增长点和兴奋点。各个时期的语言学家、文学家、民俗学家都非常关注方言创作的现象，并且在各自的领域都取得了丰硕的研究成果。通过大量的阅读相关著作和论文，可以发现语言学界更多是通过这些作品来建立对语言研究有用的语料库，文学界更多关注方言对作品文学价值的贡献，民俗学界更多关注其中的民俗现象。这样就造成研究的视角比较狭窄，无法立体化的研究方言创作。本文在全面深入地阅读莫言作品和大量文献资料的基础上，以莫言在文学创作中的方言使用为主线，通过从中提取的大量例子来分析方言在其作品中的出现方式及其方言对整个作品文学价值的独特贡献。从方言学的角度重新观照方言创作的原因、时代和地域特征，并力图进行比较，以山东方言区作家——莫言的创作为视角来透视整个方言创作和方言文学。

亲属称谓的特定修辞效果

(一)从称谓词的形式上看

1. 称谓词的构造结构

在莫言所生活的胶辽方言片，亲属称谓词除了自己的直系血亲外一般都会加一些

* 胡群昌：福建师范大学汉语言文字学专业硕士，2009年获硕士学位，导师陈泽平教授。

具有区别意义的前缀或后缀。

(1)这其中有十一叔——痴子德强的爹,还有二伯——瞎子德重的爹。

——《二姑随后就到》

(2)法医前来验尸的时候,上官来弟挎着一个小包袱,穿戴得整整齐齐,对母亲说:“娘,我要走了,该怎么着就怎么着,不能冤枉人家那些当兵的。”

——《丰乳肥臀》

(3)刘罗汉大爷在我家工作了几十年,负责着我家烧酒作坊的全面工作,父亲跟着罗汉大爷脚前脚后地跑,就像跟着自己的爷爷一样。

——《红高粱》

(4)爹娘十分着急,把舅舅请来想办法。

——《酒国》

(5)大树旁边那个水煎包铺子里的老板娘发现他走出来,热情地招呼着:“这不是张扣大叔吗?站在这儿干什么?进屋,刚出炉的热包子,吃几个,不要您的钱。”

——《天堂蒜薹之歌》

还有姑父、舅妈(口语中叫“妗子”,在莫言的作品中这个称谓词没有出现)、三爷、外曾祖父、老嫂子、大侄子、刘罗汉大爷、章古巴大叔、吕大舅、宋大叔、方六老爷、春季大哥、暖姑、留馒姐、苏社大兄弟,等等。而像“爹、娘、爷爷、奶奶、叔叔、婶子、舅舅、姑姑”这些直系血亲则一般会直接出现。这种构词法与普通话基本一致,只是普通话中的称谓词不会有严格细致的区别词。例如,在普通话中,无论几个姑姑都只是叫“姑姑”,而在莫言的作品中则会有“大姑”、“二姑”……在官话方言区之外的其他方言区比如闽南话中,亲属称谓词前会加上附加成分“阿公”、“阿妈”等。

2. 称谓词的构词语素

(1)亲属称谓

在称谓词的构词语素上,在莫言作品中也存在着与普通话和其他方言片不同。如父亲、母亲在普通话用“爸爸、妈妈”来称呼,而在胶辽方言片甚至是在整个山东方言中都是用“爹、娘”来称呼。在其他的方言区,比如闽南话中,把父母分别称作“阿爹”、“阿母”。其实在莫言的家乡山东高密的方言口语中,把父亲叫作“爷”(51),把祖父叫作“爷爷”(51、42);把奶奶叫作“妈”(24、41),而母亲叫作“娘”(老派)或“妈妈”(55、42 新派)。莫言在《姑妈的宝刀》中对“孙家姑妈”的解释说:“在我们家乡,妈等于奶奶,而妈妈则以娘谓之。因此,这孙家姑妈,实则是我的奶奶辈,我母亲和我父亲以‘姑’呼之”。所以进入莫言作品的称谓词并不是当地口语的完全展现,而是经过了作者的加工。称呼比父亲大的人，在山东方言区叫“大爷”(在莫言的作品中“大伯”仅出现了一次)，把其妻子称谓“大娘”而几乎不会称作“大妈”。例如：刘罗汉大爷、四大娘(“娘其实比四大娘大七八岁，但四大娘的丈夫比爹大，所以娘叫四大娘‘嫂子”)。如果是丈夫或者老人叫年轻的母亲一般是“孩子(名字)+(他)娘”或者简称“他娘”，不会直呼其名。例如：“张大奶奶愤怒地对我母亲说：小通他娘，你让我们喝这样的水，心里不愧吗?”(《四十一炮》)。此外还有“大牙他娘”、“许宝娘”、“孩子他娘”等。

(2)姓名或绰号

莫言在作品中人物名字的语素选择上具有明显的修辞意义的追求，每个人名都有它独特之处，而不仅仅是强加在人物身上的、客观的符号系统。每个人物的名字(不包括姓氏)都具有普遍性的特征，表示一类人，并不是属于一个人的专用名字。

> 话说这学堂有一个学生，小名叫冬生，冬生的娘长得俊，号称茶壶盖子。
>
> ——《天堂蒜薹之歌》

比如“茶壶盖子”这个绰号在莫言的好几篇作品中都出现过，它是农民对长得漂亮的女人的统称，与此类似的还有“盖八庄”。无论是用人的外貌特征做名字(黄眼、三料、小瞎子、花白胡子、干巴等)，还是用具有地域特色的动植物的名称作名字(柳树根、树叶、宋梨花、小蟹子、耗子等)，每个名字或绰号都具有形象的概括性，都可以表示一类人。此外，用在家中排行为名字的(鱼老二、侯八、王小三、孙大等)，以职务或职业为名字或绰号的(宋队长、吴所长、老铁匠、刘快刀、三仙姑等)都具有这种属性。

(二)从称谓词的意义上看

1.由亲属称谓的构词语素可以看出重男轻女的思想在农村中的影响还是比较深，特别是年龄比较大的女性，人们一般会借用丈夫或儿子的名字来称呼而不会直呼其名，甚至会用古语的称呼法“XX氏”。例如：“张刘氏一听，大吃一惊，说，先生，俺孤儿寡母，哪敢高攀?”(《天堂蒜薹之歌》)年纪比较小的女孩儿的名字，不会像给男孩子取名一样刻意地去取一些比较有讲究的名字，比如丰收、解放、志国等。很多只是随便地取一些比较常见的花草的名字像“牡丹”、“孙红花”、“树叶”等，足见重男轻女思想在农村的根深蒂固。从另一方面，这些具有大自然和地域特色的名字具有较高的修辞学价值，形象地把人物和自然界巧妙融合在了一起，让人物深深地根植于农村的沃野上，并在广阔而博大的农村社会形态中获得了人类原始的生命力。

2.在姓名和绰号的语素选择上，莫言倾注了比较多的精力。从上文所举的例子我们不难看出，人们所熟悉的，比较正式、传统的名字出现的频率比较小。相反的，比较具有修辞价值的、本身具有丰富内涵的名字大量出现。在莫言的作品中，几乎每个人的名字都与他自身有着密切的联系，名字具有明显的象征意义，成为了解构人物命运的重要因素，而并不是仅仅以一种符号的意义存在。所以，莫言在语素的选择上都是选用一些与本人身份相符的字眼，大量具有地域特色的事物进入人物的名字。田生谷、柳树根、宋梨花、鲤鳗、白荞麦、腊梅等，这些名字具有鲜明的地域性，在南方方言区作家的作品中极少出现。莫言作为一个在农村度过了自己的童年和少年时代的作家，农村的一草一木都被赋予了人的灵魂，幻化成了有思想的人。通过这些名字，我们可以窥见纷繁多彩的山东农村生活的真实场景。

在莫言的作品中有大量的以人物的身体特征为名字和绰号的现象出现，例如：郭老肚子、冯结巴、一撮毛、郭麻子等这些富有人物自身特点的名字与他们在特定场景中的出场有着紧密的联系，对作品塑造典型环境中的典型人物具有重大意义。像王九、马小三、王四、陈老三等，大量的数字语素出现在了人物的名字当中。这些在北方农村普遍存在的名字构成形式在作品中的大量出现形象生动地描绘了农村多子多孙家庭的真实面貌。在那个特殊的时代和特殊的生活环境里，农民不可能为他们的子孙费尽心机地取一个又讲究又好听的好名字，残酷的生存现实迫使他们只能以最简单的方式给他们的子孙设定一个可以识别的记号，这在某种程度上还原了名字的本来面貌——区别性。在农村，农民们与大自然之间的关系尤为密切，用这种方式来给自己的子孙后代取名更大程度上显示了农民强烈的原始生命力和对自己家族人丁兴旺的期盼。

以职业的名称或特点作为人物的名字或绰号，这些富有浓郁地域色彩的语素反映了山东高密农村的风俗人情，凸显了特定的地域文化。例如“小轱辘子”这个名字，莫言在作品中对它的来历进行了一定的解释，“我们这儿把锔锅锔盆的小炉匠统统叫作‘轱辘子’，前面冠以姓氏什么的，张球是个小，大家都叫他‘小轱辘子’”，这么一来，它就不仅仅是作为一个人名而存在，自身所携带的地域特色就跃然纸上。另外还有，“锔锅匠”、“三仙姑”、“吴道士”、“王木匠”等。它们在特定的语境中出现，与作者所要展现的农村生活画卷浑然一体。相反，如果作者在这里用一些普通话中的语素来给人物命名，就会显得不伦不类，读者也会觉得缺乏新鲜感，进而降低阅读的兴趣。而像短跑运动员“张电”，京剧演员“蒋桂英”，外科大夫“刘快刀”等，这些名字与人物的职业联系非常密切，名字本身就体现了他的职业特征。还有用谐音的形式来给人物起的外号，像吕乐之（驴骡子）、毛艳（猫儿眼）等，这些名字或绰号调侃的意味比较浓，具有很好的修辞价值。

另外，在山东方言中丈夫对自己妻子的口头称谓一般是“孩子（孩子的乳名）十他娘”的形式，例如：“老蔡追上井台，号啕大哭着：‘孩他娘哟，我活着也没有什么奔头啦，跟你一路去吧！’”（《白棉花》）。当丈夫向外人提起自己的妻子时有时候会叫“俺家（屋）里的”，但这种情况现在在山东农村中比较少见，只是在一些老年人中存在，年轻人现在一般都是直呼其名。这种称呼方式也适用于长辈对晚辈的情况，比如婆婆叫自己的儿媳妇。例如:“陪同大哑巴前来的樊三大爷说:‘上官寿喜屋里的,我按你的吩咐办了’。”(《丰乳肥臀》)相应地,妻子称呼自己的丈夫用“孩子(孩子的乳名)+他爹”,比如:“四婶解下裤腰带,挽了一个扣,拴在铁床的架子上,又一次嘟哝着:他爹,俺的罪,今日受到头了呀……”(《天堂蒜薹之歌》)对于年轻的还未出嫁的女孩子一般用“乳名(一般取单字)+嫚”的形式来称呼,而不会直呼其名,比如:母亲恼怒地说:“四嫚,这可是卖你妹妹的钱!”(《丰乳肥臀》)还有“翠嫚”就不会将其叫作“翠”。“嫚”这个专用于女孩子的词语具有明显的地域性,它只是流行于山东半岛地区,而在山东的其他地区没有其出现的例证。这一简单的称谓词由于只是出现在特定的地理区域,所以它自身就携带着浓浓的地域风俗人情,传递着丰富的地域文化。

(节选自第三章“莫言作品中方言词汇的独特魅力”)

莫言小说变异修辞研究

◇颜培贺*

本文立足于变异修辞理论，在整合变异修辞语料库的基础上，对莫言小说的变异修辞进行研究，主要由七部分组成。绪论部分叙述了研究现状、研究目的及意义、研究方法；第二部分，归纳有关规范修辞与变异修辞方面的理论，并对二者在文学语言中的相互补充、融合关系加以说明；第三部分，从词汇因素、语义因素、语法因素等方面对莫言小说变异修辞的手段进行探究，并用图表形式将研究结果直观地展现出来；第四部分，从四个方面对莫言小说变异修辞的效果进行分析；第五部分，从主客观两方面对莫言小说变异修辞的成因进行探析；第六部分，对莫言小说变异修辞运用中存在的问题加以论述；最后结语部分，对前文研究作简要总结。

在文学作品中，言语的表达、信息的传递、思想的传达，可以通过多种方式实现，而作家总是会选择最佳的、最能表达思想精髓、最能够和读者产生共鸣的方式。这种方式可以是直抒胸臆、清淡自然，也可以通过变化来传达得更新颖别致甚至扣人心弦。在莫言的小说中，就充分采用变异修辞的方式，突出作家语言的变异美，起到了一定的修辞效果。

变中求奇，奇中有味

莫言小说中的变异修辞运用，讲求一种新奇。读者通过奇妙非凡的语言，可以品味其中的深远意味。

* 颜培贺：黑龙江大学汉语言文字学专业硕士，2012年获硕士学位，导师戴昭铭教授。

(1)此酒只应天上有,人间哪得几次尝?

——《酒国》

(2)路两边依旧是坦坦荡荡、大智若愚的红高粱集体。

——《红高粱家族》

例(1)是截取了莫言小说《酒国》中的一句话,形容酒国的美酒"此酒只应天上有,人间哪得几次尝",改装于杜甫的"此曲只应天上有,人间能得几回闻"①。此处,一方面采取的是人们耳熟能详的诗词,带给读者熟悉感;另一方面,形式上的改变,又带来一种新奇,让人耳目一新,同时又很恰当地赞美了酒国的酒,其中的意蕴令人回味。再比如,例(2)中,将形容人的"坦坦荡荡、大智若愚"这两个形容词用来形容物"红高粱",并将红高粱称为"集体",这里都是运用了变异修辞,赋予红高粱人的品质,表面上是夸赞现实中红高粱的广阔和辽远,实为赞美具有红高粱品质的人,也就是奶奶幻觉中的红高粱。这样,不仅新颖别致,毫无修饰的痕迹,而且还让人不禁去品味其中的深意。

于变异中见新奇,于新奇中品意味,可以说在莫言小说中运用变异修辞所产生的修辞效果之中,新奇是第一位的。

变中求神,神中有形

莫言小说运用变异修辞,很多时候是为了表达更加传神,这样不仅抓住了人与物的精髓,更起到了形神兼备的修辞效果。

(1)綦家围绕着棺材哭灵的大男小女……盯住杠子伕们和棺材顶上放着的那碗满得伸舌头的酒。

——《红高粱家族》

(2)棺材盖子上的酒碗也倾斜起来,透明的酒浆欲流不流地戏弄着碗沿。

——《红高粱家族》

(3)还有一部笨重的老式手摇电话机蹲在棋盘旁边,很威风。

——《白棉花》

(4)余司令走到墙角后,立定,猛一个急转身……勃郎宁枪口吐出一缕烟。

——《红高粱家族》

例(1)中"满得伸舌头的酒",例(2)中"酒浆欲流不流地戏弄着碗沿",都是将"酒"这个

① 杜甫《赠花柳》原文:"锦城丝管日纷纷,半入江风半入云。此曲只应天上有,人间能得几回闻。"意在赞美曲音犹如天上之音。

具象物异变成人，不仅使酒富有了人的生命，“伸舌头”“戏弄碗沿”更是将酒满将溢的状态形象地表达出来，形神兼备，十分生动。例(3)中，电话机作为摆设是被人摆放在一处的，这里却说电话机蹲在棋盘旁边，突出了电话机体积大、质量重的特点，“蹲”字也和电话机的定语“笨重的老式手摇”相呼应，贴切传神。例(4)中，勃郎宁枪“吐”出一缕烟，暗示余司令开枪的动作，这里并不直说，而是描写“枪吐出一缕烟”，不仅传神地将开枪的结果表达出来了，而且更富有动感，可谓形神兼备。

总之，莫言经常在变中求神，神中带形，信手拈来就会发现他赋予事物的神韵和形象是如此逼真和传神。

变中求真，真中有刺

莫言小说中运用变异修辞，有时也是为了通过变异性的表达方式从另一个角度揭露人或事的本来面目，表达出人的真实内心，同时，通过求真来鞭挞其“丑陋面”。

(1)我决定退居二线，发扬风格，为他们二人穿针引线，搭桥铺路，充当一个光荣、高尚的第三者。

——《白棉花》

(2)我逃离了家乡十年，带着机智的上流社会的虚情假意……又一次站在二奶奶的坟头前。

——《红高粱家族》

例(1)中，“第三者”本是受人唾弃、不被人认可的一个角色，这里却用“光荣”和“高尚”来形容，是故意将褒词贬用，达到一种讽刺效果。例(2)中，“机智”是形容人头脑灵活，善于思辨，这里形容上流社会，本应是褒义，但后面的中心语却是“虚情假意”，这样一来，“机智”也是褒词贬用，意在讽刺都市上流社会中的人是极其世故和圆滑的。以上两例都运用了褒词贬用的变异修辞手段，揭露了真实的人和社会的阴暗面，极具讽刺意味。

莫言在小说中经常用最真实、甚至有时真实得残酷的语言来鞭挞现实中的人或事，借以讽刺社会中的假丑恶。

变中求悖，悖中有理

在莫言小说中，很多变异修辞的运用是通过语义矛盾即两个不相容的悖论命题捏合到一起而实现的，表达了作者高度凝练的思想，同时包含着深刻的真理，收到变中求悖、悖中有理的效果。

(1)这场轰轰烈烈的爱情悲剧、这件家族史上骇人的丑闻、感人的壮举、惨无人道的兽行、伟大的里程碑、肮脏的耻辱柱、伟大的进步、愚蠢的倒退……

——《食草家族》

(2)父亲想起凌晨出征时那场像胶皮一样富有弹性的大雾,这一天过得像十年那么长,又像一眨么眼皮那么短。

——《红高粱家族》

(3)高密东北乡无疑是地球上最美丽最丑陋、最超脱最世俗、最圣洁最龌龊、最英雄好汉最王八蛋、最能喝酒最能爱的地方。

——《红高粱家族》

例(1)中,"爱情悲剧"指的是违背了同姓通婚族规的一对男女青年,以双双被烧死成就了他们的爱情,这里运用矛盾表达变异的手段,将"骇人的丑闻"和"感人的壮举"、"伟大的里程碑"和"肮脏的耻辱柱"、"伟大的进步"和"愚蠢的倒退"两两依次捏合,精炼而深刻地揭示了这对恋人的爱情富于矛盾性,具有双重意义。例(2)中,淡淡的一句"这一天过得像十年那么长,又像一眨么眼皮那么短。"就能让读者联想到战争之持久和惨烈,"像十年那么长",是因为经历战争是对人的生死考验,任何经历战争洗礼的人都会有这样的感慨,"像一眨眼皮那么短"是因为身处战争,心里只有一个必胜的信念,对于其他的外界因素都会置之不理,专注于一件事的时候,时间很短,可见,战争是多么残酷。例(3)中,是莫言对其故乡最经典的诠释,运用变异修辞,对高密东北乡这块神奇的土地加以高度概括,全面而精准,同时也传达了作家对故乡深深的眷恋和爱恨交加之情。

莫言在运用变异修辞时,有些语言看似悖论,实则饱含哲理,精准而隽永,可以说是变中求悖,悖中有理,理中还带有情,让人不禁深入文本之中,去探索作家的真性情。

(节选自第三章"莫言小说变异修辞效果分析")

论莫言小说中的色彩意象

◇高 君*

色彩意象的使用是莫言小说创作中最突出的特征和表现手法之一，它不仅丰富了文本的艺术表达，也让莫言的小说创作独树一帜。本文采取文本细读的方法，从其小说的色彩使用入手，对其色彩词的运用、各色意象的功能作用以及作家选择使用色彩意象的深层原因展开分析与探讨。本文主要分六部分：绪论对莫言作品中意象的产生、发展、演变以及莫言小说中色彩意象的研究现状作出简要的说明。第一章对莫言小说中有关色彩的描写进行分类，关注莫言小说中色彩对人物肖像、人物心理、环境描写所起的作用，以期对莫言小说色彩词的运用特点加以探析。第二章主要从颜色类别上对莫言小说的色彩意象进行区分。比如红色意象群、绿色意象群以及多种色彩意象的叠加，并结合文本对莫言小说中的色彩意象功能与主题表达关系进行进一步剖析。第三章主要把传统的色彩寓意和莫言小说中的色彩寓意进行比较分析，意在展现莫言小说中色彩意象对传统色彩审美风格的继承和超越。第四章主要是探究莫言倾心运用大量色彩意象的深层原因。最后，总结莫言小说色彩意象运用的总体特点，揭示色彩意象的选择和运用在文学创作中的独特意义。

多种色彩意象的叠加

在小说世界中，文字就是最好的着色笔，如果说沈从文、汪曾祺等人的作品是清淡的写意山水，那么莫言的作品则绝对是浓墨重彩的油画。哥德在《色彩论》中说，他久久地注视着一位红衣女郎；但是当女郎起身离去时，她身后的白色墙壁上却留下了一片美丽的海水绿色。哥德把这种现象叫作“补色”。马蒂斯把补色原理运用到了极致，

* 高君：西南大学中国现当代文学专业硕士，2010年获硕士学位，导师曾利君副教授。

变成了“野兽派”。那种大红大绿的不协调的色彩，汉金莲的红花与绿叶，椅子的黑色与地板的褐色，墙壁的紫绿相间，本来都是那么的刺眼，那么的极度不协调，可是在马蒂斯的画中，都用一种奇异的方式把它们组合起来了。莫言也是这样，他的文字色彩大概连马蒂斯也自叹不如，血红浓艳像是凝固的血液，湛蓝碧绿又像是浸透了海水，他将多种色彩意象叠加在一起，不但给人以视觉的冲击，也给人心灵上的震撼。

此外，色彩的象征性与抒情性紧密联系在一起是不可分离的。无论对色彩作怎样的抽象和超感觉处理来提示其象征意象，色彩也仍会保留它的感性特质以及和某种情绪的对应联系，而人在认知某种象征意义时也正需要相关情绪的引导和伴随。黄色是灿烂的、温暖的，给人以光明，指引着人们的前进方向，它往往和红色联系在一起，在《枯河》中，虎子自杀的第二天，“太阳冉冉出山，砉然奏起温暖的音乐，音乐抚摸着他伤痕斑斑的屁股，引燃他脑袋里的火苗，黄黄的，红红的，终于变绿变小，明明暗暗跳动几下，熄灭。”黄色和红色都暗含有生命的象征，现实生活的残酷让虎子觉得死亡是一种解脱的方式，他用极端的方式去追寻温暖和幸福的生活，而绿色在这里表示一种灾难、死亡，显现了一个生命衰竭的过程，让音乐抚摸他布满阳光的屁股，让死亡终结他悲惨而短暂的一生，这也是作者关于生命主题最为深刻和沉重的表达。

《白狗秋千架》里的那块黄布也是富有双重意义功能的色彩意象：女主人压倒了一片高粱，辟出了一块空间，将一块黄布铺在高粱地里，请求“我”与她生一个“会说话的孩子”，在这里，黄布既象征着任何人世沧桑也熄灭不了的女主人公的生活意志，同时又让人直观到女主人公在沉寂的苦难岁月中，内心中的那份衰颓与亢奋、死与生等种种意念的剧烈冲突。正如康定斯基所分析的那样，“如果我们用黄色来比拟人的心境，那么它所表现的也许还不是精神病的抑郁苦闷，而是其狂躁状态。”[①]骚动的高粱丛仿佛被黄布引燃了一样，整个空气里到处弥漫着情欲的焦灼。凝视这块奇特的黄布，我们几乎可以感知到一切，以至于感觉出黄色向作品边界之外的扩张和荒诞的戏剧效果，而整部作品也充斥着人性的愚昧和荒诞。

莫言还巧妙地将红色与其他色彩累加起来，带给读者奇妙的视觉效果和心理感受，如《秋水》的结尾，有一首儿歌：

> 绿蚂蚱。紫蟋蟀。红蜻蜓。
> 白老鸹。蓝燕子。黄鹡鸰。
> 绿蚂蚱吃绿草梗。红蜻蜓吃红虫虫。
> 紫蟋蟀吃紫荞麦。

① [前苏联]康定斯基：《论艺术的精神》，查立译，中国社会科学出版社 1987 年版，第 62 页。

白老鸹吃紫蟋蟀。蓝燕子吃绿蚂蚱。

黄鹌鸰吃红蜻蜓。

绿蚂蚱吃白老鸹。紫蟋蟀吃蓝燕子。

红蜻蜓吃黄鹌鸰。

来了一只大公鸡，伸着脖子叫"哽哽哽——噢——"

这种色彩意象叠加起来制造出的喧哗和骚动，充分揭示了充满活力和生机的生命被无情湮没的悲哀。我们不禁感叹，除了色彩能够如此自然地表达这种艺术效果外，恐怕再也找不到其他方式了。

在《生死疲劳》中，当描写到西门闹转生为驴路过村口小石桥的时候，莫言这样描写道：

在即将到达我们村头上那座小石桥时，我感到一阵阵的烦躁不安……卵石上粘着一缕缕布条和肮脏的毛发，散发着浓重的血腥。在破败的桥洞里，聚集着三条野狗。两条卧着；一条站着。两条黑色；一条黄色。都是毛色光滑、舌头鲜红、牙齿洁白、目光炯炯有神。

西门闹在阎罗殿经过一番磨难之后，终于可以回到自己的村子，在路过曾经枪毙了他的小石桥时，他的心情应该是无比的复杂，作者用黑色、黄色、白色、红色叠加，将死亡笼罩下阴间的恐怖、西门闹在重回村庄时喜悦和温暖的心情以及在路过自己死亡地点时那种悲凉的心情，都掺杂在一起，呼应了小说人生本苦、生死幻灭的大主题。

在莫言的小说中，还有很多处都运用到了这种设色规律。如《透明的红萝卜》里，那"泛着青幽幽蓝幽幽的铁砧子上，有一个金色的红萝卜，红萝卜的形状和大小都像一个大个阳梨，还拖着一条长尾巴，尾巴上的根根须须像金色的羊毛。红萝卜晶莹透明，玲珑剔透。透明的、金色的外壳里苞孕着活泼的银色的液体……"这段描写中，作者写"红萝卜"却不着一个"红"字，而是写红萝卜的变异色彩，作者运用如此新奇的写作手法是因为作品要反映的是那个黑暗的年代对人性的扼杀，整个作品的基调是沉郁、压抑和伤感的，作者赋予"红萝卜"银色的液体、金色的外壳和根须，是为了避免红色意象热烈和明快的指向破坏小说阴郁的氛围，从而使整个文本失去了激情和辉煌的色彩，与作品的悲剧主题相协调。

另外，运用多种色彩意象来表示灾难、死亡的还有《狗道》，当二奶奶惨遭日本兵蹂躏，眼睁睁看着自己的女儿被刺刀挑死时，二奶奶拼尽全力号叫一声，好像奋身跃起，但身体已经死了，她眼前一片黄光闪过，紧接着出现绿光，最后漆黑的潮水淹没了的各种纷繁的色彩一一闪现在眼前，纷乱混杂，来不及反应，悲剧就已经发生。

再看小说《爆炸》，这个作品的主要情节是主人公"我"带着农村的妻子去区医院做流产手术。由家至医院的路程与等待手术的过程对于“我”来说是极其漫长的，“我”不免陷入一种慌杂的、冲撞的、漫无目的的情绪之中，小说主要利用色彩意象和“我”的色彩感觉来表达“我”的心理情绪：

> 妻子的脖子上沾着灰土，沾着一根淡红色的麦芒和两颗蛋黄色的麦壳，一颗大，一颗小。汗水溻透了她的衣服，皱边的衣领上有发亮的油腻。我说：起来。她说：不。河沙钻进凉鞋，烫着我的脚，暗蓝色的光线嗞嗞叫着往上扑，扑得我两眼落泪。

在这里，只有“我”的理性目标是明确的，即坚持要妻子流产，这与“我”对妻子、父母、已出生和正待流产的孩子的复杂情感态度相对立。这些差异和态度，在价值观、文化修养甚至潜意识、生理反应等各个层次的心理感受中都有所表现。“淡红色的麦芒”、“暗蓝色的光线”象征着厌憎与罪疚、冷漠与责任感、意志的强硬与脆弱，以及来自血缘的认同感和现实心理的疏离感、对往事的感受与现实心理的相互渗透……种种情感意象既相互否定又相互包容，相互冲突或错位，产生、交织并混杂在各个心理层次中，纠结成一种无法清理的紊乱状态，对于这种心态，作者所应做的，不是“理清”它并做出阐释或告白，而是以其“原生态”向读者直接呈现，这也正是莫言对真实呈现内在生命活动理解的真实体现。对于《爆炸》这种充满内在冲突和无定向运动的紊乱情绪，莫言在色彩意象的设置中，提取了一组同形结构的表达语言与之呼应，他用红色、黄色、蓝色制造出的感觉与矛盾躁乱的内心情绪几乎完全一致。

在小说《爆炸》里，作者还有意运用红、绿色的并置：绿麦穗上大红的蜘蛛；鲜红的摩托车追赶着疯跑的灰绿色拖拉机；狐狸的红火球照亮一坑绿草；狐飞驰的影子“使柳树立刻绿得厉害”……这些画面，都会使人感到一种疯狂和犯罪的“地狱般的”气氛和情绪。《爆炸》里通过对强硬对比的红绿色的配置，唤起了对两种心理能量之间盲目碰撞、相互破坏的感受，这正是对“爆炸”所描绘出的特定情绪最精准的把握和最鲜活的形态表现。德拉克罗瓦曾说过：“每个文学家归根结底竭力追求的是什么？他希望他的作品读过之后，产生一幅画立刻产生的那种印象。”[①]无疑，莫言的小说不仅在感官上给人以画的印象，而且，读者从字里行间能感受到小说的主旨，让人回味无穷。

（节选自第二章“色彩意象与主题的互证”）

---

① ［法］德拉克罗瓦：《德拉克罗瓦论美术和美术家》，平野译，辽宁美术出版社1987年版，第311页。

莫言小说意象研究

◇王丽敏*

莫言的小说意象在某些向度上代表了他本人的创作实绩。纷繁抢眼的意象汇聚了莫言的智慧与才情,冲击并引导着阅读者的审美经验。本文除绪论和结语外,共分四章。第一章结合中西方文论史简要地梳理意象的含义,并结合莫言小说的创作实践,阐明莫言小说意象的二元存在形态:中心意象与辅助意象、乡村意象与城市意象、自然意象与文化意象、美的意象与丑的意象等相互交融。这些二元的意象形态往往不是截然对立的,而是表现出一种渐进性互通和勾连。第二章详细探讨莫言小说意象的建构方式。莫言通过对限知视角的选择,反复与象征、对比与类比的运用以及微观向度上比喻修辞手法的使用,建构起自己的意象世界。第三章着重分析莫言小说独特性意象世界的审美效果——繁复性、陌生化、感觉化与意绪性。其中以人体意象和意象色彩的繁复、声音意象的陌生化为例剖析了作家意象创造的灵动性与颠覆意义。第四章探讨莫言小说独特性意象的成因:乡村生活经验与儿时记忆、对乡土世界的归属感和深沉的忧患意识、中外著名作家对莫言的文学创作以及敏锐的感知与丰富的想象力的启发。在对莫言小说意象的存在形态、建构方式、审美效果、形成原因作出分析的基础上,本文对莫言小说意象创造的利弊得失进行了尝试性理论分析与概括。

莫言小说意象的二元形态

从不同的研究目的和研究角度出发进行分类,意象会有多种不同的形态。例如,杨义根据物象的来源及它赋予意象的外观作为标准,将意象分为自然意象、社会意象、

---

* 王丽敏:南京大学中国现当代文学专业硕士,2011年获硕士学位,导师王爱松教授。

民俗意象、文化意象和神话意象。[①] 韦勒克所谈到的分类更为多样,"不仅有'味觉的'和'嗅觉的'意象,而且还有'热'的意象和'压力'意象('动觉的'、'触觉的'、'移情的'),还有静态意象和动态意象(或'动力'的)的重要区别"[②]。对意象进行形态划分,必须先界定相应的标准,标准不同结果自然不同。常见的标准有:(1)从物象来源分,意象可分为自然、人体、社会生活和虚幻等;(2)从心理感知的角度,意象可分为视觉、听觉、嗅觉、味觉、触觉、触觉等几类;(3)根据意象在文本中所处的地位和所起的作用,我们可将意象分为中心意象(或主要意象)和辅助意象(一般或意象)。

莫言创作的小说意象形成一个庞大驳杂的系统,呈现出二元的意象形态,同时这些意象又组成了多元的意象系列(即"意象群"),二者相互交叉、渗透,形成一个多维的意象世界。此处的二元是指同一划分标准之下,意象内部中处于相对应的两极。莫言小说中纷繁复杂的意象表现出多个层面上的二元形态。

中心意象与辅助意象的融合。对作品的思想主旨、作者的价值和情感判断、人物性格和故事发展等起重要作用的意象是中心意象,反之为辅助意象。作者塑造中心意象要从整体着眼,它的每次出现都有特定且具体的意义,而对辅助意象的塑造更大程度上注重的是文学诸因素的局部整合,带有更多的瞬间化效果。例如,在《红高粱家族》中,遍野的红高粱出现了多次,与小说的立意直接相关,是中心意象,并且其含义在反复中逐渐富足起来。而荷花、鸽子等意象则是辅助意象,它们起到渲染气氛、烘托主题的作用。中心意象与辅助意象在小说中的反复具有不同层面的价值,一个是出于小说整体建构的考虑,一个是局部实现的需要。《老枪》中枪是中心意象,因见证三代人的生与死而有历史意义,同时折射出作者对种的退化的担忧。太阳、野鸭等意象为辅助意象,它们的出现有利于揭示人物性格,推动情节发展。《檀香刑》中,各种各样的刑罚是小说的中心意象,具有历史和现实的批判意义,其他的意象是辅助意象。莫言对中心意象的物象选取与意象塑造更多地具有文化反思意识,这一点增强了小说的思想高度;而辅助意象的出现,使文本具有某种丰富性和生动性。

乡村意象与城市意象并举。莫言小说的大多数意象为乡村意象,他擅长塑造的也是乡村意象,但它们往往又和城市意象形成或隐或显的对比。作为民间、乡土世界的代表与缩影,乡村意象的泥沙俱下象征着民间世界的鱼龙混杂,莫言对其进行了原生态的审美观照。乡村意象系列是真善美与假恶丑的综合体,这也为他的社会和文化批判创造了可能。文本中城市意象虽然占绝对的少数,但其作用不可估量,作家借助乡村一城市意象比照,表现出对乡土世界深切的关注以及沉重的忧患。虽然钟情于乡村

---

① 参见杨义:《中国叙事学》,人民出版社 1997 年版,第 289 页。

② [美]雷·韦勒克、奥·沃伦:《文学理论》,刘象愚译,三联书店 1984 年版,第 201 页。

意象，但莫言对此也进行现实主义与浪漫主义相结合的批判，尤其是先扬后抑之下的文本空间留下耐人咀嚼的意味。《食草家族》中铺天盖地的蝗虫、大便、遥远的小马蹄声等意象同一系列具有现代化色彩的意象形成对比。莫言对一些大丑、大俗的乡村意象进行美化与歌颂，激越的、高调的颂扬背后是浓郁的批判与反思，连大便都美好的食草家族其实并不是歌舞升平、欣欣向荣，反而是矛盾错杂丛生，如新生婴儿手脚上的蹼膜令族人惶恐不安，种的退化威胁食草家族的进步。乡村意象的丑与俗，是莫言的特点和偏好，也让他毁誉参半。莫言对城市意象的塑造是不成功的，虽然有城市环境为依托和背景，但所谓的城市意象往往具有浓郁的乡俗气质。如《酒国》中，罗山煤矿两位干部像红皮蛋的脸、像刚烤熟的红瓤儿小红薯的手，红皮蛋与小红薯的联想同视角人物的身份和生活经历是不符合的，这样的意象更像出自一个地地道道的农民的观察。

自然意象与文化意象的结合。自然意象包括自然景观、动植物等，物象来自于自然界，如透明的红萝卜、球状闪电、黄鼠狼子、像鸭蛋的太阳、高密东北乡的白狗、破絮般的云等。文化意象主要以人为中心，物象被深深地打上了人的烙印。如《金发婴儿》中惊世骇俗的裸体女像，《酒国》中女人"宛若一面湿漉漉的破旗"的衣服、谴责人类吃人罪恶的婴孩，《檀香刑》中象征人性恶的各种刑罚，它们或者承载了作家的人文关怀，或者传递出深邃的历史与文化批判。在莫言笔下，一些意象的物象来自于自然，但却与人的历史、生命、精神内涵等紧密相连，是后者某种向度的象征，这样的意象仍然是文化意象，比如在《红高粱家族》中，虽然火红的纯种红高粱原本是自然界普通的一种农作物，但在小说中它被赋予了浓重的人文气息和历史色彩，它是高密东北乡人生命强力与不屈不挠精神的象征，具有深层次的文化内涵。需要特别指出的是，莫言小说集中出现了很多人体意象，如像红皮蛋和小面包的脸、丝瓜一样的手、罗汉大爷简洁的头等，具有戏谑、夸张、怪异的色彩，这是莫言的特色。他对物象进行大胆的联想与变形，很多自然意象具有诡异、荒诞的特点，文化意象则经常被做意绪化处理。

美的意象与丑的意象的共存。莫言的审美观念超越世俗伦理，其小说意象是美与丑的共融。作家常常把美的与丑的意象放在同一水平面上做生动的描摹，表现出美好事物丑的一面和丑陋意象的美来。莫言笔下的丑与世俗观念相背离，具有极强的颠覆意义与冲击性。丑的意象寄寓着作家倔强的反叛和蔑视一切条规的性情，尤其是乡村意象，它们被以极端的方式表现出来，作家借此表明自身对城市文明的拒斥、对乡土文化的认同。他不但会以超常态的客观化、不厌其烦甚至愉悦的态度对这些"避讳点"施以关怀和审美烛照，还会以旁若无人、目空一切的口吻肯定、歌颂这些常人难以欣赏的物象。他没有避讳与禁忌，创作没有禁区，随想之所至，任兴致飘飞。但其创作实绩也有嗜丑、溢恶之嫌——丑的意象成就了莫言，也给他带来了很多非议。诸如此类的二元意象形态在莫言的小说世界中俯拾皆是，这样两极对照的呈现形态客观上形成一种抢眼的艺术效果。但这些二元的意象形态往往不是截然对立的，它们之间表现出一种渐进性互通和勾连。二元意象形态既是作家与众不同的审美观念的产物，也是他追求成就自己特色的结果，他的小说意象世界是一个真正多维立体的文学空间。莫言用心经营着自己的园地，践行着自己的主张，“有各种各样的灵魂，美好的灵魂，丑陋的灵魂，也有很多麻木的灵魂，这几十年来文学的进步就在于我们在塑造人物的时候已经克服了那种简单化、模式化。我们往往会发现一些好的东西的阴暗面，我们也会在一些坏的人的身上发现一些人性的闪光。总之，我们就是要把恶魔上升到人的高度，把神下降到人的高度，我们是用人的观念来对待小说的人物”①。意象存在形态的二元性是莫言多元艺术创作思维的体现，他的意象创作还原现实世界多维的本真面目，丰富了中国文学意象长廊。

（节选自第一章“莫言小说意象的存在形态”）

① 莫言：《讲演新篇》，文化艺术出版社 2010 年版，第 184 页。

莫言小说中“肉”意象的文化解读

◇申长崴*

莫言研究视域中，小说意象研究及纵深论述较少，对莫言小说中“肉”意象的提炼及对“肉”意象所蕴涵文化意蕴的分析、探讨具有一定的学术价值。本文力求以“肉”意象的文化解读为突破点，即从文化角度解读莫言小说中的“肉”意象，在意象学与小说叙事学研究基础上，定位本文中“意象”与“文化”视角，通过对莫言小说中“肉”意象的提炼、分析，探讨“肉”意象在莫言小说中的地位。以“食”、“色”两个切入点，重点分析莫言笔下“肉”意象的丰沛淋漓、汪洋恣肆，非肉不食与食草家族的矛盾统一，“食”与“色”的碰撞、纠结，进而阐释“肉”意象的文化蕴藉。从民族文化心理探源、民间与地域的互融影响、饥饿与孤独浇铸的个体生命记忆三个方面分析“肉”意象的文化根源。莫言小说中的“肉”意象是一种文化意象，是传统文化中食、礼精髓的延续，是生产力发展变化的文化记忆符号，是食、色文化古今发展的折射，是作者复杂生命体验的文化表达。论文在前面分析的基础上进一步明晰文学意象范畴里全新的“肉”意象群，探讨“肉”意象的文学审美价值；从“肉”意象的寓言性及世俗精神指向视角探讨“肉”意象的象征意义。

“肉”意象的文学审美价值

(一)文学意象体系补白

中国传统意象体系由来已久，意象史与主题史、题材史、文体史、时代心理及文学思潮史关系紧密。表演艺术中的意象需要抽象表达，造型艺术中的意象须以物化形态出现，语言文学中的意象则需外化审美。传统文学中内涵丰富、积淀至今的意象以诗

* 申长崴：东北师范大学中国现当代文学专业硕士，2009年获硕士学位，导师王红箫副教授。

歌为最，叶嘉莹就曾说过："中国文学批评对于意象方面虽然没有完整的理论，但是诗歌之贵在能有可具感的意象，则是古今中外之所同然的。在中国诗歌中，写景的诗歌固然在'如在目前'的描写为好，而抒情述志的抒情则更贵在能将其抽象的情意概念化为可具感的意象。"[①]原型意象如水、竹、柳、黄昏、月、兰、剑等渐次被人格化、象征化，再加之作者主体人格情趣的选择，于是出现了"陶渊明笔下的菊，简直就是诗人自己的化身，以至一提到陶就想起菊，一提起菊就想起陶，陶和菊已融为一体。李白笔下的月，陆游笔下的梅，也莫不如此"[②]。

概括来说，自《诗经》中淳朴自然的诸多意象开始，古典文学中业已成熟且经典的有漫诉衷情的柳、谦虚高节的竹、驰骋纵横的马、浩瀚无涯的海、不可夺坚的石、渺不可知的梦、怀乡思亲的雁、慨叹不已的黄昏、淙淙逝去的流水、无尽哀伤的悲秋等等意象，而现代文学中则又有人血馒头、吃人、阿Q、归乡、雷雨、雨巷、太阳、子夜等意象，及至当代文学多元化的乡村、红旗、麦子、北大荒、迷失等意象散点化出现，意象在高度概括性和凝练性等方面较前略有逊色。至莫言前，在众多意象构成的文学体系中，尚没有对"肉"如此详尽的描写和深度刻画。可以说，在主观情趣定位的选择和文化积累的作用下，莫言创造性地在当代文学中树立了"肉"这一全新意象，经不断充实完善，意象的层积增生不断加强，内涵日益丰富，因为"意象的层积增生是文学史中主体情感心态历史选择的结果，意象结构自身的容量及生殖能力同文人情感需要之间，似持久地存在着一种'马太效应'"[③]。"肉"意象的建构，丰富了古代文学以来的意象体系，呈现出前所未有的率真和坦然。

"肉"意象的建立过程不是一蹴而就，而是在众多作品中逐渐积累、外化而来的。从早期作品《透明的红萝卜》中小黑孩的肉身被热钻头烫得"嗞嗞啦啦"，到《筑路》里白荞麦和杨六九的爱欲如干柴烈火、出闸之水，再到高粱地上的交缠肉体、不断偷情以兹生养的《丰乳肥臀》，被檀香刑弑杀的无数肉体，兰大官人的御女无数，六世轮回的肉身痛苦，赤裸的肉身、张扬的肉欲被逐渐显现出来。"肉"的欲望并非人类独有，甚至"这种舒坦事儿，蚊蜢蛆虫都知道干"。再从"我"满怀一腔吃肉的热情到罗小通敞开食囊召唤各色期待被吃的肉，"肉"的出现频次愈来愈高、"肉"的情感愈来愈丰富、"肉"的生命愈来愈张扬，"饮食男女，人之大欲"烛照之下的"肉"之光彩斑斓绽放。

可以说，无论是从人类感知过程还是从认识史的角度看，经过较为复杂的机制，以直观为主的"肉"意象转化为客观物质介入的意会之象，"肉"意象的审美价值在于说明

---

① 叶嘉莹：《迦陵论诗丛稿》，中华书局1984年版，第240页。

② 袁行霈：《中国诗歌艺术研究》，北京大学出版社1996年版，第34页。

③ 王立：《心灵的图景——文学意象的主题史研究》，学林出版社1999年版，第19页。

了"人是一种肉身性的存在，作为自然实体的肉身存在是人的一切生命活动的物质前提"①。在本质上属于生物体的人，自然属性乃是第一属性，人在求得社会属性的飞跃时，自然层面的价值意义应首先被尊重和重视。

（二）消解崇高与平民化写作

作为一个美学范畴，人们对"崇高"的解读由来已久，古罗马时期朗吉努斯就曾在《论崇高》里详细论述过崇高的含义、构成因素、崇高与社会文化背景等问题。朗吉努斯认为崇高的审美感受来自五方面的建构，即"庄严伟大的思想、强烈而激动的情感、运用（思想、语言）藻饰的技术、高雅的措辞、整个结构的堂皇卓越"②。可以说，崇高是一种来源于人类社会实践的审美感觉，是主客体双方在矛盾对立冲突状态中趋向统一的动态美。

当代文学的革命现实主义由来已久，新时期之前，小说中充斥着激昂的脉动和高扬的崇高壮美之情，崇高题旨的确立与正统语言的表达促使小说面孔端正而严肃。文学"无名"时代来临后，各类个性言说呼啸而来，莫言就在其中风光独具地表达了对东方传统审美经验的执拗反叛，一如他所说"我们有太多的神灵崇拜，有太多的约定俗成的被社会所公认的流行价值和道德标准所束缚"，"现在我们的思想解放运动一个最起码的低层次上的起点，就是敢亵渎所有的神灵，扫破一些价值和标准"③。

莫言小说中主要人物一反传统作品中或睿智聪慧、或英武神勇的崇高化、全面化形象，一身土气和草莽气息，可谓是"最英雄好汉最王八蛋"。而高标在众多率性儿女之间的"肉"意象更是承载了消解崇高的重任。在食用层面上，"肉"意象毫无美感，没有精雕细刻、没有高雅秀气、更没有光鲜名目，有的只是在塑料盆里争相跳跃，抑或是死鱼烂虾、豆虫蚂蚱这种"小道闲说"。在肉欲层面上，"肉"意象更是消解了传统所有"红罗帐里不胜情"的优美和"犹抱琵琶半遮面"的含蓄。一方面，呈现出来的是夫妻关系以外的男女高粱地里的宽衣解带、剪发剃须时的暧昧动作、春天草地上和大鼻子蓝眼睛的云端之旅、签押房里的翻云覆雨，这是野性激情的飞跃和胜利；另一方面，受虐的肉体忍受着异族鬼子的践踏、身旁暴徒的侮辱还有无能丈夫的折磨，这是现实的冷酷和无奈。肉是丰满的、诱惑的，同时也是伤痕累累、饱经忧患的。

莫言消解了精英文化与大众文化之间的界限，彻底颠覆了崇高和经典。轿夫、土匪、杀人越货、抗日英雄、背叛妻子，这些关键词可以用于一个人，人作为人与兽、生与死、爱与恨、情与仇、善与恶的矛盾本体真正立体起来。"人都是不彻底的。人与兽之

---

① 刘铁芳：《生命与教化》，湖南大学出版社2004年版，第19页。

② 伍蠡甫、胡经之编：《西方文艺理论名著选编》，北京大学出版社1985年版，第119～120页。

③ 莫言：《我的"农民意识"观》，《文学评论家》1989年第2期。

间藕断丝连。生与死之间藕断丝连。爱与恨之间藕断丝连。人在无数的对立两极之间犹豫徘徊。如果彻底了,便没有了人。"①

平民化的写作姿态与平民身份认同是莫言躬耕乡土、解构高雅的又一自我定位,他曾经旗帜鲜明地谈道:"我不大赞同'作家要为老百姓去写作'这样的口号。因为这口号虽然听起来平易近人,好像是平等对人说话一样,但实际上它是一个居高临下的姿态,好像作家肩负了为人们指明方向的责任似的。我觉得这个口号应该改成'作家要作为老百姓去写作'。因为我本身就是老百姓,我感受的生活,我灵魂的痛苦跟老百姓感受到的是一样的。我写了我个人的痛苦,我写了我在社会生活中的遭遇,我写了我一个人的感受,那么很可能它是具有普遍意义,代表了很多人的感受的。中国有句话叫'文章憎命达'。"②

因为基于"作为老百姓写作"的立场,莫言轻松摆脱了知识分子"宏大叙事"中的道德和民族、家国责任感,因为"'作为老百姓的写作'者,在写作的时候,没有想到要用小说来揭露什么,来鞭挞什么,来提倡什么,来教化什么,因此他在写作的时候,就可以用一种平等的心态来对待小说中的人物。他不但不认为自己比读者高明,他也不认为自己比自己作品中的人物高明"③。消解了"文以载道"思想,以平等方式言说自然之事,正如美国学者万·梅特尔·阿米斯所说的"文学不是一个避风港和隐蔽所,它是一种挑战","对于那些准备寻求新的境界,寻求更高层次上的觉醒人生的人来说,文学更大的价值就是一种复活"④。

3. 特异化言说方式

美是文学最基本的元素,文学一开始,就是以审美为目的的,即便消解了崇高,莫言笔下"肉"的审美世界也是瑰丽、神奇的。充满灵性和生命的"肉"被特异化的语言包围,赞美和诅咒、褒扬与贬斥相互依存。首先是狂欢化的叙事语言大行其道,任由宣泄、不加节制的叙事语言将神圣与卑俗、肯定与否定、严肃与诙谐融为一体。

(节选自第四章"莫言小说'肉'意象的文化价值")

① 莫言:《食草家族》,上海文艺出版社2005年版,第224页。

② 莫言:《作为老百姓写作——访谈对话集》(说吧莫言·中卷),海天出版社2007年版,第297页。

③ 莫言:《文学创作的民间资源》,《当代作家评论》2002年第1期。

④ [美]万·梅特尔·阿米斯:《小说美学》,傅志强译,北京燕山出版社1987年版,第90页。

《红高粱家族》中红色原型解读

◇文　丹*

在莫言的作品中，红色是其使用频率最高的颜色，是居于“统治”地位的色调。譬如《透明的红萝卜》、《红蝗》、《红树林》等。《红高粱家族》更是上述现象之典型。莫言的这篇小说为什么能够震撼人心，有一个重要原因就在于红色本身。陈思和曾经说过：“红色是《红高粱家族》中最重要的角色。”①要进入红高粱系列小说的艺术世界，首先就会遇到那仿佛成血海的红高粱，会看到作者在各种情境下以各种色彩描绘着红高粱的形象，伴随着阅读的深入你会发现，小说中各种红色意象纷至沓来，构筑起一个红彤彤的艺术世界。这个红色世界奇诡神秘，它仿佛要表达什么。倘若你以为它只是漂亮的头饰，可有可无的装点，无关宏旨的闲笔浪墨，从而绕开它只去注意小说所叙述的故事的话，那么这个艺术世界就对你失去了意义；倘若作者抽去了它，那么这个艺术世界就会坍塌，无法产生巨大的艺术魅力。

红色作为一种原型意象，有着丰富的象征意义。上一章我们已经对其作了简要分析，并归纳出了三种基本象征义，即血、生命和暴力。实践需要理论来指导，理论需要实践来证明。前面所做的工作是给接下来的文本分析做个铺垫。在我看来，莫言的《红高粱家族》中的红色意象恰恰体现了上述三种象征意义，红色原型是一个巨大的整体象征，它是我们理解和把握整部作品基本精神的路标和钥匙。

潜意识中的血崇拜

血之于人的意义，前文已经详述。正因为红色的鲜血是人的生命象征，因而在此

* 文丹：湖南科技大学文艺学专业硕士，2007 年获硕士学位，导师杨昌国教授。

① 安作璋、王志民：《齐鲁文化通史》第 1 册，中华书局 2004 版，第 414 页。

基础上产生了血的崇拜与禁忌。先民对血的崇拜，源出于敬和畏两种心理，他们认为血是人的精华，同时具有一定的魔力。因此对血的崇拜表现在两个方面：一是认为血可避邪，即具有避除不祥的功用；二是认为血可以致邪，即具有使人招致不祥的作用。

有的学者则把自原始人以来流传至今的血崇拜细分为血祭、血仪、血盟、血书、血灵几种。《红高粱家族》也不同程度地反映了作者这种潜意识中的血崇拜。

> 当日本人为修胶平公路到“我们村”里抓民夫拉骡马，闯进了“我家”院子时：
>
> 两个日本兵笑着靠上来。奶奶在罗汉大爷的血头上按了两巴掌，随即往脸上抹两抹，又一把撕散头发，张大嘴巴，疯疯癫癫地跳起来。奶奶的模样三分像人七分像鬼。日本兵愕然止步。小个子伪军说：“太君，这个女人，大大的疯了的有。……”
>
> 奶奶没疯，鬼子和伪军刚一出院子，奶奶就揭开一只瓮的木盖子，在平静如镜面的高粱烧酒里，看到一张骇人的血脸。父亲看到泪水在奶奶腮上流过，就变红了。奶奶用烧酒洗了脸，把一瓮酒都洗红了。[①]

读者看到这个情节，一般都会感叹于“奶奶”的机智，用装疯的方法避免了自己被日本鬼子蹂躏，躲过了一劫，这只是浅层理解。为什么日本鬼子看到“奶奶”这般形象，就“愕然止步”呢？为什么相同情况下装成孕妇的“二奶奶”无法幸免，而装疯的“奶奶”就可以平安躲过呢？原因不在装疯，而在“奶奶”的那张“血脸”上。

这其实就是血的崇拜与禁忌在人类心里的无意识传承，这就是血的魔力、红色的魔力。

《风俗通义》说，正月用狗血涂在门上以驱除不祥。《礼记》说，宗庙盖好后，用羊血和鸡血涂在台阶上以避不祥。这种仪式，古代叫“衅”礼，所有的衅礼都取意于此。而对于身上带有血的女人，如孕妇、产妇和经期的妇女，古人都是相当忌讳的。《论衡·四讳》说，很多地区对妇女生小孩是十分忌讳的，认为在这时与她接触是不吉利的。所以，凡是要做祭祀等吉利事情的人或者准备外出远行做事的人都不和她来往。产妇的家里人也非常忌讳和厌恶她，在坟墓和道路边为她临时搭一个小棚让她居住，过一个月才能让她回家。在满月以前，如果有人突然见到她，也是很不吉利的。

《晋书·赵王伦传》说，有一个女人要在一个人家里分娩，并且说截掉脐带就走。听到的人都说这是灾祸的前兆，果然不久这个人便被杀了。《礼记·内则》说，妻将生子及来月经的时候，要别居“侧室”，丈夫斋戒的时候，不敢进入侧室。《说文解字》引《汉律》说，妇女在经期，不得参与祭祀之事。而这种针对女人带血的忌讳与禁忌在全

① 莫言：《红高粱》，《莫言文集》第1卷，作家出版社1995年版，第14页。

世界范围内都普遍存在，《圣经·利未记》中就说，妇人若怀孕生男孩，处于产血不洁之中，要家居三十三天，其间不可摸圣物，也不可进入圣所。若生女孩，则家居六十六天。伊斯兰教经典《布哈里圣训实录全集》中专辟一章《月经》，用以指导经期妇女的礼拜及行为规范。虽然这些忌讳与禁忌并无科学根据，可是却实实在在的普遍存在。

林惠祥在《文化人类学》中也说，土人的绘身"最初的红色颜料大约便是血液，其后则多用赭土，这是各地都有的"①。人们常用红色的东西避邪，即取意于血的颜色。小说中的"奶奶"确实机智，罗汉大爷光头上的鲜血给了她帮助，她用血来避邪，避除不祥；而日本鬼子也因为她的"血脸"而害怕致邪，害怕招致不祥。这正是上述人类经验遗传使然，也是红色鲜血的魔力作用所在。

我们再来看看小说描写的"爷爷"、"奶奶"与冷麻子共商打日本鬼子汽车队时的场景：

> 趁着机会，父亲捧着酒坛上去。奶奶接过酒坛，脸色陡变。奶奶往三个碗里倒酒，每个碗都倒得冒尖。奶奶说："这酒里有罗汉大叔的血，是男人就喝了。后日一起把鬼子汽车打了。"奶奶端起酒，咕咚咕咚喝了。

与前述例子相似，我们同样不应该只注意到"奶奶"豪爽的性格、做事的果断，应该更进一步思考。小说在此之前写到，"奶奶"洗完血脸后，跪倒在地，对着酒瓮磕了三个头，喝了口酒。又要"父亲"跪下磕头，捧一口酒喝。把酒瓮盖上并用磨盘压好后，严令"父亲"不要动它。可作者为何又要安排"父亲"违背"奶奶"的命令，私自让这"血酒"出现呢？事实上这是血崇拜的另一种体现方式：血盟。作者就是要让"父亲"、"爷爷"、"奶奶"甚至懦弱狡猾的冷麻子喝了这蕴含了生命力（融入已死罗汉大爷的血）的酒，产生血盟的性质。期望能够随着血酒的下肚，生发蓬勃的生命热情和血气，来共同打鬼子。

血盟按其类别分，有人血盟和动物血盟，其共同点在于均用血。人血盟指的是："双方各自将身上的某处（如臂、手、额、胸）刺破，血流器皿中，甲饮乙血，乙饮甲血；或将二人之血混合，甲乙共饮，血中往往掺水或酒，为混合饮料。"②人类出于尚血观念，认为结盟的双方互饮对方之血或共饮双方之血，意味着双方的生命已融为一体，双方因此有互相保护、互相帮助的义务。

血盟习俗，就地域而言，分布极广；就时代而言，延续很长。古代英、法、德、意、希腊、中国、泰国、印度等均有此习俗。近代的印尼、澳洲土著以及当代非洲的一些原始部落也有血盟习俗。

---

① [奥地利]弗洛伊德：《精神分析引论》，高觉敷译，商务印书馆1984年版，第306页。

② 芮逸夫主编：《人类学词典》，商务印书馆1975年版，第306页。

我国古代的血盟，史书上屡见不鲜。商代甲骨文“血”中间一点表示血，血盛杯中，自然是用来喝的。最早记载血盟的文献是《左传》，定公四年，吴师陷郢，楚国君臣亡命随国。吴军兵临随国城下，向随人索要楚昭王，随人不与，楚君感激随人，“割子期心盟之”，“割心以盟”即割胸以盟。这就是人血盟。“毛遂自荐”的故事，妇孺皆知。毛遂完成的大事业就是迫使楚王血抹嘴唇，与赵国结成同盟。

原始人具有原始的辩证统一观念，一方面，结了血盟，表明我的血就是你的血，我的生命就是你的生命，反之亦然。所以彼此有互相帮助互相保护的义务。另一方面，如果有一方毁约，另一方要将“流入”对方体内的己血取回，把存于对方身躯中的己方生命索回，即要对方死去。

“奶奶”要大家喝血酒的作用，一方面当然是希望借着血盟这一古老的仪式，来促使双方共同战斗，血气连枝（尽管这一想法并未得偿所愿）；另一方面，也是期望血酒能够给人注入强旺的生命力量和热血豪情，最终能够取得辉煌的胜利。

小说中对于有关血的场面描写，正体现了作者潜意识中的血崇拜，体现了人类生存发展中的集体无意识。作为一个细节方面的注解，为作者所要表达的对原始生命力向往的主题起到了有力的烘托作用。

（节选自第二章“《红高粱家族》红色原型的局部考察”）

第六辑　世界文化与莫言创作

论莫言创作的自由精神

◇宁　明*

在莫言三十多年创作的文学作品中，自由一直是一种时而朦胧时而执着的追求。本文旨在以“自由”为切入点，从作品出发，结合作家的生活学习经历，以东西方文化为坐标，深入探讨分析莫言创作的自由精神。第一章分别从国内研究和海外研究两个方面对有关研究文献进行了较为详细的分类、分析。对比海内外研究，可以看出海外学界在关注莫言作品艺术特色的同时，更多是从政治的角度来分析忖度其作品的主题等，存在一定的误读问题。第二章是莫言小说中的“自由”人物谱。第三章着手于莫言小说的叙事，探究文本中的“自由”内核，并从东西方叙事的传统中探索了莫式叙事的本源。第四章着力于分析莫言作品的语言特色，分析莫言的语言所制造出的不同的感觉，并分析其与“新感觉派小说”间的关系。同时，关注莫言是如何把民间话语、精英话语和官方话语在文本中自由组合，掺杂使用，营造出一种自由奔放、酣畅淋漓的阅读效果。莫言的追求，从某种意义上说，与西方自由主义精神还有一定的距离，他的自由更多地来源于中国古典的老庄哲学和古典小说如《水浒传》中的鲁莽的粗粝的反抗意识和自由精神，但这正是莫言自由的特色所在。莫言在艺术自由和思想自由的探索上作出了自己的贡献，延续并拓展了中国自由主义文学在当代的诸多可能性，有助于实现文学发展的多样性，这无疑是他作为一名当代作家的可敬可喜之处。

海外研究综述

在三十年的创作生涯中，莫言在写作上不断学习创新，他本人也很重视与世界各国、地区的交往，自1987年起曾应邀出席美国、法国、日本、意大利、澳大利亚等国以及台湾、香港地区的活动，并做过十九次演讲和三次重要发言。

---

* 宁明：山东大学中国现当代文学专业博士，2011年获博士学位，导师贺立华教授。

同时，随着莫言的作品在海外的译介，其文学价值逐渐为世界各国更多的读者所了解，也为其赢得了一些有分量的国际或海外大奖。

其中，两部莫言编剧的电影分获柏林电影节金熊奖和银熊奖。1988 年，由莫言根据自己的小说《红高粱家族》编剧的电影《红高粱》获西柏林电影节金熊奖；1995 年冬，与别人合作编剧的电影《太阳有耳》获柏林电影节银熊奖。另外，根据莫言小说《白狗秋千架》改编的电影《暖》获得第十六届东京电影节“金麒麟奖”。2000 年，莫言担任编剧之一的话剧《霸王别姬》在首都剧场连续演出四十场，并被选拔为优秀剧目参加了埃及和慕尼黑国际戏剧节。莫言另有四部小说获得海外奖项。1989 年 3 月，小说《白狗秋千架》获台湾联合报小说奖；2001 年，《酒国》（法文版）获法国“Laure Bataillin”（儒尔·巴泰庸）外国文学奖；2002 年，《檀香刑》获得台湾联合报评选“2001 年十大好书奖”；2008 年，《生死疲劳》获得香港浸会大学世界华文长篇小说奖“红楼梦奖”首奖。莫言本人因其创作的优秀作品三次获得重量级国际大奖：2004 年 3 月，莫言获法兰西文化艺术骑士勋章；2005 年 1 月，获意大利 NONINO 国际文学奖；2006 年 9 月，获日本第十七届“福冈亚洲文化大奖”。①

在莫言作品被译介的世界各国和地区，尤其是美国、法国、日本、越南、英国和加拿大，自 1989 年起出现了很多对其作品的学术批评和评论介绍。本部分内容根据国内和国外图书馆获取的英文资料进行翻译，并按不同的国别就批评所涉及的主要问题进行分析归纳。

国外的学术批评主要来自研究中国文学的学者、汉学家或学习中国文学专业的硕士生。这些文学批评从不同的角度对莫言的作品进行了剖析，因评论者的生活背景、学术经历的不同，其评论的视角也多有不同，归纳起来主要是就作品的主题、叙述结构、人物形象、历史空间和民间立场、艺术特色五个方面进行了评论。

由于美国的很多大学都设有中文系或东方文化研究中心，并且有很多教授、学者和汉学家在从事中国文学的研究，故有关莫言研究的文章主要集中在美国，有 23 篇，大约有 18 万字。文章主要探讨了莫言作品的主题和思想意识、历史空间和民间立场、人物形象、艺术特色和从比较文学的视角做的莫言作品的影响研究等五个方面。

……

第五，一些海内外的学者从比较文学的视野关注莫言和莫言的作品。

① 莫言：《恐惧与希望：演讲创作集》（说吧莫言·上卷），海天出版社 2007 年版，第 374～375 页。

Thomas M. Inge (1990) 在《莫言与福克纳：影响和相似之处》[①]中，通过分析莫言最早发表的小说《民间音乐》、《大风》、《白狗秋千架》的艺术特色，并与此后的小说《枯河》、《断手》进行了比较，说明莫言在阅读了福克纳的作品后，在创作上体现出了福克纳的影响。但作者同时又对二人的生活环境与经历进行了比较，指出他们在很多方面的共同之处，从而也认同"莫言在叙述技巧、结构、作品中对过去充满怀旧色彩的悲剧人物和叙述者虚构性的重塑家族史等方面可以看出福克纳的影响，但也许没有福克纳莫言也会以同样的方式写作，因为他们生活经历的类似，都生活在二十世纪饱受政治和工业化影响的农村。不管是相似还是影响，对于莫言，正如对于其他的世界级作家一样，重要的是福克纳这样一个榜样，而并非直接采用他的主题或技巧"[②]。

David Der-wei Wang (1993) 在《想象中的原乡：沈从文、宋泽莱、莫言和李永平》[③]中把莫言的作品与沈从文的作品进行了对比。文章首先指出沈从文重构的"故乡"不能仅被看作一个地理上的仙境，而应被看作一个超地理的场所，一个文本的坐标，需要多次阅读才能弄清楚其轮廓。尽管沈从文在"寻根文学"中从来没有占据显著的位置，可是很多青年作家对于乡土的想象都源于他，如汪曾祺、阿城、贾平凹、韩少功。但是，"如果想到沈从文原乡想象的吸引力和复杂度，立刻想到的是山东作家莫言……我并非说莫言的写作在任何明显的方面像沈从文，我想说的是，莫言比他任何的同龄人都更能把熟悉的故乡场景转变成想象的景象，并且在新领土上创造出一种独一无二的价值体系——这首先归功于沈从文"。莫言和沈从文在叙述上都能够使怀乡情感做激情化处理：首先，他们的怀乡充满乌托邦般的幻象或者对于英雄光辉的怀念；其次，他们发现现实事物中的问题；最后，用幻想的方式暴露根本问题。莫言与沈从文的明显不同在于，其作品中很重要的方面体现了他的个人看法和讲述故事的能力，而这应该也是沈从文所赞成的。

在美国，对莫言的学术批评除了学术性文章以外，还包括研究中国当代文学或华

---

① Thomas M. Inge, "Mo Yan and William Faulkner: Influence and Confluence," *Chinese Culture The Faulkner Journal* 6, 1 (1990): pp. 15-24. (托马斯·英奇:《莫言与福克纳：影响和相似之处》,《中国文化与福克纳期刊》1990 年 6 月 1 日，第 15～24 页)。

② Thomas M. Inge, "Mo Yan and William Faulkner: Influence and Confluence," *Chinese Culture The Faulkner Journal* 6, 1 (1990): p. 24. (托马斯·英奇:《莫言与福克纳：影响和相似之处》,《中国文化与福克纳期刊》1990 年 6 月 1 日，第 24 页)

③ David Der-wei Wang, "Imaginary Nostalgia: Shen Congwen, Song Zelai, Mo Yan, and Li Yongping," In Ellen Widmer and David Wang, eds., *From May Fourth to June Fourth: Fiction and Film in Twentieth. Century China*, Cambridge: Harvard UP, 1993, pp. 107-132. (王德威:《想象中的原乡：沈从文、宋泽莱、莫言和李永平》,艾伦·维德默、王德威等编:《从五四到六四：二十世纪中国的小说和电影》,哈佛大学出版社 1993 年版，第 107～132 页)

文文学的学生的学位论文。Ngai Ling Tun (危令敦)在题为《性的政治:张贤亮、莫言和王安忆的小说》的博士论文中,论述了莫言小说中性描写所暗喻的政治内涵。

另外,还有一些文章在谈到当代文学现象时,把莫言与其他的作家作为"寻根文学"、"先锋小说"的代表进行论述。景凯旋在《当代中国小说:政治与浪漫》[①]中谈到,莫言和张炜的小说都曾经描写国共两党之间的斗争,对这段历史进行了讽喻式描写,充满了残酷和可怕的事件,但也伴有浪漫的民间传统。

随着根据莫言的小说《红高粱家族》改编的电影《红高粱》在国际上获奖,莫言也被作为原作者介绍到了日本。井口晃翻译了长篇小说《红高粱》,将莫言最早介绍到了日本。1991 年之后,藤井省三、长堀佑造陆续翻译了莫言的《来自中国农村——莫言短篇集》(里面收录了包括《秋水》、《枯河》在内的早期作品)、小说集《怀抱鲜花的女人》(收录《透明的红萝卜》、《苍蝇·门牙》等早、中期作品)和长篇小说《酒国》。1999 年之后,主要是吉田富夫更多地翻译了莫言的作品,长篇小说有《丰乳肥臀》、《檀香刑》、《四十一炮》、《生死疲劳》等;中篇小说有《红蝗》;短篇小说有《大风》、《枯河》、《秋水》、《老枪》、《白狗秋千架》、《初恋》、《师傅越来越幽默》等,前后被收入《幸福时光》与《白狗秋千架》中。

随着莫言作品在日本的流传,也出现了一个对莫言进行评论的高潮。对莫言作品评论的一个重要的来源是杂志、报纸或者网站的书评和有关评论。日本的岩波现代文库 2005 年 1 月 23 日评论:"《红高粱》是一部非常有趣的小说。许久不读书了,这次读书感觉很兴奋。叙述者语言风趣,故事构思巧妙,人物形象丰满。这是继《酒国》和《幸福时光》之后阅读的莫言的第三部作品。再一次深深地感到他的确是位了不起的作家。"[②]岩波现代文库 2005 年 2 月 25 日又对莫言的中篇小说《白狗秋千架》进行了评论:"《白狗秋千架》是部令人绝望的小说,也正因为如此,它是一部阐述生命现状的作品。小说就是作者与读者的较量,做怎样的较量是由作家决定的。从《白狗秋千架》中我们可以感受到作家内心的困惑。"

2003 年,中央公论新社出版了吉田富夫翻译的《檀香刑》之后,国际日本文化研究中心的井波律子教授说:"最精彩的就是(作品)将埋在中国近代史底层的黑暗部分,用鲜艳浓烈的噩梦般的手法奇妙地显影出来。"

在 2008 年,吉田富夫翻译了莫言的长篇小说《生死疲劳》并由日本的中央公论新社出版,之后出现了很多的相关评论。井波律子评价该小说"巧妙地描述了半个世纪

---

① Kaixuan Jing, "Contemporary Chinese Fiction: Politics and Romance," In *Macalester International*, Vol. 18 (2007), pp. 76-99. (景凯旋:《当代中国小说:政治和浪漫》,《马卡莱斯特国际》2007 年第 18 卷,第 76~99 页)

② 莫言:《红高粱》,《岩波现代文库》2005 年 1 月 23 日。

以来中国的变迁”,“《生死疲劳》这部小说,以构思精致的框架为依托,在梦与现实之间,通过西门闹等一系列充满活力的人物,上演了一出怪诞而又深刻的人间悲喜剧。《西游记》是以投胎与鬼怪为主题的中国古典小说,书中随处可以看出,作者是将《西游记》作为了样本的。正是因为立足于优秀古典作品,这部小说最终也成为充满情趣的无与伦比的杰作。”《东京朝刊》2008 年 4 月 6 日的每日新闻中援引了网上日本读者的留言:“……毫无疑问,《転生夢現》(日文版)(汉语《生死疲劳》)是可以和《百年孤独》相媲美的作品。”在 NHK 节目中介绍作者莫言时,称其作品是“用轻快的笔触描写沉痛,用快乐的方式描述辛酸”。

在韩国,韩国江陵大学的韩美香以《关于沈从文的〈边城〉和莫言的〈檀香刑〉的故乡“相异”的研究》为题作为其硕士学位论文。论文从两部作品出发,对比了沈从文和莫言对于“故乡”的不同运用。在沈从文的笔下,湘西的一切是那样柔美和祥和,是一个理想化的地方。而莫言笔下的“高密东北乡”却是一个美丑并存、善恶交杂的地方,是一个衰落和颓废的地方。作者从二人的写作时代背景和不同的童年记忆出发,指出是内外因的结合才出现了这样完全不同的“故乡”画面。

在法国,研究莫言作品的文章有近十篇,主要集中论述了《红高粱》中的浪漫书写、《酒国》中的叙事技巧、《丰乳肥臀》中的人物形象以及对翻译成法文的莫言小说的评论等。

翻译家 Chantal Chen-Andro(尚德兰,1989)翻译了莫言的《天堂蒜薹之歌》、《筑路》和《檀香刑》,并且发表了《莫言的〈红高粱〉》[①]一文,介绍了红高粱的艺术创作风格和其在中国当代文学的现代与传统续写中的作用。之后,又发表了《莫言童年时期劳动的价值》[②]的评论文章,指出莫言童年的经历成为他文学创作的一个重要的素材宝库。另一位重要的翻译家 Noel Dutrait(杜特莱)翻译了莫言的《酒国》和《丰乳肥臀》,并且发表了《莫言〈酒国〉中的现代书写》,指出《酒国》的故事结构精巧,多视角叙事引人入胜。

---

① Chantal Chen-Andro, “Le Sorgho rouge de Mo Yan,” In *La Litterature Chinoise contemporaine, tradition et modernite: colloque d'Aix-en-provence*, le 8 juin 1988. Aix-en-Provence: Publications de l'Universite de Provence. 1989, pp. 11-13.(尚德兰·陈-安德鲁:《莫言的〈红高粱〉》,《中国当代文学,传统与现代:马赛-埃克斯-普罗旺斯大学的评论》,普罗旺斯大学出版社 1989 年版,第 11～13 页)

② Chantal Andro, “La valorisation de l'enfance dans l'oeuvre de Mo Yan,” In Andro, Annie Curien, and Cecile Sakai, eds., *Tour et detours: Ecritures autobiographiques dans les litteratures chinoises and japonaises au XXe siecle*. Publications Universitaires Denis Diderot, 1998, pp. 191-230.(尚德兰:《莫言童年时期劳动的价值》,安德鲁、安妮等编:《曲折的道路:二十世纪中国和日本文学中的自传体》,Denis Didero 大学出版 1998 年版,第 191～230 页)

越南作为中国的邻国，与中国在政治、经济、和文化等方面有很多相似之处，因此，莫言的很多小说在越南产生了很大的影响。DAO VAN LUU（陶文琉，越南社会科学院研究员）在《以〈丰乳肥臀〉为例论莫言小说对越南文学的影响》中从“生与死”、“性与爱”、“新与旧”三个范畴，以越南作家陈清河、阮玉姿、杜黄耀等的作品为例，论述了莫言作品对当代越南作家的重大影响，并剖析了其背后的原因。他认为《丰乳肥臀》在越南的影响主要源于三方面：首先是中越两国在文化、文学方面具有很多相通之处。另外一个重要原因也与作品中极其大胆的性爱描写密切相关。但同时该文指出，莫言以皇皇五十万言讲述了上官家族三代人的故事，性爱绝不是作品的主导内容，而是实现作家创作意图的最有力工具之一；作家更不是只为了讲述几对男女的荒唐性史以满足读者的猎奇心理以哗众取宠，相反，他是将性爱这一最普遍却也最私隐、最能折射美好的人性却也最能体现人类所具有的生物属性的现象作为自己的叙事策略，以此反叛并颠覆传统文化的诗学隐喻，通过人物的经历发出“野性的呼唤”，建构起一部关于历史和传统的文化寓言。第三个原因是，他的小说充满了浓郁的中国气息，又闪耀着强烈的现代主义精神的光芒，同时把典雅的古典气息与奇异的现代主义氛围交织在一起，被称作中国当代文坛上特异的“莫言风格”或者“莫言叙事”，这让越南作家在如何继承传统与开拓创新方面深受启发，给越南的小说创作指出了一条可行的出路。

在加拿大，Jincai Fang（2004）做了题为《中国男性作家张贤亮、莫言和贾平凹小说中男性衰弱的危机和父权制的重建》[①]的博士论文，分析了三位作家作品中的男性形象。

另外，还有一些港台的学者从不同的视角对莫言的作品进行了评论。Kenny K. K. Ng (1998)在《批判现实和农民的思想意识形态：莫言的〈天堂蒜薹之歌〉》[②]中认为《天堂蒜薹之歌》“揭露了社会问题和农村下层人民的困苦，是五四时期批判现实主义作品的复兴”。文章主要分析了小说中的正式的结构、文学技巧和蕴含于现实主义叙述文本之下的社会经济活力。就结构而言，借用福克纳的技巧创造出了小说中的多视角叙事以及融合了过去与现在的倒叙书法。而“农民阶级的意识”是作家处于矛盾之中，强调了农民阶级意识中自欺欺人的本质。而且，农村生活中那些曾经困扰着五四

① Jincai Fang, “The Crisis of Emasculation and the Restoration of Patriarchy in the Fiction of Chinese Contemporary Male Writers Zhang Xianliang, Mo Yan, and Jia Pingwa,” Ph. D. Diss. Vancouver: University of British Columbia, 2004.（方金彩：《中国男性作家张贤亮、莫言和贾平凹小说中男性衰弱的危机和父权制的重建》，温哥华：英属哥伦比亚大学博士学位论文，2004 年）

② Kenny K. K. Ng, “Critical Realism and Peasant Ideology: The Garlic Ballads by Mo Yan,” *Chinese Culture* 39, 1 (1998): pp. 46-109.（吴国坤：《批判现实和农民的思想意识形态：莫言的〈天堂蒜薹之歌〉》，《中国文学》1998 年第 1 期，第 109～146 页）

时期知识分子们的问题仍未能得到解决。

同时,Kenny K. K. Ng(1998)在《超现实主义小说、吃人和政治讽喻:莫言的〈酒国〉》[①]中指出小说中贯穿始终的"吃人"主题与以往作家的描写不同,体现了一种政治上的讽喻效果。

Wu, Yenna (2000)在《中国现代小说中吃人主题研究中后殖民主义规范中的陷阱:从鲁迅的〈狂人日记〉到莫言的〈酒国〉》[②]中指出,两部作品的同一主题"吃人"都充满了讽刺意味,前者是对黑暗社会的讽刺,后者蕴含着对奢华腐败的讽喻。

Chou, Ying-hsiung (1989)的《红高粱家族的浪漫》分析了小说中对历史的虚构和个性张扬的人物形象。

综观海外对于莫言作品的研究和评论,可以看出鉴于这些学者们自身的阅读习惯和所处的背景,他们对于莫言作品的认识与国内学者还是有些不同。首先也是最大的不同在于,在分析莫言作品中的主题以及人物形象、语言特色时,经常从思想意识形态、政治立场等角度出发,将文学作品与政治联系起来,去分析、忖度作品的主题,存在着一些误读的问题。第二,更关注作品中人物的象征意义。从民族的、国际的视角挖掘人物背后可衍生的含义。第三,对于莫言作品的结构给予了较高的评价。对于国内评论界较少关注的《酒国》无论是从主题上,还是叙事结构上进行了很多的评论。

总体说来,在莫言作品译介的各国出现了众多评论文章,说明了学界对莫言及其作品的关注和喜爱,对于各种视角的批评,我们应该以兼容并蓄的态度,根据自己的文学修养进行参考学习。

(节选自第一章"海内外研究状况")

---

① Kenny K. K. Ng, "Metafiction, Cannibalism, and Political Allegory: Wineland by Mo Yan," *Journal of Modern Literature in Chinese* 1,2 (1998): pp. 121-48. (吴国坤:《超现实主义小说、吃人和政治讽喻:莫言的〈酒国〉》,《中国现代文学学报》1998 年第 2 期,第 121~148 页)

② Yenna Wu, "Pitfalls of the Postcolonialist Rubric in the Study of Modern Chinese FictionFeaturing Cannibalism: Form Lu Xun's 'Diary of a Madman' to Mo Yan's Boozeland," *Tamkang Review* 30, 3 (Spring 2000): pp. 51-88. (吴银娜:《中国现代小说中吃人主题研究中后殖民主义规范中的陷阱:从鲁迅的〈狂人日记〉到莫言的〈酒国〉》,《淡江评论》2000 年第 3 期,第 51~88 页)

民族与超越民族的莫言——莫言小说论

◇苏方强[*]

在近二十年的中国当代文学发展史上，莫言无疑是个重要的存在；而他的艺术世界的诱人魅力显然与他的故乡及其特殊的叙事有关，这也是他在全球化语境中对文学民族性写作的独特选择。本文试图探寻的就是莫言小说的艺术魅力，并主要从民族性的文学视角对莫言的小说进行解读。主体部分由故乡对莫言的制约为启发点，阐释了莫言对两性世界不同悲剧的真诚而朴素的同情，同时尝试探索莫言立足本土展示人生的独特的叙事方式，即他是如何回归民间挖掘民族潜在的创作资源——民间叙事的。这首先表现在莫言对民间写作立场的选择上，正是民间写作立场确立了他的民间叙事视角。他的民间叙事视角主要表现在：一、作为弱者的儿童叙事视角；二、“我”的传奇式叙事视角；三、作者不再担任代言人，小说人物拥有自己的话语权利的多声部叙事；四、现实与虚构、现在与过去、时空互相交错的立体部叙事。正是这些叙事视角使莫言发现并拨开了强大的主流意识形态对民间的遮蔽和掩盖，同时以现代性的思想认同民间社会的世界观与人生观的另类审美精神，展示了民间视野中的另一种历史。他始终如一地坚守着民间的立场，为我们创造出一个立足于“高密东北乡”但又超越于“高密东北乡”的文学王国。就此而言，莫言既是民族的又是超越民族的成功作家。

“高密东北乡”的制约

“文学的全球化不是文化一体化、同化的表现，而是文化交流与文化产品流通的全球化的表现之一，其为中国文学走向世界提供一个良好的机遇与发展前景。”[①]因此民族文

---

* 苏方强：山东师范大学中国现当代文学专业硕士，2006年获硕士学位，导师吴义勤教授。

① 姜文振：《中国文学理论现代性问题研究》，人民文学出版社2005年版，第168页。

学一定要保持本民族的文学特点，应如同斯大林所说的“每个民族对于整个世界文化宝库的一种贡献，它们使它更充实、更丰富”[①]，则是本民族文学的身份认同或文化身份认同，那正是民族文学的正确追求所在。而谈论文学的民族性、民族色彩不能忽略了民族性与地域文化以及本土的关系。世界上的以地域文化为描写依据与基础的作品无不闪现着永恒的魅力和光辉，并诞生了许多杰出的作品与作家。而中国如鲁迅先生笔下的绍兴风土人情，沈从文笔下的自然山水、乡俗风物，未经“现代文明”浸染的湘西等都是以地域文化为描写依据与基础的作品。民族性还包含于地方性之中，因为地域文化的山川风物、四时美景的自然景观与方言土语、传统掌故的民风民俗是民族性的一个重要标志，是文学作品富有文化氛围、超越时代局限的一个重要因素。因此谈论文学民族性就不能不谈到地域文化与本土的社会生活。而提到莫言，人们就会想到他的“高密东北乡”文学王国，因为莫言小说成功的耕耘和收获都是来自他对故乡即“高密东北乡”的独特叙事。在“高密东北乡”里，莫言尽情地表达了他对中国社会现实的反映、塑造与想象；可以说，因为有了“高密东北乡”才会有莫言，反过来也可以说，如果没有莫言也就没有那个正走向世界的“高密东北乡”。莫言是出身于山东高密县的农民，直到二十岁才离开故乡，故乡的农村生活与童年的苦难经历已经在莫言脑海里烙下深刻的印象。莫言曾说：“这段农村生活其实就是我的创作基础。我所写的故事和我塑造的人物，我使用的语言都与这段生活密切相关。如果我的小说有一个出发点的话，那就是高密东北乡，当然它也是我的人生那个出发点”[②]。因此他的作品几乎都是以故乡为背景，用心来描画中国农村的风俗民情、人心世态的，或可以说莫言是立足于他的故乡本土用他的笔和心在有意无意地探寻、设计、营造着一个属于自己的隐秘的“高密东北乡”的文学宝地。“高密东北乡”的世界有着明显的历史，《秋水》为其开端，是高密东北乡的创世纪，是写“爷爷奶奶”作为这块土地的开拓者，在开荒时的一个奇遇；然后随着“爷爷、奶奶”的形象在《红高粱》、《丰乳肥臀》至《檀香刑》等作品中的丰满立体，整个“高密东北乡”便很清晰地浮出水面。莫言把中国历史大事件，人生的苦难，农民的艰难，农民式的战争等都装进了他的“高密东北乡”宝地里，因此那不仅仅是山东高密东北乡的影子，而且还成为了中国农村生活或中国民族生活的缩影。其实，莫言关于“高密东北乡”的叙述，首先来自于他本人对童年生活苦难的记忆，他说：“童年的经历和经验对我以后看问题、搞创作是有很多潜在的影响，有时自己都不知道，潜意识里不知不觉会回到童年的状态”[③]；其次来自莫言对故乡的爱与恨，他在《红高粱家族》的开头他写道：“我曾对‘高密东北乡’极端热爱，曾经对‘高密东北

① 转引自以群主编：《文学的基本原理》，上海文艺出版社 1999 年版，第 415 页。

② 莫言：《小说的气味》，春风文艺出版社 2002 年版，第 124 页。

③ 杨扬主编：《莫言研究资料》，天津人民出版社 2005 年版，第 6 页。

乡'极端仇恨"。后来在《我的故乡与我的小说》一文中他又说:"十五年前,当我作为一个地地道道的农民在高密东北乡贫瘠的土地上辛勤劳作时,我对那块土地充满了仇恨",因为"它耗干了祖先们的血汗,也正在消耗我的生命"[①]。恨尽管恨着,但在后来的创作活动中,莫言创作灵感的激情却是来源于他的故乡,因为他意识到了"虽然我身在异乡,但我的精神已经回到故乡;我的肉体生活在北京,我的灵魂生活在对于故乡的记忆里"[②],人的一生就是这样的,过去的影子是我们摆脱不了的,它是我们生命构成的一部分。莫言的小说创作几乎离不开他对故乡的描述与想象。最初他采取回避故乡的态度,但实际上涌现于他脑海中的情景全部都是故乡的土地、故乡的河流、故乡的植物、故乡的方言土语、故乡的形形色色的人物……1984 年莫言在写短篇小说《白狗秋千架》时首次用了"高密东北乡"这个文学地理概念,第一次有意识地表现出对故乡的认同。在以后的一系列创作中,他强烈地感觉到,二十年的农民生活,所有的黑暗与苦难,从文学的意义上说,都是上帝对他的恩赐,即使离开农村进入都市已经二十多年了,但爱恨交错的感情矛盾还是农村的。正因为那种爱恨交错的矛盾感情,才使他的"高密东北乡"显得与沈从文笔下唯美浪漫主义的以歌颂家乡美、人性美为特征的"湘西世界"不同,也不同于鲁迅所批判的现实生活的丑陋与人性的丑恶。而莫言的生活描绘显得更为真实,那是他对生活事物美丑两面并存的认同。他最初对"高密东北乡"的认识是:"高密东北乡无疑是地球上最美丽最丑陋、最超脱最世俗、最圣洁最龌龊、最英雄好汉最王八蛋、最能喝酒最能爱的地方。"在《红高粱家族》中,莫言在逻辑上对故乡悖论式的认识来源于他真实的生命经历,他最初试图摆脱苦难、丑陋、世俗、龌龊的故乡,可是越是想摆脱就越受它的制约。他的小说全都弥漫着故乡的情景和故乡的人与事:故乡的风景变成了他小说中的风景;在故乡的亲身经历也变成了小说中的材料;故乡的传说与故事也变成了小说中的素材。故乡对他来说"是一个久远的梦境,是一种伤感的情绪,是一种精神的寄托,也是一个逃避现实生活的巢穴"[③]。他曾幻想,假如有一天离开了它,他决不再回来。可后来,他已经意识到"对一个生你养你、埋葬着你祖先灵骨的那块土地,你可以爱它,也可以恨它,但你无法摆脱它"[④],那可谓是故乡对莫言的一种制约。

(节选自第二章"全球化语境中寻找自我——莫言小说的民族性写作选择")

---

① 杨扬主编:《莫言研究资料》,第 30 页。
② 杨扬主编:《莫言研究资料》,第 31 页。
③ 杨扬主编:《莫言研究资料》,第 33 页。
④ 杨扬主编:《莫言研究资料》,第 30 页。

福克纳与莫言比较研究

◇朱宾忠*

福克纳与莫言，这两位既不同时也不同地、分属于不同文化圈的作家在创作上却颇有相通之处。全文分为绪论、正文、结语三大部分。绪论部分简要回顾了福克纳在中国以及莫言在美国的译介和研究情况。正文分四章，分别就福克纳与莫言的创作历程及文艺思想、他们的部分主题、部分人物形象的塑造以及他们的创作特色进行平行比较研究。第一章五节，采用传记研究的方式，探讨了促使两位作家萌发当作家的心理因素，进而从历史的角度研究了他们所处的社会文化背景及时代风潮如何影响了他们的创作。接着采用历史和文本分析的方法考察了他们与故乡的关系。并就他们作品主题和风格的变化对他们的创作进行了尝试性分期。最后则从文艺与人性、文艺与真实性、文艺与独创性、文艺与言志及载道几个方面考察了两位作家文艺观的异同。在第二章里，就作品中关于"恶"的表现、亲情的叩问、爱情言说、家族历史叙事和死亡描写对两位作家的创作进行了比较研究。第三章对比分析了福克纳与莫言笔下的五类人物：硬汉形象、军人形象、少女少妇形象、恶棍形象和社会底层人物形象，探讨了两位作家在塑造这些人物方面不同的思想根源、创作心理和文化影响。第四章对福克纳与莫言的创作特色进行对比分析，就他们创作的想象性、小说的诗化倾向、小说结构、叙事角度、语言风格等五个方面展开讨论。

* 朱宾忠：武汉大学中国现当代文学专业博士，2005年获博士学位，导师於可训教授。

追寻昔日的辉煌——福克纳与莫言笔下的家族历史叙事

(一)追寻家族沦亡的成因

这些家族的创始者都非常重视血脉的延续。当余占鳌发现儿子豆官的一个睾丸被狗咬下后,一向打不垮、压不服的他感到自己真正地完了,表现得非常气馁。但是当他发现只有一个睾丸的儿子仍具有生殖功能时,立马振作起来,连放三枪以示庆贺,继而双手合十感谢上苍。萨特潘在妻子和儿子相继死后,想方设法要再得到一个继承人。为了确保得到一个儿子,他向妻子的妹妹求婚时提出一个条件,只有生了儿子之后才结婚。因为如果一个不成,他就还有机会让别的女人来替他完成生育男性继承人的任务。被拒绝后,他勾引只有十几岁的米丽,希冀她为自己生个儿子。但是米丽却生了一个女儿,使他百世王朝的希望破灭。这些家族不管怎样努力,终于不免衰落甚至绝种的命运,原因何在?莫言和福克纳有不同的回答。在莫言看来,是种的退化导致人的生命力逐渐失去,是文明的演进导致血性的衰减。在《红高粱》的第一章,叙述者这样评论高密东北乡的人们:“他们杀人越货,精忠报国,他们演出过一幕幕英勇悲壮的舞剧,使我们这些活着的不肖子孙相形见绌,在进步的同时,我真切感到种的退化。”[①]而退化的原因乃是文明带来的物质生活的富裕。还是那位叙述者在小说的另一处说:“我有时忽发奇想,以为人种的退化与越来越富裕、舒适的生活条件有关。”[②]他这么说,好像较好的物质生活是人种退化的罪魁祸首。但是细观他的作品中对三代人生活的描写却不难看到,事实上并非如此。《红高粱》中“我爷爷”、“我奶奶”的生活显然是富足康乐的,他们是小地主、大商人,而父亲不过是一个自食其力的自耕农,“我”则是一个在城里靠工资吃饭的人。《丰乳肥臀》中上官金童的生活、《老枪》中大锁的生活更是远远比不上其父其祖,因为他们经常吃不饱肚子。可见,一代不如一代并不是生活富足惹的祸,而是另有原因。这个原因莫言感觉到了,但说不出来:那就是大自然中物种有自然退化最终走向灭亡的趋势。物如是,人亦如是。而在福克纳看来,家族沦亡有两个原因。其一是时代的变化对于作为旧的生活方式和价值观念载体的大家族的自然淘汰。后代无论怎样努力去适应新形势,如杰生那样奉行工商主义的利益原则;还是如昆丁那样抱残守缺,拒绝改变;还是如萨托利斯们取一种淡然的无所谓的态度;或者甚至如麦卡斯林们放弃祖产、提前释放黑奴,积极主动走在时代的前列,都挽救不了家族的沦亡。那么这种沦亡事实上带有宿命的色彩。其二,是祖先的罪恶

① 莫言:《红高粱》,《莫言文集》第1卷,作家出版社1995年版,第2页。

② 莫言:《红高粱》,《莫言文集》第1卷,第353～354页。

为后代种下了衰亡的根芽，如萨特潘出于种族主义观念抛弃有黑人血统的前妻并且拒绝承认前妻生的儿子为后来一系列悲剧性的事件种下了祸根，卢修斯·麦卡斯林强奸作为黑奴的自己的女儿为这个家族打上了罪恶的印记，这种情况下家族的沦亡就是一种天谴，家族本身负有道义的责任。这是一种基督教的前人作孽、后人遭殃的观念的反映。

(二)莫言、福克纳历史观探得

莫言和福克纳都对过去情有独钟，着眼于追寻昔日的辉煌。毛信德指出："福克纳好像是一位有特殊嗜好的编织工，他所织出来的图案永远是过去了的时代。"①这话也适合拿来说莫言。他们都推崇过去，认为今不如昔，但是历史观却有所不同。福克纳表达了对已经消逝的年代的沉重的怀念，他以痛惜的心情注视着旧家族的灭亡而以诅咒的口吻叙说新家族的崛起。然而他是一个对过去时代眷恋但又有所批判的作家，他珍惜旧秩序所代表的一些可贵价值，如勇气、热情、开拓精神、骑士风度等，同时他也毫不留情地揭露旧秩序不人道的一面，如它的清教主义和种族主义思想对人们的毒害；批判南方贵族的那种源于家庭出身的骄傲感——这种骄傲使他们宁愿抱残守缺，故步自封，也使他们变得缺乏人情味而趋向冷酷，甚至疯狂。福克纳赞赏过去的荣耀，但是并不崇拜过去，对那些只能生活在过去的懦夫式的人物如昆丁、爱米丽小姐、海托华牧师抱着蔑视的态度。在福克纳研究的早期，一些评论家认为福克纳是一个眼睛只会向后看的作家，例如萨特就说："在福克纳的作品中，眼光总是往后看，人生就像是从疾驶的汽车后窗望出去的道路，可以看得见，但却在飞速后退，难以追及。"②在全面考察福克纳作品的基础上，我们可以看到他并不一味赞美过去，而是对历史抱着一种肯定与否定交织的态度，虽然肯定的成分大于否定的成分。福克纳对于历史的进步抱着一种疑虑的而不是反对的态度，他不是一个死抱住过去不放的人，也不是一个踊跃欢迎新时代的人。这种态度是大部分西方知识分子对于历史和进步所持的态度。莫言对于过去却是全盘肯定，一味讴歌。《红高粱》始终以一种近乎崇拜的景仰语调来抒写、歌颂祖先轰轰烈烈的事迹。《食草家族》则一开始就以命定的卑屈姿态，去追溯这个吃茅草的家族的历史。《丰乳肥臀》让人感到过去尽管有苦难，但是生活自由奔放、人可以活得像人，现代人却只能卑微地活着。昔日的辉煌与当代生活的猥琐形成鲜明的对比和对立。在莫言看来人类的历史没有从低级走向高级，黑暗走向光明，更没有从残缺走向完美。莫言的历史观是消极的、退化的历史观。当然这种历史观并不是什么新东西，事实上除了新中国成立后，随着马克思主义成为主流意识形态，马克思主义的进步

---

① 毛信德:《美国二十世纪文坛之魂——十大著名作家史论》，航空工业出版社1994年版，第222页。

② [法]萨特:《福克纳在旧世界》，李文俊编选《福克纳评论集》，中国社会科学出版社1980年版，第247页。

的历史观也随之在中国文化思想中占据了上风以外，中国传统的历史观以及民间的历史观一直是退化的历史观。中国历来有崇古崇老、厚古薄今的传统。“世风日下，人心不古”是中国人几千年来的哀叹。在《封神演义》、《西游记》等神话作品中，本领最大的神一定是年纪最老的神，可见越古便越好。由是观之，莫言退化的历史观不过是对传统的一个回归，这种回归当然也含有对于当下进步历史观的否定和反叛的意味。

（节选自第二章“不同视域下相同的关注焦点——福克纳与莫言部分主题比较”）

心灵畸变的人们

如果幸福的生活并不一定培育出人性的善，那么恶劣的生活环境必然诱发人性的恶。福克纳笔下的许多黑人就是在被歧视、被迫害们的生存环境中心灵发生畸形变异，走上作奸犯科、为非作歹之路。赖德（《下去，摩西》）由于被白人无端嘲笑、戏弄、欺侮而恶从心头起，残忍地用刀割断了那个白人的脖子。古德文（《圣殿》）参与黑社会贩卖私酒，坐视凸眼杀人和强奸坦普尔。他本人也多次犯法坐牢，还杀过一个人（尽管他在《圣殿》中的那个杀人案中是无辜的）。塞缪尔·布钱普（《下去，摩西》）因为穷，偷了种植园商店的东西被赶出家乡，四处流浪无着，最后在芝加哥因为杀死了一个警察而被判刑处死。老卢卡斯·布钱普生活穷困，先是酿造私酒，后来听人煽动买了金属探测器，没日没夜地在庄园的地里寻找埋藏的宝藏，到了利令智昏的地步，惹得老妻忍无可忍坚决要求与他离婚。为了阻止女儿同她的男友威金斯结婚，他不惜告密、陷害，企图把威金斯送进监狱。克利斯玛斯（《八月之光》）从小在孤儿院受到歧视，后来在养父严酷的清教主义管教下，养成叛逆性格，有一次因为养父制止他跳舞，竟然用椅子打破他的头，然后离家出走。由于贫穷，他被所挚爱的女人抛弃，从此他带着一颗仇恨的心到处流浪，惹是生非，以侮辱欺凌妇女为乐。由于他的混血儿身份，白人把他当黑人而歧视他，黑人把他当白人而敌视他，他始终找不到归属感，与所有的人都隔膜、敌对。来到杰弗逊镇后，伙同卢卡斯·伯奇一生酿贩私酒，动辄威胁要他的命。他强奸了孤身一人住在郊外的白人乔安娜小姐，跟她同居后又因为意见不合而杀了她，手段极其残忍，用刀片割她的脖子，割得她头与肩膀只剩一点点皮连着，行径凶残，令人发指。之后又放火烧了她的房子。逃走期间又袭击一家黑人教堂，打伤多名教众。可谓心狠手黑，罪行累累。

莫言笔下的农民同样在困苦的生活中发生了人性的畸变，变得野蛮、残暴，亲人之间的温情荡然无存。方四叔因为家贫，逼豆蔻年华的女儿去嫁给“四十五岁了，还有气管炎，连担水都挑不了”的“棺材瓤子”刘胜利，以便为瘸腿的大儿子换来一个媳妇。金菊不从，一家人就毒打她。……对金菊这样凶狠，对金菊的恋人高马就更残暴。高马上门要求与金菊结婚，方四叔喝令两个儿子打他。方家兄弟“抄起腚下的小板凳，扑上来，对着高马没鼻子没脸地砍起来。板凳砍在肉上，嘎唧嘎唧响。”[①]直至把他砸倒在地，昏死过去。后来金菊与高马逃跑被捉回来，方家二兄弟又在黄麻地里痛打高马，拳打他的鼻子，脚踢他的身子，打得他伤痕累累，昏厥于地，若不是助理员喂他吃了一粒救命药，就一命呜呼了。如果说方家一家人的暴行是“怒从心头起，恶向胆边生”的爆发式行为，因而尚可以原谅的话，那么在《肉孩》这个寓言式的故事里，父母亲平静地把亲生儿子当作猪崽一样卖掉供人食用就完全是冷血的，彻底丧尽人性的行径。这里，贫穷的父母像养猪养鸡一样专门生了孩子当作特种商品卖钱。在卖掉孩子之前，父母对他没有一点点亲情间依依不舍的感情，而是平静地议论他可以按什么等级卖出。给孩子洗澡时，母亲怕孩子烫着，因为“烫红了怕又要降级”[②]。父亲使劲把儿子擦洗干净，因为如果孩子不够干净，收购部门的刁钻的验级员“连孩子屁眼都要扒开检查，有点灰泥就要压你一个等级，一个等级就是十几块钱”[③]。看到孩子经过检验，得到一等，父亲“激动万分，眼泪差点流出眶外”[④]。及至孩子卖掉，父亲紧紧地攥住钱，生怕钱飞了似的。诚惶诚恐地问是否可以拿着钱走。这里，我们看到，贫穷是多么严重地扭曲了农民的心灵，使他们变得毫无人性。

在对属于社会弱势群体的黑人和农民的描写上，福克纳和莫言表现出了很大的共性。他们笔下的黑人和农民作为悲苦的受难者，善良、朴实、忠厚；作为不良体制的顺民，卑微、软弱、糊涂；作为恶劣生存环境的受害者，愚昧、野蛮、狠毒。他们一方面对黑人和农民给予深切的同情，颂扬他们的善行义举，称赞他们身上那些美好的品质；另一方面对他们不作浪漫化的、理想化的拔高处理，而是忠实地描写他们的恶行与他们身上的种种恶劣品性。在对黑人和农民的态度上以及这种态度产生的根源上，两人又有较大的差别。

① 莫言:《天堂蒜薹之歌》,北岳文艺出版社 2001 年版,第 32 页。
② 莫言:《酩酊国》,《莫言文集》第 2 卷,作家出版社 1995 年版,第 62 页。
③ 莫言:《酩酊国》,《莫言文集》第 2 卷,第 64 页。
④ 莫言:《酩酊国》,《莫言文集》第 2 卷,第 74 页。

两相比较，福克纳对于黑人的赞美和同情更多一些。他笔下那些代表善与爱的人物形象如迪尔西·卢万尼娅等更为突出，让人难忘。他从未塑造过一个邪恶的黑人形象。即使作奸犯科的黑人，如克利斯玛斯，也不是恶魔，而首先是令人同情的受害者。福克纳之所以对黑人充满同情，一方面固然是出于他的人道主义思想观念；另一方面也是因为他从小是由一个慈爱的黑人保姆凯莉嬷嬷带大的。福克纳在创作中把对凯莉嬷嬷的感情转移到了其他的黑人身上。不过福克纳与黑人之间还是有距离的。他所了解的只是作为白人家仆的黑人，尤其是女仆，对其他黑人的情形了解并不很多。据研究者称，在牛津镇，每当发工资的日子人们就会涌入镇中到市场或者专卖店里消费。镇上有一个专门的黑人娱乐区。黑人们在这个没有白人的地方怎么说话，有文化的黑人与没文化的黑人怎么相处，他们怎么议论白人，有什么逃跑计划，逃跑的人对于留下的人有什么影响，等等，这些都是福克纳不可能知道的，因为他几乎从未涉足过这个区域。由于了解得不全面、不深入，他笔下的黑人有时候就显得不是那样真切可信。

莫言对农民既深切同情，为他们鸣不平，也不遗余力地讽刺、批判他们，他笔下的农民形象很少有能让我们崇敬、喜爱的。他敢这样写农民，不担心别人攻击他诬蔑农民，是因为他本身就是农民出身，对于农民身上优劣善恶的一切品性非常了解。他坦陈："二十年前，当我拿起笔创作第一篇小说时……我是一个刚从故乡高粱地里钻出来的农民，用中国城里人嘲笑乡下人的说法是'脑袋上顶着高粱花子'。"[①]在谈到《天堂蒜薹之歌》的创作动机时，他说："其实也没有想到要替农民说话，因为我本身就是农民。"[②]由于莫言在描写农民时是从内部着眼，是用农民的眼光和情感写农民的，他对农民的困境的心理体验更深刻，对农民的同情更深沉，批判也敢于更不留情。因此他的农民形象较之于福克纳的黑人形象更有实在感，更厚实。

在现当代中国文学中，农民形象一直是备受关注的。在塑造农民形象方面成绩突出的作家也很多，如鲁迅、赵树理、高晓声、李凖、柳青、浩然、贾平凹等等。较之于鲁迅写农民的愚昧落后之深刻独到，莫言显得浅白；较之于赵树理写翻身农民的快乐昂扬，莫言显得低沉；较之于高晓声写农民生活悲与喜的喧闹，莫言显得冷清；较之于柳青、浩然对新农民虚幻的讴歌，莫言显得真切；较之于贾平凹写农民的淳厚，莫言显得严苛。一句话，莫言塑造了有自己特点的农民形象。通过淳朴善良、受苦受难的农民形象，莫言向压制、剥夺了农民的不合理政治、社会机制提出了抗议，通过展现农民的贫穷、野蛮、残暴，莫言解构、颠覆了新中国文学传统中的农民的美好形象。而福克纳则

① 莫言:《小说的气味》,春风文艺出版社 2003 年版,第 22 页。

② 莫言:《天堂蒜薹之歌·自序》,第 3 页。

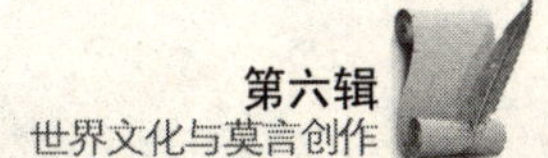

通过赞美黑人身上诚实、忍耐、勇敢、同情、友爱等优秀品质表达了他对于黑人与白人和谐、平等、友爱相处的美好前景的向往；通过极具同情的笔触描写他们的缺点和恶行，福克纳谴责了种族主义的罪恶，声讨了造成压迫人、扭曲人的社会环境和势力。

（节选自第三章“类似的人物、不同的形象——福克纳与莫言人物形象比较”）

论大江和莫言的故乡想象与艺术超越
——以《万延元年的足球队》和《红高粱家族》为视点

◇赵述晓*

大江健三郎与莫言是日、中具有较大文学影响并且在创作上带有浓郁“故乡情结”的两位作家，其创作中的“故乡想象”和艺术征象有诸多相通之处，在他们所创作的众多作品中，大江的《万延元年的足球队》和莫言的《红高粱家族》显示出了极大的相似性，两部作品都以作家各自的文学故乡“森林峡谷”和“高密东北乡”为背景，生动地描绘了各自故乡里与暴力、死亡、性欲相纠缠的人生百态，进而表现了博大的生命与精神突围的主题。本文以两部作品为视点，采用平行研究的方法，透视两位作家的文学世界中对故乡的想象和对艺术的超越。本文分三部分，首先，纵观两位作家的文学历程，明晰文学故乡在两位作家文学世界中的重要地位后，对各自故乡成长环境的浸润以及福克纳所带来故乡文学热潮的影响进行探析。其次，从暴力的充斥、死亡的意向、性欲的狂欢三个方面把握两位作家笔下的故乡性征与艺术征象的关系，在平行比较中透视两位作家人生价值观的取向和各自艺术世界的特质。最后在民族性视角下，结合具体文本，就两位作家故乡世界中的民俗文化的描写探寻作家从故乡出发——回归文学故乡——达到对故乡的文化体认的生命与艺术轨迹，进而审视大江健三郎和莫言在各自创作中所表现的在历史、哲学、社会与生活高度上的突破和超越。

艺术建构的启蒙

从福克纳到大江，从大江到莫言，在其艺术建构中，都出现了一个以“文学故乡”而形成的艺术世界，尽管这些文学世界的艺术元素、构成方式，艺术表达的意向各不相

---

* 赵述晓：江南大学比较文学与世界文学专业硕士，2010年获硕士学位，导师肖向东教授。

同，但这一艺术建构的基础却都是作者各自熟知的故乡与原乡故事人物，《万延元年的足球队》和《红高粱家族》都描写了在偏远闭塞、落后动荡又深受外族欺凌的环境下，具有粗犷强悍、复仇反抗心理的人们的斗争史，把家族的苦难和种族的盛衰结合在一起，透过家族的苦难与种族的盛衰，烛照社会的动荡、历史的演绎。可以说，福克纳的启示，给了大江与莫言写作的一种“能指”，使他们在形成自己的文学地理故乡这一概念上获得了具有重大意义的启蒙与升华。

如前，无论大江的“森林峡谷”还是莫言的“高密东北乡”，都是以故乡记忆为基础，在小说中筑建作家象征性的精神故乡。大江的导师渡边一夫先生曾说：“大江君不愧是在森林中长大的，他写小说就像林子里的泉水似的，当你怀疑是否已经枯竭的时候，就像新的泉水重新涌流出来的似的，他又接着写了下去。”可见故乡记忆对大江的“森林峡谷”文学故乡的极大作用。《万延元年的足球队》中爆发的多次农民暴动、塑造的人物原型都深深地印有故乡记忆的标记。在大江的故乡历史上发生过两次大规模的暴动：一次是1750年的“内子骚动”，村民们投掷河滩上的小石头，迫使权力者在压力下自杀，从而取得了胜利。另一次则是1866年的“奥福骚动”，“奥福是农民暴动的领导者，他试图颠覆官方的整个权力体系，针对诸如刚才说到的，其权力乃至我们村子的那些权势者。说是先将村里的穷苦人组织起来凝为强大的力量，然后开进下游的镇子里去，再把那里的人们也团结到自己这一方来，以便凝聚成更为强大的力量”[①]。这种暴动和组织的模式迁移到了《万延元年的足球队》里，鹰四就是先召集众多的青年练球，进行思想的洗脑，点燃愤怒的力量，顺利进行对抗峡谷最大的经济力量的暴动。文中最出彩的情节之一——曾祖父为了平息暴动杀死了起义的领导者自己的弟弟，这也来源于大江的故乡记忆：“我家并不是一个兴旺发达的豪门，可这一族里也曾有一人杀了蛮横的弟弟，进而保住了整个家族。是有过这么一个传说，发生在农民暴动的混乱中。……我就这样以自己的过去，故乡森林里以往的事件为素材写了这部小说。”[②]至于作品中象征着山谷生活样式和经济形态发生变化的“超市天皇”这一形象也来源于大江的故乡记忆。“那时我刚满二十岁，战争也已经结束十年了，村里确实已经一点点地出现了变化。那会儿我有一个优秀的同学，他打算留在村子里继承农家活计，就对我说：‘大江君，回来吧！回来后我们俩就干‘主妇之店’吧！如果我们俩干这个店的话，就会成为县里的头号有钱人啊！’我在朋友的这个建议启示下，创造出了‘超市天皇’这个形象。”[③]其他作品中一些闪亮的片段，也印证了大江故乡记忆与文学故乡之间很大的紧密相关性。鹰四在大雪之夜赤裸着围着

① [日]大江健三郎：《大江健三郎口述自传》，许金龙译，新世界出版社2008年版，第93页。
② [日]大江健三郎：《大江健三郎口述自传》，第93页。
③ [日]大江健三郎：《大江健三郎口述自传》，第95页。

院子跑步的场景，就是根据大江在故乡的真实经历所编写的。“恰好那天夜里，天降大雪并覆盖了地面，我自己就如小说里那样进行了实验。”[1]大江就像一个迁移者，不断地携带着真实的故乡记忆跋涉到自己的文学王国，在漫长的途中，这些记忆如同启蒙大师，让大江的文学故乡慢慢显形、发酵，终于成就了自己的文学故乡。

评论家程德培认为莫言的文学世界是一个“被记忆缠绕的世界”，从《红高粱家族》我们亦可以清晰地看到莫言的历史经历、故乡记忆的脉络。故事中的历史背景是真实的。那就是发生在 1938 年 3 月 15 日的孙家口伏击战：游击队在孙家口村大桥头埋上了连环铁耙，伏击了日本鬼子的汽车队，经过浴血奋战，打死了日本鬼子四十多人，其中还包括一个少将。事后日本鬼子率领大队人马前来报复，大肆屠杀手无寸铁的村民一百多口。这两件事件均在《高密县志》留有记载。真实而瑰丽的背景更映照着故事的波澜壮阔。不仅仅故乡的历史事件成为小说脉络，连存在于莫言故乡记忆里那形形色色的人物，牛、狗等动物，红高粱、树木等植物，石桥洞、河水等环境都成为小说世界里美丽的点缀品。小说里红高粱家族中最核心的男性形象余占鳌的原型就是莫言具有传奇色彩的三爷爷。莫言的三爷爷是一个在高密东北乡方圆几十里间与众不同的风流人物，结交各类英雄好汉和地痞流氓，其做派和他勇猛的性格在莫言的记忆里栩栩如生，从而塑造出个性鲜明的余占鳌这一人物形象。小说中的三股势力在莫言故乡记忆里也是有迹可查的。资料记载抗日战争时期，高密百姓揭竿而起，纷纷成立游击队，最大的有冷关荣冷队、高云生高营和姜黎川姜部三支，而冷队还拥有令人恐惧的十挺机关枪。《红高粱家族》中的第四章《高粱殡》里描写了大段机关枪扫射的惊人杀伤力，这可能就是莫言从小对冷队十挺机关枪的想象。莫言邻居有个在新中国成立前是开烧酒作坊的，有酒坊的地方就有故事，这显然也被莫言安排到了作品里。发出熠熠光彩的高粱酒不仅象征着酒神精神，也更加饱满地塑造出具有地方特色的高密东北乡这一地理形象。艺术建构的成功固然是多方面的，当我们流连在“森林峡谷”和“高密东北乡”中，感叹秀丽的风景、粗犷的民众、勃发的生命力、经典的人物形象时，更能清晰地看到两位作家故乡记忆的印痕对其文学创作的巨大影响，没有故乡的记忆，就如同无源之水，无本之木。也正是有了特征凸显、形象鲜明的故乡记忆，大江和莫言的小说世界才具有一种生活的鲜活与独一无二的特色，并焕发出勃勃的生机。故乡记忆对于大江和莫言而言，就像一位熟知生活与历史的老者，牵引着作家步步深入地走向故乡深处，走向他们营造的绚丽的小说世界。

（节选自第一章“故乡想象与艺术构建”）

---

① ［日］大江健三郎：《大江健三郎口述自传》，第 99 页。

莫言和米兰·昆德拉作品中生命主题比较

◇邓莉欣*

生命是文学永恒的主题。在何种生命形态之下释放怎样的生命力，作家有怎样的生命意识，体现怎样的生命价值，探讨这些问题永远不过时。本论文选择莫言和米兰·昆德拉两位作家，运用平行研究的方法，立足文本对其生命主题进行比较研究。本文第一章首先理清概念，简要概括两位作家各自作品的生命主题。第二章围绕生命主题展开比较，寻找两位作家在这一主题上的相似之处：在创作脉络上，历史和政治对生命主题有共同的影响；在创作指向上，都致力于显现真实纯净的生命，拒绝媚俗；创作美学上，都倾向于表述生命的悲剧美。第三章则从创作内容、创作思想以及创作风格上剖析两位作家对生命主题创作的不同：在创作内容上，莫言的整体性描述对应昆德拉的片段性剖析；在创作思想上，莫言高扬生命激情，呈现生命，而昆德拉冷静探索，解构生命；在创作风格上，莫言的叙述性对应昆德拉的学理性。最后一章结合两位作家的个人经历、社会环境及文化背景分析其生命主题书写异同的原因。

相似的拒绝媚俗

“媚俗”一词本是昆德拉在《不能承受的生命之轻》中提出的。书中讲道：“世界的创造是必然的，生命是美好的……我们把这种基本的信仰称为对生命的绝对认同……因此，对生命的绝对认同，把粪便被否定、每个人都视粪便为不存在的世界称为美学的理想，这一美学理想被称之为 kitsch……媚俗是对粪便的绝对否定……媚俗是把人类生存中根本不予接受的一切都排除在视野之外。”②

* 邓莉欣：辽宁大学比较文学与世界文学专业硕士，2012 年获硕士学位，导师刘铁副教授。

② [捷克]米兰·昆德拉：《不能承受的生命之轻》，许均译，上海译文出版社 2005 年版，第 295 页。

人类生命中不予接受的大多是对一些隐晦面的曝光，除了粪便，还有一些对让人难以启齿或避之不及然而却依旧存在的场面或思想的描述。在创作作品中做到对这些隐晦面的揭示，可以称作“拒绝媚俗”，拒绝媚俗是为了追求真实和超脱的生命。两位作家的笔调都如利刃般锋锐，对生命中的虚伪以及不堪入目的俗世隐晦面都有冷静的描述和剖析，在拒绝媚俗的这个创作指向上是异曲同工的。

莫言的拒绝媚俗是一种原生态意义上对生活场面的大胆披露，莫言不趋从大众的评判标准，在创作中允许多种状态的生命存在。在他的创作世界里，有令人钦佩的强盗，有值得认可的通奸，妓女可以被歌颂，奸商可以被可怜，包括为人不齿的人类排泄物，对暴力、血腥、裸露、性爱的详细描写都出现在莫言的创作里，俗世的种种隐晦面都被莫言摊平在真实的阳光底下。《食草家族》中保持嚼食茅草习惯的家族的人都能拉出“香蕉形的大便”，作品中有对大便形状美的描述，有对排泄时选择的庄稼地的描述，被嚼食的茅草被看作大自然的灵物，从进入人体到排出人体是对人生命灵魂的净化，看似不堪入目，实则表达对自然的敬畏和渴求生命与之融为一体的愿望。对于血腥残忍场面的描写，《檀香刑》发挥得淋漓尽致，对于众多刑罚的描写令人不忍卒读，如实施凌迟和檀香刑的过程描写，把檀香木钉入人体，读来令人不寒而栗。这种描写除了满足创作情节和风格上的需要，也真实地反映了当时社会下人如草芥的真实生命状态。在《红高粱家族》中，甚至还有更触目惊心的对狗吃人和活人被扒皮的细致描写，莫言在拒绝媚俗的同时也表现出超凡的生命感受能力。

莫言的作品中弥漫着浓郁的生命气息，可以从中感受到其所蕴含的多种生命状态下的强大生命力，这种生命力强大到具有侵略性，能够打败媚俗，敢于肆无忌惮地践踏人们深信不疑的媚俗模式。在《食草家族》中，追求自由的强大生命力让与人私通的四老妈的形象也没有那么卑贱，骑驴回娘家的四老妈收拾停当，傲视一切。在生命力的普照下，固化的评判标准只会是媚俗的代言，必然被无法阻挡的生命力打败。

莫言作品中对媚俗的抗拒进一步表现为更真实地展现生命状态，如生命中的苦难和不公。自小生活在贫苦的大家庭里的莫言尝透了生命加在他身上的苦楚，在他的作品中，几乎每一个时期的人物身上都有苦难与不公。《生死疲劳》中善良地主西门闹虽有良田百亩，但最终也被不公平地枪毙了；《天堂蒜薹之歌》中敲打着牛胯骨沿街说唱的老人控诉着一桩桩无法昭雪的冤屈；《透明的胡萝卜》中十几岁的黑孩在后母的虐待下到深秋了仍旧没有衣服可穿，手指还被烧红的砧铁炙烤过。莫言拒绝媚俗，拥抱生命的真实，表现在作品中就是揭露苦难与不公。在昆德拉那里，媚俗更多的是作为人对政治、社会、时代、历史的态度与行为的深度考察。昆德拉在作品中拒绝政治意义上充满谎言和虚伪的媚俗，也拒绝思想认识上趋同于大众方向的媚俗，他讽刺政治，背叛世俗以做到拒绝媚俗。《不能承受的生命之轻》集中阐释了拒绝媚俗。昆德拉以透彻

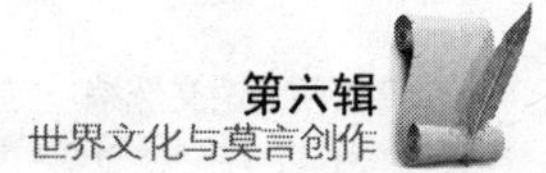

辛辣的笔法揭露生命中的虚伪，萨宾娜是昆德拉拒绝媚俗的主要载体，她以背叛媚俗为唯一的生命支柱，为背叛而着迷。

“没有人比政治家更深谙这一点。只要附近有一架照相机，一见到孩子，他们就会跑过去把他抱在怀中，亲他的脸蛋儿。媚俗，就是所有政治家，所有政治运动的美学理想。”[①]世俗都认为关爱孩子是有善心的表现，政治家们善于在公众面前做秀，原本纯净的孩子一旦跟政治挨上边儿，就成为媚俗的突破口，变得那么污浊，因为一切都仅仅是表面现象，并不真实。可以想象，如果没有记录政治家行为的相机，恐怕孩子就不会被虚伪地亲脸蛋。昆德拉在耶路撒冷文学奖授奖典礼演讲词中说过，“Kitsch”这个字源于德国。它描述不择手段去讨好大多数的心态和做法。既然想要讨好，当然得确认大家喜欢听什么，然后再用自己美丽的语言和感情把它乔装打扮，甚至连自己都会为这种平庸的思想和感情洒泪。政治家就是这样时时处处包装着自己的形象、行为。政治家只是政治范畴之内的一个行动体，而不能称之为拥有独立生命的个人，在这样的生命形态下自然产生不出多大的价值。真实超脱的生命不允许政治的干扰。

萨宾娜用背叛来对抗媚俗，萨宾娜认为，背叛就是脱离原位，投向未知，而未知的世界充满各种可能性，妙不可言。萨宾娜背叛家庭的约束，背叛学校所教的社会主义现实画派、背叛婚姻、背叛抗议游行的队伍，还有背叛情人弗兰兹，她所背叛的这些对象不过都是媚俗的表现。萨宾娜的圆礼帽就是她背叛的道具，这顶礼帽是祖父遗传下来的，萨宾娜却选择在跟托马斯做爱时戴在头上，这样一个象征男性和庄严场合的物件却被萨宾娜结结实实地戏弄了，反而成为自己区别于托马斯众情人的独特标志。萨宾娜认为应该活在真实里，这也是她背叛虚假的一切的出发点。每个人都是真实的、不同的，一味地趋同大众只能把自己隐藏在没有任何意义的洪流中。弗兰兹就更似媚俗的代表，“他需要向他人、向公众、向内心的另一个自我证明自己，他承认了公众、参与公众的活动并在其中自我欣赏、自我陶醉”[②]。他渴望接触真实生活，与各种倾向的社会人群纠结在一起，为逞一时之勇参加了向柬埔寨的所谓“伟大进军”，荒唐的进军无果而终。弗兰兹在异国他乡的大街上遭遇抢劫，被歹徒打死，想为政治献身的弗兰兹并没有死于光荣进军，却让自己的生命消亡在盲目荒唐之中，他的这种死法甚至非常卑微可笑，是没有价值的。昆德拉借作品人物的经历来拒绝媚俗，痛斥媚俗，指出媚俗只会把生命引入荒唐和虚无，人会迷失在一片被现实麻痹的眩晕之中。媚俗是虚伪和对生命不切实际的认知，昆德拉在作品中剖析着人物的心理和行为，从而去追求超脱的生命。

---

① [捷克]米兰·昆德拉:《不能承受的生命之轻》,第300页。

② 作从巨:《叩问存在——米兰·昆德拉的世界》,华夏出版社2005年版,第10页。

莫言说过，一个作家敢暴露阴暗心理总比往自己的阴暗心理上涂鲜明色彩的人要可信任一些。他在自己的创作中也是如此表现的，把俗世的一切尽可能地展露出来，接受读者的品读和评判，他绝不做媚俗的传声筒，守卫着作家真实的良心。昆德拉对性爱场面的描写也足够露骨坦然，他以局外人的身份描述着存在的一切。一切生命中所存在的都是应该体现的，而对于人物的媚俗行为，他也会无情地讽刺和揭露。生命中并不只有美好，相反，它的对立面是更多的，任何成熟的生命都应该认识到这一点。只要是真实的，两位作家都不加粉饰地进行了描述。

（节选自第二章“莫言和米兰·昆德拉作品中生命主题的相同”）

第七辑　作家主体及其他研究

沸腾的土地——莫言论

◇廖增湖*

莫言是“新时期文学”以来的重要作家之一，他的文学创作在中国文坛是一个独特的现象，其作品从一开始就打上了深深的个人烙印。在文学作品中，莫言创造了一个属于自己的“文学共和国”——高密东北乡。通过“高密东北乡”这个崭新的“文学共和国”以及这个国度里崭新的法度与规则，莫言有效地颠覆了传统文学作品中因袭的权力结构和意识形态的僵化套式。对于莫言来说，复杂的性格构成意味着复杂的人性体现，而复杂的人性则是对于一种意识形态左右下已经僵化的文学叙事模式的有效超越。本文分为五个部分，论述的核心部分是第二、三、四章。第一章是“莫言传”，第二章着重讨论了莫言文学中“吃”的主题，通过“吃”这样一个常见的“现象”，把握文化深处的秘密。第三章剖析莫言在文学作品里建构的“高密东北乡”这个“文学草根共和国”，在这里，莫言特意采用的反讽结构和反常的伦理模式，使得他的作品具有了鲜明的个人风格。第四章从“风景”入手，探讨莫言在作品中所描摹出来的与众不同的文学风景等问题，从而试图更加深入地把握住莫言创作的基本思想脉络。第五章是精心搜集和整理的莫言作品目录大全，相关的重要评论文章和研究专著的篇目索引以及出版和译介情况介绍。

莫言传

(一)开场白

新时期以来的中国文坛中，莫言是一个异类，是揭竿而起的农民军领袖。

这位山大王浓眉大眼，手脚粗壮，喜欢大碗喝酒大块吃肉，常常打家劫舍胡作非

* 廖增湖：华东师范大学中国现当代文学专业博士，2004年获博士学位，导师王铁仙教授。

为，率性所至，天马行空。他既是神通广大的齐天大圣孙悟空，也是顽皮捣蛋的花果山里的猴子兵。他可能是曹操，也可能变成刘备。不管什么角色，他都一个人包圆儿了。

他有时是孙丙，带着一群扮演妖魔鬼怪的乡亲们跟修建胶州铁路的德国鬼子浴血奋战；有时是司马库，忽发奇想用地电焊枪割断日本鬼子的铁路桥；有时还是高密东北乡最著名的土匪许大巴掌，据说跟在胶东纵横十六年的八路军将军许世友比试过枪法……

莫言还常常是沉默寡言的黑孩，是吃奶吃到成年的上官金童，是飞檐走壁的侏儒余一尺，是整天渴望吃到猪头肉的罗小通……在莫言的小说里，无论是唱"猫腔"后来又遭了空前绝后的檀香酷刑的孙丙，还是率领众乡亲攻打据说膝盖不会弯曲的德国鬼子的后来也遭了走鳌子酷刑的上官斗，一生中经历丰富阅人无数当过大掌柜打过日本率领过还乡团的司马库，都是彻底的失败者。黑孩、上官金童、余一尺和罗小通们，也都是些吃不饱穿不暖的小可怜虫，他们被一只看不见的巨灵神掌压在社会的最底层，扁得屁滚尿流。现实中的作家莫言，在爬上运载新兵的大卡车顺利地逃离高密东北乡之后，却依靠着自己的创作实绩，革命成功，分田到户，成为丰衣足食的上流人物。

莫言仅是莫言而已，莫言毫无疑问地不能被重复第二次，他的身上没有任何的榜样意义。莫言写小说能够达到这个地步，我觉得毫无道理。研究他的人生历史，翻检他的作品枝节，想从中发现一点蛛丝马迹，想破译他的秘密根本就是不可能的。

莫言的才能不是后天学习来的，他是一个天生的小说家。莫言自己说过，饥饿和孤独是他创作的财富。可是，普天之下，整天饿得上气不接下气，饿得肚皮透明滚圆里面的肠子看得见滚来滚去的人，有如恒河沙数，最后成为作家尤其是成为像莫言这样优秀作家的人，却屈指可数。因此，研究莫言，如果要把他作为一个榜样来看待，我认为毫无意义。莫言就是莫言，没有什么可学习性。

世界上没有两面完全相同的镜子。每一个读者都有自己想象中的莫言形象。他可以调动自己的全部人生经验，想象出一个属于他心目中比较合适的作家莫言。

(二)前　传

莫言在自己的作品里，对山东高密有着神奇瑰丽的描述：无边无际、血一样颜色的红高粱，浊水流觞的墨水河，方圆几十里的野草洼地，神奇古怪的作坊草鞋窨子，还有各种作物，如高粱、玉米、地瓜、棉花、麦子、向日葵等；各种动物，如狐狸、野狗、狗熊、乌鸦、麻雀、兔子、老鼠等；各种虫子，如蜜蜂、苍蝇、蚊子、蚂蟥、蝈蝈、金龟子等；各种鱼类，如鳝鱼、鲤鱼、黑鱼、鲇鱼、草鱼、鲫鱼等；各种水族，如泥鳅、乌龟、河鳖、螃蟹、河虾、青蛙、水蛇等……在莫言的作品里，包罗万象地出现了各种景象，这种性质相异、特点不一的风景，在先前那些循规蹈矩的社会主义现实主义作品里是水火不相容的，但是莫言大胆地、野蛮地、天马行空地把他们放在了一起：把英雄和狗熊放在一起，把君子和小人放在一起，把香蕉和大便放在一起，把高尚和卑鄙放在一起，把美丽和丑陋放在一起，把馨香和恶臭放在一起，把男人和女人放在一起。

莫言像低幼儿童一样，旁边的积木随手拿来，根据自己的高兴把它们组合在一起，他的心目中，那些清规戒律全都不起作用了。我们都知道，当成人世界在谈论干净和肮脏的时候，小孩子根本就不在乎这种区别。采用儿童的视角，从而反观出成人世界那些貌似庄严的道德伦理的荒谬感，是莫言作品的最为重要的秘密之一。在这里，他有点大闹天宫时期的齐天大圣孙悟空：孙悟空在这个时候绝对地自由，他根本就不遵守什么天上的律令地下的王法，一个筋斗十万八千里，在玉皇大帝面前胡说八道，到十八层地狱里跟阎王爷讨价还价，把生死簿一笔勾销，跟三山五岳四海五湖的妖魔鬼怪称兄道弟推杯换盏吆五喝六，这些，都是孩儿们的本真性情。这个时候的孙悟空最好玩，等到他被象征着成人世界的佛法最高代表如来佛压在五指山下，辅助大和尚、那个唠唠叨叨的唐僧去西天取经的时候，孙悟空为紧箍咒所困，就变得平庸乏味了。为了管好"春游"队伍里的这几个孩子——唐僧、猪八戒、和尚——他真是婆婆妈妈的，操碎了心。原来一棒下去就能打个屁滚尿流的妖精鬼怪们，竟然能弄得孙悟空心烦意乱，不得不整天飞来飞去，像一个商务人士般忙碌地穿行在天宫、西竺、海底、南海等地，不断地找玉皇大帝、太上老君、托塔天王、南海观音、西天如来等人洽谈、求援、讨价还价，他在脑袋被各种条律的象征——紧箍咒羁绊了脚步之后，变得像长舌妇一样饶舌，也懂得走后门、说点好话之类的无聊行径了。对子孩童来说，清规戒律真的是不好玩，也缺乏创造力。莫言在顿悟了这个道理之后，立即就乘上时光飞船，从纷纷扰扰的城市返回乡村，从绞尽脑汁地迎合陈腐的写作教条到自觉地去表达自己的爱与恨，从体验别人的生活到挖掘自己的生活。在"高密东北乡"，他进入了自己写作中的"自由王国"。

（节选自第一章"莫言传"）

吃的差别

在一个食物匮乏的时代，"吃"变成了像老杜、罗汉这样的底层人物的世界观和方法论。他们的人生目标被浓缩成一个最为基本的行为——吃。

莫言对于食物的感受是独特的，在同样的词汇里，莫言提炼出截然不同的意义来：因为食物极度匮乏，黑孩和罗小通们对于食物拥有一种超人的嗅觉，反之，丁钩儿和成年的金刚钻、矿长、矿党委书记等人却对食物（包括酒在内）丧失了兴趣和感觉。当丁钩儿在矿长和矿党委书记的陪酒劝说下喝得神志不清、恶心呕吐之后，金刚钻露面了：

> 金刚钻脱掉上衣，上衣被一红色小姐接走。他对丁钩儿说："老丁同志，您说这是三十杯矿泉水还是三十杯白酒？"丁钩儿抽动鼻子，嗅觉有些麻木。[①]

在这里，因为酒量似海而升为宣传部长的金刚钻对于"酒"这种美好的液体已经麻木了，他喝酒就像喝水。喝酒变成了一种物体的运动，而不再是一种品尝美食的行为，这大大地破坏了少年金刚钻对酒的那种敏锐感。如果说小男孩们对于食物精力无穷的追逐是因为食品的极度匮乏的话，那么金刚钻们的相反感受，则意味着他们获得食品的能力和权力的微妙变化。在这里，作家莫言的叙述就由一种貌似简单的白描，上升到了社会批判的高度。

对比上面的意义相反的进食场面的引用，我们不难发现，在莫言笔下存在着两个世界：一个是像《酒国》中的盛宴场面所表现出来的"吃"的国度，或者说是"大吃大喝"的世界；另一个则是由黑孩、铁孩、罗汉、罗小通们构成的饥饿、苦难和贫困的世界。这两个极端悖反的世界出现的地方，就是我们的"中国"。在这里，"中国"不再是一个简单的政治学概念，而是一个可以切身把握和亲身经验的生理学词汇。无论"饥饿"、"恶心"还是"呕吐"，都是一种生理状态，但是在莫言的小说这里，这些不同的生理状态，分别意指着不同的政治学概念。极度的贫穷和盛大的奢华，被统一到了同一个国度里，微妙地意味着一个阶层对另外一个阶层的剥夺。

在《酒国》里，矿山设施的豪华餐厅和美轮美奂的招待所，都有意地反衬着矿山外面灰尘扑扑的、路面坑坑洼洼的世界。而且，矿山的招待所和餐厅，都非常有意思地建筑在黑暗的地底下。对于这一点，喝得烂醉如泥的丁钩儿也发现了：

> 果然是煤矿，一切活动都在地下。[②]

而地上，则可以看见：

> 一群头戴铝盔的黑人走过来，……我嗅到了他们身上浓重的汗臭味和坑道里的潮湿腐败气息。他们的眼睛像锥子一样扎着我的肉体。有几个人骂了几句脏话。[③]

在"吃"和"非吃"上，莫言发现了其中微妙的差别。从历史上看，"吃"一直是一个阶级借以区分另一个阶级的鲜明标志。在《诗经·伐檀》里，人们很早就对不劳而获表示了很大的不满："不稼不穑，胡取禾三百廛兮？不狩不猎，胡瞻尔庭有悬貆兮？"《诗

① 莫言：《酒国》，南海出版公司 2000 年版，第 50 页。

② 莫言：《酒国》，第 92 页。

③ 莫言：《酒国》，第 92 页。

经·硕鼠》里，人们同样对食利阶层表示了谴责："硕鼠硕鼠，无食我黍，三岁贯女，莫我肯顾。"而在《左传·曹刿论战》里，春秋时期的著名食客曹刿则有一个著名的论断："肉食者鄙，未能远谋。"在这里，饮食品类的不同，被曹刿上升到了人生境界的层次。在曹刿看来，那些饱食终日的贵族们，缺乏远大的志向和高瞻远瞩的谋略，他们根本就无法有效地治理国家、抵御外敌，反而需要像他这样出身卑微的智者挺身而出才能拯救国家。

曹刿认为富贵者(肉食者)愚钝、卑贱者(吃不上肉)聪明的理论，不知道是怎么出现的。像他这样的一种对于"肉食者"的鄙薄心态，在中国历史里形成着一种意味深长的历史心结：人们既嘲笑"肉食者"，同时又梦想着做一个"肉食者"。"肉食者"不仅意味着食物的丰富，而且暗示着他们地位的尊荣。

在《史记·孟尝君列传》里，跟曹刿身份相似的食客冯谖因为不受人重视而自我嗟叹："长铗，归来乎？食无鱼！"对于冯谖来说，有没有给他鱼(肉)吃，暗示着主人孟尝君是否重视他的一个重要标志。对于像冯谖这样奔走列国、寄居于公卿门下的食客来说，能够出人头地，获得稳定的"吃鱼(肉)"权利，是他们毕生追求的目标。

"肉食者"跟"草食者"是不一样的——无论是社会地位还是他们所获得的物质享受，都迥然有别。在这里，我们可以惊讶地看到，知识分子一方面对成为"肉食者"充满了憧憬，另一方面又对既有的"肉食者"阶层有着微妙的批判心理。他们对于这个阶层，心态的确非常复杂。同样的观点，在其后历代的知识分子中被完整地延续了下来。

杜甫是一名感时伤怀的诗人，他的诗歌名句："朱门酒肉臭，路有冻死骨"[①]，也是这种观点的延续。"酒肉臭"和"冻死骨"的鲜明对比，使得杜甫具有了深刻的现实批判精神。同样的对比，也出现在莫言的小说里。在《食草家族》里，莫言用"食草"来反讽"食肉"，进而对现代的文明抱以深刻的怀疑。在这层上，莫言笔下风生水起、浓墨赤酱的高密东北乡依稀具有沈从文笔下的"湘西"的意蕴。只不过，沈从文笔下那个恬静的田园景色，被莫言改头换面，弄成豪迈粗犷、生命力喷薄的高粱地了。对于土地的热爱，使得莫言的小说变成了对现代文明的一种诘问。

20世纪80年代"寻根文学"兴起的时候，评论家也把莫言归在里面，这其实是一种错误的归类。"寻根文学"通过自动地向内寻找的文学创作，试图使自己的文学创作跟中国传统的文化接轨，进而发现，中华民族的根在于乡土。"寻根"文学代表作家之一的韩少功曾经说道：

作家们……目光开始投向更深的层次，希望在立足现实的同时，又对现实进

① 杜甫：《自京赴奉先县咏怀五百字》，《杜少陵集详注》(三)，商务印书馆1995年版，第10页。

行超越，去揭示一些决定民族发展和人类生存的谜。他们很容易首先注意到乡土。乡土是城市的过去，是民族历史的博物馆。哪怕是农舍的一梁一栋，一檐一桷，都可能有汉魏或唐宋的投影。而城市呢，上海除了一角城隍庙，北京除了一片宫墙，那些林立的高楼，宽阔的沥青路，五彩的霓虹灯，南北一样，多少有点缺乏个性；而且历史短暂，太容易变换。……乡土中所凝结的传统文化，更多地属于不规范之列。俚语，野史，传说，笑料，民歌，神怪故事，习惯风俗，性爱方式等等，其中大部分鲜见于经典，不入正宗，更多地显示出生命的自然面貌……①

在这里，"寻根文学"的作家们显示出了自己对于现代文明的排斥和抵触心理，并且想当然地把中国文化的根追溯到"乡土"上。然后，他们追寻到的不是什么好"根"，基本上都是"恶根"。像韩少功的中篇小说《爸爸爸》里丑陋的白痴"丙崽"，就是典型的代表。对于俚语、野史、传说、笑料、民歌、神怪故事、习惯风俗、性爱方式等的强烈关注，使得这批作家走向了另外一种极端。他们用自己的作品来反对自己的主张，对传统文化，挖掘出来的竟然是"蒙昧"、"粗俗"和"野蛮"。乡村对于他们来说，不过是寄托一种文学理想的客观场所而已。他们对于乡村，不爱也不恨。就像后殖民主义理论所揭示的那样，乡村对于他们来说，不过是一种"景观"而已。在文学背后，是作家态度的极度冷漠。

莫言在这方面则显现出自己的独特情感来。在他的小说里，弥漫着一种对于乡村的偏爱。就像平原地区的人来到青藏高原会产生缺氧的反应一样，莫言小说里的人物，从农村来到城市，也会感到缺氧。在农村，连人们的粪便都是带着清香的气味的，城里人的屎则恶臭难当。在中篇小说《红蝗》里，莫言充分地表达了这种经验：

高密东北乡人食物粗糙，大便量多纤维丰富，味道与干燥的青草相仿佛，因此高密东北乡人大便时一般都能体验到磨砺黏膜的幸福感——这也是我们久久难以忘却这块地方的一个重要原因。高密东北乡人大便过后脸上都带着轻松疲惫的幸福表情。当年，我们大便后都感到生活美好，宛若鲜花盛开。我的一个狡猾的妹妹要零花钱时，总是选择她的父亲——我的八叔大便后那一瞬间，她每次都能如愿以偿，应该说这是一个独特的地方，一块具有鲜明特色的土地，这块土地上繁衍着一个排泄无臭大便的家族(?)，种族(?)，优秀的(?)，劣等的(?)，在臭气熏天的城市里生活着，我痛苦地体验着淅淅沥沥如刀刮竹般的大便痛苦，城市里男男女女都肛门淤塞，像年久失修的下水管道，我像思念板石道上的马蹄声声一样思念粗大滑畅的肛门，像思念无臭的大便一样思念我可爱的故乡。②

---

① 韩少功：《文学的根》，《作家》1985年第6期。

② 莫言：《红蝗》，《收获》1987年第3期。

从这里，我们可以看到，莫言并不是只有“高密东北乡”，莫言的心里有着更加广阔的介入精神。莫言借“青草”批判“肉食”，用乡土文明来否定“男男女女都肛门淤塞，像年久失修的下水管道”一样的城市文明。

在《酒国》之前的长篇小说《天堂蒜薹之歌》里，莫言就有着强烈的现实主义精神。只不过评论家只喜欢把目光投向热闹的地方，投向莫言的魔幻现实主义的“高密东北乡”，从而把他的另外一种强烈的批判精神给忽略了。莫言自己说过：

> 《天堂蒜薹之歌》表现了我对政治的批判和对农民的同情，《酒国》表现了我对人类堕落的惋惜和我对腐败官僚的痛恨。[①]

在《天堂蒜薹之歌》这部长篇小说里，莫言敏锐地抓住了“天堂县”农民因为栽种的蒜薹无法销售而腐烂，并且酿成一次农民和基层官僚的激烈冲突的事件，展开了自己的想象和批判空间。在小说一开始，下乡抓人的警察就显示出了一种缺乏人性的残酷嗜好。而这种现象，跟主流意识形态一直宣传的那种“鱼与水”的美丽比喻是完全相悖的。在《酒国》这部被文坛忽略了十多年的重要长篇小说里，莫言的忧时介入心理达到了痛彻肺腑的深度。他的敏锐感觉，使他迅速地抓住了“吃人”这个主题，深入地挖掘下去，完美地展现出了新的社会矛盾和传统的介入精神。煤矿工人的“黑人”特征和矿长、矿党委书记的皮白肉嫩及金刚钻部长的优雅风度，同样也产生了色彩浓重的对比。

“食肉者”是食利阶层，他们的最基本特征就是“不稼不穑”。在长篇小说《酒国》里，长得像孪生兄弟一样的矿长和矿党委书记、酒国市委宣传部部长金刚钻，同样也是“肉食者”。他们的共同特点，是对“肉食”的无限贪婪和没有节制的浪费——从另一个意义上讲，浪费也是一种特权。肉食者对肉食的攫取，有时候不是为了果腹，而是对特权的一种展示和炫耀。

我们再看看煤矿矿长和党委书记在金碧辉煌的地下餐厅里隆重地招待了检察院的老检察员丁钩儿的场面：

> 圆形大餐桌分成三层，第一层摆着矮墩墩的玻璃啤酒杯、高脚玻璃葡萄酒杯、更高脚白酒杯，青瓷有盖茶杯，装在套里的仿象牙筷子，形形色色的白瓷碟子，大大小小的碗，不锈钢刀叉，中华牌香烟，极品云烟，美国产万宝路，英国产555，菲律宾大雪茄，特制彩盒大红头火柴，镀金气体打火机，孔雀开屏形状假水晶烟灰缸……[②]。

---

① 莫言：《饥饿和孤独是我创作的财富》，《什么气味最美好》，南海出版公司2002年版，第208页。

② 莫言：《酒国》，第40页。

大摆这种宴席的地方，不是在大城市，也不是在万恶的资本主义社会，而是在“酒国市”的一个普普通通的煤矿的地下招待所里。当丁钩儿有些不安地表示食物太丰盛了的时候，长得像孪生兄弟一样的矿党委书记或矿长说：

> 丰盛什么呀老丁同志，您这是打我们的脸！咱们是个小矿，底子薄条件差，厨师水平也低，您是大城市里来的，走南闯北，经得多见得广，什么样的佳酿名酒没喝过？什么样的山猫野兽没吃过？……对付着吃点，咱都是干部，要响应市委号召：勒紧腰带过日子，请您理解和原谅。①

矿长和矿党委书记的谦虚中带有一种特权阶层所具有的漫不经心的优越感。他们这么一顿豪华的宴会抹平了他们和“大城市来的”丁钩儿之间的鸿沟。同在一个餐桌上进食，意味着宾主双方地位的对等和平等性。通过这样一顿盛宴，矿长、矿党委书记和丁钩儿之间的敌对关系，变成了兄弟般亲密的关系。我们看到，在小说里，喝得糊里糊涂之后，丁钩儿和矿长、矿党委书记开始搂搂抱抱起来。这种暧昧关系的出现，使得丁钩儿丧失了基本的警惕性，最后喝得精神恍惚、灵魂出窍，像蝴蝶一样趴在天花板上：

> 他恍惚记得吃过巴掌大的红螃蟹，挂着红油，像擀面杖那般粗的大对虾，浮在绿色芹菜叶汤里的青盖大鳖像身披伪装的新型坦克，遍体金黄、眯缝着眼睛的黄焖鸡，周身油响、嘴巴翕动的红鲤鱼，垒成一座玲珑宝塔形状的清蒸鲜贝，还有一盘栩栩如生、像刚从菜地里拔出来的红皮小萝卜……②

这的确是一顿丰盛的宴会，漂亮的女服务员们踮着脚送上来的美味佳肴品种繁多，具有十足的炫耀色彩。对“食物”的极端追求，使得人们在永远无法餍足的欲望的驱使下，想方设法地去品尝各种罕见的食物。罕见的食物总是难以获得的，而且一旦获得了之后，他们就变得寡淡乏味了；于是，人们不得不又开始了新的一轮追逐。这是一种永远没有尽头的追逐，目标不断出现，又不断消失，从而让追逐者在“欣喜—失望—欣喜—失望”的情感中不断沉浮。在一个失去了理想的社会里，“美食”成为了人们的终极目标。我们可以不断地在各种媒体上看到那些名人们在厚颜无耻地表达着自己对于“美食”的追求。这种追求以占有次数的多寡为炫耀的目标，从而，权贵们把一切东西都纳入了“美食”的范畴。就像猎人一样，他们把“美人”比喻为猎物。“拼死吃河豚”是中国人无畏无惧的进食精神的写照，在日本，人们发明了“女体盛”，明眸善睐的处女们沐浴熏香，把自己当作一种容器陈列出来，从而让不知餍足的食客们获得

① 莫言：《酒国》，第 94 页。
② 莫言：《酒国》，第 94 页。

片刻的满足；而“逐食”的极致，则是“吃人”。在这里，“吃人”不是鲁迅笔下那种抽象意义上的概念，而是“美食”的概念。在“酒国市”出现的“红烧婴儿”，实际上就是在一个物质相对过剩的时代对于“易牙烹子”故事的再度书写。

（节选自第二章“吃的美学”）

莫言创作心理分析

◇田　甜*

文学是作家对社会生活的审美反映，也是作家满怀激情地感受、体验、领悟进而创造艺术美的心理活动过程。本文从考察作家创作心理入手，纵览当代作家莫言的人生经历和文学境况，探析影响创作思想和文化人格的先天素质、生活际遇和文化境遇，解释文学观念形成、发展的内在根据，把握文学思想的演进轨迹和创作的艺术态势。本文分为三个部分，第一部分为莫言不同成长阶段的心理印记对创作的影响；第二部分详析左右莫言创作方向的主要心理特征，即离乡返乡、恋乡憎乡的"故乡情结"；第三部分分析莫言总体艺术风格的心理意蕴。全文通过对莫言创作心理历程和精神走向的探索与透视，寻绎其小说文本生成的心理态势和运思轨迹，并以此为"窗口"昭示其复杂的心理、精神世界。莫言个体的艺术活动，对中国当代作家和作品的历史与现状考察，具有真切的借鉴意义。

"宣泄与狂欢"的缘由

性爱视角较之其他人生视角，更能表现作家心理的个性化和多样化。新时期以来，在"尼采热"、"弗洛伊德热"等西方思潮的推进下，不少作家将性意识作为民族文化心态的有机组成部分来表现，对传统的性文化、性道德和私密的性观念、性渴望重新评价。这些涉性小说一方面肯定了人的自然天性（性冲动）的合理性；另一方面，传统的伦理观念又使其无法跨越旧的道德判断标尺，表现出一种谨慎有余大胆不足的审美心态。为突破局限，许多作家将艺术触角探入性爱描写的更深层领域，其中以莫言从民间性和个人性的角度出发，狂放大胆的性心理写实和性行为描写最为耸动，是对东方

* 田甜：南京师范大学中国现当代文学专业硕士，2005 年获硕士学位，导师贺仲明教授。

传统审美心理和审美经验执拗的反叛。

最初，莫言模仿名家，顺从潮流，对清新纯美的男女之情用诗一样的语言描写，寄予超现实的理想。无论是《春夜雨霏霏》的遥远思念、《售棉大道》的一见钟情、《海鸥前导在春船》的青梅竹马，还是《民间音乐》的灵性碰撞、《初恋》的天真稚趣，都符合温柔敦厚的美学规范和传统的审美心理和审美习惯，即便缺乏独创特色，却也清新可人。随着年事渐长，经历增多，莫言笔锋一转，彻底抛弃柏拉图式精神恋爱，在《红高粱家族》中大胆地“白昼宣淫”，风格新异，独树一帜，引得喝彩一片。野地结合的“我爷爷”和“我奶奶”被赞赏为“一群热血汉子和风流女儿的结合，是两个生机勃勃的生命力的撞击，是人的自然、人的大性的必然流露，是不灭的人性的反抗颠倒的世界的最高形式之一”[①]。与各种赞誉相呼应的，是莫言自己的高调宣言：“小说中奶奶和爷爷‘野合’在当时是弥天的罪孽，我之所以用不无赞美的笔调渲染了这次‘野合’，并不是我在鼓吹这种方式，而是基于我对封建主义的痛恨。我觉得爷爷和奶奶在高粱地里‘白昼宣淫’是对封建制度的反抗和报复。”[②]《红高粱家族》在当时社会所产生的轰动效应，正是响应时代需求的结果。20世纪80年代前期是一个集批判苦难历史与追求时代进步、人性解放于一体的新旧更替时期，在这种背景下，莫言以锐意的性描写作为破陈出新的武器，迎合80年代的思想解放潮流和日益火爆的弗洛伊德热潮，在对人物的性描写中渗透对时代的反思与批判，集中在伦理层次展开道德探索。

作为个人隐秘心理的投射，莫言处理得最好也最引起争议的还是对人物性心理的客观写实，这是由他在农村的成长经历决定的。莫言出生于落后的农村，成长于贫穷的农村，“母亲生我时，奶奶到大街上扫来一簸箕土，垫在母亲身下，我是落土而生，正好暗合着中国古典哲学里‘万物土中生’的理论”[③]。莫言生于土中，长于土中，是在民间乡土文化的浸淫下成长起来的，潜意识中顽固地隐藏着无数民间文化习惯，这是出生在城市，以俯视姿态关注农村、民间文化的作家无法企及的。他接受的乡村文化没有优雅的粉饰和堂皇的遮掩，而是带着温热的肉欲和直白的挑逗，粗鄙寒伧、浅陋低级，却透露着赤裸裸的真情，真实反映了民间社会生活的面貌和下层人民的情绪，就如《草鞋窨子》中，一个孩子在民间文化聚集地“草鞋窨子”中听取大人闲话聊天，接触到人性和鬼魅、情欲和性事，从而萌生出对生命的种种想象和期待。莫言在毫无礼仪顾忌的言论氛围中长大，辍学后直接进入成人世界，对粗野质朴的乡村文化更是耳濡目染，包括成人的口头创作、粗俗的男女情事、狐妖鬼怪以及浪言狂语，这些都成为创作

① 张志忠：《莫言论》，中国社会科学出版社1990年版，第94页。

② 莫言：《〈奇死〉后的信笔涂鸦》，《昆仑》1986年第6期。

③ 浩泯主编：《当代中国作家百人传》，求实出版社1993年版，第289页。

资源沉淀在心理底层,左右他的语言选择和文化态度。《爱情故事》中郭三老汉对小弟性启蒙开导的淫荡话语以及众人对女性充满性意味的谈论,坦荡猛烈,绝没有文人半遮半掩的挑逗,只是农人荤素夹杂的逗乐。《鱼市》里徐凤珠与刘队长的性智斗以及小元的暧昧说笑,都是典型的民间性俏皮话语。《红蝗》里"乱开着裤裆里的玩笑",虽是低级野蛮,却使人潜藏的性心理得以释放满足。这些人物都不是历史的主体,只是缩聚在社会某个角落的边缘性人物,他们不受主流话语统治下的道德法律的约束,模糊了正统文化和现代文明划定的美与丑、善与恶的界线,完整再现本真的历史,为记录民间文化提供最真实可靠的生活依据。

莫言的性描写前所未有得大胆洒脱,不同于遵循传统文化的作家,也不同于倚借西方理论的作家,而是直接从乡村大地中汲取最原始的性文化和性观念。莫言的作品是一种"野"文化,他写的是人的天性和人的基本生存欲望,高于一切后天创设的文化规范。一般作家笔下的男女性爱都无法超脱现世的羁绊,不得不统归于政治、经济、文化诸范畴,用形而下的生命形式来探求形而上的哲思意义,如贾平凹以《废都》中淋漓尽致的性描写震惊文坛,语气词句却难以走出《金瓶梅》的影子;张贤亮的《绿化树》和《男人的一半是女人》曾引起广泛轰动,肉欲之下还埋藏着深刻的社会学意义。唯有莫言的性描写带有特定的乡间风格,秉持"饮食男女,人之大欲"的朴素思想,使男女性爱保持在感性的层次上,"他和她之间,谈不上什么高层次的丰富的精神追求,只有健康俊美的异性的吸引力。谈不上什么爱情对人的改造和升华,只是生命欲望、生命感觉的膨胀和外化。在这里,肉体的因素要远远大于精神的因素,自然的力量远远超过社会的力量"①。更有甚者,性只是人与动物同样的生理需要,没有本质区别,"这种舒坦事儿,蚊蜢蛆虫都知道干"②。莫言凭借粗放率直的民间生活方式和情感方式,无须以爱情为踏板跃入高尚的空间,而是用男女性爱的粗野鲜活探索人性的深度,找寻生命的真谛。例如《金发婴儿》中,由于性的蒙昧导致自我压抑,最终虐杀婴儿的军人,莫言对其心理逻辑的演进处理得真实可信。又如《牛》中,主人公狗歇斯底里的性饥渴,莫言从个人成长的心路历程和接触环境进行写实化处理,令人窒息。《筑路》、《红高粱》、《食草家族》中的性爱,都是对肉体的迷恋,以致酝酿出骇人的"情杀",令人体验到人性中勃勃的破坏力和生命力。莫言性描写的特点与深度源于以民间文化为标杆和起点,正如恩格斯所肯定的"蓬勃的生命力同阴郁的禁欲主义残余的斗争"中,应该"要求民间故事书在这方面帮助文化水平不高的人们,给他们指出这些趋向的真实性和合理

① 张志忠:《莫言论》,中国社会科学出版社1990年版,第95页。

② 莫言:《司令的女人》,《收获》2002年第1期。

性”①。

莫言对民族伦理规范特别是儒教传统性道德观念持强烈批判态度，常常用很多笔墨刻画社会与自我的双重压抑以及连锁反应的恶性社会效果。同时，他将悖逆伦常、违反道德的性意识合理化、审美化、英雄化，狂热地描写恶人凶徒的性心理、性行为和超强的性能力，在现代文明与原始野性的取舍间，毫不犹豫地偏向后者。莫言以野蛮粗悍构建人性世界，没有善恶美丑的道德区分，也没有改革求新的价值选择，只着力突出礼教束缚下生命野性不泯地抗争，那些杀人越货、为非作歹、肆无忌惮的“土匪种”在理想光辉的投射下成为代表生命力与美的自然之子，与萎缩的现代人形成强有力的对照，也产生了令人难以理解和接受的狞厉之美。《酒国》中相貌丑陋、肢体畸形、发誓“肏遍酒国女人”的变态侏儒是莫言极力颂扬的“一尺英豪”。《红高粱家族》里野地苟合、杀人夺妻的余占鳌，最后拉起一支抗日队伍，一跃成为民族英雄。《丰乳肥臀》中对女人有着神奇魔力的司马库，是个快意恩仇、敢想敢做的乱世枭雄。莫言将情欲视为普遍的存在，而非善恶的裁判标准，他赞美豪强枭雄的叛逆行为，颂扬狂放不羁、独立自由的强势性格，宁愿看着离经叛道、众人指摘的“道德败类”纵情恣意地游戏人间，也不愿忍受循规蹈矩、逆来顺受的“社会良民”缩手缩脚地苟活一世。

与新时期坚持道德理想的爱情模式不同，莫言心目中的爱情和性不再统一于固定的伦理观念中，而是将性还原为最原始的本质。传统观念中的性行为是复杂化的，性与择偶、婚姻制度结合得十分紧密，性的意义在于生殖，而生育又必须在婚姻内进行；反之，在正常或道德的情形里，婚姻是性的条件，性是生育的条件。莫言则从人类原始的本性出发，抽走人的社会性进行赤裸裸地性爱宣泄，没有严格的伦理规范和深刻的道德意识，而是超越世俗束缚的人性狂欢。莫言的性爱诉求源于民间文化粗粝却不容虚伪的特质，“文学应当拨开这些外在于人而又高于人的看似神圣的遮蔽，而还给人一个真实的处境，在对这个处境刻骨的体察中，人们不再祈灵于什么，因而免于跌进虚幻的失落’”②。值得注意的是，莫言在借由性爱狂欢宣泄内心的压抑时，亟待自我克制，一方面防止将性体验随意、泛滥和平庸化，一方面不能单纯沉溺于性本能的满足，否则难抵欲望沉沦，跌入情色的泥沼，沦为浅薄无聊的展览张扬。

（节选自第三章“心理内涵的艺术传达”）

---

① [德]恩格斯：《马克思恩格斯论文艺和美学》，文化艺术出版社1982年版，第559页。

② 李锐：《〈厚土〉自语》，《上海文学》1988年第10期。

批评视域中的“莫言形象”演变

◇王佳慧*

莫言无可厚非是当代文坛的一位实力派作家，他以独特的文学声音和经验表达独步文坛三十年。他的文学创作从最初寻找表达的可能性，到探索出一条属于自己的文学前途和出路，不仅在于自身的坚持和努力，还离不开批评家们一直以来的扶持。莫言从 1981 年登上文坛到 1995 年《丰乳肥臀》遭受批判，再到 2010 年《蛙》获得一致称颂，个人形象经历了数次的修改和反复塑造，而毋庸置疑的是，文学批评在其中起到了尤为重要的作用。批评家们对莫言作品的“动态式”文学批评构成了“莫言形象”多变的艺术矿层。文学批评既是莫言形象的创造者，也是莫言小说文本的密切合作者，可以说文学批评对莫言的小说进行了“第二次创作”。本文从批评家和莫言关系的角度来讨论在莫言三十年的创作中，批评家们是如何通过评论作家作品而建构莫言形象的。本文主体分三部分，以批评文章在不同时期的整体特征来表达、呈现莫言在不同创作时段中的形象。全文主要对批评家在每一阶段是如何规范莫言的创作，即批评家的批评是如何影响了莫言的创作，对于批评界的批评莫言又是如何回应批评家，随着莫言创作的不断变化，在批评家和作家的互动中，他的个人“形象”又是如何改变的等问题进行探讨，进而窥见批评视域中不同的“莫言形象”。

批评中的觉醒

20 世纪 90 年代此起彼伏的批评声音让莫言沉寂五年不得不进行一次自我剖析。莫言说：“我早期的作品确实对人性的阴暗面暴露过多。现在再看，确实有点偏颇。”[①]

---

* 王佳慧：渤海大学中国现当代文学专业硕士，2012 年获硕士学位，导师周景雷教授。

① 莫言：《我们怎样看待写作》，《中国检察日报》2002 年 5 月 30 日。

“从去年开始，我写作时的心境发生了很大的变化。过去我写得很努力，就像一个刚刚出师的工匠、铁匠或者是木匠，动作夸张，炫耀技巧，活儿其实干得很一般但架子端得很足。新近的创作中，我比较轻松，似乎只使了八分劲”。[①] 莫言的这段话透露他创作的艺术天平开始向批评家们对他所规训的结果倾斜。莫言正视了自己的缺点，清醒地认识到自己创作存在的弊端，若想得到批评家们的认可，大势所趋必须对以往的叙事策略作一次调整。“一个作家如果想跟上文学形势，使自己的创作融入批评家的视野，他就不得不经常做这种妥协，反复包装自己的文学形象，这是自进入‘现代’一流的中外作家都无一幸免的。”[②]

2001 年莫言发表小说《檀香刑》，这是继《丰乳肥臀》引起风波之后，莫言在新世纪发表的第一部长篇小说。这部小说不仅对莫言具有跨时代的意义，也让整个批评界因这部作品看见了莫言的蜕变。他在《檀香刑·后记》中说，《檀香刑》“记录了在民间用口头传诵的方式或者用歌咏的方式诉说着的一段传奇历史——归根结底还是声音”。“1996 年秋天，开始写《檀香刑》。围绕着有关火车和铁路的神奇传说，写了大概有五万字，放了一段时间回头看，明显地带着魔幻现实主义的味道，于是推倒重来，许多精彩的细节，因为很容易有魔幻气，也就舍弃不用。最后决定把铁路和火车的声音减弱，突出了猫腔的声音，尽管这样会使作品的丰富性减弱，但为了保持比较多的民间气息，为了比较纯粹的中国风格，毫不犹豫地做出了牺牲。”[③]这段话表明了莫言在写作过程中有意地扬弃以往的叙事风格，减少魔幻现实主义技巧的运用，尝试向民间文化和传统的写作技巧回归。莫言曾说“自我批评就是自我削皮”，“但我总有一天要剥掉我的皮的”[④]。他在《檀香刑》中他通过两个形象的比喻——“二十年前当我走上写作的道路时，就有两种声音在我的意识里不时地出现，像两个迷人的狐狸精一样纠缠着我，使我经常地激动不安。第一种声音节奏分明，铿铿锵锵，充满了力量，有黑与蓝混合在一起的严肃的颜色，有钢铁般的重量，有冰凉的温度，这就是火车的声音，这就是那在古老的胶济铁路上奔驰了一百年的火车的声音……第二种声音就是流传在高密一带的地方小戏猫腔。”[⑤]概括了他在 80 年代和 90 年代创作过程中的起伏和在新世纪做的思考，试图向批评家们说明《红高粱家族》、《酒国》和《丰乳肥臀》是属于“第一种声音”的他的前期创作，《檀香刑》是他对“第二种声音”的探索和尝试。批评家们对《酒国》的不理不睬和对《丰乳肥臀》的热议让莫言注意到了批评家们对民间题材的偏爱。莫言

① 高密莫言研究会编：《莫言研究》2007 年第 4 期。

② 程光炜：《批评对“贾平凹形象”的塑造》，《当代文坛》2010 年第 6 期。

③ 莫言：《檀香刑》，作家出版社 2001 年版，第 518 页。

④ 莫言：《〈奇死〉后的信笔涂鸦》，贺立华、杨守森：《莫言研究资料》，山东大学出版社 1992 年版，第 410 页。

⑤ 莫言：《檀香刑》，第 513 页。

在批评中找到了切入点和新的视角。他在《檀香刑·后记》中说:“民间说唱艺术,曾经是小说的基础。在小说这种原本是民间的俗艺渐渐的成为庙堂里的雅言的今天,在对西方文学的借鉴压倒了对民间文学的继承的今天,《檀香刑》大概是一本不合时尚的书。《檀香刑》是我的创作过程中的一次有意识地大踏步撤退。”①莫言的自我剖析获得了批评家们的赞赏。《檀香刑》一经发表,文学批评界对莫言的关注重新达到沸点。

批评家们对于他回归传统叙事方式的艺术风格大加赞赏,肯定莫言的创作才华和他对人性的解读。余杰说:“《檀香刑》淋漓尽致地展示了莫言在小说创作方面的才华。在当代小说家中,他无疑可以列入最优秀者的行列。《檀香刑》也大气磅礴地显示出莫言在民间文学上的自觉求索,他也是当代小说家中少数有土地沉潜倾向的作者之一。”②洪志纲觉得:“《檀香刑》的巨大成功,建立在对人性内在的丰富性与复杂性的有效表达中。它以人性撕裂的尖锐方式,将叙事不断地挺入深远而广袤的历史文化中,在挞伐与诘难的同时,表达了莫言内心深处的那种疼痛与悲悯的人文情怀。”③李敬泽认为:“《檀香刑》是二十一世纪第一部重要的中国小说,它的出现体现着历史的对称之美。20 世纪是中国小说现代化的世纪,而《檀香刑》标志着一个重大转向,同样是在全球背景下,我们要接续我们的根,建构我们的传统,确立我们不可泯灭的文化特性。”④莫言通过对自己进行的一次彻底的盘查让他“大踏步撤退”,并由此找到了一条真正的突围之路。《檀香刑》让莫言彻底摆脱了《丰乳肥臀》带来的阴影,他成功借用了中国古典戏曲的脚本作为小说的结构框架,使《檀香刑》表现出的民间性不仅是在探索的形式上,更体现在对民间审美的价值取向上。批评家特别认同莫言在创作上的改变,欣慰于他回归民间,重新启用民间资源。雷进荣认为:“这样的‘撤退’正是创造‘中国小说’的一种观念上的自觉,一种扎扎实实的进步或实验。”⑤邱华栋指出:“《檀香刑》从本土资源中获取了创造性资源,在小说的结构和叙述上大踏步地撤退,但却真正抵达了现代小说的终点。”⑥凤媛强调:“无论是汲取民间的精神文化资源,还是贯彻传统的审美叙事形式,乃至张扬民间俗艺的最高叙事理想,莫言的起点都是立足于真正的民间立场,去勾勒一段民族历史的民间形态,同时凭借着如获天启般的神思妙想,打造出了一

① 莫言:《檀香刑》,第 516~517 页。

② 余杰:《在语言暴力的乌托邦中迷失——从莫言〈檀香刑〉看中国当代文学的缺失》,《社会科学论坛》2004 年第 3 期。

③ 洪志纲:《刑场背后的历史——论〈檀香刑〉》,《南方论坛》2001 年第 6 期。

④ 李敬泽:《莫言与中国精神》,《小说评论》2003 年第 1 期。

⑤ 雷进荣、林纯:《“全球化”下的“中国小说”——细读〈檀香刊〉的启示》,《黔东南民族师范高等专科学校学报》2003 年第 2 期。

⑥ 邱华栋:《一部现代的小说——〈檀香刑〉》,《北京日报》2001 年 5 月 13 日。

个绝不同于以往的全新的叙事空间。”“正如莫言自己所说的，这是一次‘有意识地大踏步撤退’，这一退，莫言退得稳健而有力。”[①]

面对批评家们的好评鼓励，他在苏州大学举办的“小说家讲坛”上更明确地提出了自己的创作观，“我认为所谓的民间写作，最终还是一个作家创作心态问题。这个问题的一个方面是为什么写作。过去提过为革命写作，为工农兵写作，后来又发展成为人民写作，为人民写作也就是为老百姓的写作……我认为真正的民间写作就是‘作为老百姓的写作’”[②]。至此莫言作为小说创作者，他自身对民间立场有了自觉而深刻的认识。正如莫言所说：“有时评论能够将自己不太自觉的意识自觉起来。”“我也意识到一味地学习西方是不行的，一个作家要想成功，还是要从民间、从民族文化里吸取营养，创作出有中国气派的作品。”[③]莫言感受到了这一信息，用民间话语从展现生命物化的角度来凸显民间的传统文化，并以此为依据建构自己的民间创作立场。回到民间，追寻乡村的生命强力，挖掘其间的草野精神，成为莫言突围的长矛，成为他与城市文明相对抗的话语策略，为这在工业社会里递减的生命力度与弱化的人格注入充满血性的生命原色。“作为老百姓的写作”观点的提出让批评界看到了他可喜的转变。

……

时至今日，莫言认识到，批评家们认为他存在的文学问题不是“观念写作”造成的灾难，而是因为缺乏“写作理念”。他终于决定改变自己的创作观念，在《檀香刑》中莫言检索生活的艺术光标，进行小说实验，构建属于自己的话语体系，复归到民间文学传统，进而实现对自我的否定和确认。总体来说，莫言从审美意趣到文化价值取向等方面做出一次让批评家们欣喜的转变，批评家们对于莫言走向民间的创作觉醒的态度是肯定的。

（节选自第三章“被定型在‘民间’”）

---

① 风媛：《撤退与进击——试论〈檀香刑〉的叙事艺术及意义》，《安徽教育学院学报》2003年第2期。

② 莫言：《文学创作的民间资源——在苏州大学小说家论坛上的讲演》，《当代作家评论》2002年第1期。

③ 杨扬：《莫言研究资料》，天津人民出版社2005年版，第16页。

论莫言的短篇小说

◇ 李容华*

本文以莫言的短篇小说为研究对象，从文本细读出发，力图对莫言短篇小说创作进行总体把握和系统的梳理与分析。论述着重从小说的思想内容、艺术特征两个方面进行。上篇思想内容篇，主要从莫言小说的感性书写与理性之思入手，对莫言笔下的民间历史书写进行梳理。包括对乡村生存境况的苦难书写的分析以及莫言的对历史与现实的理性思考，包含了对历史政治的反思、传统战争的质疑、现代社会物欲化的关注几个方面的论述。下篇艺术特征篇，从莫言小说艺术特征中中西方文化交融的特点入手，分析莫言小说传奇化的叙述模式，主要从叙述视角、人物特点、情节构建几方面进行论述，并对莫言小说中西方现代手法的运用进行简要分析。莫言短篇小说作为其丰富著述中的一小部分，不能完全代表莫言的艺术成就，然而管中窥豹，通过对莫言短篇小说的阅读与分析，可以看出莫言在小说上不断追求以及其作品在当代文学史上的意义。

现代手法

在小说创作中，莫言借鉴运用了传统文学传奇奇幻的手法，同时，他也在实践中自觉地将西方现代手法融入到创作中。李万钧就称赞道："莫言的小说既重视故事，又重视意象，既表现了民族传统，又吸收了西方技法，形成独特的艺术风格。"①

（一）超现实与梦幻

传统现实主义文学观念认为文学是现实世界的反映，作家总是千方百计地使作品

---

* 李容华：四川师范大学中国现当代文学专业硕士，2008 年获硕士学位，导师邓利副教授。

① 李万钧：《试论莫言小说的借鉴特色和独创性》，《当代文艺探索》1987 年第 6 期。

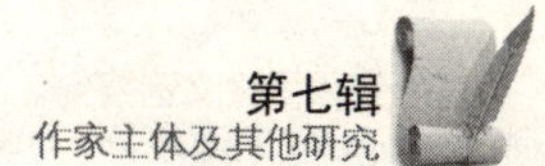

显示出“似真性”特点，使小说里的艺术世界与现实世界相一致。新时期以后，受到西方现代主义文学思潮的影响，中国作家不仅公开地承认文学的虚构性，而且突出地予以强调，努力使文学从世界的模仿和依附地位中独立出来。“艺术真实与哲学科学真实的根本区别之一，就在于它的想象性和虚构性。没有想象和虚构，就没有艺术，也没有艺术真实。”[①]

在莫言的短篇小说中常以超现实想象与梦幻充分体现虚构的创作理念。卡夫卡的小说往往都给我们虚构的感觉，因为他能够把小说写得如梦似幻。他的《乡村医生》中的主人公去出诊，小说写他“乘尘世间的车，非尘世间的马”，车和马之间的悖谬关系只有在梦幻中才会出现，从而使小说笼罩在神秘的气氛中，给人一种怪诞、奇异、忧郁的感觉。莫言说：“卡夫卡的《乡村医生》是一篇最为典型的‘仿梦小说’，也许他写的就是他的一个梦。他的绝大多数作品，都像梦境。梦人人会做，但能把小说写得如此像梦的，大概只有他一人。”[②]而事实上，莫言也在自觉地运用梦幻的表现手法。在《夜渔》中，幻觉幻化艺术的应用非常巧妙。小说开头，“我”跟随九叔夜渔，穿越厚厚的高粱地……读者在不知不觉中已跟随作者进入了神秘的幻觉幻化的艺术境界：九叔的怪异、我心的恐惧、荷花的灿烂、女人的美丽及其超人的魅力、谶语的应验等，都是幻觉和幻化的描写。当读者在色彩斑斓的艺术境界里畅游时，天亮了，家长们来找孩子，才又把读者带回到现实中，可是孩子身旁那两麻袋螃蟹及占卜语的应验，又给读者留下无限遐想的广阔空间，使小说自然而又余味无穷。《翱翔》中被迫嫁人的新娘燕燕，在毫无心理准备的情况下看到一脸麻子的新郎，“突然哀嚎一声，撒腿就往外跑”。当包围圈在麦田里逐渐缩小时，“突然，一道红光从麦浪中跃起，众人眼花缭乱……只见那燕燕挥舞着双臂，并拢着双腿，像一只美丽的大蝴蝶，袅袅娜娜地飞出包围圈”。这是一次异常精彩的飞翔，“飞着的和跑着的在田野里展开了一场有趣的追捕游戏”。逃婚的新娘穿着鲜艳的嫁衣在低空滑翔，大批村民在她的身后穷凶极恶地追随，“引得过路的外乡人都抬头观看奇景”。最后，燕燕飞落到村东墓田中央，最高最大的一株老松树顶梢的一簇细枝上，“沐浴在月光里，宛若一只栖息在树梢上的美丽大鸟”，“悠闲地坐着悠闲地随风起伏”，“用尖尖的手指梳理脑后的头发，就像鸟类回颈啄理羽毛一样”。鸟是自由飞翔的，而燕燕作为人在现实中是无法具有鸟飞翔的能力的，而这正是莫言的神来之笔，莫言超现实地让燕燕优美轻盈飞了起来，逃脱了现实的烦恼。在这里，燕燕拥有了鸟的动作与行为，也就不用背负作为人的一切，可以摆脱现实的不堪，包括自己不满的婚姻。

---

① 王文英：《真的感悟》，上海文艺出版社 1989 年版，第 217 页。

② 莫言：《独特的腔调》，《读书》1999 年第 7 期。

小说里，莫言用超现实与梦幻的手法来创造一种令人惊奇的效果，同时这种与现实脱离的叙事又给人以陌生感，给读者以阅读上的快感。

(二)荒　诞

“荒诞”从字面上是指荒唐、不合情理、虚妄和毫无根据地夸张与想象，具有反现实的内涵和意蕴。“荒诞”就是不合道理和常规、不协调、不可理喻、不合逻辑。在荒诞叙事中，荒诞“可理解为秩序的颠倒，它是按一定的艺术创造逻辑，打破和改造生活常态，重新排列和结构生活秩序。荒诞也可以被看作睁着眼的梦，它是以超经验的观念性世界反映经验性的现实世界”①。在存在主义哲学，尤其是加缪的哲学中，荒诞指现代人普遍面临的基本生存处境：现代人被抛在这种处境中无处可逃，他唯一可做的只是如何面对荒诞并在荒诞中生存。在加缪看来，指述现代人基本生存处境的荒诞，意味着作为意义本源的‘上帝’无可挽救地死去，从而导致现代人生存处境的无意义或虚无。

尼采宣称的“上帝之死”隐喻着西方文化信仰的根本危机，意味着那曾经赋予事物与行为以意义的各种观念学说的解体。在此处境中，虽然一切都还存在着，但已毫无意义，因而无法理解这一切；虽然人们还行动着，但行动失去了可信赖的意义和理由，因而行动变得漫无目的而荒唐。简言之，荒诞的处境造就了人类荒诞的行为，荒诞的行为使得这个世界更加荒诞。在莫言的短篇小说里，常常通过对现实的夸张变形描写荒诞。在《长安大道上的骑驴美人》里，“前现代”的美人与骑士在愚人节与城市中“现代人”和现代文明相遇，众人因为这种强烈的反差，被美人所吸引，跟随着在城中走了一圈。在将众人愚弄一番后，莫言写道：

> 当驴马后边只剩下侯七一个人时，白马停住脚步，黑驴也停住了脚步。侯七的心一阵狂跳，期待已久的结局也许就要出现了，让他怎能不心跳！白马翘起尾巴，拉出了十几个粪蛋子。黑驴翘起尾巴，拉出了十几个粪蛋子。然后马和驴像电一样往前跑去。②

在小说结尾，莫言用一种离奇的结尾对众人进行了一次小小的愚弄，揭露出众人的一种荒诞尴尬的困境。

小说《地道》中，为了逃避计划生育的惩罚，赶在计划生育部门到来前，方山创造性地在自家的房屋下面挖了一条地道，用来藏匿自己已经生了的四个女儿，现在正怀着第五个孩子的老婆。地道作为一种逃生的通道，在革命历史时期，因为战争等因素在

---

① 王绯：《当今荒诞品格小说探微》，《文学自由谈》1985 年创刊号。

② 莫言：《与大师约会》，上海文艺出版社 2005 年版，第 199 页。

农村广泛存在，而在新时期，地道成了躲避法律惩罚的场所。躲在地道里，方山和老婆两人想到了电影《地道战》，想到上面抓人的是否会像电影里的人那样对地道里放水投毒。而小说最后，老婆终于生下一个男婴，方山欣喜若狂地说："老婆，我们胜利了！"至此，地道曾经的红色意义被一种喜剧性的意义所消解，历史与崇高具有了荒诞意义。

当作者以其犀利的笔触陈述着历史、揭示着人类的某些阴暗面的同时，荒诞与戏谑便成了与之相关的共在。巴赫金结合俄罗斯民间文化所特有的形象提出了"荒诞现实主义"，系统地阐明了"荒诞"这一文学语词的定义，即"荒诞"是指从现成性、完成性的古典美学角度来看民间诙谐形象所具有的"畸形、怪异和丑陋"的特质。

人是社会的产物，是在与客观社会相互作用中生成的，一旦脱离了自己赖以生存的社会，就与自己的本质脱离，从而失去了自我，自身的一切都变得毫无意义、荒诞而无用。《拇指铐》便是这样一部表现人的存在感的实验小说。小说主人公是少年阿义，为了给病重的母亲买药，阿义步行几十公里，在回来的路上，因为一个莫须有的理由——"走路时左顾右盼，应该受到什么样的惩罚"，被路边下棋的一个老头用拇指铐锁在了一棵大树上。阿义反抗不能，被束缚在树上，没有办法摆脱，于是向路过的众人求救。但是：

> 在随后的时间里，不时有提着镰刀的农人从边上的土路上走过，他们都匆匆忙忙，低着头，目不斜视。阿义的喊叫、哭泣都如刀剑劈水一样毫无结果。人们仿佛都是聋子。偶尔有人把淡漠的目光投过来，但也并不止住匆匆的步伐。[①]

阿义孤立无援，只能怀着恐惧与悲伤，等待着能获得拯救。路过的人包括开车的老 Q、大 P、妇人等一众人，虽然对他好奇，但最终没有一个人伸出援手，在一种极度的痛苦与幻觉中，阿义咬掉自己的手指自救，在一种幻觉中见到自己的母亲。阿义被外来强力所束缚，他试图反抗却没有任何成果，无法摆脱自己的困境，他既绝望又失望恐慌，但这种情绪无法帮助自己。他向周围的人求救，却没有一个人给予他有效的解救，整个世界于他突然变得陌生而可怕，犹如舞台上独自一个人被罩在光圈里，周围一片黑暗，自我和周围世界似乎相连接，是一个整体，却无法实际地触摸。加缪曾言："一个哪怕可以用极不像样的理由解释的世界也是人们感到熟悉的世界。然而，一旦世界失去了幻想与光明，人就会觉得自己是陌路人。他就成为无所依托的流放者：因为他被剥夺了对失去家乡的记忆，而且丧失了对未来世界的希望。这种人与他的生活之间的分离，就像演员与舞台之间的分离，真正构成荒诞感。"[②]

---

① 莫言：《白狗秋千架》，上海文艺出版社 2005 年版，第 175 页。

② [法]加缪：《西西弗的神话》，杜小真译，陕西师范大学 2003 年版，第 125 页。

少年阿义的遭遇只是一个隐喻，小说里的人物充满了符号性。阿义就像是无法掌握自己命运的弱小存在，他的遭遇无法用理性来判断是否真实出现。他无助的处境却像是人生不可预料的突如其来的灾难，又或是每个人都可能面对的无法自己掌控的境遇。众人路过却又袖手旁观的冷漠正是现代人与人之间失掉温情后的陌生感，每个人都是路人，都是无法走进别人内心的陌生人。

正如罗兰·巴特所主张"纯文学是以解构当下神话为主"，在"破坏"与"解构"之上，莫言将历史与现实，人性的丑陋与荒诞融合在一起，运用自己的想象与现代技巧和手法构建了一个有血有肉的艺术世界。

（节选自下篇"艺术特征篇：中西文学因素的融合"）

心灵回归与生命自由

——莫言散文论

◇崔 彦*

莫言是优秀的小说家，在散文中却将其惯用的狂欢与野性一并摒弃，而将更多的触角伸向了对生命自由的关注和对心灵回归的渴求。但在散文的艺术表达上，莫言也灵活地将一些小说笔法运用其中。可以说其散文世界与小说王国既息息相关，又有着很大的不同。在小说疆土中恣意的莫言在其散文领域也表现出了自己的狂放，认为要求真实的散文可以虚构，但相比其小说，他的散文还是规范了很多。其散文在深层，在更多的精神领域诠释了自己的真诚，而精神层面的真诚恰恰是散文所更需要的。对于乡土的眷恋使得故乡与童年成为了莫言散文的两大母题，莫言浓烈的乡土情感也渗透在这些散文当中，使其散文呈现出明显的乡土散文特质。在对传统散文规范继承基础上，莫言也有诸多自己的创新。在小说创作方面受西方文论很大影响的莫言在散文创作方面同样受到了来自福克纳等人的一些影响。不论是对于散文到底要不要完全真实还是其散文作品中呈现出的作家个性、齐鲁之地的民俗民风，都使其散文与同时代的作品显现出不一样的特质。也正是基于此，本文就莫言散文进行一些归纳和分析。

散文的虚构与真实

几乎所有的散文理论都涉及真实的问题，似乎散文的生命由真实来决定。散文自古以来就被深深地打上“真实性”的烙印，某种意义上这也是它的核心特征。散文作为诸多文体的一种，最耀眼的地方是它的真情实感，散文最打动人的也是真实与真情。从传统意义上来说，这两点成为衡量一个散文是否具有生命力的标准。在西方的文体

* 崔彦：渤海大学中国现当代文学专业硕士，2012年获硕士学位，导师刘光远副教授。

界定中，散文是“非虚构类文体”中的一种，借以区别小说、戏剧等“虚构类文体”。我国现代散文自诞生之日起，就被赋予了“现代性”、“真实性”和“自由性”的品格。所谓“现代性”就是一种表现为科学、理性、人道、平等、民主、自由、法制等普遍原则的现代意识精神；“自由性”既是散文写作者心灵的最大自由，也是散文文体的自由。呈现一种开放的态势；而“真实性”就是写真相、表真情、诉真心，散文中所涉及的人和事都必须是真实的，不能虚构和杜撰，这也是散文与小说、戏剧的根本区别。然而，散文的“真实性”并不只是生活情景的真实、历史事实的真实，它更是情感的真实、想象的真实。如果在写作领域一味追求“让事实说话”，那显然只适合新闻，而不适合散文。因为散文的目的不是让事实说话，而在于让散文的“意思”动人，因此，它不一定要写出真实的生活，但必须要写出“有意思”的生活。可以说，在写作领域中本来就不存在客观真实的生活，也不存在客观真实的历史，因为客体生活一经主体看过之后，必然打上主观者的色彩，再经过主体语言的过滤，又会发生很大的变化，换句话说，在写作领域，没有绝对客观的真实，一切真实都打上了主体的烙印，其客观性都是相对的，而主观性才是绝对的，散文写作更是如此。

对于此点的认同，莫言是其中之一。莫言曾在《虚伪的文学》中有这样的话：

> 散文、随笔是虚伪的作品，开宗明义告诉读者：这是我的亲身经历！这是真实的历史！这是真实的感情！其实也是编的……咱自家也坦率地承认，咱家那些散文随笔基本上也是编的……还有那些“访谈录”、“自传”、“传记”、“日记”，我劝大家都把它们当成三流小说来读，谁如果拿它们当了真，谁就上了作家的当。①

在莫言看来，散文是大可以虚构的。他认为散文可以大胆的虚构，不必拘泥于事件的真实，应该怎么痛快怎么写。这样的观点与散文这一文体的传统规范看似是矛盾的。有评论家称虚构的散文是不能打动人的。对于这一点，莫言给出了自己的解释，他认为散文无非是一种文体，并不一定亲身感受。正如三毛的散文，有很多人说“荷西”、“撒哈拉沙漠”等都是假的，因此就说三毛不诚实。但莫言认为：这有什么不可？这不是感动了我们很多人吗？有多少青年男女在一时间迷上了三毛，为三毛而落泪。莫言的散文《从照相说起》中作者对自己母亲受过的苦难描写得真切而感人，作者讲述母亲、婶婶所受的苦难其实只是为了反映当时中国农村妇女生活的真实境况，歌颂自己的母亲实则是歌颂全天下的母亲，毫无褒贬，流露出的只有真情。在这当中，我们无需考究所述历史的存在与否。透过字里行间，我们感受到比比皆是的真情就足够了。

关于莫言散文中的虚构问题，在一定程度上也是受到了福克纳的影响，福克纳对

① 周明、王宗仁：《2005年中国散文排行榜》，北京工业大学出版社2006年版，第302～303页。

于莫言在小说创作上的影响早已显而易见。不仅仅是小说，福克纳的态度、思想已经渗透到了莫言创作的各个部分，包括散文中。在《说说福克纳老头》一文中，莫言写道：

> 与福克纳老头相交日久，我也发现了他一些可爱的小毛病。譬如说话没准，喜欢吹牛，明明没当上空军，却到处说自己开着飞机上天打过空战，脑袋里还留下一块弹片。而且他还公开宣称，从不为自己说过的话负责，譬如他曾经说过的一个作家为了创作，可以去抢劫自己的母亲……也许是因为他有这些缺点我才能历久不衰地喜欢他①。

福克纳的这些"小毛病"显然也在某些程度上影响了莫言的散文观，也成为了其认为散文可以虚构的原因之一。

莫言对于散文随心所欲的态度决定了其散文创作必然呈现出多样的风格，但随心所欲并不代表漫无边际。唐弢有言："即兴下笔，自然可以从心所欲，但并非漫无限制，即小见大，谈言微中，是由形式的限制而产生的散文的条件，倘寻凭借，只有力求'真实'这一点。"②采取什么样的形式仅仅是散文的外衣，力求散文内在的真实才是莫言散文创作所追求的核心。众所周知，莫言的小说经常呈现一定的魔幻色彩，比如《酒国》中的食婴孩事件，比如《四十一炮》中嗜肉如命的罗小通，还有《丰乳肥臀》中患有恋乳症的上官金童。不单单在小说中，在莫言的散文当中，也充斥了一些魔幻色彩。而这些散文的叙述手法看起来似乎更像小说，也就给人更加明显的虚构感。作者在《吃事三篇》之《吃相凶恶》中作者记录了吃煤的场景：

> 冬天，学校里拉来一车煤，亮晶晶的，是好煤。有一个生痨病的同学对我们说那煤很香，越嚼越香。于是我们都去拿着吃，果然越嚼越香。一上课，老师在黑板上写字，我们在下面吃煤，咯咯嘣嘣响一片。老师说我们吃什么，大家齐说吃煤。老师说煤怎么能吃呢？我们张开乌黑的嘴巴说，老师，煤好吃，煤是世界上最好吃的东西，香极了，老师吃块尝尝吧。老师是个女的，姓俞，也饿得不轻，脸色蜡黄，似乎连胡子都长出来了，饿成男人了。她狐疑地说，煤怎么能吃呢？煤怎么能吃？一个女生讨好地把一块亮晶晶的煤递给老师，说老师尝尝吧，如果不好吃，您可以吐出来。俞老师试探着咬了一小口，咯嘣咯嘣地嚼着，皱着眉头，似乎是在品尝滋味，然后大口地吃了起来。她惊喜地说："啊，真的很好吃啊！"这事儿有点魔幻，我现在也觉得不像真事，但毫无疑问是真事。③

---

① 莫言：《说说福克纳老头》，《会唱歌的墙》，作家出版社 2005 年版，第 104 页。
② 转引自段建军、李伟：《新散文思维》，商务印书馆 2006 年版，第 321 页。
③ 莫言：《吃事三篇》，《什么气味最美好》，南海出版公司 2002 年版，第 90 页。

连作者自己都感觉到魔幻，更不用说读者了，但当吃煤的一幕幕呈现在读者面前时，读者也许不会去纠结是否确有吃煤之事，一群饥饿的孩子带给人的震撼足以让人回到那个食不果腹的年代。莫言也在《吃事三篇》之《吃的耻辱》中说道：

> 所谓的自尊、面子，都是吃饱了之后的事情，对于一个将死的人来说，一碗麻风病人吃剩的面条，是世间最宝贵的东西。[①]

莫言通过一种类似于小说般虚构夸大的写法将饥饿表现得淋漓尽致，读者也会更直接、更深刻地感受到饥饿带给人的苦痛。当然，虚构不是虚假，这是两个截然不同的概念。虚构是艺术家创建精神家园所必须的构成方法，这种方法凝结主体的真诚。而虚假是一种毫无真诚的欺骗，这两者有着质的区别。就像我们熟悉的《桃花源记》，谁都知道这是一篇虚构的散文，但它没有一点虚假，它寄托着作者一种真诚的乌托邦追求，让生活在今天的不满足于平凡人生的读者，都能感受到作者当时那情感的热度。因此，尽管它是一篇虚构的散文，但它既符合作者的精神追求，又与读者的心灵需要相契合，也就具有了双重的心灵真实性。莫言的整个童年都经历着物资的匮乏，成长过程中，饥饿和孤独始终与作者相伴，作者儿时由于极度饥饿常常表现出对食物的极度渴望。尽管今日生活早已好转，但对于饥饿的独特感知已经进入了莫言的心灵。《吃相凶恶》正是这样契合作者内心的真实之作。莫言在作品《吃事三篇》之《吃相凶恶》中记录的吃煤的场景，关于吃煤的真实性我们不必去考证，作者只是想缅怀在那个物资匮乏年代里的一群饥不择食的孩子。构成文学的艺术形式是多种多样的，这些艺术形式也只是表现文学的手段，文学通过艺术形式这个载体，自然地表达感情和思想，即从现实当中取材，或多或少是现实的升华。

（节选自第二章“莫言散文对传统散文的继承与突破”）

① 莫言：《会唱歌的墙》，作家出版社 2005 年版，第 20 页。

附录一 1997～2012年硕士博士学位论文索引

1997 年（1 篇）

殷相印:《论莫言小说词语的超常搭配》,杭州大学硕士学位论文。

2000 年(1 篇)

张献荣:《论莫言小说的生命意识》,河北师范大学硕士学位论文。

2002 年(1 篇)

刘红:《从鲁迅到莫言》,山东师范大学硕士学位论文。

2003 年(8 篇)

齐林泉:《论莫言创作》,山东大学硕士学位论文。

张明:《腾挪跌宕的灵魂——莫言创作论》,山东师范大学硕士学位论文。

周红霞:《90 年代后莫言小说论》,山东师范大学硕士学位论文。

袁伟丽:《感觉的狂欢——莫言小说论》,东北师范大学硕士学位论文。

殷树林:《莫言作品语言研究》,黑龙江大学硕士学位论文。

吴刚:《论莫言小说的民间写作立场》,湖北大学硕士学位论文。

韩荣锦:《论莫言小说中民间历史的生存意义》,河南大学硕士学位论文。

樊保玲:《现代与传统的纠结:莫言小说叙事分析》,扬州大学硕士学位论文。

2004 年(11 篇)

廖增湖:《沸腾的土地——莫言论》,华东师范大学博士学位论文。

王寒:《莫言与寻根文学》,山东师范大学硕士学位论文。

周红莉:《莫言——民间的行吟歌者》,苏州大学硕士学位论文 。

张志云:《齐鲁民间文化的当代转换与新文学传统的重构——莫言创作的民间文化形态研究》,四川师范大学硕士学位论文。

田俊萍:《“高密东北乡”的女性想象——莫言小说中女性想象的解析》,华东师范大学硕士学位论文 。

刘广远:《颠覆与超越——论莫言小说〈四十一炮〉》,吉林大学硕士学位论文。

徐国兵:《莫言小说的叙事学价值》,苏州大学硕士学位论文。

余星宇:《论莫言小说的感觉世界》,安徽大学硕士学位论文。

严晓蓉:《莫言小说艺术论》,浙江师范大学硕士学位论文。

毛华兵:《感性生命的艺术扩写——莫言论》,江西师范大学硕士学位论文。

张朝军:《从鲁迅到莫言:现代性语境中的"吃人"意象》,河北师范大学硕士学位论文。

2005 年(20 篇)

张灵:《莫言小说与民间文化中的生命主体精神》,北京师范大学博士学位论文。

朱宾忠:《福克纳与莫言比较研究》,武汉大学博士学位论文。

付艳霞:《莫言小说文体论》,北京师范大学博士学位论文。

赵学美:《黑暗大地上空的自由精灵——论莫言的自由精神与艺术自由》,山东大学硕士学位论文。

王美春:《莫言小说中的女性世界》,山东大学硕士学位论文。

刘国辉:《莫言小说叙事论》,延边大学硕士学位论文。

林啸轩:《大江的"峡谷村庄"与莫言的"高密东北乡"》,山东师范大学硕士学位论文。

徐红妍:《人性·原始生命力·民间——沈从文与莫言创作中的三种取向》,山东师范大学硕士学位论文。

何映雯:《激情中的融合与回归——〈四十一炮〉及莫言写作特色研究》,华南师范大学硕士学位论文。

曹金合:《喧嚣与沉默的精灵——论莫言的小说创作特色》,曲阜师范大学硕士学位论文。

李琳:《梦幻与抗争——莫言小说的叙事艺术研究》,河北师范大学硕士学位论文。

仲天宝:《论莫言小说的苦难意识》,辽宁师范大学硕士学位论文。

田甜:《莫言创作心理分析》,南京师范大学硕士学位论文。

吴露:《永远的异乡——莫言"新历史小说"人性景观探析》,西南师范大学硕士学位论文。

车晓庚:《格拉斯与莫言小说狂欢化特点比较》,辽宁大学硕士学位论文。

吴娜:《大江健三郎与莫言小说创作的相似性》,中山大学硕士学位论文。

高泓:《性别视界下的莫言家族小说》,中山大学硕士学位论文。

黄晓新:《论莫言小说"欲望叙述"之流变》,中山大学硕士学位论文。

刘清虎:《高密东北乡与莫言的生命哲学——莫言小说创作论》,上海大学硕士学位论文。

马晓晗:《文学与民间——从民间视角审视莫言的小说创作》,中央民族大学硕士学位论文。

2006 年(13 篇)

王磊:《民间孕育的精灵——论莫言民间写作及其意义》,陕西师范大学硕士学位论文。

刘阳敏:《论莫言小说的乡土特征》,华中科技大学硕士学位论文。

郭群:《大地悲歌的另类吟唱——莫言乡土小说论》,暨南大学硕士学位论文。

房绍伟:《莫言小说意象论》,山东师范大学硕士学位论文。

苏方强:《民族与超越民族的莫言——莫言小说论》,山东师范大学硕士学位论文。

苏静:《“独特的腔调”——莫言小说创作的叙述学研究》,山东师范大学硕士学位论文。

王西强:《从故乡记忆到多重话语叙事的视角转换——莫言小说叙事视角及其功能分析》,陕西师范大学硕士学位论文。

李刚:《莫言创作美学品格的叙事学研究》,聊城大学硕士学位论文。

李金花:《魔幻笔锋 人间情怀——莫言小说叙事艺术探析》,东北师范大学硕士学位论文。

孙爱华:《近年来莫言小说的狂欢化特色》,上海社会科学院硕士学位论文。

张开艳:《论莫言小说的狂欢化叙事》,广西师范大学硕士学位论文。

王宝证:《崇高与平凡——从 17 年文学英雄形象塑造看莫言新历史小说对主角的定位》,安徽大学硕士学位论文。

高文霞:《莫言小说叙事艺术浅论》,河北师范大学硕士学位论文。

2007 年(19 篇)

胡沛萍:《狂欢化写作 ——莫言小说论》,南京大学博士学位论文。

吴蓓:《中国式的“狂欢”——莫言长篇小说文体特征》,山东师范大学硕士学位论文。

兰传斌:《斗争哲学与农民人格精神的书写》,山东大学硕士学位论文。

朱淑娟:《浅谈莫言小说悲剧性的意义》,东北师范大学硕士学位论文。

刘小敏:《穿越故乡——莫言作品中家族人种退化问题探析》,东北师范大学硕士学位论文。

吕晓英:《民间立场的选择——论余华、莫言、张炜民间小说创作》,东北师范大学硕士学位论文。

苏忠钊:《放逐于美与丑之间——莫言小说审美特征论》,西北师范大学硕士学位论文。

王娟:《莫言小说与民间叙事》,苏州大学硕士学位论文。

王玉国:《“吃”的生命、政治与社会意蕴——论莫言小说中的饮食书写》,扬州大学硕士学位论文。

朱凌:《论莫言小说中的儿童书写》,扬州大学硕士学位论文。

文丹:《〈红高粱家族〉中红色原型解读》,湖南科技大学硕士学位论文。

李业根:《莫言小说狂欢化叙事研究》,南昌大学硕士学位论文。

代柯洋:《论莫言〈丰乳肥臀〉中的生命意识》,吉林大学硕士学位论文。

颜水生:《传奇·悲剧·寓言——莫言的历史意识》,海南师范大学硕士学位论文。

张爱萍:《莫言小说语言研究》,安徽大学硕士学位论文。

肖宇:《莫言小说的神幻叙事与生命意识》,湖南师范大学硕士学位论文。

张翼:《苏童、莫言家族叙事比较论》,湖南师范大学硕士学位论文。

邓金洲:《历史的民间想象——莫言新历史小说创作论》,湖南师范大学硕士学位论文。

李艳艳:《苦难·欲望·反启蒙——论莫言小说创作的民间叙事》,安徽大学硕士学位论文。

孟二伟:《论莫言小说的“复魅”与“去魅”》,华侨大学硕士学位论文。

2008年(24篇)

程艳芳:《莫言长篇家族小说对传统民间的现代反思》,中国人民大学硕士学位论文。

徐闫祯:《莫言民间叙事的原型与祭仪特征》,复旦大学博士学位论文。

刘麦霞:《论莫言小说的自由精神》,山东师范大学硕士学位论文。

巴俊玲:《论莫言小说中的故乡想象》,青岛大学硕士学位论文。

姜兆艳:《我要飞,借给我一双翅膀吧——莫言的〈球状闪电〉分析》,吉林大学硕士学位论文。

项久才:《美的一种形式:怪诞——以莫言小说为例》,吉林大学硕士学位论文。

陶冶:《莫言小说的反讽艺术》,吉林大学硕士学位论文。

韩大勇:《浅析莫言小说创作的文体流变》,吉林大学硕士学位论文。

高培华:《〈生死疲劳〉的叙事艺术和文体特征》,吉林大学硕士学位论文。

李敬涛:《莫言小说与后现代主义》,河北大学硕士学位论文。

李容华:《论莫言的短篇小说》,四川师范大学硕士学位论文。

黄浩:《苦难·反抗·幻灭——论莫言小说的悲剧意蕴》,浙江大学硕士学位论文。

桓芳:《论莫言小说的“审丑”写作》,中南大学硕士学位论文。

洪亮:《背叛与复归间的彷徨——从莫言小说的艺术形式解读其对故乡的复杂心

理》,福建师范大学硕士学位论文。

王保中:《莫言小说的魔幻现实主义风格》,河南大学硕士学位论文。

占东东:《从抗拒生存困境到寻求精神超脱——对莫言小说创作的一种解读》,安徽大学硕士学位论文。

陶文刘:《桃李莫言,下自成蹊:以〈丰乳肥臀〉为例论莫言小说对越南文学的影响》,中山大学硕士学位论文。

吴丹:《透过〈生死疲劳〉看莫言的农村情结》,南开大学硕士学位论文。

吕素红:《论莫言小说中的民间想象问题》,上海大学硕士学位论文。

周黎岩:《人性探索路上的相逢与背离——沈从文与莫言比较研究》,海南师范大学硕士学位论文。

周艳敏:《"野"与"性":生命的自由与奔泻——论莫言笔下女性艺术形象》,暨南大学硕士学位论文。

孙莹:《论莫言小说的"乡村"主题与民间审美特色》,延边大学硕士学位论文。

王静:《民间的"狂欢"世界——莫言小说的叙事结构分析》,辽宁师范大学硕士学位论文。

张凤:《莫言小说女性形象创作论》,云南师范大学硕士学位论文。

2009 年(21 篇)

杨枫:《民间中国的发现与建构——莫言小说创作综论》,吉林大学博士学位论文。

曾小忙:《落败的"围城"——莫言创作的文本精神反思》,华东师范大学硕士学位论文。

金宏建:《莫言对 50~70 年代乡村的文学想象》,华东师范大学硕士学位论文。

郭一鸣:《莫言小说中的少儿形象》,北京师范大学硕士学位论文。

马斐:《论莫言作品的狂欢美》,山东师范大学硕士学位论文。

陈彦馨:《大地欢歌——莫言小说语言狂欢化特征分析》,福建师范大学硕士学位论文。

侯晓林:《论莫言小说中的乡土意识》,东北师范大学硕士学位论文。

申长崴:《莫言小说中"肉"意象的文化解读》,东北师范大学硕士学位论文。

丁军:《莫言小说的叙述策略》,辽宁大学硕士学位论文。

韩现广:《论莫言小说创作中儿童视角》,河北大学硕士学位论文。

胡群昌:《山东方言在莫言作品中的运用》,福建师范大学硕士学位论文。

范卉婷:《追寻多元的叙事:福克纳〈喧哗与骚动〉与莫言〈红高粱家族〉叙事模式的比较研究》,贵州大学硕士学位论文(英文)。

颜媛媛:《颠覆与还原——莫言小说的叙事策略》,曲阜师范大学硕士学位论文。

杨伟:《说不完的人世 道不尽的苦难——莫言小说苦难主题研究》,西北大学硕士学位论文。

吴超:《苍白而狂乱——莫言长篇历史小说批判》,西南大学硕士学位论文。

杨小艳:《叛逆者的“寻梦”之旅 ——莫言小说论》,湖南师范大学硕士学位论文。

岳兴彩:《民间的守望:张炜和莫言小说创作比较研究》,云南大学硕士学位论文。

梁玫:《莫言的农民观及其小说中农民形象的塑造》,上海师范大学硕士学位论文。

雷瑞福:《论莫言小说的高密文化特征》,河北师范大学硕士学位论文。

单丽娟:《徘徊于故乡的灵魂——莫言“高密东北乡”系列小说论》,黑龙江大学硕士学位论文。

刘同涛:《三教文化与莫言小说创作》,西北师范大学硕士学位论文。

2010 年(15 篇)

刘广远:《莫言的文学世界》,吉林大学博士学位论文。

田正华:《独特的经验造就独特的声音——试论阅读经验对莫言创作流变的影响》,山东师范大学硕士学位论文。

孙晓娉:《女性形象的重塑和食色欲望的张扬——莫言小说创作浅论》,山东师范大学硕士学位论文。

方川:《莫言文学创作的民间视野研究》,山东师范大学硕士学位论文。

赵述晓:《论大江和莫言的故乡想象与艺术超越——以〈万延元年的足球队〉和〈红高粱家族〉为视点》,江南大学硕士学位论文。

林丽:《论莫言小说的怪诞表现形态》,湖南师范大学硕士学位论文。

杨宇:《莫言小说狂欢化特色探究》,西北大学硕士学位论文。

覃婷:《莫言小说创作的心理底蕴探究》,湖南科技大学硕士学位论文。

范缇缇:《D. H. 劳伦斯与莫言的性爱书写比较》,南京师范大学硕士学位论文。

刘一鸣:《关联理论视阈下汉语文化负载词的英译探析——〈丰乳肥臀〉英译本个案研究》,西北大学硕士学位论文。

袁萍:《〈红高粱家族〉英译本之改写现象研究》,华侨大学硕士学位论文。

李丹:《论莫言小说中的身体言说》,河南师范大学硕士学位论文。

曾庆利:《童年·母亲·大自然——莫言小说基本叙事元素分析》,上海大学硕士学位论文。

李自国:《反思历史追问人性——论莫言〈生死疲劳〉叙述策略及其深层意蕴》,华南师范大学硕士学位论文。

高君:《论莫言小说中的色彩意象》,西南大学硕士学位论文。

2011 年(18 篇)

宁明:《论莫言创作的自由精神》,山东大学博士学位论文。

张相宽:《论莫言小说的叙事艺术》,山东大学硕士学位论文。

赵阶奎:《全面的历史态度——论莫言〈蛙〉对新历史主义的超越》,山东大学硕士学位论文。

武氏碧玉:《莫言在越南》,中国人民大学硕士学位论文。

王丽敏:《莫言小说意象研究》,南京大学硕士学位论文。

刘红会:《论莫言小说中的生殖崇拜》,浙江大学硕士学位论文。

赵静杰:《叙事意识与生命感觉——对莫言长篇小说的批判性思考》,浙江大学硕士学位论文。

巩天骄:《民间视野下贾平凹、莫言创作比较论》,山东师范大学硕士学位论文。

张旭:《残酷的人生表演,荒谬的生存图景——论莫言的长篇小说〈檀香刑〉》,吉林大学硕士学位论文。

宫健:《心灵的回归与精神的超越——论莫言小说中的虚构》,东北师范大学硕士学位论文。

王菁婧:《论莫言小说与拜物教》,华东师范大学硕士学位论文。

王丽娜:《生存的困境与人性的挣扎——论莫言小说的人物世界》,辽宁师范大学硕士学位论文。

白玉:《论莫言小说中的死亡书写》,延安大学硕士学位论文。

王瑜:《莫言小说创作观念的解构与重建》,延边大学硕士学位论文。

朵辉贤:《启蒙与莫言小说》,兰州大学硕士学位论文。

王雪颖:《"生命意识"视野下的人性阐释——莫言小说管窥》,四川师范大学硕士学位论文。

徐露:《〈檀香刑〉的民间叙事》,中南大学硕士学位论文。

旷玉妍:《意象化的家族叙事——莫言、苏童家族小说比较论》,湖南师范大学硕士学位论文。

2012 年(15 篇)

张念娜:《莫言的"约克纳帕塔法"情结》,中国人民大学硕士学位论文。

颜培贺:《莫言小说变异修辞研究》,黑龙江大学硕士学位论文。

王赫佳:《论莫言小说的魔幻性与拉美魔幻现实主义》,内蒙古大学硕士学位论文。

弓晓瑜:《论莫言小说中的生命原型意象》,广东技术师范学院硕士学位论文。

宋丽娟:《论莫言长篇小说的复调性》,广东技术师范学院硕士学位论文。

李玮:《鲁迅与莫言"复仇"叙事比较研究》,广西师范大学硕士学位论文。

雷健:《莫言小说的重复现象研究》,浙江师范大学硕士学位论文。

郑伟:《莫言乡村书写的现代性研究》,东南大学硕士学位论文。

邓莉欣:《莫言和米兰·昆德拉作品中生命主题比较》,辽宁大学硕士学位论文。

张金涛:《沈从文、莫言小说比较研究——以"生命强力"的"狂欢化"书写为例》,宁夏大学硕士学位论文。

陈威:《论莫言小说的叙事艺术》,云南大学硕士学位论文。

张丽君:《莫言小说的仪典化叙事》,重庆师范大学硕士学位论文。

崔彦:《心灵回归与生命自由——莫言散文论》,渤海大学硕士学位论文。

李轩:《文学语言陌生化的顺应性研究——基于莫言小说的分析》,渤海大学硕士学位论文。

王佳慧:《批评视域中的"莫言形象"演变》,渤海大学硕士学位论文。

(博士论文9篇,硕士论文159篇,共计168篇)

附录二　莫言作品年表

短篇小说

1.《春夜雨霏霏》,《莲池》1981 年第 5 期。

2.《丑兵》,《莲池》1982 年第 1 期。

3.《因为孩子》,《莲池》1982 年第 5 期。

4.《民间音乐》,《莲池》1983 年第 5 期。

5.《售棉大路》,《莲池》1983 年第 3 期,《小说月报》同年第 7 期转载。

6.《金翅鲤鱼》,《无名文学》1984 年第 1 期。

7.《岛上的风》,《长城》1984 年第 2 期。

8.《雨中的河》,《长城》1984 年 5 期。

9.《白鸥前导在春船》,《小说创作》1984 年第 3、4 期合刊。

10.《黑沙滩》,《解放军文艺》1984 年第 7 期(获该刊本年度小说奖)。

11.《放鸭》,《无名文学》1985 年第 5 期。

12.《大风》,《小说创作》1985 年第 6 期,《小说选刊》同年第 8 期转载。

13.《三匹马》,《奔流》1985 年第 9 期。

14.《五个饽饽》,《当代小说》1985 年第 9 期。

15.《枯河》,《北京文学》1985 年第 8 期(获该刊本年度优秀小说奖)。

16.《白狗秋千架》,《中国作家》1985 年第 4 期。

17.《秋水》,《奔流》1985 年第 8 期。

18.《老枪》,《昆仑》1985 年第 6 期。

19.《石磨》,《小说界》1985 年第 5 期。

20.《断手》,《北京文学》1986 年第 3 期,《新华文摘》同年转载。

21.《苍蝇·门牙》,《解放军文艺》1986 年第 6 期。

22.《草鞋窨子》,《青年文学》1986 年第 2 期。

23.《凌乱战争印象 》,《虎门》1987 年第 1 期。

24.《罪过》,《上海文学》1987 年第 3 期。

25.《弃婴》,《中外文学》1987 年第 1 期,《中篇小说选刊》同年第 3 期转载。

26.《猫事荟萃》,《上海文学》1987 年第 11 期。

27.《飞艇》,《北京文学》1987 年第 12 期。

28.《革命浪漫主义》,《西北军事文学》1988 年第 5 期。

29.《养猫专业户》,《天津文学》1988 年第 2 期。

30.《遥远的亲人》,《时代文学》1989 年第 4 期。

31.《爱情故事》,《作家》1989 年第 6 期。

32.《奇遇》,《北方文学》1989 年第 10 期,《小说月报》同年第 12 期转载。

33.《人与兽》,《山野文学》1991 年第 4 期。

34.《地道》,《青年思想家》1991 年第 3 期。

35.《辫子》,《青年思想家》1991 年第 4 期。

36.《飞鸟》、《夜渔》、《神嫖》、《翱翔》、《地震》、《铁孩》、《灵药》、《鱼市》、《良医》分散发表于马来西亚《南洋商报》、《星洲日报》,台湾《中国时报》、《联合文学》,1991 年。

37.《姑妈的宝刀》,《时代文学》1992 年第 5 期。

38.《屠户的女儿》,《时代文学》1992 年第 5 期。

39.《拇指铐》,《钟山》1998 年第 1 期。

40.《长安大道上的骑驴美人》,《钟山》1998 年第 5 期。

41.《白杨林里的战斗》,《北京文学》1998 年第 7 期。

42.《一匹倒挂在杏树上的狼》,《北京文学》1998 年第 10期。

43.《蝗虫奇谈》,《山花》1998 年第 5 期,《小说选刊》同年第 7 期转载)。

44.《儿子的敌人》,《天涯》1999 年第 5 期。

45.《沈园》,《长城》1999 年第 5 期。

46.《天花乱坠》,《小说界》2000 年第 3 期。

47.《枣木凳子摩托车》,《钟山》2000 年第 4 期。

48.《冰雪美人》,《上海文学》2000 年第 11 期。

49.《嗅味族》,《山花》2000 年第 10 期。

50.《倒立》,《山花》2001 年第 1 期。

51.《木匠和狗》,《收获》2003 年第 5 期。

52.《火烧花篮阁》,《小说选刊》2003 年第 6 期。

53.《普通话》,《小说选刊》2004 年第 4 期。

54.《与大师约会》,《大家》2004 年第 5 期。

55.《大嘴》,《收获》2004 年第 3 期。

56.《挂像》,《收获》2004 年第 3 期。

57.《麻风女的情人》,《收获》2004 年第 3 期。

58.《养兔手册》,《江南》2004 年第 1 期。

59.《小说九段》,《上海文学》2005 年第 1 期。

60.《初恋》、《天才》、《麻风的儿子》、《马语》、《学习蒲松龄》、《月光斩》均收入作家出版社 2012 年版《与大师约会》。

中篇小说

1.《雨中的河》,《长城》1984 年第 5 期。

2.《透明的红萝卜》,《中国作家》1985 年第 2 期。

3.《流水》,《风流》1985 年第 2 期。

4.《球状闪电》,《收获》1985 年第 5 期。

5.《金发婴儿》,《钟山》1985 年第 1 期。

6.《爆炸》,《人民文学》1985 年第 12 期。

7.《筑路》,《中国作家》1986 年第 4 期。

8.《红高粱》,《人民文学》1986 年第 3 期,《小说选刊》、《中篇小说选刊》、《新华文摘》同年转载(获本年度全国优秀中篇小说奖)。

9.《狗道》,《十月》1986 年第 4 期。

10.《奇死》,《昆仑》1986 年第 6 期。

11.《高粱酒》,《解放军文艺》1986 年第 7 期(获该刊本年度中篇小说奖)。

12.《高粱殡》,《北京文学》1986 年第 8 期。

13.《欢乐》,《人民文学》1987 年第 1、2 期合刊。

14.《红蝗》,《收获》1987 年第 3 期。

15.《玫瑰玫瑰香气扑鼻》,《钟山》1988 年第 1 期。

16.《生蹼的祖先们》,《长河》1988 年 10 月创刊号。

17.《复仇记》,《青年文学》1988 年第 11 期。

18.《马驹横穿沼泽》,《青年文学》1988 年第 11 期,《作品与争鸣》同年转载。

19.《二姑随后就到》,《人民文学》1989 年第 1 期。

20.《你的行为使我们恐惧》,《人民文学》1989 年第 6 期。

21.《落日》,《西北军事文学》1989 年。

22.《野种》,《花城》1990 年第 1 期。

23.《父亲在民夫连里》,《花城》1990 年第 1 期。

24.《怀抱鲜花的女人》,《人民文学》1991 年第 7、8 期合刊。

25.《白棉花》,《花城》1991 年第 5 期,《中篇小说选刊》1992 年第 1 期转载。
26.《战友重逢》,《长城》1992 年第 6 期。
27.《红耳朵》,《小说林》1992 年第 5 期。
28.《梦境与杂种》,《钟山》1992 年第 6 期。
29.《幽默与趣味》,《小说家》1992 年第 4 期。
30.《模式与原型》,《小说林》1992 年第 6 期。
31.《牛》,《东海》1998 年第 6 期,《小说月报》第 9 期、《小说选刊》第 9 期转载。
32.《三十年前的一场长跑比赛》,《收获》1998 年第 6 期。
33.《我们的七叔》,《花城》1999 年第 1 期。
34.《师傅越来越幽默》,《收获》1999 年第 2 期。
35.《野骡子》,《收获》1999 年第 4 期。
36.《藏宝图》,《钟山》1999 年第 4 期。
37.《司令的女人》,《收获》2000 年 1 期。
38.《扫帚星》,《布老虎中篇小说》2002 年春之卷。

长篇小说

1.《红高粱家族》,解放军文艺出版社 1987 年第 1 版。
2.《天堂蒜薹之歌》,作家出版社 1988 年第 1 版。
3.《十三步》,作家出版社 1989 年第 1 版。
4.《酒国》,湖南文艺出版社 1993 年第 1 版。
5.《食草家族》,华艺出版社 1993 年第 1 版。
6.《丰乳肥臀》,作家出版社 1995 年第 1 版。
7.《红树林》,海天出版社 1999 年第 1 版。
8.《檀香刑》,作家出版社 2001 年第 1 版。
9.《良心作证》,莫言、阎连科合著,春风文艺出版社 2002 年第 1 版。
10.《四十一炮》,春风文艺出版社 2003 年第 1 版。
11.《生死疲劳》,作家出版社 2006 年第 1 版。
12.《蛙》,上海文艺出版社 2009 年第 1 版。

杂文散文

1.《雪花·雪花》,《花山》1982 年第 3 期。
2.《天马行空》,《解放军文艺》1985 年第 2 期。
3.《桥洞里长出红萝卜》,《文艺报》1985 年第 5 期 。
4.《马蹄》,《解放军文艺》1985 年第 7 期(获该刊本年度优秀散文奖)。
5.《也许是因为当过“财神爷”》,原载《三十五个文学的梦》,解放军出版社 1985

年第1版。

6.《几个青年军人的文学思考》,《文学评论》1986年第2期。

7.《黔驴之鸣》,《青年文学》1986年第2期。

8.《两座灼热的高炉》,《世界文学》1986年第3期。

9.《十年一觉高粱梦》,《中篇小说选刊》1986年第3期。

10.《〈奇死〉后的信笔涂鸦》,《昆仑》1986年第6期。

11.《与罗强烈的通信》,《中国青年报》1986年7月8日。

12.《唯有真情才动人》,《文艺报》1986年8月。

13.《我想到痛苦、爱情与艺术》,《八一电影》1986年第8期。

14.《"大肉蛋"》,《文学自由谈》1986年第1期。

15. 莫言、陈薇、温金海:《与莫言一席谈》,《文艺报》1987年1月10日、1月17日。

16.《玫瑰玫瑰香气扑鼻》(附:也算创作谈),《钟山》1988年第1期。

17.《狗·鸟·马》,《中国作家》1988年第1期。

18.《影片〈红高粱〉观后杂感》,《电影、电视艺术研究》1988年第4期 。

19.《也叫"红高粱家族"备忘录》,《电影、电视艺术研究》1988年第5期。

20.《我的"农民意识"观》,《文学评论家》1989年第2期。

21.《打靶歌》,《解放军文艺》1989年第2期。

22.《供销社的朋友们》,《农民日报》1989年8月22、29日。

23.《酒与文化及其他》,《人民日报》海外版1989年。

24.《我痛恨所有的神灵》,辑入张志忠著《莫言论》,中国社会科学出版社1990年第1版。

25.《我与农村》,《农民日报》1991年8月29、30、31日。

26.《清醒的说梦者——关于余华及其小说的杂感》,《当代作家评论》1991年第2期。

27.《圆梦——〈食草家族〉跋》,《食草家族》,花山文艺出版社1992年版。

28.《还是闲言碎语》,《中篇小说选刊》1992年第1期。

29.《说说福克纳这个老头儿》,《当代作家评论》1992年第5期。

30.《我的故乡与我的小说》,《当代作家评论》1993年第2期。

31.《好谈鬼怪神魔》,《作家》1993年第8期。

32.《我的故乡和童年》,《新华文摘》1995年第1期。

33.《故乡的药》,《青年思想家》1996年第4期。

34.《高密奇人》,《青年思想家》1996年第5期。

35.《我与译文》,《作家谈译文》,上海译文出版社 1997 年第 1 版。

36.《天达怪人》,《青年思想家》1998 年第 1 期。

37.《独特的腔调》,《读书・短篇小说四人谈》1999 年第 7 期。

38.《被剥夺了的中学时代》,收入《我的中学时代》,福建教育出版社 1999 年第 1 版。

39.《我的大学》,收入《我的大学》,福建教育出版社 1999 年第 1 版。

40.《胡扯蛋》,《钟山》2000 年第 1 期。

41.《猫头鹰的叫声》,《莫言散文・序》,浙江文艺出版社 2000 年版。

42.《我与税》,《中国税务》2001 年第 10 期。

43.《笑的潇洒》,《语文教学与研究》2001 年第 2 期。

44.《火车与猫腔的声音——〈檀香刑〉后记》,《检察日报》2001 年 3 月,编入长篇小说《檀香刑》后记,作家出版社 2001 年第 1 版。

45. 李陀、莫言、陶庆梅:《关于"垓下"的想像突围》,《读书》2001 年第 6 期。

46.《吃相凶恶》,《检察日报》2002 年 2 月 1 日。

47.《童年读书》,《检察日报》2002 年 2 月 25 日。

48.《茂腔与戏迷》,《检察日报》2002 年 4 月 22 日。

49.《自古英才出少年》,《检察日报》2002 年 4 月 29 日。

50.《翻译家功德无量》,《当代作家评论》2002 年第 5 期。

51.《西部的突破——从〈美丽的大脚〉说起》,《电影》2002 年第 11 期。

52.《文学创作的民间资源——在苏州大学"小说家讲坛"上的讲演》,《当代作家评论》2002 年第 1 期。

53.《国外演讲与名牌内裤》,《文学自由谈》2003 年第 2 期。

54.《作家和他的文学创作》,《文史哲》2003 年第 2 期。

55.《胡说"胡乱写作"》,林建法、徐连源主编:《中国当代作家面面观——寻找文学的魂灵・序》,春风文艺出版社 2003 年版。

56.《莫言:我正做着我愿意做的事》,《中华读书周报》2003 年 8 月 13 日。

57.《诉说就是一切》,《当代作家评论》2003 年第 5 期 。

58.《王尧莫言访谈录》,苏州大学出版社 2003 年版。

59.《我一看见农作物就兴奋》,《齐鲁晚报》2005 年 12 月。

60.《变》,《人民文学》2009 年第 10 期。

61. 以下均收入作家出版社 2012 年版《会唱歌的墙》:

读书杂感三篇
从《莲池》到《湖海》
酒后絮语
狗文三篇
洗热水澡
会唱歌的墙
讲话
望星空
三岛由纪夫猜想
童年读书
一个人的“圣经”
读鲁迅杂感
花木虫鱼
吃事三篇
毛主席老那天
厨房里的看客
俄罗斯散记
虚伪的教育
杂感十二篇
你是一条鱼
我的中学时代
从照相说起
故地重游
人一上网就变得厚颜无耻
第一次去青岛
杂谈读书
郁达夫的遗骨
陪考一日
上下五千年
我与话剧

北京秋天下午的我
天堂里的房子
北海道的人
谈过年
看《卖花姑娘》
卖白菜
说说俺们山东人
柏林观戏
回忆“黄金时代”
蓝色城堡
学书漫谈
打人者说
从鞭炮到佛道
我的老师
我与奥运会开幕式
我与《小说选刊》

作品集

1.《透明的红萝卜》,作家出版社 1986 年第 1 版。

2.《爆炸》,解放军文艺出版社 1988 年第 1 版。

3.《欢乐十三章》,作家出版社 1989 年第 1 版。

4.《白棉花》,华艺出版社 1991 年第 1 版。

5.《怀抱鲜花的女人》,社会科学出版社 1993 年第 1 版。

6.《金发婴儿》,长江文艺出版社 1993 年第 1 版。

7.《神聊》,北京师范大学出版社 1993 年第 1 版。

8.《猫事荟萃》,新世界出版社 1994 年第 1 版。

9.《莫言文集》五卷本,作家出版社 1995 年第 1 版。

10.《莫言文集》(1～5 卷),作家出版社 1996 年第 1 版(《红高粱》、《酩酊国》、《鲜女人》、《神嫖》、《再爆炸》)。

11.《会唱歌的墙》,人民日报出版社 1998 年第 1 版。

12.《长安大道上的骑驴美人》,海天出版社 1999 年第 1 版。

报告文学

1.《美丽的自杀》,《解放军文艺》1986 年第 1 期。

2.《高密之光》,《人民日报》1987 年 2 月 3 日。

3.《高密之星》,《人民日报》1987 年 12 月 13 日。

4.《高密之梦》,《人民日报》1988 年 9 月 3 日。

5.《大音希声》,《昆仑》1989 年。

6.《程祥凯论》,《解放军文艺社丛书》1990 年。

7.《军歌》,《群众文艺》1989 年。

8.《一所有特色的大学》,《中国教育报》1990 年。

9.《一夜风流》,《解放军报》1991 年 11 月 19 日。

影视文学剧本

1.《红高粱》(合作),西安电影制片厂 1987 年摄制,张艺谋导演,姜文、巩俐主演,1988 年获西柏林国际电影节"金熊奖"。

2.《英雄浪漫曲》,《中外电影》1988 年。

3.《大水》(与刘毅然合作),《中外电影》1989 年。

4.《哥哥们的青春往事》(六集连续剧,合作)河南电影制片厂 1991 年摄制。

5.《红树林》(十八集连续剧),《检察日报》影视部 1998 年摄制。

6.《霸王别姬》(话剧,合作),空政话剧团,2000 年底在北京演出。

7.《师傅越来越幽默》改编为电影《幸福时光》,广西电影制片厂 2000 年摄制,张艺谋导演,赵本山、董洁主演。

8.《白棉花》,2000 年李幼乔(台湾)导演,宁静、苏有朋主演。

9.《白狗秋千架》改编为电影《暖》,由北京金海方舟文化发展有限公司、日本东京剧场株式会社 2003 年制作发行,霍建起导演,香川照之(日本)、郭小冬、李佳主演。荣获第 15 届东京国际电影节最佳影片"金麒麟奖",第 12 届"金鸡百花奖"最佳故事片和最佳编剧奖。

10.《我们的荆轲》(话剧),《钟山》2004 年第 2 期。

(管谟贤、孙书文、孙琼、丛新强整理)

让我们一起积聚人生正能量(代后记)

◇程春梅

开始为本书写后记的时候,我突然就想起自己作出考研决定的那个夏天,跃跃欲试,心怀憧憬,对成为一个学术人充满了向往。一眨眼到今天竟然近二十年了。念了硕士念博士,进高校做大学教师,一路走来,非常自然地就把做学术当作一种宿命,虽然磕磕绊绊,但没有停歇,只因为喜欢。或许是在其中找到自己安身立命之所在,因而就有了乐此不疲一路向前的动力。写硕博论文是一个人从事学术研究最初的学术训练,我们通过学位论文的构思、资料查找和论文写作,能够初步掌握做学术的方法,打磨坐冷板凳的涵养,养成严谨的学术态度。因而,一篇硕士博士论文的完成其实不仅仅意味着我们可以拿到学位,对于有志于从事学术的人来说,它更代表着学术道路的正式开始。开始的脚步也许趔趄不稳,但毕竟是一个开端,编选本书就是要把学术新人雏凤初啼的面貌做一个呈现。这些论文虽显稚嫩,但已不乏思想的锋芒,虽不成熟,但已见莘莘学子未来学术风范之端倪。我相信这是一项非常有意义的工作。

本书是我们的导师张华教授、杨守森教授和贺立华教授主持的"莫言研究书系"中的一本。莫言教授是三位导师的好友,也是山东大学的研究生导师,多年前我和红珍上硕士研究生时有幸跟随莫言老师听课,现在着手进行莫言研究硕士博士论文选编,深感这是人生的机缘。整整一个寒假,我们大量研读、甄选论文,最后阶段几乎不分昼夜,导师贺立华先生耳提面命,一如当年上学时那样,对我们严格要求,却又时时向我们说"抱歉,是不是太狠了"之类的话。其实,人生关键时刻就是需要有人站在旁边扬鞭"催马"的,这一点我们深深明白。所以严格的要求也是我们共同的成果所必需的,辛苦不假,但心情愉快也是真的啊,师徒情谊都在这儿,这些都是正能量!

本书的资料来源一是知网硕士博士论文电子资源数据库;二是万方硕士博士论文电子资源数据库;三是读秀电子资源;四是中国国家图书馆馆藏学位论文资料,还包括北京师范大学、中国人民大学等学校图书馆馆藏论文资料。资料是一点点丰富积累出来的,这中间遭遇国图装修、学校放寒假因而有些资料库不开放等情况,所以资料查找遭遇了一些困难,辗转费时费力,也不可避免会有一些疏漏和遗憾。收集资料的过程很辛苦,但这也是一个亲友团集体发力的过程,人在北京读博的程建润、于晓萍、赵继承和在大学教书的翟燕都十万火急为本书的资料完善尽心尽力。晓萍是我们家小弟建润的媳妇,自家人嘛,就不谢啦!继承、翟燕都是死党,自家人嘛,也不谢啦!虽然不言谢，但是心里满满都是愉快情感的正能量，大家都攒着人生的正能量，一起在学术的道路上出发！犹记得十年前，我和红珍在山东大学读研究生，翟燕、继承在我们隔壁，几个人天天腻在一起同吃、同行，一起在我的电脑上看影碟不分昼夜，一起神聊，一起享受着充实美好的读书时光。大家虽然专业不同，但志趣相投，都是热爱读书的好青年。硕士学毕业，四人各奔西东，现在我和红珍参与导师们主持的"莫言研究书系"选编工作，所谓上阵亲兄弟，打仗父子兵，让我们四个毕业后又因为此书合作了一把，继承正在为她的博士毕业论文做最后的冲刺，一寸光阴一寸金呢，但为了此书，义不容辞地拿出时间来搜集资料。翟燕在家带小宝宝，不能出门就委托学生来帮忙，一天几番电话沟通细节。这就是死党的榜样，呵呵，不谢，不谢啦！

在本书的选编过程中，我真正体会到做学术的过程，很大程度上依赖研究资料的丰富详尽与准确以及坐冷板凳的恒久定力。硕博论文的写作，做足了资料的工作也就成功了一半。皓首穷经，我觉得不能算一个让人恐怖的词汇，因为原始资料是学术大厦的基点，这是通往学术殿堂的必经之路。我不想把学术神圣化，但也绝不想贬低它。敬畏知识，乐于做人类知识的接受者与传承者，这是一种荣耀。所以，选编此书，为学子提供莫言研究资料的一个维度，我们欣欣然全力以赴。

本书对168篇莫言研究硕士博士论文中较有代表性的论文进行了选编，包括中国现当代文学、汉语言文字学、文艺学、语言学以及外语专业等各专业论文共50篇。每篇论文都包括作者简介、内容提要、论文精选片段三个部分。内容提要基本上是原文中文摘要的精华压缩版，基本统一在200～500字左右，并对精选部分原文进行了修订，编写了选文的小标题，对原文中出现的引文错误进行了核对，并改正了原文中出现的标点、字、词、句方面的错误。

感谢山东大学出版社，地球人都知道出版学术书籍是不赚钱的，但是他们以敏锐的学术眼光和宽广的学术胸怀全力出版此书，这种出版人的风范非常让我们尊敬。

最后，我一定要感谢的是所有选择作家莫言做学位论文的论文作者们。因为时间的紧张和联系方式的困难，无法与所有人沟通是否愿意将其论文的一部分选录入本书，请各位见谅。

时间仓促，本书的选编不可避免会有一些瑕疵疏漏，还不完善，只能待以后有机会再予以弥补。本书若能为未来人们的莫言研究工作作出一点贡献，则吾愿足矣。

2013年2月28日